# Razão e sentimento

Livros da autora publicados pela **L&PM** EDITORES:

*A abadia de Northanger*
*Amor e amizade & outras histórias*
*Emma*
*Jane Austen* – SÉRIE OURO *(A abadia de Northanger; Razão e sentimento; Orgulho e preconceito)*
*Lady Susan, Os Watson e Sanditon*
*Mansfield Park*
*Orgulho e preconceito*
*Persuasão*
*Razão e sentimento*

Jane Austen

# Razão e sentimento

*Tradução e apresentação de* Rodrigo Breunig

www.lpm.com.br

L&PM POCKET

Coleção **L&PM** POCKET, vol. 1040

Texto de acordo com a nova ortografia.
Título original: *Sense and Sensibility*

Primeira edição na Coleção **L&PM** POCKET: junho de 2012
Esta reimpressão: outubro de 2017

*Tradução e apresentação*: Rodrigo Breunig
*Capa*: L&PM Editores sobre ilustração de Birgit Amadori
*Preparação*: Simone Borges
*Revisão*: Fernanda Lisbôa

CIP-Brasil. Catalogação na Fonte
Sindicato Nacional dos Editores de Livros, RJ.

---

A95r

Austen, Jane, 1775-1817
Razão e sentimento / Jane Austen; tradução de Rodrigo Breunig. – Porto Alegre: L&PM, 2017.
400p. : 18 cm (Coleção L&PM POCKET; v. 1040)

Tradução de: *Sense and Sensibility*
ISBN 978-85-254-2657-4

1. Romance inglês. I. Breunig, Rodrigo. II. Título. III. Série.

12-2300. CDD: 823
CDU: 821.111-3

---


Rua Comendador Coruja, 314, loja 9 – Floresta – 90220-180
Porto Alegre – RS – Brasil / Fone: 51.3225.5777 – Fax: 51.3221.5380

Pedidos & Depto. Comercial: vendas@lpm.com.br
Fale conosco: info@lpm.com.br
www.lpm.com.br

Impresso na Gráfica e Editora Pallotti, Santa Maria, RS, Brasil
Primavera de 2017

# "Todo mundo se preocupa com *isso*" ou três ou quatro maneiras de amar.

*Rodrigo Breunig**

Jane Austen começou a moldar a história de *Razão e sentimento* (*Sense and Sensibility*) por volta de 1795, quando tinha dezenove anos, morando ainda em seu vilarejo natal, Steventon, no sul da Inglaterra. Até ali, compusera somente novelas ligeiras, esquetes despretensiosos de juvenília, paródias que ela lia em voz alta para entreter os familiares. *Razão...* é seu primeiro romance de fôlego e seu primeiro livro publicado.

Ela remexeu, aprimorou e atualizou com afinco suas principais obras no decorrer dos anos. Além da póstuma edição conjunta de *A abadia de Northanger* e *Persuasão* (1818), as versões definitivas que temos de seus grandes romances, nas quais ela chegou a dar o toque derradeiro, são as primeiras edições de *Orgulho e preconceito* (1813) e *Emma* (1816) e as segundas edições de *Mansfield Park* (1816) e *Razão...* (1813).

Entre o embrião e a forma final de *Razão e sentimento*, portanto, houve um intervalo de quase vinte anos. Nesse meio-tempo, Jane escreveu *First Impressions*, cujo manuscrito, oferecido para publicação por iniciativa de seu pai, foi rejeitado sem nem mesmo ser lido; finalizou *Susan* – o futuro *A abadia de Northanger* – e o vendeu por meras dez libras para um editor que, sem maiores explicações, jamais o publicaria; iniciou *The Watsons* e o deixou inacabado; conseguiu finalmente que uma obra sua chegasse às livrarias; transformou *First Impressions* em *Orgulho e preconceito*, sua obra-prima; publicou *Orgulho...*, obtendo imenso êxito;

---

* Mestre em Letras pela Universidade Federal do Rio Grande do Sul, é tradutor de Jane Austen (*A abadia de Northanger*, L&PM, 2011), Edgar Allan Poe (*O escaravelho de ouro*, L&PM, 2011) e H.G. Wells (*Uma breve história do mundo*, L&PM, 2012), entre outros.

delineou e terminou *Mansfield Park*. E viveu quase a metade de sua curta existência: enfrentou o trauma de abandonar a residência de Steventon quando seu pai clérigo se aposentou (a propriedade ficou com o irmão mais velho); morando em Bath, perdeu o pai; passou por dificuldades financeiras com a mãe e com a única irmã, solteira como ela; teve de procurar por moradias mais baratas; dependeu do amparo de familiares e conhecidos abastados; dividiu aposentos apertados com a família de outro irmão em Southampton; por fim se fixou num chalé em Chawton, providenciado às senhoras Austen por outro irmão, homem rico; vivenciou aproximações amorosas que não deram em nada; conformou-se com a certeza de que jamais casaria. Quando saiu a segunda edição de *Razão e sentimento*, Jane completara 37 anos, e tinha menos de quatro anos de vida pela frente.

A história da qual derivou *Razão...* se chamara originalmente, de acordo com os Austen, "Elinor e Marianne", e nascera provavelmente em forma epistolar – gênero muito comum nos romances populares da época –, com troca de correspondências entre as irmãs protagonistas e talvez terceiros. Caroline Austen, sobrinha da escritora, recordaria meio século depois da morte da tia: "A memória é traiçoeira, mas não posso estar enganada em afirmar que *Razão e sentimento* foi primeiro escrito em cartas, e assim lido para sua família". Segundo Cassandra, a irmã, a redação da nova versão começara em novembro de 1797. Sabe-se que Jane voltou a fazer alterações significativas no texto doze anos depois. Na iminência do lançamento, em meio à correção das provas do livro, numa carta de abril de 1811 que mandou de Londres para Cassandra (existem muitas lacunas na correspondência dos meses anteriores), ela escreveu: "Eu nunca estou ocupada demais para deixar de pensar em *S. & S.* Não consigo esquecê-lo, não mais do que uma mãe consegue esquecer seu filho de peito".

Aquela era sua terceira tentativa de se lançar como autora. Henry Austen, o irmão favorito, registraria: "Foi com extrema dificuldade que os amigos [...] a convenceram a publicar seu primeiro trabalho". Sem vender os direitos autorais, Jane pagou pela impressão, comprometendo-se a destinar uma comissão dos lucros ao editor. Ainda segundo Henry, ela não acreditava que as vendas do livro lhe reembolsariam o custo da publicação, e até mesmo reservara uma parte de sua "muito moderada renda" para compensar o "esperado prejuízo". Assinado por "uma dama" – como seus outros romances lançados em vida –, impresso em três pequenos volumes, *Razão e sentimento* teve seu primeiro anúncio pago na imprensa londrina em 30 de outubro de 1811, sendo propagandeado como romance "interessante" (história de amor) e "extraordinário". A primeira tiragem, com algo entre quinhentos e oitocentos exemplares, esgotou-se por volta de um ano e meio depois. Jane escreveria para o irmão Francis em 6 de julho de 1813: "Você vai ficar feliz em saber que todas as cópias de *S. & S.* estão vendidas, e que o negócio me rendeu 140 libras – além dos direitos autorais, se é que algum dia eles terão algum valor".

A recepção nos periódicos especializados foi bastante positiva. Em fevereiro de 1812, o *Critical Review* reclama dos "numerosos romances" que aparecem "continuamente", tão idênticos em "estilo" e "substância" que nas primeiras três páginas deixam claro "não apenas como terminarão", como também já sugerem os "vários incidentes que vão ocorrer, as dificuldades e os perigos que devem advir, com todos os dissabores e reencontros constrangedores etc. etc., que são tão altamente necessários na criação de um romance da moda". E certifica que *Razão e sentimento*, com seus incidentes "prováveis" e personagens vívidos, merece como poucos outros o elogio de ser ao mesmo tempo divertido e instrutivo.

O *British Critic* afirma em maio: "estimamos tão favoravelmente esta performance que é com alguma relutância que declinamos inseri-la entre nossos principais artigos"; "o objetivo da obra é representar os efeitos na conduta da vida de um discreto e quieto bom-senso, por um lado, e de uma suscetibilidade ultrarrefinada e excessiva por outro"; "um íntimo conhecimento da vida e do caráter feminino é exemplificado nos vários personagens e incidentes"; "nossas amigas leitoras [...] poderão aprender [...] muitas máximas sóbrias e salutares". O resenhista ressalva que a genealogia do começo do livro é um tanto desnorteante, com seu emaranhado de "meias-irmãs, primas, e assim por diante", mas conclui dizendo que para "insignificantes defeitos existe ampla compensação".

A primeira edição francesa, de 1815, uma versão estapafúrdia, em "tradução livre", ganhou o título *Razão e sensibilidade, ou As duas maneiras de amar*. A tradutora, Isabelle de Montolieu, trocou nomes e alterou características de personagens, suprimiu ironias e inventou situações e desdobramentos como bem quis, em nome de um didatismo sentimental. Já no primeiro capítulo, por exemplo, a pequena Margaret se transforma em Emma; em vez de dar indícios de que não vai "se igualar a suas irmãs em um período mais avançado da vida", ela promete "ser em poucos anos tão bela e tão amável quanto suas irmãs".

A poesia, por aquele tempo, ainda era considerada uma arte muitíssimo superior ao patamar frívolo e recreativo dos romances. O escritor de prosa comum era uma figura vulgar, uma espécie de reles comerciante. Walter Scott, citado em *Razão*... como um dos poetas favoritos de Marianne (ele ainda não iniciara sua fase romancista, que o faria ser o primeiro autor de língua inglesa lido mundialmente em vida), publicaria em 1816, no *Quarterly Review*, o primeiro estudo relevante das ficções de Jane Austen, numa crítica não assinada de *Emma*. Na originalidade de seu olhar sobre a vida real, opinou Scott, a autora de *Orgulho e preconceito* despontava "praticamente sozinha". Depois de comentar que os romances em geral são o "pão comido em segredo", e antes de louvar o "conhecimento do mundo" por parte da escritora e o "peculiar tato com que ela apresenta personagens que o leitor não pode deixar de reconhecer", o futuro autor de *Ivanhoé* expõe o enredo de *Razão*... assim:

> Razão e sentimento [...] contém a história de duas irmãs. A mais velha [Elinor, a srta. Dashwood], uma

> jovem dama prudente, de sentimentos regulados, torna-se gradualmente atraída por um homem de excelente coração e talentos limitados [...]. Na irmã mais nova [a srta. Marianne], a influência da sensibilidade e da imaginação predomina; e ela, como era de se esperar, também se apaixona, mas com uma paixão mais desenfreada e obstinada. [...] O interesse e o mérito da obra dependem totalmente do comportamento da irmã mais velha, enquanto é obrigada ao mesmo tempo a suportar seu próprio desapontamento com fortitude e amparar sua irmã, que se abandona, com sentimentos irreprimidos, à indulgência da dor.

A época na qual Jane Austen criou seus seis grandes romances, o longo período da maturação de *Razão...* e *Orgulho...* e os poucos anos que ela teve como escritora publicada, foi uma época de traumas e turbulências nacionais. A Inglaterra militarizada e rural em que ela viveu, na perspectiva indeterminada do novo século, era um mundo de privilégios ameaçados e de fissuras nas prerrogativas aristocráticas. A classe mais alta sempre mantivera benefícios e pompa num cotidiano sem trabalho definível, numa vida baseada em títulos de nobreza, rendimentos herdados, dividendos de uma ordem social instituída. No passado recente havia o terror que derrubara o monarquismo francês na Revolução de 1789 e a Guerra da Independência dos Estados Unidos (1775-1783). No presente – ao longo das três décadas em que Jane Austen escreveu –, os ingleses disputavam intermináveis conflitos armados com a França. As Guerras Napoleônicas só teriam fim em 1815. Nas décadas seguintes, o crescimento violento da industrialização revolucionaria o mundo inteiro. Aqueles eram anos de tremenda instabilidade econômica. Quem tinha terras lucrava com a guerra – vender madeira era um belo negócio. Viver com pouco dinheiro, no entanto, ia ficando mais e mais complicado. E o primeiro obstáculo que desola Elinor e Marianne, na abertura de *Razão e sentimento*, é um desespero financeiro.

Havia um esquema na lei inglesa para que os aristocratas (os menos abastados com frequência faziam o mesmo) tentassem perpetuar seu patrimônio *intocado* no nome paterno da família. O autor do testamento deixava tudo ao filho ou herdeiro homem mais velho, mas a este cabia não mais do que administrar os bens, cujo dono efetivo seria somente o herdeiro homem seguinte. Nos três primeiros parágrafos de *Razão...*, lemos que o sr. Dashwood, sua segunda esposa e as filhas deles – Elinor, Marianne e Margaret – estão morando faz alguns anos em Norland Park, com um tio do sr. Dashwood, proprietário das extensas e valiosíssimas terras em volta. O sr. Dashwood tem um filho de seu primeiro casamento, John, que já é rico pela herança da mãe e por seu próprio casamento. Quando morre o velho tio, o sr. Dashwood constata que o legado é assegurado "a seu filho e ao filho de seu filho, uma criança de quatro anos" – o filho de John, o herdeiro mais distante possível. Quando morre o sr. Dashwood, John assume o controle de tudo. A viúva e as filhas ficam no limiar da miséria (miséria para quem vinha morando num palácio com inúmeros criados, cavalos e carruagens).

A primeira manifestação direta de um personagem, na narrativa, ocorre na exposição de um pensamento de John: "Sim, ele lhes doaria 3 mil libras". Contudo, por influência de sua mulher, ele acaba não doando nada para suas meias-irmãs. Elas e a sra. Dashwood passam de moradoras da mansão a hóspedes indesejadas. Serão praticamente enxotadas pela esposa de John, e terão de depender da bondade de um parente distante, indo morar num chalé longe dali, uma moradia "pequena e pobre".

O primeiro diálogo do romance ocupa o segundo capítulo por inteiro, e é uma longa conversa sobre dinheiro. Além dos criados, nenhum personagem trabalha para ganhar a vida. A preocupação com fortunas herdadas e acordos matrimoniais está no centro de todos os sobressaltos dramáticos. O dote da srta. Grey, uma herdeira que surge na metade do livro, a jovem dama mais dotada dos romances de Jane Austen, é de 50 mil libras. Quem se casar com ela terá um rendimento anual garantido, num investimento com juros de cinco por cento, de 2.500 libras. Só poderemos ter uma noção adequada do valor de uma renda como essa, porém, se levarmos em conta que um trabalhador ou agricultor ganhava em média vinte libras por ano para sustentar sua família, e que um cavalheiro distinto precisava de no mínimo trezentas individualmente. Mil por ano já propiciavam um certo relevo social. Cem por ano impunham um cotidiano penoso. Não era raro que criadas, ganhando quatro ou cinco vezes menos do que os homens, recebessem pagamentos anuais de cinco libras. Quando a sra. Dashwood e suas filhas saem de Norland, elas dispõem de mais ou menos 120 libras anuais para cada uma (um rendimento, no total, quase idêntico ao das damas Austen por volta de 1810). Mesmo assim, uma vez que pagarão um preço amigável pelo aluguel do chalé, terão condições de manter duas criadas e um criado.

No início da história, lemos que a sra. Dashwood rejeitava categoricamente "a lei segundo a qual uma diferença de dotes deveria manter qualquer casal separado quando existisse atração por semelhança de temperamentos". No final, ao cogitar um pretendente rico e de temperamento contrastante para uma de suas filhas, ela declara, referindo-se à fortuna dele: "todo mundo se preocupa com *isso*". Na visão inicial de Marianne, "o dinheiro só pode proporcionar felicidade quando não há nada mais que a proporcione". Para Elinor, o bem-estar financeiro "tem muito a ver com ser feliz". A última manifestação direta de um personagem será novamente uma expressão do pensamento de John, agora pronunciada, numa conversa com Elinor: ele afirma que sentiria "grande prazer" em ter um cunhado rico. E uma das melhores ilustrações do antissentimentalismo da narrativa, num acatamento sereno da implacável realidade, aparece também nas páginas finais: "nenhum dos dois estava tão apaixonado a ponto de pensar que 350 libras por ano lhes propiciariam os confortos da vida".

Mas o dinheiro é apenas uma entre as incontáveis complexidades de *Razão e sentimento*. Ao longo do século XX, o romance foi estudado em seus feitios de psicologia sexual, alusão literária, autobiografia, ideologia, filosofia, feminismo, conservadorismo, radicalismo. A leitura do livro nos oferece: frases longas e prodigiosas; diálogos espirituosos; pessoas ridículas; pessoas ruins que não são desprovidas de qualidades da mente ou do coração; pessoas boas que mentem; ilusões esmagadas; reviravoltas folhetinescas; noivados secretos, assumidos, rompidos; e três ou quatro maneiras de amar.

# Razão e sentimento

# Capítulo 1

A família Dashwood se estabelecera em Sussex havia muito tempo. Suas terras eram extensas e sua residência era Norland Park, no centro da propriedade, onde, por muitas gerações, eles tinham vivido de um modo tão respeitável que acabaram por conquistar a opinião favorável de todos os conhecidos circundantes. O mais recente proprietário dessas terras era um homem solteiro que viveu até uma idade bastante avançada, e que por muitos anos de sua vida teve a irmã como governanta e companheira constante. Mas a morte dela, que ocorreu dez anos antes de sua própria morte, produziu grande alteração em sua casa, pois para suprir a perda da irmã ele convidou e recebeu em seu lar a família de seu sobrinho, o sr. Henry Dashwood, herdeiro legal de Norland e pessoa para quem pretendia legar a propriedade. Na companhia do sobrinho, da sobrinha e das filhas deles, os dias do velho cavalheiro se passaram confortavelmente. O apego por todos eles aumentou. A constante atenção do sr. e da sra. Henry Dashwood a seus desejos, derivando não de um mero interesse, mas sim de corações bondosos, lhe deu todos os graus de sólido conforto que sua idade poderia receber; e a jovialidade das crianças conferiu um sabor adicional a sua existência.

De um casamento anterior, o sr. Henry Dashwood tinha um filho; com sua presente senhora, três filhas. O filho, um jovem firmado e respeitável, era amplamente provido pela fortuna de sua mãe, uma soma grande, metade da qual lhe foi transferida quando ele atingiu a maioridade. Também por seu próprio casamento, que ocorreu logo depois, ele fez crescer sua riqueza. Para ele, portanto, a sucessão dos bens de Norland não era tão importante quanto para suas irmãs, porque a fortuna delas, independente dos ganhos que pudessem vir a ter quando a propriedade fosse herdada pelo pai, só poderia ser pequena. A mãe não tinha nada; e o pai dispunha pessoalmente de apenas 7 mil libras, porque a fração restante da fortuna de sua primeira esposa estava legalmente assegurada também ao filho dela, e somente em vida ele poderia ter usufruto de tal fração.

O velho cavalheiro morreu; seu testamento foi lido e, como quase todos os testamentos, gerou decepção e prazer na mesma medida. Ele não foi tão injusto ou tão ingrato a ponto de não deixar suas propriedades para seu sobrinho – mas as deixou em termos tais que metade do valor do legado se perdeu. O sr. Dashwood desejara receber a herança mais por causa de sua esposa e das filhas do que por si mesmo ou por seu filho – mas o legado foi assegurado a seu filho e ao filho de seu filho, uma criança de quatro anos, de tal forma que se viu sem condições de prover sustento àquelas que eram muitíssimo queridas para ele, e que precisavam muitíssimo de uma provisão através de qualquer custódia sobre as terras ou qualquer venda de suas valiosas matas. O conjunto foi amarrado em benefício dessa criança, a qual, por meio de visitas ocasionais com seu pai e sua mãe em Norland, ganhara o afeto de seu tio graças aos atrativos que não são nem um pouco incomuns em crianças de dois ou três anos de idade – articulação imperfeita, um sincero desejo de validar suas próprias vontades, muitos truques astuciosos e uma grande quantidade de ruído, como que para superar o valor de todas as atenções que, durante anos, ele recebera de sua sobrinha e das filhas dela. O velho, no entanto, não quis ser indelicado e, em sinal de seu afeto pelas três meninas, lhes deixou mil libras para cada uma.

A decepção do sr. Dashwood foi, a princípio, severa; mas seu temperamento era jovial e otimista; ele podia esperar razoavelmente que fosse viver ainda muitos anos e, vivendo economicamente, guardar uma soma considerável a partir da produção de uma propriedade já extensa, capaz de melhoria quase imediata. Mas a fortuna, que lhe chegara tão tarde, foi sua por apenas doze meses. Ele não sobreviveu a seu tio mais do que isso; e 10 mil libras, incluídos os recentes legados, foi tudo que restou para sua viúva e suas filhas.

Seu filho foi chamado assim que se soube que sua vida corria perigo. A ele o sr. Dashwood recomendou, com a máxima força e urgência que a doença lhe podia permitir, os interesses da madrasta e das irmãs.

O sr. John Dashwood não tinha os fortes sentimentos que caracterizavam o resto da família, mas ficou afetado por uma recomendação de tal natureza num momento como aquele; prometeu fazer tudo em seu poder para lhes garantir conforto. Seu pai se tranquilizou com essa garantia, e assim o sr. John Dashwood teve ocasião para considerar o quanto, de maneira prudente, lhe seria possível fazer por elas.

Ele não era um jovem de más intenções, a menos que possuir um coração bastante frio e ser um tanto egoísta signifique ter más intenções; mas era, de modo geral, bem respeitado, porque se conduzia com propriedade no exercício de seus deveres normais. Se tivesse desposado uma mulher mais amável, poderia ter se tornado ainda mais respeitável do que era – poderia inclusive ter se tornado amável ele mesmo, pois era muito jovem quando se casou e gostava muito de sua esposa. Mas a sra. John Dashwood era uma forte caricatura dele mesmo – mais tacanha e egoísta.

Quando fez a promessa para seu pai, meditou em seu íntimo que poderia incrementar os dotes das irmãs com um presente de mil libras para cada uma. Realmente pensou que tinha condições para tanto. A perspectiva de 4 mil por ano, em acréscimo aos rendimentos atuais de que dispunha, além da metade restante da fortuna de sua própria mãe, aqueceu seu coração e fez com que se sentisse capaz de generosidade. "Sim, ele lhes doaria 3 mil libras; isso seria uma bela demonstração de liberalidade! Seria suficiente para que elas ficassem completamente tranquilas. Três mil libras! Ele poderia dispensar essa considerável soma com bem pouca inconveniência." Pensou o dia todo nisso, e por muitos dias sucessivamente, e não se arrependeu.

O funeral do sogro mal terminara e a sra. John Dashwood, sem enviar qualquer aviso de sua intenção para sua sogra, apareceu com seu filho e seus criados. Ninguém podia contestar seu direito de vir; seu marido era dono da casa desde o momento da morte do pai dele; a indelicadeza de sua conduta, porém, se mostrou maior do que nunca e, para uma mulher na situação da sra. Dashwood, com seus naturais sentimentos, seria decerto muito desagradável. Mas em *sua* mente havia um senso de honra tão aguçado, uma generosidade tão romântica, que qualquer ofensa desse tipo, independente de quem a causasse ou recebesse, era para ela uma fonte de desgosto irremovível. A sra. John Dashwood jamais obtivera qualquer simpatia na família do marido; mas não tivera chance, até ali, de lhes mostrar como era capaz de agir, quando a ocasião exigia, com atenção quase nula pelo conforto de outras pessoas.

Tão profundamente a sra. Dashwood sentiu esse comportamento descortês, e tão sinceramente desprezou sua nora por isso, que com a chegada desta última teria deixado a casa para sempre, não fosse o fato de que a súplica de sua filha mais velha incutiu em sua mente a necessidade de refletir, primeiro, sobre a propriedade de partir; e seu terno amor por suas três garotas fez com que por fim decidisse permanecer e, pelo bem das filhas, evitar uma ruptura com o irmão delas.

Elinor, essa filha mais velha cujo conselho foi tão eficaz, era dotada de um poder de compreensão e uma frieza de julgamento que a qualificavam, embora tivesse apenas dezenove anos, para ser conselheira de sua mãe, e lhe permitiam frequentemente combater, para vantagem de todas elas, o temperamento teimoso da sra. Dashwood, que em geral abria caminho a imprudências. Elinor tinha um coração excelente. Sua disposição era sempre afetuosa e seus sentimentos eram fortes, mas ela sabia como governá-los; esse era um conhecimento que sua mãe ainda tinha de aprender, e que uma de suas irmãs resolvera que nunca lhe seria ensinado.

As habilidades de Marianne eram, em muitos aspectos, bastante semelhantes às de Elinor. Ela era sensata e astuta, mas ansiosa em tudo; suas tristezas e suas alegrias jamais tinham moderação. Era generosa, amável, interessante; era tudo, menos prudente. A semelhança entre Marianne e sua mãe era notavelmente grande.

Elinor via com inquietação esse excesso de sensibilidade na sua irmã, mas a sra. Dashwood o valorizava e o apreciava. Elas encorajavam-se, agora, na violência das aflições que enfrentavam. A pungente agonia que as dominara no início foi voluntariamente renovada, foi procurada, foi recriada várias e várias vezes. Elas se entregaram inteiramente à tristeza, buscando um agravamento da miséria em cada reflexão que pudesse proporcioná-la, e resolveram que nunca mais admitiriam consolo no futuro. Elinor também ficou profundamente aflita, mas mesmo assim conseguiu lutar, conseguiu empenhar-se. Ela conseguiu se consultar com seu irmão, conseguiu receber a cunhada em sua chegada e tratá-la com as devidas atenções; e conseguiu esforçar-se para instigar em sua mãe um empenho similar e para incentivar nela uma paciência similar.

Margaret, a outra irmã, era uma garota bem-humorada e bem-disposta; mas como assimilara uma boa dose do romantismo de Marianne sem ter muito de seu bom-senso, não oferecia, aos treze anos, a perspectiva de que fosse se igualar a suas irmãs em um período mais avançado da vida.

## Capítulo 2

A SRA. JOHN DASHWOOD TINHA se colocado agora no posto de soberana de Norland, e sua sogra e suas cunhadas foram degradadas à condição de visitantes. Como tais, no entanto, foram tratadas por ela com tranquila civilidade; de seu marido, receberam a bondade que ele era capaz de sentir em relação a qualquer ser humano além de si mesmo, sua esposa e o filho. Ele realmente lhes pediu, com certa seriedade, que considerassem Norland como lar; visto que nenhum plano parecia mais conveniente à sra. Dashwood do que permanecer ali até que ela pudesse se acomodar em uma casa nas vizinhanças, o convite foi aceito.

A permanência num lugar onde tudo a fazia lembrar prazeres antigos foi exatamente o que satisfez seu espírito. Em momentos de alegria, nenhum temperamento podia ser mais alegre do que o dela, ou possuir, em maior grau, a otimista expectativa de felicidade que é a própria felicidade. Mas na tristeza ela era igualmente arrebatada pela fantasia, e perdia qualquer possibilidade de consolo, tanto quanto, nos momentos de prazer, perdia seu equilíbrio.

A sra. John Dashwood não aprovava de maneira nenhuma o que o marido pretendia fazer por suas irmãs. Tirar 3 mil libras da fortuna de seu querido menino seria empobrecê-lo no mais terrível grau. Implorou para que ele pensasse novamente sobre o assunto. Como ele poderia justificar para si mesmo roubar seu filho, e além disso seu único filho, em tão enorme quantia? E que possível direito as senhoritas Dashwood, que eram aparentadas dele apenas na metade do sangue, algo que ela não considerava parentesco, poderiam ter sobre a generosidade do irmão para merecer tão enorme montante? Era muito bem sabido que afeição nenhuma jamais deveria existir entre os filhos de qualquer homem por casamentos diferentes; e por que precisava ele se arruinar, e arruinar seu pobre pequeno Harry, doando todo seu dinheiro para suas meias-irmãs?

– Foi o último pedido de meu pai para mim – retrucou seu marido – que eu amparasse sua viúva e suas filhas.

– Ele não sabia o que estava falando, ouso dizer; aposto dez contra um que estava meio fora de si no momento. Estivesse ele no seu juízo perfeito, não poderia ter pensado no absurdo de pedir que você desse de presente metade da fortuna de seu próprio filho.

– Ele não estipulou nenhuma soma em particular, minha cara Fanny; apenas pediu a mim, em termos gerais, que as amparasse, e que tornasse a situação delas mais confortável do que estava ao alcance dele fazer. Daria no mesmo, talvez, se ele tivesse deixado tudo a meu critério. Ele dificilmente imaginaria que eu fosse negligenciá-las. No entanto, como exigiu uma promessa, eu não poderia fazer menos do que lhes dar dinheiro; pelo menos foi o que pensei no momento. A promessa, portanto, foi dada, e precisa ser cumprida. Algo precisa ser feito por elas quando quer que venham a sair de Norland e se acomodar num novo lar.

– Bem, então *que se faça* por elas algo; mas *esse* algo não precisa ser 3 mil libras. Considere – acrescentou ela – que uma vez que nos desfizermos do dinheiro ele nunca mais irá retornar. Suas irmãs se casarão, e o dinheiro terá desaparecido para sempre. Se, de fato, ele pudesse ser restituído ao nosso pobre menino...

– Ora, com toda certeza – disse o marido dela, muito sério – isso faria grande diferença. Chegará o tempo em que Harry vai lamentar o fato de que nos desfizemos de tão grande soma. Se ele acabar tendo uma família numerosa, por exemplo, seria um acréscimo muito conveniente.

– Com toda certeza seria.

– Talvez, então, fosse melhor para todas as partes se a soma se reduzisse pela metade. Quinhentas libras seria um aumento prodigioso para seus dotes!

– Ah! Grandioso além de qualquer medida! Que outro irmão na face da Terra faria metade disso por suas irmãs, mesmo que fossem *realmente* suas irmãs? E sendo como é... somente a metade do sangue! Mas você tem um espírito tão generoso!

– Eu não desejaria cometer nenhuma baixeza – ele retrucou. – A pessoa deveria, em tais ocasiões, fazer antes muito do que muito pouco. Ninguém, pelo menos, pode pensar que eu não tenha feito bastante por elas; e minhas próprias irmãs, elas mesmas dificilmente poderiam esperar mais.

– Não há como saber o que *elas* poderiam esperar – disse a dama –, mas não devemos ficar pensando nas expectativas delas. A questão é: você pode se permitir fazer o quê?

– Sem dúvida; e creio que posso me permitir lhes dar quinhentas libras para cada uma. Seja como for, sem qualquer adição de minha parte, elas terão cada uma cerca de 3 mil libras quando a mãe morrer, uma fortuna muito confortável para qualquer mulher jovem.

– Certamente que sim; e de fato me parece que elas podem não precisar de adição nenhuma. Terão 10 mil libras divididas entre si. Caso venham a se casar, terão a certeza de que tudo está bem; se não se casarem, poderão viver juntas, no maior conforto, com os rendimentos de 10 mil libras.

– Isso é muito verdadeiro; sendo assim, não sei se, considerando tudo, não seria mais aconselhável fazer algo pela mãe delas enquanto está viva, em vez de fazer por elas; alguma coisa em forma de anuidade, quero dizer. Minhas irmãs sentiriam os efeitos positivos disso tanto quanto ela mesma. Cem por ano as deixaria perfeitamente confortáveis.

Sua esposa hesitou um pouco, no entanto, em dar consentimento a esse plano.

– Com toda certeza – disse ela –, é melhor do que jogar fora 1.500 libras de uma só vez. Mas então, se a sra. Dashwood acabar vivendo mais quinze anos, seremos completamente passados para trás.

– Quinze anos! Minha cara Fanny, a vida dela não nos custaria nem metade desse valor.

– Certamente que não; mas se você reparar, as pessoas sempre vivem para sempre quando contam com o pagamento de uma anuidade; além do mais, ela é muito robusta e saudável, e mal tem quarenta anos. Uma anuidade é um negócio muito sério; vem sempre todos os anos, sem parar, e não há como nos livrarmos disso. Você não tem noção do que vai fazer. Eu conheci muito bem os problemas das anuidades, porque minha mãe ficou soterrada com o pagamento de três para criados antigos e aposentados, por exigência do testamento do meu pai, e é incrível como aquilo lhe foi desagradável. Duas vezes por ano essas anuidades precisavam ser pagas; então tínhamos a dificuldade de lhes fazer chegar o dinheiro; e depois alguém dizia que um deles tinha morrido; e mais tarde verificávamos que não era nada disso. Minha mãe ficava muitíssimo aborrecida com aquilo. Sua renda não lhe pertencia, dizia ela, com aqueles direitos perpétuos em cima do legado; e a exigência foi tão mais cruel por parte do meu pai porque, de outro modo, o dinheiro teria estado inteiramente à disposição da minha mãe, sem nenhuma espécie de restrição. Isso me deu uma terrível aversão por anuidades, tão grande que, tenho certeza, eu não me deixaria prender ao pagamento de uma por nada neste mundo.

– É sem dúvida uma coisa desagradável – retrucou o sr. Dashwood – termos esses drenos anuais em nossa renda. A fortuna de uma pessoa, como sua mãe afirma com razão, *não* lhe pertence. Permanecer amarrado ao pagamento regular de um montante assim, em todos os dias de arrecadação, não é de forma alguma desejável... Isso acaba com a independência de uma pessoa.

– Sem dúvida; e depois de tudo você não recebe sequer um obrigado por isso. Eles pensam que estão seguros, você não faz nada mais do que o esperado, e isso não gera gratidão nenhuma. Se eu fosse você, o que quer que eu fizesse seria feito inteiramente a meu próprio critério. Eu não assumiria o compromisso de lhes permitir qualquer valor anualmente. Pode vir a ser muito inconveniente, em determinados anos, subtrair cem ou até mesmo cinquenta libras de nossas próprias despesas.

– Creio que você está certa, meu amor; será melhor se não houver anuidade nenhuma nesse caso; o que quer que eu possa lhes dar ocasionalmente será um auxílio muito maior do que um subsídio anual, porque elas ficariam apenas enriquecendo seu estilo de vida se tivessem a certeza de uma renda maior, e não seriam nem um pingo mais ricas por causa disso no final do ano. Assim será certamente muitíssimo melhor. Um presente de cinquenta libras, de vez em quando, vai impedir que jamais se vejam aflitas por falta de dinheiro, e isso, penso eu, vai quitar amplamente minha promessa ao meu pai.

– Certamente que sim. De fato, para dizer a verdade, estou convencida em meu íntimo de que seu pai não pretendia que você lhes doasse qualquer quantia em dinheiro. O auxílio no qual pensou, ouso dizer, era somente algo que poderia ser razoavelmente esperado de você; por exemplo, algo como procurar uma casinha confortável para elas, ajudando-as a transportar suas coisas, enviando-lhes presentes de peixe ou caça, e assim por diante, sempre que fosse época de peixe ou caça. Dou minha vida como garantia de que ele não desejou nada mais do que isso; na verdade, seria muito estranho e despropositado se tivesse desejado. Pois apenas considere, meu caro sr. Dashwood, como sua madrasta e as filhas dela poderão viver numa situação de conforto extremo com os rendimentos de 7 mil libras, além das mil libras pertencentes a cada uma das garotas, o que lhes dá cinquenta libras anuais para cada uma, e naturalmente elas vão pagar sua mãe, com isso, pela moradia. Ao todo, juntas elas terão quinhentas libras por ano, e de quanto mais quatro mulheres podem precisar neste mundo? Elas vão ter uma vida tão barata! Seus gastos em manutenção doméstica serão absolutamente desprezíveis. Não terão carruagem, não terão cavalos e praticamente nenhum criado; não terão qualquer companhia, e não poderão ter despesas de nenhum tipo! Tente conceber o quanto estarão confortáveis! Quinhentas libras por ano! Tenho certeza de que não posso imaginar como conseguirão gastar metade disso; e quanto à possibilidade de você lhes dar mais, é completamente absurdo pensar nisso. Elas é que terão muito mais condições de dar alguma coisa *para você*.

– Dou minha palavra – disse o sr. Dashwood –, acredito que você está perfeitamente certa. Meu pai certamente não poderia ter desejado nada mais, em seu pedido a mim, do que isso que você diz. Entendo tudo agora com muita clareza, e vou cumprir rigorosamente meu compromisso através desses atos de ajuda e bondade em favor delas, bem como você descreveu. Quando minha mãe se transferir para outra casa, meus serviços serão prontamente oferecidos com o fim de acomodá-la, tanto quanto me for possível. Algum pequeno presente em mobília também poderá ser aceitável, então.

– Certamente – retornou a sra. John Dashwood. – No entanto, mesmo assim, *uma* coisa precisa ser considerada. Quando seu pai e sua mãe se mudaram para Norland, embora o mobiliário de Stanhill tenha sido vendido, foram guardadas todas as porcelanas, as pratarias e a roupa branca, e agora isso tudo passou às mãos da sua mãe. A casa dela estará, portanto, quase que completamente equipada tão logo a transferência seja realizada.

– Eis uma consideração substancial, sem dúvida. Um legado valioso, de fato! E no entanto algumas peças da prataria teriam proporcionado um acréscimo bastante agradável ao nosso próprio estoque, aqui.

– Sim, e o conjunto da porcelana de desjejum é duas vezes mais bonito do que aquele que temos na nossa casa. Bonito até demais, na minha opinião, para qualquer lugar em que *elas* puderem se dar ao luxo de viver. Entretanto, assim é que ficaram as coisas. Seu pai pensou somente *nelas*. E devo dizer isto: que você não deve nenhuma gratidão especial a ele, e tampouco atenção a seus desejos, porque nós sabemos muito bem que, se ele pudesse, teria deixado quase tudo neste mundo para *elas*.

Esse argumento era irresistível. Forneceu às intenções do sr. Dashwood uma dose qualquer de decisão que estivera faltando antes; e ele afinal decidiu que seria completamente desnecessário, se não altamente indecoroso, fazer pela viúva e pelas filhas de seu pai mais do que esses atos de boa vizinhança que sua própria mulher indicava.

# Capítulo 3

A sra. Dashwood permaneceu durante vários meses em Norland; não porque sentisse pouca inclinação por se mudar quando a visão de todos os recantos bem conhecidos deixou de suscitar a emoção violenta que produzira por um tempo; pois quando seu espírito começou a ganhar novo ânimo e sua mente se tornou capaz de algum esforço que não fosse o de agravar o tormento através de lembranças melancólicas, ficou impaciente por ir embora e procedeu de modo incansável em suas inquirições por alguma habitação adequada nas vizinhanças de Norland; pois uma mudança para longe daquele lugar amado era impossível. Mas ela não soube de nenhuma localização que ao mesmo tempo correspondesse a suas noções de conforto e sossego e recebesse o aval da prudência de sua filha mais velha, cujo julgamento mais rigoroso rejeitou várias casas – que sua mãe aprovaria – por serem grandes demais para os rendimentos delas.

A sra. Dashwood havia sido informada por seu marido sobre a solene promessa em favor delas que seu filho lhe fizera, o juramento que lhe dera conforto em suas últimas reflexões terrenas. Não duvidava da sinceridade desse compromisso mais do que ele próprio duvidara, e pensava no assunto, pelo bem de suas filhas, com satisfação, embora estivesse convencida, no que lhe dizia respeito, de que uma provisão muito menor do que 7 mil libras a sustentaria de modo abundante. Pelo bem do irmão de suas filhas, também, e pelo bem de seu próprio coração, a sra. Dashwood alegrou-se, e censurou-se por ter sido injusta em relação aos méritos dele antes, por ter acreditado que ele era incapaz de generosidade. O comportamento atencioso do sr. John Dashwood com ela mesma e com as irmãs a persuadiu de que o bem-estar delas era importante para ele. Durante um longo tempo, a sra. Dashwood confiou com grande firmeza na liberalidade de suas intenções.

O desprezo que ela sentira por sua nora desde o primeiro instante em que se conheceram foi muito intensificado pelo conhecimento posterior de seu caráter, proporcionado pela convivência de meio ano com sua família; e talvez, a despeito de toda consideração de polidez ou afeição materna por parte da primeira, as duas senhoras acabassem constatando que era impossível que tivessem morado juntas por tanto tempo, não fosse o fato de que uma circunstância particular ocorreu para conferir razoabilidade ainda maior, de acordo com as opiniões da sra. Dashwood, à permanência de suas filhas em Norland.

Essa circunstância foi um afeto cada vez maior entre sua garota mais velha e o irmão da sra. John Dashwood, um jovem cavalheiresco e agradável que lhes foi apresentado logo depois do estabelecimento da irmã em Norland e que desde então vinha passando ali a maior parte de seu tempo.

Algumas mães poderiam ter incentivado essa intimidade por motivos de puro interesse, porque Edward Ferrars era o filho mais velho de um homem que morrera muito rico; e algumas a teriam reprimido por motivos de prudência, porque, excetuando-se uma soma insignificante, o total de sua fortuna dependia do testamento de sua mãe. Mas a sra. Dashwood não se deixou influenciar nem pela primeira e nem pela segunda consideração. Eram suficientes, para ela, os sinais de que o jovem parecia ser amável, de que gostava muito de sua filha, e de que Elinor tinha por ele a mesma parcialidade. Contrariava todas as suas doutrinas a lei segundo a qual uma diferença de dotes deveria manter qualquer casal separado quando existisse atração por semelhança de temperamentos; e era impossível, em seu entendimento, que os méritos de Elinor não pudessem ser admitidos por todos que a conheciam.

Edward Ferrars não se recomendou ao juízo favorável das novas amigas devido a quaisquer graças peculiares de sua pessoa ou de seus modos. Ele não era bonito, e suas maneiras solicitavam alguma intimidade para que se tornassem agradáveis. Era tímido demais para que se saísse bem num primeiro contato; contudo, quando seu acanhamento natural era superado, seu comportamento dava todas as indicações de um coração aberto e afetuoso. Era um jovem inteligente, e a educação lhe proporcionara sólidos aprimoramentos. Mas não era dotado nem da disposição e tampouco das habilidades necessárias para responder aos desejos da mãe e da irmã, que ansiavam por vê-lo na condição de homem distinto... como um... elas mal sabiam o quê. As duas queriam que ele fizesse uma boa figura no mundo, de alguma maneira ou de outra. Sua mãe queria fazê-lo tomar interesse por assuntos políticos, levá-lo ao parlamento, ou vê-lo tendo relações com alguns dos grandes homens da atualidade. A sra. John Dashwood queria o mesmo, mas enquanto isso, até que alguma dessas bênçãos superiores pudesse ser alcançada, sua ambição teria se aquietado se o visse conduzindo uma caleche. Mas Edward não tinha nenhuma predileção por grandes homens ou caleches. Todos os seus desejos se concentravam no conforto doméstico e na quietude da vida privada. Felizmente ele tinha um irmão mais novo que se mostrava mais promissor.

Edward já passara várias semanas em Norland quando começou a granjear um pouco das atenções da sra. Dashwood; pois ela estava de tal modo mergulhada em aflição, naquele período, que se tornara descuidada com as coisas que a cercavam. Ela percebia somente que o jovem era quieto e discreto, e gostava dele por causa disso. Edward não ficava perturbando sua mente atormentada com conversas inoportunas. Ela só foi observá-lo e aprová-lo de verdade mais adiante, impelida por uma reflexão que Elinor proferiu certo dia, ao acaso, sobre a diferença entre Edward e a irmã dele. Tratava-se de um contraste que o recomendava muito forçosamente aos olhos da sra. Dashwood.

– Isso é suficiente – disse ela. – Dizer que ele é diferente de Fanny é suficiente. Isso implica todas as qualidades mais amáveis. Eu já o amo.

– Creio que a senhora vai gostar de Edward – disse Elinor – quando souber mais sobre ele.

– Gostar dele!? – retrucou sua mãe com um sorriso. – Não reconheço nenhum sentimento de aprovação inferior ao amor.

– A senhora poderá ter estima por ele.

– Eu nunca soube até hoje se seria possível separar a estima do amor.

A sra. Dashwood começou a fazer um esforço, então, para conhecê-lo melhor. Empregou maneiras cativantes, que logo desmancharam a postura reservada do jovem. Compreendeu num instante todos os seus méritos; a persuasão de que ele gostava de Elinor talvez tenha cooperado nessa intuição; mas realmente se sentiu segura de que estava lidando com uma pessoa de grande valor: e até mesmo aqueles modos comedidos, que militavam contra todas as ideias estabelecidas que ela tinha sobre como deveria se portar em sociedade um jovem cavalheiro, deixaram de ser desinteressantes quando soube que seu coração era caloroso e que seu temperamento era muito afável.

Mal notou um leve sintoma de amor no comportamento de Edward em relação a Elinor, a sra. Dashwood considerou como certo um afeiçoamento sério entre os dois e passou a enxergar um casamento que se aproximava rapidamente.

– Dentro de poucos meses, minha querida Marianne – disse ela –, Elinor vai, com a maior probabilidade, fixar sua vida para sempre. Vamos sentir falta dela, mas *ela* vai ser feliz.

– Ah! Mamãe, como poderemos viver sem ela?

– Meu amor, mal será uma separação. Vamos morar a poucas milhas de distância e nos encontrar a cada dia de nossas vidas. Você vai ganhar um irmão, um irmão verdadeiro e afetuoso. Tenho a mais elevada opinião deste mundo sobre o coração de Edward. Mas você parece estar séria, Marianne; você desaprovou a escolha de sua irmã?

– Talvez – disse Marianne – eu a esteja considerando com alguma surpresa. Edward é um jovem adorável, e eu gosto dele com muita ternura. E no entanto... ele não é o tipo de cavalheiro que... Existe alguma coisa faltando... A figura dele não é impactante, não tem nem um pouco da graça que eu esperaria do homem que poderia seriamente seduzir minha irmã. Faltam nos olhos dele o espírito e o fogo que anunciam ao mesmo tempo a inteligência e a virtude. E além de tudo isso eu receio, mamãe, que ele não disponha de um verdadeiro bom gosto. A música parece atraí-lo muito pouco; e embora ele admire bastante os desenhos de Elinor, não se trata da admiração de uma pessoa que possa entender o valor deles. É evidente, apesar de suas atenções frequentes a Elinor enquanto ela desenha, que na verdade ele não sabe nada sobre a matéria. Ele admira como um enamorado, não como um *connoisseur*. Para que eu fique satisfeita, essas duas características precisam estar unidas. Eu não poderia ser feliz com um homem cujo gosto não coincidisse em todos os pontos com o meu próprio gosto. Ele precisa ser capaz de penetrar todos os meus sentimentos; os mesmos livros, as mesmas músicas devem encantar a nós dois. Ah, mamãe, com quanto desânimo, com quanta mansidão Edward fez a leitura para nós na noite passada! Senti pena da minha irmã, da maneira mais dolorosa. E no entanto ela suportou tudo com tamanha compostura, parecia mal perceber aquilo. Eu quase não consegui me manter parada em meu assento. Ouvir aqueles versos lindos, que tantas vezes já me deixaram num estado próximo ao êxtase, pronunciados com uma calma tão impenetrável, uma indiferença tão terrível!

– Ele certamente teria se saído melhor com uma prosa simples e elegante. Foi o que eu pensei naquele momento; mas você *precisava* lhe dar Cowper.

– Ora, mamãe, se ele não é capaz de se animar nem com Cowper! Mas devemos fazer uma concessão na diferença de gosto. Elinor não tem sentimentos iguais aos meus e, portanto, pode desconsiderar a questão e ser feliz com ele. Mas teria despedaçado o *meu* coração, se eu estivesse apaixonada por Edward, ouvi-lo ler com tão pouca sensibilidade. Mamãe, quanto mais eu sei sobre o mundo, mais fico convencida de que nunca encontrarei um homem a quem eu possa realmente amar. Eu tenho tantas exigências! Ele precisa ter todas as virtudes de Edward, e sua pessoa e suas maneiras precisam enfeitar sua bondade com todos os charmes possíveis.

– Lembre-se, meu amor, de que você não tem dezessete anos. É ainda muito cedo na vida para desesperar de uma felicidade como essa. Por que você deveria ser menos afortunada do que a sua mãe? Que apenas numa circunstância, minha Marianne, o seu destino possa ser diferente do destino dela!

## Capítulo 4

– Que lástima, Elinor – disse Marianne –, que Edward não tenha nenhum gosto pelo desenho.

– Nenhum gosto pelo desenho!? – retrucou Elinor. – De onde você tirou essa ideia? Ele mesmo não desenha, de fato, mas tem grande prazer em apreciar as performances de outras pessoas, e eu lhe garanto que ele não é de maneira nenhuma deficiente em bom gosto natural, embora não tenha encontrado oportunidades de aprimorá-lo. Se Edward alguma vez tivesse passado por um aprendizado, creio que desenharia muito bem. Ele desconfia de seu próprio julgamento em tais assuntos, a tal ponto que se mostra sempre pouco disposto a emitir sua opinião sobre qualquer imagem, mas tem, como qualidades inatas, um decoro e uma simplicidade de gosto que em geral o conduzem perfeitamente bem.

Marianne receou que pudesse estar sendo ofensiva e não disse mais nada em torno do tema; mas o tipo de aprovação que inspiravam nele os desenhos de outras pessoas, de acordo com o que dissera Elinor, ficava muito distante do deleite arrebatado que, em sua opinião, poderia ser verdadeiramente chamado de bom gosto. Mesmo assim, embora sorrindo em seu íntimo diante de tal equívoco, respeitou sua irmã por aquela parcialidade cega por Edward, origem do equívoco.

– Espero, Marianne – prosseguiu Elinor –, que você não o considere deficiente em bom gosto de um modo geral. Na verdade, creio que posso dizer que não é esse o caso, porque seu comportamento com ele é perfeitamente cordial, e se *essa* fosse a sua opinião, tenho certeza de que você jamais conseguiria tratar Edward com cortesia.

Marianne ficou sem saber o que dizer. Não pretendia ferir os sentimentos da irmã por nenhum motivo; no entanto, dizer algo em que não acreditava era impossível. Por fim ela retrucou:

– Não se ofenda, Elinor, se o meu louvor a Edward não é, em todos os aspectos, idêntico ao juízo que você faz dos méritos dele. Não tive muitas oportunidades de avaliar as mais minuciosas propensões de sua mente, suas inclinações e seus gostos, como você teve, mas tenho a mais elevada opinião deste mundo sobre a sensatez e a bondade que o distinguem. Eu penso todas as coisas mais dignas e amáveis a respeito dele.

– Tenho certeza – retrucou Elinor com um sorriso – de que os mais queridos amigos dele não poderiam ficar insatisfeitos diante de um elogio como esse. Não me parece ser possível que você consiga se expressar mais calorosamente.

Marianne regozijou-se por ver que sua irmã se contentava com tamanha facilidade.

– Da sensatez e da bondade que o distinguem – prosseguiu Elinor – nenhuma pessoa poderá ter a menor dúvida, penso eu, se o tiver visto com frequência suficiente para engajá-lo numa conversa sem reservas. A excelência de seu discernimento e de seus princípios só poderá ser ocultada por essa timidez que muitas vezes o mantém calado. Você já o conhece o bastante para fazer justiça aos seus sólidos atributos. Em razão de circunstâncias peculiares, porém, você se manteve mais ignorante do que eu quanto a suas propensões mais minuciosas, como você as chama. Eu e Edward passamos um bom tempo juntos vez por outra, enquanto você vem se mantendo totalmente absorvida por minha mãe, na mais carinhosa das condutas. Já pude observá-lo de modo prolongado, estudei seus sentimentos e ouvi seus pareceres sobre temas da literatura e do bom gosto; levando tudo em conta, atrevo-me a pronunciar que sua mente é bem informada, que o prazer que ele obtém dos livros é extremamente grande, que sua imaginação é vívida, que suas observações são justas e corretas, e que seu gosto é delicado e puro. Suas habilidades em todos os quesitos melhoram quando passamos a conhecê-lo, tanto quanto suas maneiras e sua pessoa. À primeira vista, seu modo de agir certamente não é notável; e sua figura dificilmente poderá ser descrita como bonita, mas somente até o instante em que percebemos a expressão de seus olhos, que são excepcionalmente bondosos, e a doçura perene de seu semblante. No momento, eu o conheço tão bem que creio que ele é realmente bonito, ou pelo menos quase bonito. O que você diz, Marianne?

– Eu hei de considerá-lo bonito muito em breve, Elinor, se não o considero agora. Quando você pede a mim que o ame como se fosse um irmão, eu por certo não verei mais imperfeições em seu rosto do que aquelas que vejo agora em seu coração.

Elinor sobressaltou-se com essa declaração e lamentou o fervor com o qual se traíra falando do amigo. Ela sentia que Edward se elevava muito alto em sua opinião. Acreditava que a consideração era mútua; mas precisava ter mais certeza disso para que se tornasse agradável, a seu ver, a convicção de Marianne sobre seu relacionamento com ele. Sabia que aquilo que Marianne e sua mãe conjecturavam num determinado momento elas passavam a tomar como fato consumado no momento seguinte – que para elas desejar era ter esperança, e ter esperança era viver em expectativa. Ela tentou explicar o estado real do caso para sua irmã.

– Não tentarei negar – disse ela – que penso as melhores coisas sobre Edward, que o estimo muitíssimo, que gosto dele.

Marianne, aqui, irrompeu com indignação:

– Estima muitíssimo!? Gosta dele!? Elinor, quanta frieza em seu coração! Ah, pior do que frieza! Vergonha de sentir algo bem diferente. Use essas palavras mais uma vez e eu saio da sala neste exato instante.

Elinor não pôde deixar de rir.

– Eu lhe peço desculpa – disse ela. – E tenha certeza de que não quis ofendê-la falando, de maneira tão despreocupada, sobre os meus próprios sentimentos. Creia que eles são mais fortes do que declarei; creia, em suma, que são os devidos sentimentos que os méritos dele... e a suspeita... a esperança de seu afeto por mim podem justificar, sem qualquer imprudência ou desatino. Em algo mais do que isso, contudo, você não deve acreditar. Não estou nem um pouco segura quanto ao interesse de Edward por mim. Há momentos em que o alcance desse mesmo interesse parece ser duvidoso; e antes que seus sentimentos sejam totalmente conhecidos, você não deveria se espantar em saber o quanto eu gostaria de evitar um encorajamento da minha própria parcialidade, para que eu não acabe acreditando demais ou nomeando algo que não existe. Em meu coração sinto bem pouca... mal sinto qualquer dúvida sobre a preferência dele por mim. Mas existem outros pontos que devem ser considerados além de sua inclinação. Ele está muito longe de ser um homem independente. O que sua mãe realmente pode ser, isso não podemos adivinhar, mas, se nos basearmos nas menções ocasionais de Fanny sobre sua conduta e suas opiniões, nunca ficaremos dispostas a pensar que ela possa ser uma pessoa amável; e estarei muito enganada se o próprio Edward não tiver plena noção de que apareceriam muitas dificuldades em seu caminho se ele demonstrasse querer se casar com uma mulher que não tivesse nem uma grande fortuna e nem uma posição elevada.

Marianne ficou estupefata por constatar o quanto a imaginação de sua mãe e dela mesma tinha ultrapassado a verdade.

– E você realmente não contraiu noivado com Edward! – disse ela. – Mesmo assim, isso certamente vai ocorrer muito em breve. Mas duas vantagens surgirão desse retardamento. Não vou perder você tão cedo, e Edward terá maiores oportunidades de aprimorar aquele gosto natural pelo passatempo favorito da minha irmã, algo que deve ser tão indispensavelmente necessário à futura felicidade dela. Ah! Se ele chegasse ao ponto de ser estimulado por seu gênio, Elinor, e conseguisse aprender a desenhar... Como seria maravilhoso!

Elinor dissera o que verdadeiramente pensava para sua irmã. Ela não podia considerar sua parcialidade por Edward numa situação tão próspera quanto aquela que Marianne supusera. Havia, por vezes, uma falta de animação nas atitudes dele que, se não denotava indiferença, revelava algo que era igualmente pouco promissor, quase no mesmo nível. Uma dúvida sobre o interesse dela, supondo-se que Edward a sentisse, não lhe causaria mais do que apenas inquietude. Não era provável que essa dúvida desse origem ao desânimo de espírito que muitas vezes o acompanhava. Uma causa mais razoável podia ser encontrada na situação de dependência que lhe proibia favorecer aquele afeto. Elinor sabia que a mãe de Edward não vinha se comportando com ele de modo a lhe proporcionar um lar confortável nos últimos tempos, e que tampouco lhe dava qualquer garantia de que ele estava autorizado a formar um lar para si mesmo sem que rigorosamente atendesse aos objetivos dela quanto a seu engrandecimento. Com tal conhecimento, era impossível que Elinor se sentisse tranquila nesse assunto. Ela estava longe de contar com o que poderia resultar da preferência dele, com a consequência que sua mãe e sua irmã consideravam ainda como certa. Não; quanto mais tempo eles passavam juntos, tanto mais duvidosa parecia ser a natureza do interesse dele, e às vezes, durante alguns minutos dolorosos, Elinor acreditava que os sentimentos de Edward não eram mais do que amizade.

Quaisquer que fossem os verdadeiros limites da relação, contudo, eles foram suficientes, quando percebidos pela irmã de Edward, para fazer com que ela ficasse um tanto incomodada e, ao mesmo tempo (o que era mais comum ainda), procedesse com descortesia. A sra. John Dashwood aproveitou a primeira oportunidade que teve para confrontar sua sogra, discorrendo muito expressivamente sobre as grandes expectativas de seu irmão, sobre a resolução da sra. Ferrars de que seus dois filhos deveriam casar bem, e sobre o perigo que acometeria qualquer jovem dama que tentasse *enfeitiçá-lo*; por sua vez, a sra. Dashwood não pôde fingir que não estava ciente, ou tentar manter a calma. Ela lhe deu uma resposta que salientava seu desprezo e no mesmo ato saiu da sala, decidindo que, quaisquer que fossem os inconvenientes ou as despesas de uma mudança tão repentina, sua amada Elinor não seria exposta mais a tais insinuações, e que não esperaria nem mesmo uma semana.

Em meio a esse tormento de seu espírito, a sra. Dashwood recebeu pelo serviço postal uma carta que continha uma proposta particularmente oportuna. Tratava-se da oferta de uma pequena casa, em condições bastante vantajosas, pertencente a um parente seu, um cavalheiro abastado e importante, em Devonshire. A carta provinha desse mesmo cavalheiro e vinha escrita num verdadeiro espírito de amigável prestimosidade. O cavalheiro sabia que ela estava precisando de um lugar para morar e, embora essa casa que agora oferecia fosse meramente um chalé, lhe garantia que todos os ajustes que ela pudesse considerar necessários seriam efetuados, caso a localização lhe agradasse. Insistia com determinação, depois de fornecer os pormenores sobre a casa e o quintal, para que a sra. Dashwood viesse com suas filhas a Barton Park, local de sua própria residência, de onde ela poderia julgar por si mesma se Barton Cottage (porque as casas eram situadas na mesma paróquia) teria condições de lhe propiciar conforto depois de quaisquer alterações. Ele parecia estar realmente ansioso por acomodá-las; de modo geral, sua carta vinha escrita num estilo tão amigável que não poderia deixar de deleitar sua prima, especialmente num momento em que ela sofria sob o comportamento insensível e frio de seus parentes mais próximos. Ela não precisou de tempo nenhum para deliberar ou questionar. Sua resolução foi tomada enquanto durou a leitura. A localização de Barton, num condado tão distante de Sussex como Devonshire, algo que apenas algumas horas antes teria representado impedimento suficiente para superar todas as possíveis vantagens relativas ao lugar, era sua primeira recomendação agora. Sair dos arredores de Norland não era mais um mal; era um objeto de desejo; era uma bênção, em comparação com a desgraça de continuar sendo hóspede de sua nora; e se afastar para sempre daquele lugar amado seria menos doloroso do que habitá-lo ou visitá-lo enquanto uma mulher como aquela fosse sua soberana. Ela escreveu no mesmo instante para Sir John Middleton, agradecendo a benevolência e aceitando a proposta; em seguida, apressou-se para mostrar ambas as cartas a suas filhas, de modo que pudesse estar segura do consentimento das garotas antes que sua resposta fosse enviada.

Elinor sempre pensara que seria mais prudente, para elas, que fixassem seu novo lar a uma boa distância de Norland, em vez de permanecer nas proximidades imediatas de seus atuais conhecidos. *Nesse* aspecto, portanto, não lhe cabia contrariar a intenção de sua mãe quanto a uma mudança para Devonshire. E além do mais, segundo as informações de Sir John, a casa era tão singela em seu tamanho, e o aluguel era tão extraordinariamente moderado, que não lhe restava nenhum direito de levantar oposição sob qualquer ponto de vista; sendo assim, embora aquele não fosse um plano que evocasse encantamentos em sua fantasia, embora se tratasse de um afastamento das vizinhanças de Norland que superava sua vontade, ela não fez nenhuma tentativa para dissuadir sua mãe de mandar uma carta de consentimento.

## Capítulo 5

Tão logo sua resposta foi despachada, a sra. Dashwood usufruiu do prazer de anunciar ao enteado e à esposa dele que lhe fora providenciada uma casa, e que ela deixaria de os importunar assim que tudo estivesse preparado para que pudesse habitá-la. Os dois ouviram-na com surpresa. A sra. John Dashwood não disse nada, mas seu marido respeitosamente professou o desejo de que ela não fosse fixar residência muito longe de Norland. A sra. Dashwood teve grande satisfação em responder que estava se mudando para Devonshire. Edward voltou-se bruscamente na direção dela quando ouviu isso e, numa voz marcada por surpresa e preocupação – algo que não precisava de explicação para ela –, repetiu:

– Devonshire!? A senhora está de fato se mudando para lá? Tão longe daqui! Em que parte de Devonshire?

Ela explicou a localização. A casa ficava cerca de quatro milhas ao norte de Exeter.

– É apenas um chalé – a sra. Dashwood continuou –, mas espero poder ver muitos de meus amigos nele. Um quarto ou dois podem ser facilmente adicionados e, se meus amigos não encontrarem alguma dificuldade em viajar tão longe para me ver, tenho certeza de que não terei nenhuma em acomodá-los.

Ela concluiu com um convite muito gentil para que o sr. e a sra. John Dashwood a visitassem em Barton; para Edward, estendeu um convite ainda mais carinhoso. A recente conversa com sua nora, embora tivesse feito com que se determinasse a não permanecer em Norland mais do que o inevitável, não produzira sobre ela o menor efeito naquilo que havia sido a intenção principal do confronto. Separar Edward e Elinor estava mais longe do que nunca de ser seu objetivo; e ela quis mostrar à sra. John Dashwood, com esse proposital convite ao irmão dela, o quanto desconsiderava por completo sua desaprovação à união dos dois.

O sr. John Dashwood repetiu várias vezes para sua mãe o quão extremamente triste ficava por ela ter escolhido uma casa tão distante de Norland, tão longínqua que obstava que ele pudesse lhe prestar qualquer serviço no transporte da mobília. Ele de fato se sentiu sinceramente vexado na ocasião, porque o mísero esforço ao qual limitara o cumprimento da promessa que fizera para seu pai se tornava, com esse arranjo, impraticável. A mobília foi enviada toda por água. O conjunto consistia principalmente de roupa branca, prataria, porcelana e livros, com um belo pianoforte de Marianne. A sra. John Dashwood viu os pacotes partirem com um suspiro: não pôde deixar de lamentar profundamente que, dispondo de uma renda insignificante na comparação com a deles, a sra. Dashwood devesse ter direito a qualquer peça de mobília refinada.

A sra. Dashwood alugou a casa por um período de doze meses. O chalé já estava mobiliado, e ela poderia tomar posse quando bem quisesse. Nenhuma dificuldade surgiu de ambos os lados no acordo, e ela esperou somente pela liberação de seus bens em Norland, e pela determinação dos arranjos domésticos de seu futuro lar, antes de partir na direção oeste; e isso, visto que ela era extremamente veloz na execução de todas as coisas que mobilizavam seu interesse, foi logo realizado. Os cavalos deixados por seu marido haviam sido vendidos logo após a morte dele; aparecendo agora uma oportunidade de passar adiante sua carruagem, ela concordou em vendê-la também, depois de ouvir o zeloso conselho de sua filha mais velha. Em nome do conforto de suas garotas, caso tivesse consultado apenas seus próprios desejos, ela teria ficado com o veículo; mas o critério de Elinor prevaleceu. A sabedoria *desta* última também limitou o número de empregados a três: duas criadas e um homem, com os quais elas foram rapidamente providas dentre aqueles que haviam formado sua equipe doméstica em Norland.

O homem e uma das criadas foram enviados sem mais delongas para Devonshire, a fim de preparar a casa para quando sua patroa chegasse, porque, uma vez que a sra. Dashwood desconhecia totalmente Lady Middleton, ela preferiu ir morar diretamente no chalé a permanecer como visitante em Barton Park; e ela confiou tão cegamente na descrição que Sir John fizera da casa que não sentiu curiosidade de examiná-la por conta própria antes de entrar nela na condição de dona. Sua ânsia por fugir de Norland foi preservada de um arrefecimento pela evidente satisfação de sua nora com a perspectiva da mudança, uma satisfação que ela tentou esconder apenas debilmente, sob um frio convite à sra. Dashwood para que adiasse a partida. E agora chegava o momento em que a promessa do sr. John Dashwood para seu pai poderia ser cumprida com particular propriedade. Como ele se omitira de fazê-lo quando aparecera em Norland Park, o abandono daquela casa por parte das damas podia ser encarado como a ocasião mais adequada para fazer valer o compromisso. Mas a sra. Dashwood logo começou a desistir de qualquer esperança desse tipo e a ficar convencida, observando a tendência errante do discurso de seu enteado, de que o amparo prometido já se restringia somente à manutenção delas por seis meses em Norland. Ele falava com tanta frequência nas despesas cada vez maiores dos serviços domésticos e nas perpétuas demandas que esvaziavam seu bolso, às quais um homem de mínima relevância neste mundo ficava exposto num nível incalculável, que parecia antes estar necessitado de mais dinheiro para si do que ter qualquer intenção de doar dinheiro.

Passadas bem poucas semanas desde o dia que trouxera para Norland a primeira carta de Sir John Middleton, tudo já estava tão organizado na moradia futura que a sra. Dashwood e suas filhas tiveram condições de começar sua viagem.

Muitas foram as lágrimas derramadas por elas em seu último adeus a um lugar tão amado.

– Querida, querida Norland! – disse Marianne, enquanto vagava sozinha diante da casa, na última noite que passariam ali. – Quando deixarei de sentir sua falta? Quando conseguirei me sentir em casa em outro lugar? Ah! Feliz casa, se pudesse saber o quanto sofro vendo você daqui, de onde talvez eu jamais a veja outra vez! E vocês, ó bem conhecidas árvores! Mas vocês não mudarão. Nenhuma folha decairá porque fomos embora, e tampouco qualquer ramo quedará imóvel, embora já não possamos mais observá-las! Não; vocês não mudarão, inconscientes do prazer ou do pesar que causam e insensíveis a qualquer alteração entre os que andam sob sua sombra! Mas quem permanecerá para desfrutar de vocês?

# Capítulo 6

A primeira parte da viagem transcorreu numa disposição demasiado melancólica para que pudesse ser outra coisa que não tediosa e desagradável. Quando elas se aproximaram do final do caminho, porém, o interesse pelo aspecto da região que habitariam suplantou a tristeza, e a visão de Barton Valley lhes infundiu alegria enquanto adentravam aquelas partes. Era um lugar agradável e fértil, bem arborizado, e rico em pastagens. Depois de serpentear ao longo do vale por mais de uma milha, alcançaram sua própria casa. Um pequeno pátio verde abrangia o domínio da frente, e um bonito postigo as admitiu na entrada.

Na condição de casa, embora fosse pequena, Barton Cottage era confortável e compacta; na condição de chalé, contudo, era deficiente, porque a edificação era regular, o topo era coberto por telhas, as venezianas das janelas não estavam pintadas de verde nem tampouco as paredes eram cobertas por madressilvas. Uma passagem estreita levava diretamente, por dentro da casa, ao quintal na parte de trás. Em ambos os lados da entrada se tinha uma sala de estar com cerca de vinte metros quadrados; e depois das salas ficavam as áreas de manutenção e as escadas. Quatro quartos de dormir e dois sótãos formavam o resto da casa, que não havia sido construída muitos anos antes e se mostrava em bom estado de conservação. Em comparação com Norland, era pequena e pobre, de fato! Mas as lágrimas que a lembrança evocara quando as novas moradoras entraram na casa logo se secaram. Elas se animaram com o regozijo dos criados por sua chegada, e cada uma, pelo bem das outras, decidiu aparentar felicidade. Setembro mal começara; a estação estava muito aprazível; vendo aquele lugar pela primeira vez sob a luz vantajosa do tempo bom, elas tiveram uma impressão favorável que lhes foi da maior importância na recomendação de suas aprovações duradouras.

A casa contava com boa localização. Colinas altas erguiam-se logo atrás, e também a uma distância não muito grande de ambos os lados; algumas dessas elevações eram morros relvados, e as outras eram cultivadas e arborizadas. O vilarejo de Barton situava-se na maior parte numa dessas colinas e formava um agradável panorama nas janelas do chalé. A perspectiva em frente era mais extensa; abarcava o vale todo e alcançava o campo mais além. As colinas que cercavam a casa interrompiam Barton Valley nessa direção; sob outro nome, e num outro caminho, o vale se ramificava novamente entre duas das mais íngremes elevações.

Com o tamanho e o mobiliário do chalé a sra. Dashwood ficou bastante satisfeita de um modo geral, porque, embora seu estilo de vida anterior fizesse com que muitas adições se tornassem agora indispensáveis, acrescentar e aprimorar, mesmo assim, era sempre um deleite para ela; e ela tinha naquele momento quantia suficiente, em dinheiro disponível, para fornecer aos aposentos todos os itens que fossem necessários em matéria de elegância superior.

– Quanto à casa em si, não há dúvida – disse ela – de que é muito pequena para nossa família, mas conseguiremos nos acomodar de maneira toleravelmente confortável por enquanto, porque o ano já vai tarde demais para melhorias. Quem sabe na primavera, se eu tiver bastante dinheiro (e ouso dizer que terei), possamos pensar em reformas. Estas salas são ambas muito pequenas para receber os grupos de nossos amigos que espero ver muitas vezes reunidos aqui; e acalento algumas ideias de abrir a passagem para dentro de uma delas, talvez com uma parte da outra, e assim deixar o restante dessa outra servindo de entrada; isso, com uma nova sala de visitas que pode ser facilmente adicionada, e um quarto de dormir e um sótão acima, fará com que tenhamos um chalezinho muito aconchegante. Eu bem queria que as escadas fossem bonitas. Mas não devemos esperar que tudo vá ficar perfeito; mesmo assim, suponho que não teríamos grande complicação em alargá-las. Vou verificar de antemão qual será minha situação financeira na primavera, e planejaremos nossas melhorias de acordo.

No meio-tempo, até que todas essas alterações pudessem ser executadas com as economias de uma renda de quinhentas libras ao ano por uma mulher que jamais economizara em sua vida, elas foram sábias o suficiente para que se contentassem com a casa como era; cada uma delas se ocupou em arranjar seus interesses particulares e se esforçou, distribuindo livros e outros bens ao redor de si, para criar um lar. O pianoforte de Marianne foi desembrulhado e instalado adequadamente; e os desenhos de Elinor foram afixados nas paredes da sala de estar.

No desempenho de afazeres como esses elas foram interrompidas logo após o desjejum, no dia seguinte, pela entrada do senhorio, que as visitava para lhes dar as boas-vindas a Barton e lhes oferecer todas as acomodações de sua própria casa e de sua horta, se por algum acaso a casa e a horta das damas se mostrassem momentaneamente deficientes. Sir John Middleton era um homem bem-apessoado e tinha cerca de quarenta anos. Ele as visitara previamente em Stanhill, mas muito tempo já transcorrera para que suas jovens primas se lembrassem dele. Seu semblante transparecia um bom humor irredutível, e suas maneiras eram tão amigáveis quanto o estilo de sua carta. A chegada das damas parecia lhe causar verdadeira satisfação, e o conforto delas parecia ser motivo de verdadeira solicitude para ele. Sir John expressou com fervor o sincero desejo de que elas convivessem nos mais sociáveis termos com sua família e as instou cordialmente a jantar em Barton Park todos os dias até que estivessem mais bem estabelecidas no chalé, de modo que, por mais que as súplicas tivessem alcançado um nível de perseverança que ultrapassava uma mera civilidade, elas não puderam fazer oposição. A bondade do senhorio não se limitou às palavras, porque, menos de uma hora depois de sua saída, um grande cesto cheio de frutas e legumes lhes chegou do parque, seguido, antes do final do dia, por um presente de caça. Sir John insistia, além do mais, em levar e trazer todas as cartas do serviço postal para elas, e não se furtaria da satisfação de lhes enviar seu jornal todos os dias.

Lady Middleton enviara pelo marido uma mensagem muito cortês, indicando sua intenção de visitar a sra. Dashwood assim que pudesse ter certeza de que a visita não seria inconveniente; como essa mensagem foi respondida por um convite igualmente educado, sua senhoria foi apresentada no chalé um dia depois.

Elas estavam, naturalmente, muito ansiosas por conhecer uma pessoa de quem seu conforto tanto dependeria em Barton; e a elegância com que a dama se apresentou foi favorável aos desejos que haviam nutrido. Lady Middleton não tinha mais do que 26 ou 27 anos; seu rosto era bonito, sua figura era alta e imponente, e seu modo de agir era gracioso. Suas maneiras exibiam todas as qualidades elegantes que faltavam a seu marido, mas teriam sido aperfeiçoadas se ganhassem alguma dose da franqueza e do calor de Sir John; e sua visita foi longa o bastante para depreciar um pouco a reverência que produzira inicialmente, mostrando que, embora perfeitamente bem-educada, ela era reservada e fria, e que não tinha nada para dizer por si mesma senão as mais corriqueiras perguntas ou observações.

Temas para conversa, contudo, não faltaram, porque Sir John era muito loquaz, e porque Lady Middleton havia tomado a sábia precaução de trazer consigo seu filho mais velho, um belo menininho com cerca de seis anos, de maneira que sempre haveria um assunto ao qual as damas podiam recorrer em caso de desespero, pois tinham de perguntar seu nome, sua idade, admirar sua beleza e lhe fazer questionamentos que sua mãe respondia por ele, ao passo que o próprio garoto se mantinha o tempo todo ao lado dela e ficava de cabeça baixa, para grande surpresa de sua senhoria, que se espantou com tamanha timidez diante de outras pessoas, já que o filho costumava fazer barulho de sobra em casa. Em todas as visitas formais, uma criança deveria obrigatoriamente acompanhar o grupo visitante, na condição de provedora de assunto. No presente caso, foram empregados dez minutos para determinar se o menino se parecia mais com o pai ou com a mãe, e em quais detalhes particulares ele lembrava cada um dos dois, pois é claro que todos divergiam, e todos ficaram estupefatos com as opiniões dos outros.

Uma oportunidade surgiria em breve para que as Dashwood debatessem sobre as demais crianças, uma vez que Sir John se recusou a deixar a casa sem obter a promessa de que suas parentes jantariam no parque no dia seguinte.

# Capítulo 7

Barton Park distava mais ou menos meia milha do chalé. As Dashwood haviam passado perto da mansão em seu caminho ao longo do vale, mas a visão dela lhes era obstruída, no chalé, pela projeção de uma colina. A casa era bonita e grande; e os Middleton viviam num estilo em que havia tanto de hospitalidade quanto de elegância. O primeiro atributo gratificava Sir John, e o segundo, sua esposa. Eles muito raramente não contavam com alguns amigos lhes fazendo companhia na casa, e recebiam visitas de toda espécie mais do que qualquer outra família na vizinhança. Isso era necessário à felicidade de ambos; pois por mais que fossem diferentes em temperamento e comportamento social, eles assemelhavam-se bastante na total falta de talento e bom gosto que lhes confinava num âmbito muito estreito as atividades que não fossem relacionadas com aquelas que a vida social demandava. Sir John era um desportista, e Lady Middleton, uma mãe. Ele caçava e praticava tiro ao alvo, e ela ficava fazendo as vontades de seus filhos; e eram esses os seus únicos recursos. Lady Middleton dispunha da vantagem de ser capaz de mimar seus filhos durante o ano inteiro, ao passo que as ocupações independentes de Sir John existiam apenas na metade do tempo. Compromissos contínuos em Barton Park e fora de casa, no entanto, compensavam todas as deficiências da natureza e da educação, incentivavam o bom humor de Sir John e exercitavam as boas maneiras de sua esposa.

Lady Middleton se vangloriava pela elegância de sua mesa e de todos os seus arranjos domésticos, e esse tipo de vaidade era seu maior prazer em qualquer uma de suas recepções. Mas a satisfação de Sir John em ter companhia era muito mais genuína; ele se deleitava em reunir a seu redor mais jovens do que sua casa podia suportar; quanto mais ruidosos fossem, tanto mais ele ficava satisfeito. Sir John era uma bênção à população juvenil da vizinhança, porque no verão ele estava sempre organizando encontros para comer frango e presunto frio ao ar livre, e no inverno seus bailes privados eram numerosos o bastante para qualquer jovem dama que não estivesse sofrendo do insaciável apetite dos quinze anos.

A chegada de uma nova família na região era sempre um motivo de alegria para Sir John, e sob todos os pontos de vista ele estava encantado com as moradoras que tinha obtido agora para seu chalé em Barton. As senhoritas Dashwood eram jovens, bonitas e desprovidas de afetação. Isso bastava para conquistar sua boa opinião; pois não ter afetação era tudo que uma garota bonita poderia querer para que sua mente se tornasse tão cativante quanto sua pessoa. A típica cordialidade de Sir John o fazia feliz em acomodar pessoas cuja situação poderia ser considerada, em comparação com o passado, como desafortunada. Demonstrando benevolência com suas primas, portanto, ele sentia o verdadeiro contentamento de um coração bondoso; instalando uma família formada somente por mulheres em seu chalé, sentia também o contentamento de um desportista; porque um desportista, embora estime apenas os integrantes de seu sexo que são semelhantes a ele nesse aspecto, não se mostra muitas vezes desejoso de promover o gosto de outros desportistas admitindo que habitem uma residência dentro de seu próprio solar.

A sra. Dashwood e suas filhas foram recebidas na porta da casa por Sir John, que lhes deu boas-vindas a Barton Park com desafetada sinceridade; enquanto as acompanhou até a sala de visitas, reafirmou às jovens damas a inquietação que o mesmo assunto despertara nele no dia anterior, o problema de sua incapacidade de obter quaisquer rapazes interessantes que as pudessem conhecer. Elas encontrariam ali, disse Sir John, somente um cavalheiro além dele mesmo: um certo amigo que estava hospedado no parque, mas que não era nem muito jovem e nem muito alegre. Ele esperava que todas elas pudessem desculpar a pequenez da reunião, e lhes garantiu que aquilo nunca mais haveria de ocorrer. Visitara várias famílias naquela manhã, com a esperança de conseguir algum acréscimo ao número de convidados, mas a noite era de luar e todos estavam cheios de compromissos. Felizmente, a mãe de Lady Middleton havia chegado a Barton na última hora; sendo esta uma mulher muito jovial e agradável, Sir John esperava que as jovens damas não fossem considerar tudo tão enfadonho quanto poderiam ter imaginado. As jovens damas, bem como sua mãe, estavam perfeitamente satisfeitas em ter dois completos estranhos entre os convidados e não precisavam de mais nada.

A sra. Jennings, mãe de Lady Middleton, era uma idosa bem-humorada, brincalhona e gorda, que falava o tempo inteiro e parecia ser muito feliz e bastante vulgar. Ela soltava gracejos e risadas sem parar, e antes que o jantar tivesse terminado já dissera muitas coisas espirituosas no tópico dos namorados e maridos; esperava que as jovens não tivessem deixado seus corações para trás em Sussex e simulava que as via corando, corassem elas ou não. Marianne ficou incomodada com isso por causa de sua irmã, e voltou os olhos para Elinor a fim de ver como ela tolerava esses ataques, mas o fez com um afinco que causou em Elinor muito mais dor do que poderiam ter causado as zombarias banais da sra. Jennings.

O coronel Brandon, aquele amigo de Sir John, não parecia talhado para ser seu amigo por semelhança de modos, não mais do que Lady Middleton o era para ser sua esposa, ou a sra. Jennings para ser mãe de Lady Middleton. Ele era calado e grave. Seu aspecto, contudo, não era desagradável, muito embora ele fosse, na opinião de Marianne e Margaret, um solteirão rematado, porque já estava no lado errado dos 35; mas mesmo que seu rosto não fosse bonito, sua fisionomia era sensata, e seu trato era particularmente cavalheiresco.

Não havia nada em nenhum dos convivas que pudesse recomendá-los como companheiros às damas Dashwood; mas a gélida insipidez de Lady Middleton era tão particularmente repulsiva que, em comparação, a gravidade do coronel Brandon e até mesmo a hilaridade turbulenta de Sir John e de sua sogra se mostravam interessantes. Lady Middleton pareceu ser despertada para uma leve sensação de prazer apenas com a entrada de seus quatro barulhentos filhos depois do jantar, os quais a ficaram puxando de um lado ao outro, desfizeram seu vestido e puseram fim a qualquer tipo de conversa, exceto aquela que se relacionasse a eles mesmos.

À noite, quando surgiu a descoberta de que Marianne possuía dons musicais, pediram que ela tocasse. O instrumento foi aberto, todos se prepararam para uma sessão encantadora, e Marianne, que cantava muito bem, enfrentou a pedido de todos a maior parte das canções com que Lady Middleton presenteara sua família quando de seu casamento e que talvez tivessem permanecido, desde então, na mesma posição em cima do pianoforte, porque sua senhoria tinha comemorado aquele evento abandonando a música, muito embora, segundo sua mãe, ela tivesse tocado muito bem, e fosse, segundo ela mesma, muito afeiçoada pelo piano.

A performance de Marianne foi muito aplaudida. Sir John exprimiu sua reverência em voz alta no final de cada canção, assim como conversou em voz alta com os outros enquanto durou cada canção. Lady Middleton inúmeras vezes ordenou que ele se comportasse de modo adequado, não conseguiu entender como era possível que as atenções de uma pessoa pudessem ser desviadas da música por um momento sequer, e pediu a Marianne que cantasse uma determinada música que Marianne acabara de cantar. Somente o coronel Brandon, entre todos os convivas, ouviu a performance sem entrar em êxtase. O coronel lhe prestou apenas o elogio da atenção, e Marianne sentiu por ele, em função disso, um respeito que os outros haviam razoavelmente perdido por causa de uma vergonhosa falta de bom gosto. O prazer do coronel em ouvir música, embora não atingisse um deleite arrebatado que em si mesmo poderia coincidir com o dela, se revelava estimável quando contrastado com a horrível insensibilidade dos outros, e Marianne era sensata o suficiente para reconhecer que um homem de 35 anos poderia muito bem ter já sobrevivido a todas as intensidades de sentimento e a todos os mais requintados poderes de desfrute. Ela não via nenhum problema, quando pensava no estágio avançado da vida do coronel, em conceder a máxima tolerância que um senso de humanidade poderia requerer.

# Capítulo 8

A sra. Jennings era uma viúva possuidora de amplo patrimônio dotal. Ela tinha somente duas filhas, vivera para ver ambas respeitavelmente casadas, e agora não tinha, portanto, nada para fazer senão casar todas as outras pessoas do mundo. Na promoção desse objetivo ela era zelosamente ativa, tanto quanto suas habilidades lhe permitiam; e não perdia nenhuma oportunidade para planejar casamentos entre todos os jovens do seu círculo de conhecidos. Era incrivelmente ágil na descoberta de relações amorosas, e desfrutara da vantagem de acentuar o rubor e a vaidade de muitas jovens damas através de insinuações acerca do poder que a jovem em questão exercia sobre determinado rapaz; e esse tipo de discernimento lhe permitiu, logo depois de sua chegada em Barton, pronunciar decisivamente que o coronel Brandon estava bastante apaixonado por Marianne Dashwood. A sra. Jennings suspeitou fortemente que assim fosse logo na primeira noite em que estiveram juntos, porque o coronel ouvira tão atentamente enquanto Marianne cantou para todos; além disso, quando a visita foi retribuída pelos Middleton, que foram jantar no chalé, o fato ficou confirmado com mais uma audição atenta por parte dele. Só podia ser isso. Ela estava perfeitamente convencida. Os dois formariam um excelente casal, porque *ele* era rico e *ela* era bonita. A sra. Jennings ansiara por ver o coronel Brandon bem casado desde que a união de sua filha com Sir John o trouxera para seu grupo de amigos, e era sempre ansiosa por arranjar um bom marido para todas as garotas bonitas.

A vantagem imediata para si mesma não era de forma alguma desprezível, porque o caso a deixou abastecida com gracejos sem fim contra ambos. No parque ela riu do coronel, e no chalé, de Marianne. Aos olhos do primeiro sua zombaria foi, com a maior probabilidade, até onde dissesse respeito apenas a ele mesmo, perfeitamente indiferente, mas aos olhos da segunda foi, num primeiro momento, incompreensível;

assim que o objetivo ficou esclarecido, Marianne mal soube se deveria em primeiro lugar rir de seu absurdo ou censurar sua impertinência, pois considerou que aquilo resultava de uma reflexão insensível sobre a idade avançada do coronel, e sobre sua condição desamparada de velho solteirão.

A sra. Dashwood, que não conseguia pensar que um homem cinco anos mais novo do que ela mesma pudesse ser tão extremamente velho como ele figurava na fantasia juvenil de sua filha, procurou livrar a sra. Jennings da hipótese de pretender ridicularizar a idade do coronel.

– Mas no mínimo, mamãe, a senhora não pode negar o absurdo de uma acusação como essa, muito embora também não possa pensar que se trate de algo propositalmente mal-intencionado. O coronel Brandon é certamente mais jovem do que a sra. Jennings, mas tem idade suficiente para ser *meu* pai; se ele alguma vez animou-se o suficiente para estar apaixonado, já deve ter deixado para trás todas as sensações desse tipo. É ridículo demais! Quando é que um homem vai estar a salvo dessas insinuações espirituosas, se a idade e a enfermidade não o protegerem?

– Enfermidade!? – exclamou Elinor. – Você chama o coronel Brandon de homem enfermo? Suponho com grande facilidade que a idade dele pode parecer muito maior para você do que para minha mãe, mas você dificilmente poderia se enganar quanto à capacidade que ele tem para fazer uso de seus membros!

– Você não ouviu o coronel reclamando do reumatismo? E essa não é, por acaso, a enfermidade mais comum de uma vida que já vai chegando perto do fim?

– Minha querida criança – disse sua mãe, rindo –, pelo visto você decerto vive num estado de constante terror por causa da *minha* decadência, e deve lhe parecer um milagre que a minha vida se tenha prolongado até a idade avançada dos quarenta anos.

– Mamãe, a senhora não está me fazendo justiça. Sei muito bem que o coronel Brandon não é tão velho assim para fazer com que seus amigos já fiquem apreensivos de que venham a perdê-lo por causas naturais. Ele tem todas as condições para viver mais vinte anos ainda. Mas 35 anos não têm nada que ver com matrimônio.

– Talvez – disse Elinor – seja melhor mesmo que 35 e dezessete, juntos, não tenham qualquer coisa que ver com matrimônio. Mas se por algum acaso vier a surgir uma mulher que é solteira com 27, eu não pensaria que o coronel Brandon, tendo 35, fosse fazer qualquer objeção em se casar com *ela*.

– Uma mulher com 27 – disse Marianne, depois de fazer uma pausa momentânea – nunca poderá esperar sentir ou inspirar afeto novamente; além do mais, se sua casa for desconfortável, ou seu dote for pequeno, posso supor que ela de bom grado aceitaria se submeter ao desempenho dos serviços de uma enfermeira, em nome da provisão e da segurança de uma esposa. No casamento do coronel com uma mulher como essa, portanto, não haveria nenhum aspecto inadequado. Seria um acordo de conveniência, e todo mundo ficaria satisfeito. A meu ver, esse não seria um casamento verdadeiro de modo algum, mas isso não tem nenhuma importância. Para mim, isso parece tão somente uma troca comercial, na qual cada um quer ser beneficiado às custas do outro.

– Seria impossível, eu sei – retrucou Elinor –, convencê-la de que uma mulher com 27 anos poderia sentir por um homem de 35 qualquer coisa que se aproximasse o bastante do amor, de modo que o homem se tornasse um companheiro desejável para ela. Mas me vejo na obrigação de discordar quando você condena o coronel Brandon e sua mulher ao confinamento constante de um quarto de doente meramente porque ele por acaso reclamou ontem (um dia muito frio e úmido) de uma ligeira sensação reumática num dos ombros.

– Mas ele falou de coletes de flanela – disse Marianne. – Para mim, um colete de flanela invariavelmente faz lembrar dores, cãibras, reumatismos e todas as espécies de doenças que costumam afligir os velhos e os debilitados.

– Se o coronel estivesse sofrendo apenas uma febre violenta, você o teria desprezado dez vezes menos. Confesse, Marianne, não existe algo de muito interessante para você no semblante avermelhado, nos olhos fundos e no pulso acelerado de uma febre?

Pouco depois, assim que Elinor saiu da sala:

– Mamãe – disse Marianne –, estou com um receio, nesse tema da doença, que não posso esconder da senhora. Tenho certeza de que Edward Ferrars não passa bem. Já estamos aqui faz quase duas semanas, e no entanto ele não aparece. Nada, senão uma verdadeira indisposição, poderia ocasionar essa demora extraordinária. O que mais pode detê-lo em Norland?

– Você tinha alguma ideia de que ele viesse tão depressa? – perguntou a sra. Dashwood. – *Eu* não tinha nenhuma. Pelo contrário, se senti qualquer ansiedade nesse ponto, foi ao recordar que ele por vezes demonstrou ter pouco prazer ou desembaraço em aceitar meu convite, quando eu afirmava que ele devia vir para Barton. Será que Elinor já está esperando a chegada de Edward?

– Não cheguei a mencionar esse assunto para ela, mas é claro que deve estar esperando.

– Eu penso, no entanto, que você está enganada, porque, quando falei com Elinor ontem sobre comprar uma nova lareira para o quarto de dormir desocupado, ela comentou que não precisávamos nos apressar muito quanto a isso, já que não era provável que o uso do quarto fosse ser necessário durante algum tempo.

– Como é estranho! Qual poderá ser o significado disso? Mas a maneira com que os dois trataram um ao outro, de um modo geral, foi inexplicável! Que frio, que formal foi o último adeus deles! Que lânguida foi a conversa na última noite que passaram juntos! Na despedida de Edward, não houve distinção entre mim e Elinor: houve a boa vontade de um irmão carinhoso no trato de ambas. Duas vezes eu propositadamente os deixei sozinhos no decorrer da última manhã, e nas duas vezes ele muito inexplicavelmente me seguiu para fora da sala. E Elinor, deixando Norland e Edward para trás, não chorou como eu chorei. Mesmo agora, seu autocontrole jamais fraqueja. Quando é que ela fica desanimada ou melancólica? Quando é que procura evitar companhias, ou parece estar inquieta e insatisfeita na presença de outras pessoas?

# Capítulo 9

As Dashwood estavam instaladas em Barton, agora, em condições de tolerável conforto para si mesmas. A casa e o quintal, com todos os objetos circundantes, haviam se tornado agora familiares, e as atividades ordinárias que costumavam conferir a Norland metade de seus encantos foram adotadas novamente, com um prazer muitíssimo maior do que aquele que Norland pudera proporcionar desde a morte do pai delas. Sir John Middleton, que as visitou todos os dias durante as primeiras duas semanas, e que não tinha por hábito testemunhar muitas atividades em sua casa, não conseguia esconder seu espanto em encontrá-las sempre atarefadas.

Os visitantes, sem contar os de Barton Park, não eram muitos, porque, apesar das súplicas urgentes de Sir John para que elas interagissem mais com os vizinhos, e das repetidas garantias de que sua carruagem estava sempre à disposição das primas, o espírito independente da sra. Dashwood superava o desejo de vida social para suas filhas, e ela mostrava firmeza em se negar a visitar qualquer família que morasse além da distância de uma caminhada. Existiam não mais do que poucas que podiam ser classificadas assim, e nem todas eram alcançáveis. A cerca de uma milha e meia do chalé, ao longo do estreito e sinuoso vale de Allenham, que se projetava do vale de Barton, como descrito anteriormente, as garotas haviam encontrado, num de seus primeiros passeios, uma mansão de aparência respeitável e muito antiga que, por lhes fazer lembrar um pouco de Norland, interessou suas imaginações e fez com que quisessem conhecê-la melhor. Mas elas souberam, pedindo por detalhes, que a dona da mansão, uma senhora idosa de excelente reputação, era infelizmente doente demais para poder interagir com o mundo e jamais colocava os pés fora de casa.

A região inteira em torno delas abundava em belos passeios. Os elevados morros relvados que de quase todas as janelas do chalé as convidavam a buscar a primorosa fruição do ar livre em seus cumes ofereciam uma feliz alternativa quando a lama dos vales abaixo calava suas belezas superiores; e no rumo de uma dessas colinas Marianne e Margaret dirigiram seus passos numa manhã memorável, atraídas pela parcial luz solar de um céu carregado e incapazes de suportar por mais um minuto sequer o confinamento que a chuva constante dos dois dias anteriores ocasionara. O clima não era tentador o suficiente para fazer com que as outras duas se afastassem do lápis e do livro, apesar da declaração de Marianne de que o dia teria tempo bom de maneira duradoura, e de que todas as nuvens ameaçadoras seriam varridas para longe das colinas; e as duas garotas partiram juntas.

Elas subiram os morros em grande contentamento, regozijando-se com seus próprios poderes intuitivos em cada vislumbre de céu azul; quando sentiram em seus rostos os sopros animadores de um vento sudoeste alto, lamentaram os receios que haviam impedido sua mãe e Elinor de compartilhar aquelas sensações deliciosas.

– Existe alguma felicidade no mundo – perguntou Marianne – que seja superior a isso? Margaret, precisamos caminhar por aqui durante no mínimo duas horas.

Margaret concordou, e elas seguiram seu caminho contra o vento, resistindo às rajadas com risonho deleite por cerca de vinte minutos ainda, quando de súbito as nuvens se condensaram sobre suas cabeças e uma chuva forte começou a cair em cheio no rosto delas. Mortificadas e apanhadas de surpresa, elas se viram obrigadas, embora o fizessem a contragosto, a tomar o caminho de volta, porque não havia nenhum abrigo que fosse mais próximo do que o próprio chalé. Um consolo lhes restou, porém, e se tratava de um recurso que a exigência do momento qualificava com algo mais do que a propriedade usual: descer correndo, na maior velocidade possível, o lado íngreme da colina que levava diretamente ao portão do quintal de casa.

Elas se lançaram na descida. Marianne teve vantagem no início, mas um passo em falso a jogou de repente no chão, e

Margaret, incapaz de deter sua corrida para lhe prestar ajuda, precipitou-se de maneira involuntária declive abaixo e chegou ao pé da colina em segurança.

Um cavalheiro que carregava uma arma, com dois pointers brincando em torno dele, vinha subindo essa elevação e estava poucas jardas distante de Marianne quando ocorreu o acidente. Ele largou a arma e correu para lhe dar amparo. Marianne se levantara do chão, mas o tornozelo se torcera na queda e ela mal conseguia ficar de pé. O cavalheiro lhe ofereceu seus serviços e, percebendo que a modéstia da dama recusava o auxílio que sua situação tornava necessário, a levantou em seus braços sem mais demora e a carregou morro abaixo. Em seguida, depois de passar pelo quintal, cujo portão fora deixado aberto por Margaret, ele a levou diretamente para dentro da casa, onde Margaret acabara de chegar, e não soltou Marianne até que a tivesse sentado em uma poltrona na sala.

Elinor e sua mãe se colocaram de pé com perplexidade quando os dois entraram; enquanto os olhos de ambas se fixavam nele com um evidente deslumbramento e uma secreta admiração que surgiram a um só tempo com tal aparição, o cavalheiro se desculpou por sua intromissão e relatou seu motivo de uma maneira tão franca e tão graciosa que sua figura, que era extraordinariamente bonita, recebeu os encantos adicionais da voz e da expressão. Fosse ele até mesmo velho, feio e vulgar, a gratidão e a bondade da sra. Dashwood teriam sido granjeadas por qualquer ato de atenção à filha dela; mas a influência da juventude, da beleza e da elegância enriqueceram essa ação com um interesse que calou fundo nos sentimentos da senhora.

Ela fez inúmeros agradecimentos e, com a doçura que a caracterizava, convidou o cavalheiro a se sentar. Mas ele declinou, pois estava sujo e molhado. A sra. Dashwood, então, quis saber a quem devia seus cumprimentos. Seu nome, ele respondeu, era Willoughby, e sua presente residência se situava em Allenham, de onde esperava que a senhora lhe poderia permitir a honra de vir, amanhã, para fazer uma visita e perguntar sobre a srta. Dashwood. A honra foi prontamente concedida e então ele partiu, para se tornar ainda mais interessante, em meio a uma chuva pesada.

Sua beleza máscula e sua graciosidade fora do comum se constituíram instantaneamente no tema da veneração geral, e o riso que sua galantaria levantou contra Marianne ganhou vivacidade particular por causa desses atrativos exteriores. A própria Marianne vira menos da figura dele do que as demais, porque a confusão que afogueara seu rosto, quando ele a pegara nos braços, roubara dela qualquer capacidade de observá-lo quando já estavam na casa. Mas vira dele o suficiente para que fizesse coro à unânime veneração das outras, e com uma energia que sempre adornava seus louvores. A figura e o porte do sr. Willoughby eram iguais ao esboço que sua fantasia já desenhara para personificar o herói de uma história favorita; e a façanha de carregá-la para dentro de casa com tão pouca formalidade prévia transparecia uma rapidez de pensamento que lhe causava uma impressão particularmente favorável. Todas as circunstâncias que diziam respeito ao sr. Willoughby eram interessantes. Seu nome era bom, sua residência se localizava naquele que era o vilarejo favorito entre elas, e Marianne logo concluiu que, de todas as vestimentas masculinas, a jaqueta de caça era o que havia de mais vistoso. A imaginação da garota estava ocupada, suas reflexões eram agradáveis, e a dor de uma torção no tornozelo foi desconsiderada.

Sir John as visitou assim que o intervalo seguinte de tempo bom lhe permitiu sair de casa naquela manhã; o acidente de Marianne lhe tendo sido relatado, suas primas perguntaram ansiosamente se ele conhecia um cavalheiro com o nome de Willoughby em Allenham.

– Willoughby!? – exclamou Sir John. – Mas como, *ele* já está por aqui? Essa é uma boa notícia, no entanto. Amanhã vou cavalgar até lá e convidá-lo para jantar conosco na quinta-feira.

– O senhor o conhece, então – disse a sra. Dashwood.

– Se o conheço? Certamente que o conheço. Ora, ele desce para cá todos os anos.

– E que tipo de jovem ele é?

– Um dos melhores sujeitos que já pude encontrar, eu lhe garanto. Um atirador muito decente, e não existe nenhum cavaleiro mais ousado na Inglaterra.

– E *isso* é tudo que o senhor pode dizer por ele? – Marianne exclamou, indignada. – Mas quais são suas maneiras, a partir de um conhecimento mais íntimo? Seus objetivos, seus talentos, seu gênio?

Sir John ficou um tanto confuso.

– Juro por minha alma – disse ele –, não sei muito sobre Willoughby no que se refere a *isso tudo*. Mas ele é um sujeito agradável e bem-humorado, e possui a mais adorável cadelinha que já vi, uma pointer preta. Ela estava com ele hoje?

Mas Marianne já não tinha condições de satisfazê-lo quanto à cor da pointer do sr. Willoughby, não mais do que Sir John lhe poderia descrever as inclinações da mente do cavalheiro.

– Mas quem é ele? – perguntou Elinor. – De onde ele vem? Ele tem uma casa em Allenham?

Nesse ponto Sir John pôde fornecer uma informação mais precisa, e lhes disse que o sr. Willoughby não possuía propriedade particular no campo, que ele ali moraria somente enquanto estivesse visitando uma velha senhora em Allenham Court com quem tinha parentesco e cujas posses herdaria, acrescentando:

– Sim, sim, posso lhe dizer que qualquer jovem dama sairia correndo atrás dele, srta. Dashwood. Ele tem para si uma propriedade muito bonitinha em Somersetshire, além disso; se eu fosse a senhorita, não o deixaria nas mãos da minha irmã mais nova, por mais que ela despenque do alto das colinas. A srta. Marianne não pode pensar que terá todos os homens para si. Brandon ficará ciumento, se ela não tomar cuidado.

– Eu não creio – disse a sra. Dashwood, com um sorriso bem-humorado – que o sr. Willoughby vá ser incomodado pelas tentativas de qualquer uma das *minhas* filhas nisso que o senhor chama de *correr atrás dele*. Elas não foram criadas com vistas a esse tipo de ocupação. Os homens estão bastante seguros conosco, eles que fiquem cada vez mais ricos. Fico feliz por saber, no entanto, a partir das informações que o senhor nos passa, que ele é um jovem respeitável, alguém com quem não será inadequado fazer amizade.

– Ele é um dos melhores sujeitos, creio eu, que já pude encontrar – repetiu Sir John. – Eu recordo que no Natal passado, num pequeno baile no parque, ele dançou das oito até as quatro horas e não se sentou sequer uma vez.

– Não diga! – exclamou Marianne, com brilho nos olhos. – E dançou com elegância, com vivacidade?

– Sim, e às oito horas já estava de pé novamente, para pegar o cavalo e sair em caça.

– É disso que eu gosto. Assim é que deve ser um jovem cavalheiro. Quaisquer que sejam seus objetivos, sua ânsia por eles não pode conhecer moderação, e tampouco lhe causar qualquer sensação de fadiga.

– Pois sim, já estou vendo como será – disse Sir John. – Estou vendo como será. A senhorita vai ficar de olho somente nele agora, e nunca mais pensará no pobre Brandon.

– Eis uma expressão, Sir John – disse Marianne, calorosamente –, que eu particularmente detesto. Abomino todos os fraseados corriqueiros com os quais se subentende a sagacidade; e "ficar de olho num homem" ou "fazer uma conquista" são os mais odiosos de todos. A tendência deles é grosseira e mesquinha; além do mais, se sua construção pôde ser considerada inteligente alguma vez, o tempo destruiu sua engenhosidade num passado muito distante.

Sir John não entendeu direito essa reprovação, mas riu com muito gosto, como se tivesse entendido, e então retrucou:

– Pois sim, a senhorita vai fazer ótimas conquistas, ouso dizer, de uma maneira ou de outra. Pobre Brandon! Ele já está um tanto enamorado, e valeria muito a pena ficar de olho nele, posso lhe dizer, por mais que a senhorita despenque das colinas e machuque os tornozelos.

# Capítulo 10

O salvador de Marianne, como Margaret – com mais elegância do que precisão – alcunhou Willoughby, visitou o chalé bem cedo na manhã seguinte para fazer suas indagações pessoais. Ele foi recebido pela sra. Dashwood com mais do que polidez – com uma bondade motivada pela descrição que Sir John fizera do amigo e por sua própria gratidão. Todos os detalhes que marcaram a visita tenderam a dar garantias ao cavalheiro sobre a sensatez, a elegância, o afeto mútuo e o conforto doméstico da família em cujo meio aquele acidente o tinha introduzido agora. Quanto aos encantos pessoais das jovens damas, ele não precisara de uma segunda entrevista para estar convencido.

A srta. Dashwood tinha tez delicada, feições normais e uma figura notavelmente bonita. Marianne era ainda mais bela. Suas formas, embora não fossem tão corretas quanto as de sua irmã, eram mais impressionantes por contarem com a vantagem da altura, e seu rosto era tão adorável que, nas ocasiões em que era chamada de linda por louvores formais de uso rotineiro, a verdade era menos violentamente ultrajada do que costuma ser. Sua pele era muito morena, mas, devido a uma qualidade transparente, sua tez tinha um brilho incomum; seus traços eram todos bons, seu sorriso era doce, atraente, e nos seus olhos, que eram muito escuros, havia uma vida, um entusiasmo, uma impetuosidade, coisas que dificilmente poderiam ser observadas sem deleite. A livre manifestação dessas características foi ocultada de Willoughby, a princípio, por causa do embaraço que a lembrança de seu auxílio criara. Mas quando passou o embaraço, quando a disposição de Marianne se recompôs, quando ela viu que à perfeição das boas maneiras Willoughby unia franqueza e vivacidade, e acima de tudo quando ouviu o rapaz declarar que tinha grande paixão por música e dança, lhe dirigiu um significativo olhar de aprovação, de modo que garantiu a maior parte do discurso dele para si mesma durante o resto da visita.

Bastava mencionar qualquer divertimento favorito para engajá-la numa conversa. Ela não conseguia permanecer em silêncio quando tais temas eram introduzidos, e não tinha nem timidez e nem reserva na discussão deles. Os dois rapidamente descobriram que o gosto por dança e música era mútuo, e que esse gosto advinha de uma conformidade geral de julgamento em todas as coisas que fossem relacionadas a uma dessas artes. Encorajada por isso a fazer um exame mais aprofundado das opiniões de Willoughby, Marianne começou a questioná-lo no assunto dos livros; apresentou e discutiu seus autores favoritos com um deleite tão arrebatado que qualquer cavalheiro de 25 anos teria se mostrado verdadeiramente insensível caso não se tornasse um convertido imediato na glorificação da excelência de tais obras, por mais que tivessem sido desconsideradas antes. O gosto dos dois era surpreendentemente similar. Os mesmos livros, os mesmos trechos eram idolatrados por ambos – ou então, se qualquer diferença se fizesse ver, se qualquer objeção surgisse, não durava mais do que o tempo necessário para que a força dos argumentos de Marianne e o brilho de seus olhos pudessem ser exibidos. Ele concordou com todas as decisões da garota, absorveu todo seu entusiasmo; muito antes do término da visita eles já conversavam com uma familiaridade de amigos de longa data.

– Bem, Marianne – disse Elinor, assim que o visitante as deixou –, para *uma* manhã eu creio que você se saiu muito bem. Você já tem a opinião do sr. Willoughby averiguada em quase todas as matérias importantes. Sabe o que ele pensa de Cowper e Scott; está certa de que ele sabe apreciar as belezas desses autores como deveria, e recebeu todas as garantias de que ele admira Pope não mais do que na medida certa. Mas de que modo a amizade entre vocês poderá ser suportada por muito tempo, com esse despacho tão extraordinário de todos os assuntos possíveis para conversa? Vocês logo vão esgotar todos os tópicos favoritos. Outro encontro será suficiente para que o sr. Willoughby explique seus sentimentos sobre a beleza pitoresca e sobre segundos casamentos, e então você poderá não ter nada mais para perguntar.

– Elinor – exclamou Marianne –, por acaso isso é razoável? Isso é justo? Será que minhas ideias são tão escassas? Mas eu entendi o que você quer dizer. Fiquei à vontade demais, fui feliz demais, franca demais. Errei diante de todas as noções mais banais de decoro, fui aberta e sincera quando deveria ter sido reservada, desanimada, apagada, enganadora... Se eu tivesse falado apenas do tempo e das estradas, e tivesse falado apenas uma vez em dez minutos, essa repreensão me teria sido poupada.

– Meu amor – disse sua mãe –, você não deve se sentir ofendida por Elinor, ela estava somente fazendo uma brincadeira. Eu mesma repreenderia sua irmã, se ela fosse capaz de querer reprimir o deleite de sua conversa com nosso novo amigo.

Marianne ficou logo mais calma.

Willoughby, por sua vez, dava todas as provas de que estava encantado em conhecê-las, as melhores provas que poderiam ser oferecidas por um desejo evidente de aprofundar essa relação de amizade. Ele vinha visitá-las todos os dias. Perguntar sobre Marianne foi a primeira desculpa, mas o incentivo de seu acolhimento, que a cada dia merecia maior bondade, fez com que tal desculpa se tornasse desnecessária – antes mesmo que deixasse de ser possível pela perfeita recuperação de Marianne. Ela permaneceu confinada em casa por alguns dias, mas jamais qualquer confinamento resultara menos cansativo. Willoughby era um jovem de boas habilidades, imaginação penetrante, espírito animado, maneiras abertas e afetuosas. Ele parecia ter nascido com o único propósito de seduzir de modo infalível o coração de Marianne, pois a tudo isso juntava não somente uma pessoa cativante como também um natural ardor intelectual que agora despertara e aumentara perante o exemplo do ardor de Marianne, e que o recomendava ao afeto dela mais do que qualquer outra coisa.

A companhia do jovem tornou-se, gradualmente, o mais delicioso prazer de Marianne. Os dois liam, conversavam, cantavam juntos; os talentos musicais de Willoughby eram consideráveis, e ele lia com uma sensibilidade, com um ânimo que Edward infelizmente não demonstrara ter.

Na estima da sra. Dashwood, ele era tão desprovido de defeitos quanto na de Marianne; e Elinor não viu nada que fosse censurável no rapaz a não ser uma propensão, na qual ele se assemelhava fortemente a Marianne, e peculiarmente a deleitava, de dizer em demasia o que pensava em todas as ocasiões, sem dar atenção para pessoas ou circunstâncias. Na pressa de formar e pronunciar seus pareceres sobre outras pessoas, de sacrificar a polidez normal em benefício do desfrute de atenções ininterruptas sempre que seu coração estivesse envolvido, e de menosprezar com muita facilidade as regras do decoro mundano, Willoughby exibia uma falta de cuidado que Elinor não era capaz de aprovar, apesar de todas as coisas que Marianne e ele pudessem dizer a favor dessa propensão.

Marianne começou a perceber agora que o desespero que tomara conta dela em seus dezesseis anos e meio, de que jamais fosse encontrar um homem que pudesse satisfazer seus ideais de perfeição, tinha sido precipitado e injustificável. Willoughby contava com todas as qualidades que sua imaginação delineara naquele momento infeliz – e em todas as horas mais resplandecentes – como capazes de seduzi-la, e o comportamento dele declarava sua vontade de ser, nesse aspecto, tão sério quanto suas habilidades eram elevadas.

Também a mãe dela, em cuja mente não surgira um único pensamento especulativo sobre o casamento dos dois que fosse atrelado à perspectiva de que o jovem teria muito dinheiro, foi levada, antes do fim de uma semana, a desejar essa união, a esperar por ela, e a secretamente felicitar-se por ter ganhado dois genros como Edward e Willoughby.

A parcialidade do coronel Brandon por Marianne, identificada tão depressa pelos amigos dele, tornou-se perceptível para Elinor pela primeira vez agora, quando já deixara de ser notada por todos. As atenções e os ditos espirituosos foram transferidos para seu rival mais afortunado; e a zombaria na qual incorrera o outro antes que surgisse qualquer parcialidade foi removida quando seus sentimentos começaram de fato a chamar atenção ao ridículo que é tão justamente atribuído à sensibilidade. Elinor foi obrigada, mesmo que a contragosto, a crer que os sentimentos que a sra. Jennings (para sua própria satisfação) havia imputado ao coronel eram agora realmente provocados por sua irmã, e que, por mais que uma semelhança geral de disposição entre as partes pudesse promover o afeto do sr. Willoughby, certa oposição de temperamentos igualmente marcante não era empecilho ao interesse do coronel Brandon. Ela ponderava sobre essa questão com desassossego, pois quais esperanças poderia nutrir um homem calado de 35 anos, quando contraposto a um jovem bastante animado de 25? E como não podia nem mesmo lhe desejar sucesso, desejou do fundo de seu coração que ele fosse indiferente. Gostava dele; apesar de sua gravidade ou de sua reserva, vislumbrava nele um objeto de interesse. Seus modos, embora sérios, eram suaves, e sua reserva parecia ser antes o resultado de alguma opressão de espírito do que de qualquer melancolia natural de seu temperamento. Sir John deixara escapar sugestões sobre mágoas e decepções do passado que justificavam, para Elinor, a convicção de que o coronel era um homem infeliz, e ela o via com respeito e compaixão.

Talvez Elinor sentisse pena do coronel e o estimasse mais porque ele era menosprezado por Willoughby e Marianne, os quais, eivados de preconceito contra um homem que não era nem animado e nem jovem, pareciam decididos a depreciar seus méritos.

– Brandon é precisamente o tipo de homem – disse Willoughby certo dia, quando todos estavam conversando sobre ele – de quem todos falam bem, e com quem ninguém se importa; a quem todos ficam muito satisfeitos de ver, e com quem ninguém se lembra de conversar.

– Isso é exatamente o que eu penso dele – exclamou Marianne.

– Não fiquem se vangloriando disso, no entanto – disse Elinor –, pois é uma injustiça por parte de vocês dois. O coronel é apreciado em alta conta pela família toda no parque, e eu mesma jamais o vejo sem tomar o cuidado de conversar com ele.

– O fato de que o coronel é protegido pela *senhorita* – retrucou Willoughby – certamente depõe a favor dele. Mas se pensarmos na estima dos outros, teremos então uma censura em si mesma. Quem gostaria de se submeter à indignidade de ser aprovado por mulheres como Lady Middleton e a sra. Jennings, algo que poderia recomendar a indiferença de qualquer outra pessoa?

– Mas quem sabe o abuso vindo de pessoas como Marianne e o senhor acabe por compensar a consideração de Lady Middleton e da mãe dela. Se o louvor delas é censura, a censura de vocês pode ser louvor, porque elas não são mais desprovidas de discernimento do que o senhor e Marianne são preconceituosos e injustos.

– Em defesa de seu protegido, a senhorita consegue até mesmo ser atrevida.

– Meu protegido, como diz o senhor, é um homem sensato, e a sensatez sempre será um atrativo para mim. Sim, Marianne, mesmo num homem entre seus trinta e quarenta anos. Ele já viu grande parte do mundo; esteve no exterior, leu, e tem uma mente pensante. Posso afirmar que o coronel foi capaz de me fornecer muitas informações sobre vários assuntos; e ele sempre respondeu minhas perguntas com a presteza de uma pessoa que tem boas maneiras e boa índole.

– Ou seja – exclamou Marianne com desdém –, ele lhe contou que nas Índias Orientais o clima é quente e os mosquitos incomodam muito.

– Ele *teria* me contado isso, não tenho dúvida, se eu tivesse feito qualquer pergunta desse tipo, mas acontece que esses eram pontos sobre os quais eu já tivera esclarecimentos anteriores.

– Quem sabe – disse Willoughby – as observações do coronel se estenderam até a existência de nababos, moedas indianas de ouro e palanquins.

– Posso me arriscar a dizer que as observações *dele* foram muito mais longe do que a candura *do senhor*. Mas o senhor não gosta dele por quê?

– Não é que eu não goste dele. Pelo contrário, eu o vejo como um homem muito respeitável, que merece as melhores palavras de todas as pessoas e as atenções de ninguém; que tem mais dinheiro do que pode gastar, um tempo infindável que não sabe como empregar, e dois casacos novos a cada ano.

– Acrescente a isso – exclamou Marianne – que ele não tem nem talento, nem gosto e nem espirituosidade. Que seu discernimento não tem brilho nenhum, seus sentimentos, nenhum ardor, e sua voz, nenhuma expressão.

– Vocês determinam quais são as imperfeições do coronel com tanta magnitude – retrucou Elinor –, e recorrendo tanto à força da imaginação, que a recomendação que *eu* sou capaz de fazer por ele é relativamente fria, insípida. Só posso proclamar que ele é um homem sensato, bem-educado, bem informado, de modos gentis e, creio eu, dono de um coração amável.

– Srta. Dashwood – exclamou Willoughby –, isso, agora, é me usar de maneira cruel. A senhorita está tentando me desarmar pela razão e me convencer contrariando a minha vontade. Mas não vai dar certo. Verá que posso ser tão teimoso quanto a senhorita pode ser astuciosa. Tenho três razões incontestáveis para não gostar do coronel Brandon: ele me ameaçou com chuva quando eu queria que o tempo fosse bom, fez ressalvas à suspensão do meu coche de duas rodas, e não consigo convencê-lo a comprar minha égua marrom. Se servir como satisfação à senhorita, no entanto, saber que eu acredito que o caráter do coronel é irrepreensível em outros aspectos, estou disposto a confessá-lo. Assim, em troca de um reconhecimento que deve me causar alguma dor, a senhorita não pode me negar o privilégio de não gostar dele tanto quanto sempre.

# Capítulo 11

A SRA. DASHWOOD E SUAS filhas mal haviam imaginado, assim que chegaram a Devonshire, que surgiriam para tomar seu tempo todos aqueles compromissos que logo se apresentaram, ou que elas receberiam convites tão frequentes e visitantes tão constantes, numa quantidade que as deixaria dispondo de pouco tempo livre para trabalhos sérios. Todavia, foi justamente esse o caso. Quando Marianne se recuperou, os esquemas de diversão em casa e ao ar livre que Sir John estivera planejando previamente foram colocados em execução. Os bailes privados no parque começaram a ser realizados, e passeios na água eram organizados e efetuados sempre que um outubro chuvoso permitisse. Willoughby era incluído em todas as reuniões desse tipo; e a paz e a familiaridade que naturalmente acompanhavam tais encontros eram exatamente calculadas para fortalecer com intimidade crescente a relação do rapaz com as Dashwood, para lhe dar oportunidade de testemunhar as excelências de Marianne, de salientar sua vivaz admiração pela garota e de receber, no tratamento que ela lhe dedicava, a mais positiva garantia de um carinho recíproco.

Elinor não pôde ficar surpresa com tal aproximação dos dois. Queria somente que a relação fosse menos ostensiva; uma ou duas vezes, aventurou-se a sugerir a Marianne o quanto seria conveniente um pouco de autocontrole. Mas Marianne detestava toda espécie de ocultação quando nenhuma desgraça verdadeira poderia derivar de um relacionamento sem reservas; e procurar conter sentimentos que não eram em si mesmos indignos de louvor lhe parecia ser não apenas um esforço desnecessário como também uma sujeição vergonhosa da razão a noções banais e equivocadas. Willoughby pensava o mesmo, e o comportamento de ambos, em todos os momentos, era uma ilustração de tais opiniões.

Quando Willoughby estava presente, ela não tinha olhos para mais ninguém. Qualquer coisa que ele fizesse era correta.

Qualquer coisa que dissesse era inteligente. Se as noites no parque fossem concluídas com jogo de cartas, ele tratava de lograr a si mesmo e a todos os demais no grupo com o fim de obter para ela uma boa mão. Se a dança constituísse a diversão da noite, os dois eram parceiros durante a metade do tempo e, quando se viam obrigados a ficar separados por uma ou duas danças, tomavam o cuidado de não se afastar um do outro e praticamente não falavam uma palavra sequer com mais ninguém. Tal conduta fazia com que fossem, é claro, motivo de risos intermináveis; mas o ridículo não lhes causava vergonha, e parecia nem mesmo chegar a exasperá-los.

A sra. Dashwood dissecou todos os sentimentos do casal com um fervor que não lhe deixava nenhuma inclinação para reprimir a exposição excessiva. Para ela, essa era não mais do que a consequência natural de uma forte afeição numa mente jovem e ardente.

Aquela era uma temporada de felicidade para Marianne. Seu coração estava devotado a Willoughby, e o apaixonado apego por Norland, que ela trouxera consigo de Sussex, tinha mais chances de arrefecer do que ela julgara possível antes, devido aos encantos com que a companhia do jovem agraciava seu novo lar.

A felicidade de Elinor não era tão grande. Seu coração não estava tão tranquilo, e tampouco sua satisfação com aqueles divertimentos era tão pura. Eles não lhe proporcionavam nenhuma companhia que pudesse reparar o que ela deixara para trás, ou que a pudesse ensinar a pensar em Norland com menos pesar do que sempre. Nem Lady Middleton e nem a sra. Jennings podiam lhe suprir a conversação que lhe fazia falta, por mais que a segunda fosse uma conversadora irrefreável e a tivesse considerado desde o início com uma benignidade que lhe garantia grande parcela de seu discurso. A sra. Jennings já repetira sua própria história para Elinor três ou quatro vezes. Fosse a memória de Elinor comparável a seus recursos de aprimoramento, ela poderia ter conhecido muito cedo, desde os primeiros momentos de convivência, todos os detalhes da última doença do sr. Jennings, e o que dissera ele para sua esposa poucos minutos antes de morrer. Lady Middleton era mais agradável do que sua mãe apenas por ser mais quieta. Elinor não precisou de muita observação para perceber que sua reserva era uma mera calma em seu modo de ser, uma característica que não tinha nada que ver com sensatez. Quanto a seu marido e sua mãe, ela os tratava como tratava todas as outras pessoas; e uma intimidade, portanto, não deveria ser nem buscada e nem desejada. Lady Middleton não tinha nada para dizer, num determinado dia, que já não tivesse dito no dia anterior. Sua insipidez era invariável, porque até mesmo seu estado de espírito era sempre o mesmo. Embora não se opusesse aos encontros organizados por seu marido, desde que tudo fosse conduzido em grande estilo e seus dois filhos mais velhos ficassem com ela, Lady Middleton jamais parecia obter mais diversão com esses encontros do que poderia ter experimentado permanecendo sentada em casa; e tão pouco sua companhia estimulava o prazer dos outros, por meio de qualquer participação nas conversas, que as pessoas por vezes só recordavam que ela se fazia presente por causa de sua solicitude quanto a seus turbulentos meninos.

Somente no coronel Brandon, dentre todos os seus novos conhecidos, Elinor encontrou de fato uma pessoa que podia, em maior ou menor grau, reivindicar o respeito das habilidades, instigar o interesse da amizade, ou oferecer uma companhia prazerosa. Willoughby estava fora de questão. A admiração e a consideração de Elinor, e até mesmo sua consideração fraternal, pertenciam a Willoughby por direito; mas ele era um apaixonado; suas atenções eram dirigidas totalmente a Marianne, e um homem muito menos agradável poderia ter sido mais amável de um modo geral. O coronel Brandon, para sua própria infelicidade, não tinha nenhum incentivo para pensar apenas em Marianne. Nas conversas com Elinor, encontrou sua maior consolação à indiferença da irmã dela.

A compaixão de Elinor pelo coronel aumentou, uma vez que ela tinha motivos para suspeitar que ele já sofrera o infortúnio do amor frustrado. A suspeita foi sugerida por algumas palavras que ele deixou escapar acidentalmente certa noite no parque, com os dois sentados juntos por mútuo consentimento enquanto os outros dançavam. Os olhos do coronel estavam fixados em Marianne e, após um silêncio de alguns minutos, ele disse, com um débil sorriso:

– Sua irmã, eu acredito, não aprova segundos relacionamentos amorosos.

– Não – retrucou Elinor –, as opiniões dela são todas românticas.

– Ou antes, como acredito, ela os considera impossíveis de existir.

– Acredito que considera; contudo, de que modo ela pode chegar a essa conclusão sem refletir sobre o caráter de seu próprio pai, que teve duas esposas, isso eu não sei. Alguns poucos anos, no entanto, vão esclarecer melhor suas opiniões com uma base razoável de bom-senso e observação; e então elas poderão ser mais fáceis de definir e de justificar do que são agora por outra pessoa que não a própria Marianne.

– Esse será provavelmente o caso – ele retrucou. – E no entanto existe algo de tão adorável nos preconceitos de uma mente jovem que ficamos tristes por vê-los dando lugar à recepção de opiniões mais comuns.

– Não posso concordar com o senhor nesse ponto – disse Elinor. – Existem inconveniências, atreladas a sentimentos como esses de Marianne, que nem mesmo todos os encantos do entusiasmo e da ignorância neste mundo poderão compensar. Os sistemas de Marianne têm todos uma tendência infeliz de transformar decoro em nada; e um melhor conhecimento do mundo é o que posso esperar como a maior vantagem possível para ela.

Depois de uma breve pausa, ele retomou a conversa dizendo:

– Será que sua irmã não faz nenhuma distinção em suas objeções contra um segundo relacionamento? Ou o segundo relacionamento é igualmente criminoso para todas as pessoas? Será que aqueles que se decepcionaram em sua primeira escolha, seja por causa da inconstância da pessoa amada ou por causa da perversidade das circunstâncias, vão permanecer igualmente indiferentes durante o resto de suas vidas?

– Dou minha palavra, não tenho grande familiaridade com as minúcias dos princípios de Marianne. Sei apenas que jamais a ouvi admitindo em qualquer instância que um segundo relacionamento fosse perdoável.

– Isso – disse ele – não poderá durar. Mas uma mudança, uma mudança total de sentimentos... Não, não, não queira isso, porque, quando os refinamentos românticos de uma mente jovem são obrigados a ceder, com que frequência são sucedidos por opiniões que são apenas demasiado comuns, e demasiado perigosas! Falo por experiência própria. Certa vez conheci uma dama que em temperamento e intelecto muito tinha de semelhante à sua irmã, que pensava e julgava como ela, mas que, a partir de uma mudança forçada, a partir de uma série de circunstâncias infelizes...

Aqui ele parou de repente, pareceu pensar que havia falado demais e, a julgar por seu semblante, começou a fazer conjecturas que não poderiam, de outra maneira, ter chegado ao conhecimento de Elinor. A dama provavelmente teria passado sem causar desconfiança, se ele não tivesse convencido a srta. Dashwood de que aquilo que dizia respeito a ela não deveria escapar de seus lábios. Sendo assim, só se fazia necessário um ligeiro esforço de imaginação para conectar a emoção do coronel Brandon à terna lembrança de um amor do passado. Elinor não tentou ir além. Mas Marianne, em seu lugar, não teria feito tão pouco. A história toda teria rapidamente tomado forma com a força de sua imaginação ativa, e tudo teria ficado disposto na mais melancólica ordem do amor desastroso.

# Capítulo 12

Enquanto Elinor e Marianne caminhavam juntas, na manhã seguinte, a segunda comunicou à irmã uma notícia que, apesar de tudo que ela sabia de antemão sobre a imprudência e a falta de ponderação de Marianne, surpreendeu-a por seu testemunho extravagante de ambas. Marianne lhe disse, com o maior deleite do mundo, que Willoughby lhe dera um cavalo, um animal que ele mesmo havia criado em sua propriedade em Somersetshire e que era exatamente calculado para poder carregar uma mulher. Sem considerar que não estava nos planos de sua mãe a manutenção de qualquer cavalo e que, se ela fosse alterar sua resolução em favor desse donativo, precisaria comprar outro para o criado, manter um criado para montá-lo e por fim construir um estábulo para recebê-los, Marianne aceitara o presente sem hesitação, e o referiu a sua irmã no maior dos êxtases.

– Willoughby pretende enviar seu cavalariço a Somersetshire imediatamente, para buscar o animal – acrescentou ela. – Quando chegar o cavalo, vamos cavalgar todos os dias. Você vai compartilhar o uso dele comigo. Imagine, minha querida Elinor, o deleite de um galope num desses morros.

Marianne se mostrava muito relutante quanto a despertar de tamanho sonho de felicidade para compreender todas as verdades infelizes que acompanhavam o caso; e durante algum tempo rejeitou submeter-se a elas. No tocante a um criado adicional, a despesa seria uma ninharia; mamãe, ela tinha certeza, jamais faria oposição a isso, e qualquer cavalo serviria para *ele*. O criado sempre poderia tomar emprestado algum dos cavalos do parque. Quanto ao estábulo, um mero telheiro seria suficiente. Elinor, em seguida, aventurou-se a duvidar do decoro de que Marianne recebesse um presente como aquele de um homem tão pouco, ou pelo menos tão recentemente conhecido por ela. Isso passava dos limites.

– Você comete um engano, Elinor – disse ela calorosamente –, em supor que conheço Willoughby muito pouco. Eu não o conheço muito, de fato, mas tenho mais intimidade com ele do que com qualquer outra criatura neste mundo, exceto você mesma e mamãe. O tempo ou a oportunidade não são os fatores que determinam uma intimidade; importa somente a personalidade. Sete anos não seriam o bastante para fazer com que certas pessoas se conhecessem, e sete dias são mais do que suficientes para outras. Eu me consideraria culpada de uma impropriedade maior em aceitar um cavalo do meu irmão do que em ganhá-lo de Willoughby. De John eu sei muito pouco, embora tenhamos vivido juntos por anos; no que se refere a Willoughby, porém, meu julgamento está formado faz muito tempo.

Elinor concluiu que seria mais prudente não voltar a tocar nesse ponto. Ela conhecia o temperamento de sua irmã. Apresentar oposição num assunto tão delicado só a faria se aferrar ainda mais em sua própria opinião. Mas através de um apelo ao afeto dela por sua mãe, através de uma exposição das inconveniências com que essa mãe indulgente teria de castigar a si mesma se (como provavelmente seria o caso) ela consentisse com aquele acréscimo de despesas, Marianne foi logo vencida. E ela prometeu que não tentaria sua mãe a cometer uma bondade tão imprudente mencionando a oferta, e que diria para Willoughby, quando novamente o visse, que o presente precisava ser recusado.

Marianne foi fiel a sua palavra; quando Willoughby visitou o chalé naquele mesmo dia, Elinor a ouviu expressar para ele, com voz baixa, seu desapontamento em se ver na obrigação de renunciar ao presente. As razões daquela mudança foram relatadas ao mesmo tempo, e eram tais que tornavam impossível qualquer rogo adicional por parte do cavalheiro. A consternação dele, porém, ficou muito evidente; depois de expressá-la com fervor, ele acrescentou, com a mesma voz baixa:

– Mas, Marianne, o cavalo ainda é seu, embora você não possa usá-lo agora. Vou ficar com ele apenas até que você possa reivindicá-lo. Quando você deixar Barton para estabelecer sua própria residência num lar mais duradouro, Queen Mab haverá de recebê-la.

Tudo isso foi ouvido pela srta. Dashwood; ao longo da sentença toda, na forma de pronunciá-la, e naquele modo de tratar sua irmã somente pelo primeiro nome, ela de pronto identificou uma intimidade muito decidida e um significado muito direto, de maneira que lhe saltou aos olhos um perfeito entendimento entre os dois. A partir daquele momento, não teve dúvida de que os dois estavam comprometidos um com o outro; e tal certeza não gerou nenhuma outra surpresa senão a constatação de que ela ou qualquer um dos amigos deles precisassem ser deixados, por duas pessoas de temperamento tão aberto, na necessidade de fazer a descoberta por acidente.

Margaret lhe relatou, no dia seguinte, um fato que situou esse assunto sob uma luz ainda mais clara. Willoughby havia passado a noite anterior com elas, e Margaret, por ter sido deixada certo tempo na sala somente com o rapaz e Marianne, tivera oportunidade de fazer observações que, com um semblante de muita gravidade, ela comunicou a sua irmã mais velha na primeira ocasião em que as duas ficaram sozinhas.

– Ah, Elinor! – ela exclamou. – Eu tenho um tremendo segredo para lhe contar sobre Marianne. Tenho certeza de que ela vai se casar com o sr. Willoughby muito em breve.

– Você vem dizendo isso – retrucou Elinor – quase todos os dias desde que os dois se conheceram em High-Church Down; e eles não se conheciam não fazia nem uma semana, creio eu, quando você teve certeza de que Marianne estava usando uma imagem dele no pescoço; mas no fim ficou provado que era somente uma miniatura do nosso tio-avô.

– Mas isso agora é, sem dúvida, uma coisa completamente diferente. Estou certa de que os dois estarão casados muito em breve, porque ele tem uma mecha do cabelo de Marianne.

– Tome cuidado, Margaret. Pode ser que se trate de nada mais do que o cabelo de algum tio-avô *dele*.

– Mas é de Marianne sem dúvida, Elinor. Tenho quase certeza de que é, porque o vi cortando a mecha. Na noite passada, depois do chá, quando você e mamãe saíram da sala, eles estavam cochichando e conversando tão rápido quanto podiam, e o sr. Willoughby parecia estar pedindo alguma coisa para Marianne, e logo em seguida pegou a tesoura dela e cortou uma mecha comprida de seu cabelo, que estava todo caído nas costas dela, e beijou a mecha e a dobrou num pedaço de papel branco, e a guardou em sua caderneta.

Diante de tantos pormenores, anunciados com tanta autoridade, Elinor não pôde lhe negar crédito; e tampouco tinha disposição para fazê-lo, porque a circunstância se apresentava em perfeita harmonia com o que ela mesma ouvira e testemunhara.

A sagacidade de Margaret não era sempre exibida para sua irmã assim, de uma maneira tão satisfatória. Quando a sra. Jennings atacou-a certa noite no parque, para que desse o nome do jovem que era o favorito particular de Elinor, algo que vinha sendo desde muito tempo uma questão de grande curiosidade para ela, Margaret respondeu olhando para sua irmã e dizendo:

– Eu não devo contar, Elinor, será que devo?

Isso, é claro, fez com que todos rissem; e Elinor procurou rir também. Mas o esforço foi doloroso. Elinor estava convencida de que Margaret se fixara numa pessoa cujo nome ela não podia tolerar com serenidade que se tornasse um alvo recorrente nos gracejos da sra. Jennings.

Marianne se compadeceu dela com grande sinceridade, mas fez à causa mais mal do que bem, ficando muito vermelha e dizendo de maneira zangada para Margaret:

– Tenha em mente que, quaisquer que sejam as suas conjecturas, você não tem o direito de repeti-las.

– Eu nunca fiz nenhuma conjectura em torno disso – retrucou Margaret –, foi você mesma quem me falou.

Isso estimulou ainda mais hilaridade entre os ouvintes, e Margaret foi avidamente pressionada para que dissesse algo mais.

– Ah! Por favor, srta. Margaret, permita que saibamos de tudo – disse a sra. Jennings. – Qual é o nome do cavalheiro?

– Eu não devo contar, senhora. Mas sei muito bem qual é o nome. E sei onde ele está também.

– Sim, sim, podemos adivinhar onde ele está; em sua própria casa, em Norland, com toda certeza. Ele é o cura da paróquia, ouso dizer.

– Não, *isso* ele não é. Ele absolutamente não tem nenhuma profissão.

– Margaret – disse Marianne, de um modo bastante acalorado –, você sabe que tudo isso é uma coisa que você mesma inventou, e que essa pessoa simplesmente não existe.

– Bem, então ele morreu recentemente, Marianne, pois estou certa de que houve uma vez um homem assim, e seu nome começa com F.

Elinor sentiu-se muitíssimo grata pela observação de Lady Middleton de que, naquele momento, "chovia muito forte", embora pensasse que a interrupção tivesse procedido menos de qualquer atenção a ela e mais do grande desgosto que sua senhoria nutria por todos aqueles deselegantes temas de zombaria que deleitavam seu marido e sua mãe. Entretanto, a ideia iniciada por ela foi adotada de pronto pelo coronel Brandon, que era, em todas as ocasiões, um tanto consciente em relação aos sentimentos dos outros; e muito foi dito por ambos sobre o assunto da chuva. Willoughby abriu o pianoforte, pedindo a Marianne que fosse sentar-se ao instrumento; e assim, em meio a várias tentativas de diferentes pessoas para que se abandonasse aquela discussão, o constrangimento começou a desaparecer. Mas não foi com facilidade que Elinor recuperou-se, de fato, do alarme no qual a discussão a mergulhara.

Um grupo foi formado, nessa noite, com o fim de que saíssem no dia seguinte para ver um lugar muito bonito a cerca de doze milhas de Barton, pertencente a um cunhado do coronel Brandon, sem cujo interesse o lugar não poderia ser visto, na medida em que o proprietário, que se encontrava então viajando, tinha deixado ordens estritas a esse respeito. As terras foram declaradas lindíssimas, e Sir John, que se mostrou particularmente acalorado em seu louvor a elas, podia ser admitido como juiz aceitável, porque formara grupos para visitá-las pelo menos duas vezes a cada verão durante os últimos dez anos. Elas contavam com uma esplêndida extensão de água; um passeio de barco, ali, constituiria grande parte das diversões da manhã; provisões de comidas frias deveriam ser levadas, apenas carruagens abertas deveriam ser utilizadas, e tudo deveria ser realizado no estilo habitual de uma completa e prazerosa excursão.

No entender de alguns poucos integrantes do grupo aquilo pareceu ser, na verdade, um empreendimento ousado, considerando-se a época do ano e que chovera todos os dias durante as últimas duas semanas; e a sra. Dashwood, que já tinha um resfriado, foi persuadida por Elinor a ficar em casa.

# Capítulo 13

A PLANEJADA EXCURSÃO PARA WHITWELL teve um desfecho muito diferente daquele que Elinor havia esperado. Ela estava preparada para se molhar dos pés à cabeça e ficar cansada e assustada; mas o evento foi ainda mais desafortunado, porque eles nem chegaram a sair.

Às dez horas o grupo todo estava reunido no parque, onde deveriam fazer o desjejum. A manhã era bastante favorável – embora tivesse chovido a noite toda –, visto que as nuvens iam se dispersando através do céu naquele momento e o sol aparecia com frequência. Estavam todos de bom humor e com grande animação de espírito, ansiosos por um passeio feliz e, em troca de qualquer outra situação, determinados a se submeter às maiores inconveniências e dificuldades.

Enquanto faziam o desjejum, as correspondências lhes foram trazidas. Entre as demais, havia uma para o coronel Brandon; ele a pegou, reconheceu quem era o remetente, mudou de cor e imediatamente saiu da sala.

– Qual é o problema com Brandon? – perguntou Sir John.

Ninguém foi capaz de dizer.

– Espero que ele não tenha recebido más notícias – disse Lady Middleton. – Somente um acontecimento extraordinário poderia fazer com que o coronel Brandon abandonasse a minha mesa de desjejum tão repentinamente.

Em cerca de cinco minutos ele retornou.

– Nenhuma má notícia, coronel, eu espero – disse a sra. Jennings, tão logo ele entrou na sala.

– Absolutamente nenhuma, senhora, eu lhe agradeço.

– Era uma mensagem vinda de Avignon? Espero que a informação não seja de que sua irmã está pior.

– Não, senhora. A mensagem veio da cidade, e é meramente uma carta sobre negócios.

– Mas como foi que o senhor pôde ficar tão descomposto ao reconhecer o remetente, se era somente uma carta de negócios? Ora, ora, isso não vai ficar assim, coronel; vamos, nos permita saber qual é a verdade.

– Minha cara senhora – disse Lady Middleton –, pense melhor antes de falar.

– Talvez quisessem contar ao senhor que sua prima Fanny se casou? – sugeriu a sra. Jennings, sem dar ouvidos à reprovação da filha.

– Não, não é nada disso.

– Pois bem, então já sei quem mandou a carta, coronel. E eu espero que ela esteja bem.

– A quem a senhora se refere? – perguntou ele, corando um pouco.

– Ah! O senhor sabe a quem me refiro.

– Fico particularmente triste, senhora – disse ele, dirigindo-se a Lady Middleton –, por ter recebido esta carta hoje, pois ela trata de um negócio que exige minha presença imediata na cidade.

– Na cidade!? – exclamou a sra. Jennings. – Que assunto o senhor teria para resolver na cidade nesta época do ano?

– Minha própria perda é enorme – prosseguiu ele –, quando me vejo obrigado a desistir de uma excursão tão agradável; mas fico ainda mais aflito por temer que minha presença seja necessária para que vocês obtenham ingresso em Whitwell.

Que golpe foi esse para todos eles!

– Mas escrever um bilhete à governanta, sr. Brandon – disse Marianne com ansiedade –, não seria suficiente?

Ele balançou a cabeça.

– Fiquemos com o passeio – disse Sir John. – Não podemos cancelar tudo quando estamos tão perto de sair. Você tem até amanhã para ir à cidade, Brandon, isso é tudo.

– Eu gostaria muito que a questão pudesse ser resolvida com essa facilidade. Mas não depende de mim adiar minha viagem por um dia!

– Se o senhor apenas nos permitisse saber qual é esse seu negócio – disse a sra. Jennings –, teríamos condições de analisar se ele poderia ser adiado ou não.

– O senhor sairia tão somente seis horas mais tarde, ou nem isso – disse Willoughby –, se tivesse de adiar sua viagem até o nosso retorno.

– Eu não posso me dar ao luxo de perder sequer *uma* hora.

Então Elinor ouviu Willoughby dizendo, em voz baixa, para Marianne:

– Há certas pessoas que não são capazes de suportar um passeio prazeroso. Brandon é uma delas. Ele ficou com medo de apanhar um resfriado, ouso dizer, e inventou esse truque para se safar. Eu apostaria cinquenta guinéus que a carta era de seu próprio punho.

– Não tenho dúvida disso – respondeu Marianne.

– Eu sei faz muito tempo que não há como persuadi-lo a mudar de ideia, Brandon – disse Sir John –, uma vez que você se determinou a fazer alguma coisa. Porém, mesmo assim, espero que você pense melhor. Veja bem, aqui estão as duas senhoritas Carey, vindas de Newton, as três senhoritas Dashwood, que vieram caminhando do chalé, e o sr. Willoughby, que se levantou duas horas antes de seu horário habitual com o propósito de ir para Whitwell.

O coronel Brandon reafirmou novamente sua tristeza em ser o culpado por frustrar a excursão, mas declarou ao mesmo tempo que a situação era inevitável.

– Pois bem, então; quando é que você vai voltar?

– Espero que vejamos o senhor em Barton – acrescentou sua senhoria – assim que lhe for conveniente sair da cidade; e teremos de adiar a excursão para Whitwell até que o senhor retorne.

– A senhora é muito amável. Mas saber quando terei condições de retornar é tão incerto que não ouso assumir esse compromisso de maneira nenhuma.

– Ah! Ele deve voltar, e há de voltar – exclamou Sir John. – Se não estiver aqui até o final da semana, hei de partir atrás dele.

– Pois sim, faça isso mesmo, Sir John – exclamou a sra. Jennings –, e então quem sabe o senhor consiga descobrir qual é o negócio dele.

– Eu não quero intrometer-me nos problemas de outros homens. Suponho que seja algo que lhe causa vergonha.

Os cavalos do coronel Brandon foram anunciados.

– Você não vai à cidade a cavalo, vai? – acrescentou Sir John.

– Não. Somente até Honiton. De lá eu sigo em carruagem de posta.

– Pois bem, como você está decidido a ir, eu lhe desejo uma boa viagem. Mas seria melhor se você mudasse de ideia.

– Eu lhe asseguro que não está em meu poder.

O coronel se despediu, então, do grupo todo.

– Não há chance de eu encontrar a senhorita e suas irmãs na cidade neste inverno, srta. Dashwood?

– Absolutamente nenhuma, eu receio.

– Então devo lhes dar o meu adeus por um tempo maior do que eu desejaria.

Para Marianne, ele simplesmente fez uma mesura e não disse nada.

– Vamos lá, coronel – disse a sra. Jennings –, antes de partir, nos permita saber qual é o motivo de sua ida.

O coronel desejou a ela um bom dia e, acompanhado por Sir John, saiu da sala.

As queixas e lamentações que a polidez até então contivera irromperam agora por todos os lados, e todos concordaram repetidas vezes como era exasperante que fossem decepcionados daquela maneira.

– Eu posso adivinhar qual é o negócio dele, no entanto – disse a sra. Jennings, de modo exultante.

– A senhora pode? – indagaram quase todos.

– Sim; envolve a srta. Williams, tenho certeza.

– E quem é a srta. Williams? – perguntou Marianne.

– O quê!? Pois não sabe quem é a srta. Williams? Tenho certeza de que a senhorita já deve ter ouvido falar dela antes. É uma moça que tem parentesco com o coronel, minha querida; um parentesco muito próximo. Não vamos dizer o quão próximo por medo de chocar as jovens damas.

Então, baixando um pouco a voz, a sra. Jennings disse para Elinor:

– Ela é filha ilegítima do coronel.

– Não diga!

– Ah, sim; e tão parecida com ele quanto pode ser. Ouso dizer que o coronel vai lhe deixar sua fortuna toda.

Quando Sir John retornou, ele juntou-se com o maior pesar ao lamento geral sobre tão infeliz evento, concluindo, no entanto, com a observação de que, como eles estavam todos reunidos, precisavam fazer algo para que ficassem felizes; e depois de algumas consultas houve um acordo indicando que, embora uma verdadeira felicidade só pudesse ser apreciada em Whitwell, eles poderiam obter uma tolerável paz de espírito passeando de carro pelo campo. As carruagens foram então solicitadas; a de Willoughby saiu na frente, e Marianne jamais parecera estar mais feliz do que no momento em que entrou no veículo. Ele conduziu o carro pelo parque muito depressa, e os dois logo sumiram de vista; e nada mais foi visto deles até que retornassem, o que não ocorreu antes que todos os demais já tivessem retornado. Ambos pareciam estar deleitados com o passeio, mas disseram apenas, em termos gerais, que haviam se mantido nos caminhos demarcados enquanto os outros tomavam o rumo dos morros.

Ficou decidido que deveria ser realizada uma dança naquela noite, e que todos deveriam ficar extremamente alegres durante o dia todo. Mais alguns convivas da família Carey apareceram para jantar, e eles tiveram o prazer de sentar cerca de vinte pessoas à mesa, algo que Sir John observou com grande contentamento. Willoughby tomou seu lugar de costume entre as duas senhoritas Dashwood mais velhas. A sra. Jennings sentou-se à direita de Elinor, e os convidados não estavam sentados havia muito tempo quando ela inclinou-se por trás dela e de Willoughby e disse para Marianne, numa voz alta o bastante para que ambos a ouvissem:

– Eu a desmascarei apesar de todos os seus truques. Já sei onde a senhorita passou a manhã.

Marianne corou, e respondeu muito rapidamente:

– Onde, por favor?

– A senhora não sabia – perguntou Willoughby – que tínhamos saído no meu coche?

– Sim, sim, sr. Descaramento, sei disso muito bem, e eu não descansaria enquanto não descobrisse *para onde* vocês tinham ido. Espero que goste de sua casa, srta. Marianne. É uma casa muito grande, eu sei. Quando eu for lhe fazer uma visita, espero que a senhorita tenha mobiliado a residência com peças novas, pois ela estava muito necessitada disso quando estive lá seis anos atrás.

Marianne afastou o rosto em grande confusão. A sra. Jennings riu com gosto, e Elinor constatou que, em sua resolução de que descobriria por onde os dois tinham andado, ela de fato fizera com que sua própria criada interrogasse o cavalariço do sr. Willoughby, e que por esse método havia sido informada de que eles tinham ido para Allenham e passado lá um tempo considerável, passeando pelo jardim e percorrendo a casa toda.

Elinor mal podia crer que aquilo fosse verdade, pois parecia muito improvável que Willoughby pudesse propor, ou que Marianne consentisse, que entrassem na casa enquanto a sra. Smith estava lá, uma pessoa com quem Marianne não tinha familiaridade nenhuma.

Assim que eles deixaram a sala de jantar, Elinor a questionou a respeito, e grande foi sua surpresa quando soube que todas as circunstâncias relatadas pela sra. Jennings eram perfeitamente verdadeiras. Marianne ficou bastante zangada com ela por duvidar do fato.

– Por que você imaginaria, Elinor, que não fomos lá, ou que não vimos a casa? Não é uma coisa que você mesma muitas vezes quis fazer?

– Sim, Marianne, mas eu não entraria na casa enquanto a sra. Smith estivesse lá, e sem nenhuma outra companhia senão o sr. Willoughby.

– O sr. Willoughby, no entanto, é a única pessoa que pode ter o direito de mostrar aquela casa; e além disso, como nós fomos até lá numa carruagem aberta, era impossível ter qualquer outra companhia. Eu nunca passei uma manhã mais agradável na minha vida.

– Receio – respondeu Elinor – que o caráter prazeroso de uma atividade nem sempre possa evidenciar a sua decência.

– Pelo contrário, não há nada que possa ser uma prova mais forte disso, Elinor, porque, se houvesse qualquer indecência verdadeira no que fiz, eu teria percebido na ocasião, porque sempre sabemos quando estamos agindo errado, e com essa convicção eu não poderia ter tido nenhum prazer.

– Mas, minha querida Marianne, na medida em que a sua própria conduta já expusera você a certas observações muito impertinentes, você não começa, agora, a duvidar da prudência dessa conduta?

– Se as observações impertinentes da sra. Jennings devem servir como prova de indecência na conduta de uma pessoa, todos nós estaremos agindo ofensivamente a cada momento de nossas vidas. Eu não dou valor à censura dela, tanto quanto não dou a seus louvores. Não tenho consciência de ter feito nada de errado em caminhar pelas terras da sra. Smith, ou em ver a casa dela. Um dia elas vão pertencer ao sr. Willoughby, e...

– Se elas estivessem destinadas a pertencer a você mesma no futuro, Marianne, você não teria justificativa para fazer o que fez.

Marianne corou com a sugestão, mas tal possibilidade era visivelmente gratificante para ela; após um intervalo de dez minutos de séria reflexão, ela se aproximou de sua irmã outra vez e disse, com muito bom humor:

– Talvez, Elinor, ir para Allenham *foi* mesmo um tanto impensado de minha parte, mas o sr. Willoughby queria me mostrar o lugar pessoalmente; e se trata de uma casa encantadora, eu lhe garanto. Há uma sala de estar incrivelmente bonita no andar de cima, de um tamanho bom e confortável, para uso constante, e com mobília moderna ela ficaria maravilhosa. É uma sala de canto e tem janelas em dois lados. De um lado você olha, depois do campo de bocha atrás da casa, para uma bela mata suspensa, e no outro você tem uma vista da igreja, do vilarejo e, mais além, daquelas bonitas colinas íngremes que tantas vezes admiramos. Eu não a vi com tanta vantagem, pois nada poderia estar mais acabado do que aquela mobília... Mas uma decoração nova... Algumas centenas de libras, segundo Willoughby, fariam desse aposento uma das salas de verão mais agradáveis da Inglaterra.

Se Elinor pudesse ter ouvido sua irmã sem que os outros interrompessem, ela teria descrito todos os cômodos da casa com igual deleite.

## Capítulo 14

A CESSAÇÃO SÚBITA DA ESTADIA do coronel Brandon no parque, com sua perseverança em esconder a causa, ocupou os pensamentos e agitou as especulações da sra. Jennings por dois ou três dias. Ela era uma grande especuladora, como costumam ser as pessoas que nutrem um interesse muito vivo por todas as idas e vindas de todos os seus conhecidos. Ela ficava especulando, com poucas interrupções, quais poderiam ser os motivos do coronel; tinha certeza de que devia ter surgido alguma má notícia, e considerava todos os tipos de tormentos que poderiam tê-lo acometido com uma firme determinação de que ele não escaparia de todos eles.

– Algo muito deprimente deve estar em questão, tenho certeza – disse ela. – Pude ver isso no rosto dele. Pobre homem! Receio que suas circunstâncias possam ser muito ruins. A propriedade em Delaford nunca rendeu mais de 2 mil por ano, e o irmão dele deixou tudo arranjado da maneira mais triste. Penso mesmo que o coronel deve ter sido chamado por causa de problemas de dinheiro, pois o que mais pode ser? Fico me perguntando se é isso mesmo. Eu daria qualquer coisa para saber a verdade. Talvez a srta. Williams seja o motivo e, a propósito, ouso dizer que é, porque ele pareceu ficar tão embaraçado quando eu a mencionei. Pode ser que ela esteja doente na cidade; nada neste mundo seria mais provável, pois tenho certa noção de que ela está sempre um tanto enferma. Eu apostaria qualquer soma em afirmar que se trata da srta. Williams. Não é assim tão provável que o coronel fosse ficar perturbado em suas circunstâncias financeiras *agora*, pois ele é um homem muito prudente, com toda certeza deve ter saneado a propriedade a esta altura. Fico me perguntando qual pode ser a causa! Talvez sua irmã esteja pior em Avignon e mandou chamá-lo. Sua partida numa fuga tão apressada parece indicar justamente isso. Bem, eu desejo do fundo do meu coração que ele se livre de todos os problemas, e que ainda por cima seja premiado com uma boa esposa.

Assim especulava, assim falava sem parar a sra. Jennings; sua opinião variando com cada nova conjectura, e todas parecendo igualmente prováveis à medida que surgiam. Elinor, embora se sentisse realmente interessada pelo bem-estar do coronel Brandon, não conseguia contemplar com muito espanto aquele súbito desaparecimento, não tanto quanto a sra. Jennings desejava que ela sentisse, porque, sem contar que a circunstância não justificava, em sua opinião, uma perplexidade tão duradoura ou tamanha variedade especulativa, sua imaginação se ocupava de outro modo. Elinor estava mais absorvida pelo extraordinário silêncio de sua irmã e de Willoughby quanto a um assunto que era, como ambos deviam saber, peculiarmente interessante para todos. Como nenhum dos dois dava mostras de que romperia o segredo, cada dia fazia com que esse silêncio parecesse mais estranho e mais incompatível com a disposição de ambos. Por que não podiam eles reconhecer abertamente para sua mãe e para ela mesma o ato que o comportamento constante dos dois um com o outro declarava que ocorrera, isso Elinor não era capaz de adivinhar.

Ela conseguia entender com muita facilidade que o casamento poderia não estar imediatamente ao alcance deles, porque, embora Willoughby fosse independente, não havia razão para crer que fosse rico. Seu patrimônio tinha sido avaliado por Sir John em cerca de seiscentas ou setecentas libras por ano; mas ele vivia com gastos aos quais essa renda dificilmente poderia se equiparar, e ele próprio várias vezes queixara-se de sua pobreza. Mas essa estranha espécie de sigilo que eles mantinham em relação ao noivado, um estratagema que na verdade não ocultava nada, Elinor não era capaz de explicar; e aquilo era de tal forma totalmente contraditório às opiniões e práticas de Marianne e Willoughby que uma dúvida por vezes invadia sua mente quanto a terem realmente assumido um compromisso de noivado, e essa dúvida bastava para impedi-la de fazer qualquer indagação a Marianne.

Nada poderia ser mais indicativo de uma ligação a todas elas do que o comportamento de Willoughby. Com Marianne tal comportamento tinha o mais distinto carinho que o coração de um apaixonado poderia dar, e com o resto da família se constituía no cuidado afetuoso de um filho e de um irmão. O chalé parecia ser considerado e amado por ele como seu lar; suas horas se passavam muito mais ali do que em Allenham; se nenhum compromisso habitual os reunisse no parque, o exercício que o fazia sair ao ar livre no período da manhã terminava com regularidade quase absoluta justamente ali, onde o resto do dia se passava com ele mesmo ao lado de Marianne e com seu pointer favorito aos pés dela.

Numa noite em particular, mais ou menos uma semana depois de o coronel Brandon ter ido embora do campo, o coração de Willoughby pareceu estar mais aberto do que de costume a todos os sentimentos de apego pelos objetos a seu redor; e quando a sra. Dashwood por acaso mencionou seu projeto de fazer melhorias no chalé durante a primavera, ele calorosamente contestou toda e qualquer alteração num lugar que o afeto lhe marcara como sendo perfeito.

– O quê!? – exclamou ele. – Fazer melhorias neste querido chalé! Não. Com *isso* eu nunca vou concordar. Sequer uma pedra deve ser adicionada em suas paredes, e sequer uma polegada em seu tamanho, se meus sentimentos forem levados em conta.

– Não se assuste – disse a srta. Dashwood –, nada do tipo será feito, porque minha mãe jamais terá dinheiro suficiente para tentar.

– Fico sinceramente feliz com isso – ele afirmou. – Que ela seja pobre para sempre, se não sabe como empregar melhor suas riquezas.

– Obrigada, Willoughby. Mas tenha certeza de que eu não sacrificaria um sentimento seu de afeição local, ou de qualquer pessoa que eu ame, por nenhuma melhoria neste mundo. Fique seguro de que qualquer que for a soma não empregada remanescente, quando eu fizer as minhas contas na primavera, vou preferir até mesmo deixá-la inutilmente de lado antes de me desfazer dela de uma forma que é tão dolorosa para você. Mas você realmente se apegou tanto a este lugar que não enxerga defeitos nele?

– Sim – disse ele. – Para mim, esta casa é impecável. Não, mais ainda, eu a considero como a única forma de construção na qual a felicidade é atingível; se eu tivesse dinheiro suficiente, no mesmo instante colocaria Combe por terra e construiria tudo de novo na estrutura exata deste chalé.

– Com escadas escuras e estreitas e uma cozinha que enche tudo de fumaça, eu suponho – disse Elinor.

– Isso mesmo – ele exclamou no mesmo tom de avidez –, com todas as características que lhe pertencem, uma por uma. Em nenhuma conveniência ou *in*conveniência nesse sentido deveria resultar a menor variação perceptível. Então, e apenas então, sob um teto assim, eu poderia talvez ser tão feliz em Combe como fui em Barton.

– Eu fico lisonjeada – retrucou Elinor – sabendo que, mesmo sob a desvantagem de melhores aposentos e de uma escadaria mais ampla, o senhor daqui por diante vai julgar sua própria casa como sendo tão desprovida de defeitos quanto julga hoje a nossa.

– Existem certamente circunstâncias – disse Willoughby – que a poderiam tornar muitíssimo querida para mim; mas este lugar terá sempre uma parcela do meu afeto, de um modo que nenhum outro poderia possivelmente ter.

A sra. Dashwood olhou com prazer para Marianne, cujos belos olhos estavam fixados em Willoughby com tal expressividade que claramente denotavam que ela o entendia muito bem.

– Quantas vezes desejei – acrescentou ele –, quando estive em Allenham por esta época doze meses atrás, que Barton Cottage estivesse habitado! Sempre que passasse por perto e pudesse vê-lo, eu admirava sua localização e lamentava que ninguém morasse nele. Nem me passava pela cabeça, então, que a primeiríssima coisa que ouviria da sra. Smith seria, quando eu viesse ao campo novamente, a notícia de que Barton Cottage estava ocupado; e senti uma satisfação imediata e um interesse por esse acontecimento, algo que somente poderia ser explicado por uma espécie de presciência do grau de felicidade que eu iria experimentar a partir dele. Não deve ter sido isso mesmo, Marianne? – (falando com ela em voz baixa).

Em seguida, retomando seu tom anterior, Willoughby disse:

– E mesmo assim estragaria sua casa, sra. Dashwood? A senhora privaria este chalé de sua simplicidade através de melhorias imaginárias! E esta querida sala em que a nossa amizade teve início, na qual tantas horas felizes já passamos juntos desde então, a senhora iria degradar à condição de uma entrada comum, e todos ficariam ansiosos por atravessar um espaço que até agora continha dentro de si uma acomodação e um conforto mais verdadeiros do que qualquer outro aposento com as mais belas dimensões do mundo poderia possivelmente oferecer.

A sra. Dashwood novamente assegurou-lhe que nenhuma alteração do tipo seria empreendida.

– A senhora é uma boa mulher – ele calorosamente retrucou. – Sua promessa me deixa tranquilo. Vá um pouco mais longe nela e me deixará feliz. Diga-me não apenas que a sua casa continuará sendo a mesma, mas que eu sempre encontrarei a senhora e suas filhas tão inalteradas quanto sua moradia; e que vai sempre me considerar com a bondade que tornou tudo que pertence à senhora tão querido para mim.

A promessa foi feita prontamente, e o comportamento de Willoughby ao longo da noite toda declarou a um só tempo seu carinho e sua felicidade.

– Vamos vê-lo amanhã no jantar? – perguntou a sra. Dashwood, quando ele estava indo embora. – Não peço que você venha de manhã, porque temos de caminhar até o parque para visitar Lady Middleton.

Willoughby se comprometeu a estar com elas às quatro horas.

# Capítulo 15

A visita da sra. Dashwood a Lady Middleton foi realizada no dia seguinte, e duas de suas filhas acompanharam-na; mas Marianne escusou-se de tomar parte no grupo sob algum insignificante pretexto de afazeres, e sua mãe, concluindo que Willoughby fizera uma promessa, na noite anterior, de que a visitaria enquanto as outras estivessem ausentes, ficou perfeitamente satisfeita com sua permanência em casa.

No retorno do parque elas encontraram o coche e o criado de Willoughby à espera diante do chalé, e a sra. Dashwood se convenceu de que sua conjectura havia sido correta. Até aquele momento, tudo correra como ela tinha previsto; no entanto, ao entrar na casa, ela contemplou algo que nenhuma previsão a permitira esperar. Elas mal haviam entrado no vestíbulo quando Marianne saiu às pressas da sala, aparentemente em aflição violenta, com o lenço nos olhos, e subiu correndo as escadas sem dar atenção à presença delas. Surpreendidas e alarmadas, elas seguiram diretamente até o aposento do qual Marianne acabara de sair, onde encontraram apenas Willoughby, que estava encostado na cornija da lareira, de costas para elas. O cavalheiro virou-se quando as damas entraram, e seu semblante mostrou que ele compartilhava fortemente da emoção que sobrepujara Marianne.

– Aconteceu alguma coisa com ela? – a sra. Dashwood exclamou enquanto se aproximava. – Ela está passando mal?

– Espero que não – retrucou Willoughby, tentando parecer jovial.

Com um sorriso forçado, ele logo acrescentou:

– Eu é que deveria, na verdade, esperar passar mal... pois estou sofrendo, neste momento, sob uma decepção muito pesada!

– Decepção?

– Sim, porque não tenho condições de manter meu compromisso com vocês. A sra. Smith exerceu nesta manhã o privilégio dos ricos em relação aos primos pobres e dependentes, enviando-me a Londres para tratar de um negócio. Acabei de receber os meus despachos e me despedi de Allenham; para fins de satisfação, venho aqui me despedir de vocês.

– Para Londres!? E você está indo embora nesta manhã?

– Praticamente neste momento.

– Isso é muito triste. Mas a vontade da sra. Smith precisa ser cumprida; e o seu negócio não vai mantê-lo afastado de nós por muito tempo, eu espero.

Ele corou ao responder:

– A senhora é muito gentil, mas não tenho perspectiva de voltar a Devonshire imediatamente. Minhas visitas à sra. Smith nunca se repetem em menos de doze meses.

– E a sra. Smith é a sua única amiga? Allenham é a única casa da vizinhança na qual você será bem-vindo? Tenha vergonha, Willoughby, será que você pode estar esperando por um convite nosso?

O jovem ficou ainda mais corado e, com os olhos fixos no chão, respondeu apenas:

– A senhora é muito bondosa.

A sra. Dashwood olhou para Elinor com surpresa. Elinor sentiu consternação idêntica. Por alguns instantes, todos permaneceram em silêncio. A sra. Dashwood foi quem primeiro falou.

– Quero apenas acrescentar, meu querido Willoughby, que em Barton Cottage você será sempre bem-vindo; pois eu não vou insistir que retorne até nós imediatamente, porque somente você pode julgar o quanto *isso* poderia ser agradável à sra. Smith; e nesse ponto não terei mais motivos para questionar seu julgamento do que para duvidar de sua inclinação.

– Meus compromissos no momento – retrucou Willoughby, confuso – são de tal natureza que não ouso ter a lisonja de...

Ele parou de súbito. A sra. Dashwood estava demasiado atônita para falar, e outra pausa se sucedeu. Esta foi rompida por Willoughby, que disse com um débil sorriso:

– É um desatino continuar assim. Eu não vou me atormentar por mais tempo permanecendo entre amigas de cuja companhia se tornou impossível para mim, agora, desfrutar.

Willoughby então se despediu às pressas de todas elas e saiu da sala. As damas o viram entrar em sua carruagem, e dentro de um minuto ele já estava fora de vista.

A sra. Dashwood ficara emocionada demais para poder falar, e no mesmo instante saiu da sala para deixar que tomassem conta dela, na solidão, a inquietação e o alarme que aquela partida repentina ocasionara.

O desconforto de Elinor era no mínimo idêntico ao de sua mãe. Ela pensava no que acabara de ocorrer com desconfiança e ansiedade. O comportamento de Willoughby quando se despediu delas, seu constrangimento, sua simulação de contentamento e, acima de tudo, sua relutância em aceitar o convite da mãe dela, uma hesitação tão diferente do que se esperaria de um apaixonado, tão diferente do que se esperaria dele mesmo, tudo isso perturbou Elinor profundamente. Num momento ela receava que nenhuma intenção séria jamais se formara por parte dele, e no momento seguinte temia que alguma briga infeliz tivesse ocorrido entre o rapaz e sua irmã; a perturbação com que Marianne saíra da sala era de um tipo que uma briga séria poderia explicar de maneira bastante razoável. Porém, quando considerava o que era o amor de Marianne por Willoughby, uma briga parecia ser quase impossível.

Mas quaisquer que fossem as particularidades da separação entre os dois, o desalento de sua irmã era indiscutível; e ela pensou com a mais terna compaixão naquela tristeza violenta que Marianne estava, com toda probabilidade, não apenas deixando afluir por alívio, mas também nutrindo e encorajando por dever.

Mais ou menos meia hora depois, a mãe de Elinor retornou; embora seus olhos estivessem vermelhos, o semblante não se mostrava de todo abatido.

– Nosso querido Willoughby está neste instante algumas milhas distante de Barton, Elinor – disse ela, enquanto se sentava para trabalhar –, e com que dor no coração ele deve estar viajando!

– É tudo muito estranho. Ter ido embora tão de repente! Parece ser algo que se deu de um momento para outro. E ontem à noite ele estava conosco tão feliz, tão alegre, tão afetuoso! E agora, depois de meros dez minutos de aviso... Viajou, ainda por cima, sem ter intenção de retornar! Deve ter acontecido algo mais do que isso que ele nos contou. Willoughby não falou, não se comportou como de costume. *A senhora* deve ter visto a diferença, tanto quanto eu. O que pode ser? Será que eles podem ter brigado? Por que mais ele mostraria tanta relutância em aceitar o seu convite para nos visitar?

– Vontade não faltou a Willoughby, Elinor, eu pude ver *isso* claramente. Aceitar não dependia dele. Pensei e repensei tudo, eu lhe garanto, e posso perfeitamente explicar todas as coisas que a princípio pareceram estranhas tanto a mim quanto a você.

– A senhora pode?

– Sim. Expliquei tudo para mim mesma da maneira mais satisfatória; mas quanto a *você*, Elinor, que gosta de duvidar sempre que pode, essa explicação não a deixará satisfeita, eu sei; mas você não vai tirar de *mim* a confiança nela. Estou convencida de que a sra. Smith suspeita do interesse de Willoughby por Marianne, de que o desaprova (talvez porque tem outros planos para ele) e por isso anseia por levá-lo embora, e de que o negócio que o mandou transacionar foi inventado como desculpa para dispensá-lo. Isso é o que eu acredito que tenha ocorrido. Willoughby está, além disso, ciente de que ela *de fato* reprova o relacionamento, e portanto ele não ousa, no presente momento, confessar o noivado com Marianne, e se sente obrigado, por causa de sua situação de dependência, a ceder aos esquemas dela, e a ficar ausente de Devonshire por algum tempo. Você vai me dizer, eu sei, que isso pode ou *não* ter acontecido, mas não vou dar ouvidos a nenhum sofisma, a menos que você possa me apontar qualquer outro método de compreensão do caso que seja igualmente satisfatório. E agora, Elinor, você tem a dizer o quê?

– Nada, porque a senhora já antecipou minha resposta.

– Então você teria dito que isso poderia ou não ter acontecido. Ah, Elinor, como são incompreensíveis os seus sentimentos! Você dá crédito antes à maldade do que à bondade. Você prefere antever a desgraça de Marianne, e a culpa do pobre Willoughby, em vez de esperar por uma desculpa que absolva o rapaz. Você se determinou a pensar nele como culpado porque ele se despediu de nós com menos carinho do que costumávamos ver em seu comportamento usual. E não há uma tolerância que devemos conceder à inadvertência, ou a um espírito deprimido pela recente decepção? Não há probabilidades que possamos aceitar, simplesmente porque não são certezas? Será que nada devemos ao homem a quem todas nós temos tanta razão para estimar, e de quem não temos nenhuma razão neste mundo para pensar mal? Ou à possibilidade de motivações que sejam irrespondíveis em si, embora inevitavelmente secretas por algum tempo? E afinal de contas, o que você suspeita nele?

– Eu mal posso dizer a mim mesma. Mas a suspeita de alguma coisa desagradável é a consequência inevitável de uma transformação como essa que acabamos de testemunhar nele. Existe uma grande verdade, entretanto, nisso que a senhora exortou agora sobre a tolerância que deveria lhe ser concedida, e é meu desejo ser imparcial em meu julgamento de qualquer pessoa. Willoughby pode sem dúvida ter razões mais do que suficientes para sua conduta, e só posso esperar que ele as tenha. Mas teria sido mais típico de Willoughby se ele as tivesse reconhecido de pronto. O sigilo pode ser aconselhável, mas mesmo assim não posso deixar de ficar admirada quando vejo que ele o pratica.

– Não o culpe, no entanto, por se afastar de seu temperamento habitual onde o desvio é necessário. Mas você realmente admite a justiça do que eu disse em defesa dele? Eu fico feliz, e ele fica absolvido.

– Não inteiramente. Pode ser adequado esconder da sra. Smith o noivado (se eles *estiverem* em compromisso de noivado); sendo esse o caso, deve ser altamente conveniente para Willoughby permanecer senão muito pouco em Devonshire no presente momento. Mas isso não é desculpa para que eles escondam tudo de nós.

– Que eles escondam tudo de nós!? Minha filha querida, você por acaso acusa Willoughby e Marianne de ocultação?

Isso é realmente estranho, considerando-se que seus olhos os recriminaram por descuido todos os dias.

– Não preciso de nenhuma prova do afeto entre eles – disse Elinor –, mas do noivado eu preciso.

– Estou perfeitamente satisfeita com ambas as coisas.

– E no entanto sequer uma sílaba lhe foi dita sobre o assunto por nenhum dos dois.

– Não precisei de sílabas onde as ações me falaram muito claramente. Será que o comportamento de Willoughby com Marianne e com todas nós, pelo menos nos últimos quinze dias, não declarou que ele amava Marianne e a considerava sua futura esposa, e que sentia por nós o afeto do mais próximo parentesco? Será que não nos entendemos perfeitamente? Será que o meu consentimento não foi diariamente solicitado pelos olhares do rapaz, por seu modo de agir, por seu respeito atencioso e carinhoso? Minha Elinor, é concebível duvidar do noivado? Como é possível que um pensamento como esse tenha ocorrido a você? Como é que você pode supor que Willoughby, convencido como deve estar quanto ao amor da sua irmã, quisesse abandoná-la, e abandoná-la talvez por meses, sem lhe dizer nada sobre seu afeto... que os dois fossem se separar sem uma troca mútua de confidências?

– Confesso – respondeu Elinor – que todas as circunstâncias, exceto *uma*, se colocam a favor do noivado, mas *essa* específica circunstância é o silêncio total de ambos em torno do assunto, e para mim ela quase supera todas as outras.

– Como isso é estranho! Você de fato deve pensar as piores coisas de Willoughby se, depois de tudo que se passou abertamente entre eles, consegue ainda duvidar da natureza dos termos em que os dois se uniram. Por acaso ele andou interpretando algum papel no comportamento dele com a sua irmã durante todo esse tempo? Você supõe que Willoughby é realmente indiferente em relação a Marianne?

– Não, eu não posso pensar assim. Ele deve amá-la e a ama de verdade, estou certa disso.

– Mas o faz com uma estranha espécie de ternura, se é capaz de abandoná-la com tamanha indiferença, com esse imenso desprezo pelo futuro que você atribui a ele.

– A senhora precisa lembrar, minha querida mãe, que eu nunca considerei essa questão como certa. Tive as minhas dúvidas, confesso; mas elas são mais fracas do que já foram, e em breve pode ser que sejam totalmente abolidas. Se descobrirmos que os dois se correspondem, todos os meus medos serão removidos.

– Uma concessão poderosa, sem dúvida! Se você pudesse vê-los no altar, acabaria supondo que eles estavam se casando. Minha bruta garota! Mas não necessito de uma prova como essa. Nada ocorreu, em minha opinião, que pudesse justificar dúvidas; não houve nenhuma tentativa de fazer segredo, tudo tem se desenrolado de uma maneira uniformemente aberta e sem reservas. Você não tem como duvidar dos desejos de sua irmã. Só pode ser de Willoughby, portanto, que você suspeita. Mas por quê? Ele não é um homem honrado, de sentimentos? Houve alguma inconsistência da parte dele para criar alarme? Por acaso ele pode estar nos enganando?

– Espero que não, acredito que não – exclamou Elinor. – Eu amo Willoughby, sinceramente o amo; e uma suspeita quanto a sua integridade não poderia causar mais dor à senhora do que a mim mesma. Foi uma reação involuntária, e não vou incentivá-la. Fiquei sobressaltada, confesso, pela transformação em seus modos hoje de manhã... Ele falava como se fosse outra pessoa, e não retribuiu a sua gentileza com nenhuma cordialidade. Mas tudo pode ser explicado por essa situação que ele enfrenta, como a senhora supôs. Willoughby acabara de se separar da minha irmã, a tinha visto se afastar dele na maior das aflições; e se ele sentiu-se obrigado, por causa de um medo de ofender a sra. Smith, a resistir à tentação de retornar para nossa casa em breve, tendo no entanto consciência de que ao recusar o seu convite, dizendo que ia embora por algum tempo, acabaria por parecer assumir um papel mesquinho e suspeito perante nossa família, ele poderia muito bem estar envergonhado e perturbado. Nesse caso, uma franca e simples admissão de suas dificuldades teria sido mais honrosa para ele, creio eu, assim como teria sido mais consistente com seu temperamento habitual... Mas eu não pretenderia levantar objeções à conduta de nenhuma pessoa com fundamentos tão rasos, como uma diferença de julgamento em relação a mim mesma, ou um desvio daquilo que eu possa considerar como correto e consistente.

– Você fala muito apropriadamente. Willoughby por certo não merece que suspeitemos dele. Mesmo que *nós* não o conheçamos há muito tempo, ele não é nenhum estranho aqui nesta parte do mundo; e quem alguma vez já falou de modo desfavorável sobre o rapaz? Estivesse ele numa situação de agir com independência e de se casar assim que quisesse, poderia ter sido estranho que nos deixasse sem reconhecer tudo para mim prontamente... Mas não é esse o caso. Trata-se de um noivado que, em determinados aspectos, não começou auspiciosamente, porque o casamento deve estar a uma distância muito incerta; e inclusive o segredo, na medida em que puder ser guardado, talvez seja muito aconselhável agora.

Elas foram interrompidas pela entrada de Margaret, e Elinor teve então liberdade para meditar sobre as representações de sua mãe, para reconhecer a probabilidade de muitas e esperar pela justiça de todas.

Não viram sinal de Marianne até a hora do jantar, quando ela entrou na sala e tomou seu lugar à mesa sem dizer uma única palavra. Seus olhos estavam vermelhos e inchados, e parecia que suas lágrimas eram, até mesmo naquele momento, contidas com dificuldade. Ela evitou os olhares de todas, não pôde nem comer e nem falar. Depois de algum tempo, quando sua mãe silenciosamente lhe pressionou a mão com terna compaixão, sua pequena fortitude foi derrubada por completo, e ela rompeu em lágrimas e saiu da sala.

Essa violenta opressão de seu ânimo prosseguiu pela noite inteira. Marianne estava destituída de qualquer força, porque não demonstrava nenhum desejo de dominar a si mesma. A menor menção de qualquer coisa que dissesse respeito a Willoughby abatia seu espírito num instante; embora sua família se mostrasse muito atenta e ansiosa por seu conforto, era impossível a elas, se chegassem a falar algo, que se mantivessem afastadas de todos os assuntos que os sentimentos de Marianne ligavam ao cavalheiro.

# Capítulo 16

Marianne teria julgado sua própria postura como muito indesculpável se tivesse sido capaz de dormir, um pouco que fosse, na primeira noite depois do adeus de Willoughby. Teria tido vergonha de olhar sua família no rosto na manhã seguinte, se não tivesse levantado de sua cama com maior necessidade de repouso do que quando deitara nela. Mas os sentimentos que faziam de tal compostura uma desgraça também a livravam do perigo de incorrer nela. Marianne não pegou no sono a noite inteira e chorou durante a maior parte do tempo. Levantou-se com dor de cabeça, não foi capaz de falar e não teve vontade de ingerir alimento algum, afligindo a todo instante sua mãe e suas irmãs e proibindo toda tentativa de consolo por parte de qualquer uma delas. Sua sensibilidade já era potente o bastante!

Quando o desjejum terminou, ela saiu de casa sozinha e perambulou pelo vilarejo de Allenham, entregando-se a uma recordação das diversões do passado e chorando pelo revés do presente ao longo da manhã.

A noite transcorreu nessa mesma indulgência de sentimentos. Marianne tocou todas as canções favoritas que havia se acostumado a tocar para Willoughby, todas as árias nas quais suas vozes mais frequentemente haviam se unido, e permaneceu sentada junto ao instrumento contemplando cada linha de música que o jovem escrevera para ela, até que seu coração ficou tão pesado que nenhuma tristeza maior poderia ser admitida; e essa nutrição da dor era efetuada todos os dias. Ela passava horas inteiras no pianoforte, alternadamente cantando e chorando – sua voz, muitas vezes, totalmente anulada por suas lágrimas. Em livros também, assim como na música, Marianne cortejava o infortúnio que um contraste entre o passado e o presente gerava de modo inevitável. Ela não lia nada senão as obras que os dois tinham se acostumado a ler juntos.

Essa calamidade aflitiva de fato não poderia ser suportada para sempre; dissolveu-se, dentro de poucos dias, numa serena melancolia; mas aquelas atividades às quais Marianne recorria diariamente, suas caminhadas solitárias e suas meditações silenciosas, ainda produziam ocasionais efusões de tristeza, vívidas como sempre.

Nenhuma carta de Willoughby chegou, e Marianne parecia não esperar por nenhuma. Sua mãe ficou surpresa, e Elinor voltou a sentir inquietude. Mas a sra. Dashwood conseguia encontrar explicações sempre que as queria, o que ao menos a deixava pessoalmente satisfeita.

– Lembre, Elinor – disse ela –, que com grande frequência Sir John busca nossas cartas no serviço postal e também as leva. Nós já concordamos que o sigilo pode ser necessário, e devemos reconhecer que não teria como ser mantido se a correspondência deles precisasse passar pelas mãos de Sir John.

Elinor não podia negar a verdade dessa circunstância, e tentou encontrar nela um motivo suficiente para o silêncio de Willoughby e Marianne. Mas havia um método tão direto, tão simples e, em sua opinião, tão conveniente para revelar o estado real do caso, e para desfazer de uma só vez o mistério todo, que ela não pôde deixar de sugeri-lo para sua mãe.

– Por que não pergunta para Marianne agora mesmo – propôs Elinor – se ela assumiu ou não assumiu um noivado com Willoughby? Vindo da senhora, mãe dela, e uma mãe tão amável, tão indulgente, a indagação não poderia ofender. Seria o resultado natural de seu afeto por ela. Marianne costumava ser totalmente despida de reservas, ainda mais com a senhora.

– Eu não faria essa pergunta por nada no mundo. Supondo que seja possível que eles não tenham assumido um noivado, que sofrimento uma indagação desse tipo não infligiria! De qualquer forma, seria uma coisa extremamente mesquinha. Eu nunca mais seria merecedora de sua confiança novamente, depois de lhe arrancar à força uma confissão sobre algo que pretende permanecer, de momento, longe do conhecimento de qualquer pessoa. Conheço bem o coração de Marianne: sei que ela me ama com o maior carinho, e que não serei a última pessoa que vai ficar sabendo do caso quando as circunstâncias fizerem com que a revelação se torne conveniente. Eu jamais tentaria forçar a confidência de ninguém; e de uma filha muito menos, porque um senso de dever acabaria por impedir a negação que seus desejos poderiam ordenar.

Elinor pensou que tal generosidade era excessiva, considerando a juventude de sua irmã, e instou que o assunto fosse levado adiante, mas em vão; a sensatez mais comum, o cuidado mais comum, a prudência mais comum, tudo se dissolvia na romântica delicadeza da sra. Dashwood.

Passaram-se vários dias antes que o nome de Willoughby fosse mencionado na presença de Marianne por suas irmãs ou sua mãe; Sir John e a sra. Jennings, na verdade, não se mostraram tão bondosos; seus ditos espirituosos acrescentaram dor a muitas horas dolorosas. Certa noite, porém, a sra. Dashwood, acidentalmente tomando nas mãos um volume de Shakespeare, exclamou:

– Nós nunca terminamos *Hamlet*, Marianne; o nosso querido Willoughby se foi antes que pudéssemos chegar ao fim. Vamos deixá-lo de lado, de modo que quando ele aparecer de novo... Mas pode ser que se passem meses, talvez, antes que *isso* aconteça.

– Meses!? – gritou Marianne, com forte surpresa. – Não, nem mesmo muitas semanas.

A sra. Dashwood se arrependeu de seu comentário; mas suas palavras foram motivo de satisfação para Elinor, na medida em que produziram uma resposta de Marianne que era bastante reveladora de uma confiança em Willoughby e de um conhecimento de suas intenções.

Numa determinada manhã, cerca de uma semana depois de Willoughby ter ido embora do campo, Marianne aceitou fazer a costumeira caminhada na companhia de suas irmãs, em vez de sair vagueando sozinha. Até então, ela tinha cuidadosamente evitado qualquer companhia em suas perambulações. Se suas irmãs quisessem andar pelos morros, ela se dirigia diretamente, furtiva, aos caminhos demarcados; se elas mencionavam o vale, empregava igual rapidez em subir as colinas, e jamais podia ser encontrada quando as outras partiam. Mas com o tempo foi sendo vencida pelos esforços de Elinor, que muito desaprovava uma reclusão tão contínua. Elas caminharam ao longo da estrada por dentro do vale, mantendo silêncio na maior parte do tempo porque a *mente* de Marianne não podia ser controlada, e Elinor, satisfeita em ganhar um ponto, não tentaria ir mais além. Depois da entrada do vale, onde o campo, embora fosse ainda opulento, era menos selvagem e mais aberto, estendeu-se diante delas um longo trecho da estrada pela qual tinham viajado quando chegaram a Barton; alcançando esse ponto, elas detiveram o passo para olhar em volta e examinar, a partir de um local que nunca haviam conseguido alcançar em nenhum dos passeios anteriores, uma perspectiva que formava o panorama distante da vista que tinham no chalé.

Entre os componentes do cenário, logo descobriram um objeto animado; era um homem cavalgando na direção delas. Em poucos minutos puderam distinguir que se tratava de um cavalheiro, e um momento depois Marianne gritou arrebatadamente:

– É ele, é ele mesmo... eu sei que é!

Marianne se apressava em ir ao encontro do cavalheiro quando Elinor exclamou:

– Na verdade, Marianne, creio que você comete um engano. Não é Willoughby. A pessoa não é alta o suficiente para ser ele, e não tem o mesmo o porte.

– Ele tem, ele tem – exclamou Marianne –, tenho certeza de que tem. Seu porte, seu casaco, seu cavalo. Eu sabia que ele viria logo.

Ela caminhava sofregamente enquanto falava, e Elinor, para proteger Marianne de maior particularidade, porque tinha quase certeza de que não se tratava de Willoughby, apressou o passo e se manteve ao lado da irmã. Elas logo se viram a menos de trinta jardas do cavalheiro. Marianne olhou novamente; seu coração desfaleceu em seu peito; voltando-se abruptamente, começou a correr o caminho de volta quando as vozes de suas duas irmãs ergueram-se para detê-la; uma terceira, quase tão bem conhecida quanto a de Willoughby, juntou-se às outras pedindo que Marianne parasse, e ela virou-se com surpresa para ver e dar boas-vindas a Edward Ferrars.

Ele era de fato a única pessoa no mundo que poderia, naquele momento, ser perdoado por não ser Willoughby; a única que poderia ter merecido um sorriso de Marianne; mas ela esfregou suas lágrimas de modo a sorrir para *ele* e, na felicidade de sua irmã, esqueceu por algum tempo seu próprio desapontamento.

Edward desmontou e, após entregar o cavalo a seu criado, caminhou de volta com elas até Barton, para onde estava indo com o propósito de visitá-las.

O jovem foi saudado pelas três com grande cordialidade, mas sobretudo por Marianne, que exibiu um respeito muito caloroso em sua recepção a ele, superando até mesmo Elinor. Para Marianne, de fato, o encontro entre Edward e sua irmã não passava de uma continuação daquela frieza inexplicável que ela tinha muitas vezes observado em Norland no comportamento mútuo de ambos. Por parte de Edward, mais particularmente, houve uma deficiência de tudo que um apaixonado deveria dizer e aparentar numa ocasião como aquela. Ele estava confuso, parecia mal sentir qualquer satisfação em vê-las, não parecia estar nem arrebatado e nem alegre, falou pouco além daquilo que lhe foi arrancado à força por perguntas e não distinguiu Elinor com nenhum sinal de afeto. Marianne via e ouvia com surpresa crescente. Ela começou a sentir quase um desgosto por Edward, e isso, como necessariamente ocorria com todos os seus sentimentos, terminou por encaminhar seus pensamentos de volta para Willoughby, cujas maneiras formavam um contraste suficientemente notável quando comparadas aos modos do irmão eleito.

Depois de um breve silêncio que sucedeu a primeira surpresa e os questionamentos habituais de um encontro, Marianne perguntou a Edward se ele vinha diretamente de Londres. Não, ele estava em Devonshire fazia duas semanas.

– Duas semanas!? – ela repetiu, surpreendida por Edward estar havia tanto tempo no mesmo condado em que estava Elinor sem tê-la procurado antes.

Ele pareceu ficar um tanto embaraçado quando acrescentou que vinha se hospedando com alguns amigos perto de Plymouth.

– O senhor esteve recentemente em Sussex? – perguntou Elinor.

– Estive em Norland mais ou menos um mês atrás.

– E como lhe pareceu a nossa queridíssima Norland? – quis saber Marianne.

– A queridíssima Norland – disse Elinor – decerto se mostrou como sempre se mostra nesta época do ano. As matas e os passeios densamente cobertos com folhas mortas.

– Ah – exclamou Marianne –, com que grande sensação de êxtase eu as via cair antigamente! Como eu me deleitava, nas minhas caminhadas, ao vê-las carregadas em torvelinhos ao meu redor pelo vento! Que sentimentos inspiravam a estação, a atmosfera como um todo! Agora não há ninguém para observar isso tudo. As folhas são vistas apenas como um incômodo, são varridas com rapidez para qualquer canto e conduzidas, tanto quanto possível, para fora de vista.

– Não é para qualquer pessoa – disse Elinor – essa sua paixão por folhas mortas.

– Não; meus sentimentos não são frequentemente compartilhados, não são frequentemente compreendidos. Mas *de vez em quando* eles são.

Dizendo isso, Marianne mergulhou num devaneio por alguns instantes; mas despertou de novo:

– Pois bem, Edward – disse ela, para fazer com que ele desse atenção à paisagem –, eis aqui o vale de Barton. Olhe por todos os lados, e fique tranquilo se for capaz. Observe aquelas colinas! Você alguma vez viu outras iguais? Na esquerda temos Barton Park, entre aquelas matas e plantações. Você pode ver a extremidade da casa. E ali, embaixo daquela colina mais distante que se eleva com tanta grandiosidade, temos o nosso chalé.

– É uma linda região – ele retrucou –, mas estes baixios devem ficar lamacentos no inverno.

– Como você consegue pensar em lama, tendo esse panorama diante de si?

– Porque – retrucou ele, sorrindo – entre os demais componentes do panorama diante de mim, eu vejo uma estradinha muito lamacenta.

– Como é estranho! – Marianne disse consigo mesma, enquanto seguia caminhando.

– Vocês têm uma vizinhança satisfatória por aqui? Os Middleton são pessoas amáveis?

– Não, nem um pouco – respondeu Marianne. – Não poderíamos estar morando numa localização mais infeliz.

– Marianne – exclamou sua irmã –, como você pode dizer uma coisa dessas? Como pode ser tão injusta? Eles são uma família muito respeitável, sr. Ferrars, e se comportaram conosco da maneira mais amigável. Você já esqueceu, Marianne, os muitos dias agradáveis que devemos a eles?

– Não – disse Marianne, em voz baixa –, e tampouco esqueci os muitos momentos dolorosos.

Elinor não chegou a ouvir isso; dirigindo suas atenções ao visitante, esforçou-se para manter algo que se assemelhasse a uma conversa com ele, falando da residência em Barton, de suas conveniências etc., extorquindo-lhe perguntas e observações ocasionais. A frieza e a reserva do jovem a mortificavam severamente; ela estava vexada e meio zangada; entretanto, decidindo-se a regular seu comportamento frente a ele mais de acordo com o passado do que com o presente, evitou transparecer qualquer sinal de ressentimento ou desgosto, e o tratou como julgava que ele deveria ser tratado em função da ligação familiar.

## Capítulo 17

A sra. Dashwood ficou surpresa apenas por um momento ao vê-lo, porque a vinda dele para Barton era, em sua opinião, o mais natural dos acontecimentos. Seu júbilo e sua manifestação de apreço perduraram muito mais do que seu espanto. Edward recebeu a mais gentil saudação por parte dela; e a timidez, a frieza e a reserva não poderiam agir contra tal recepção – elas haviam começado a desaparecer de seus modos antes mesmo que ele entrasse na casa, e foram praticamente derrotadas pelas maneiras cativantes da sra. Dashwood. Sem dúvida, um homem não conseguiria com muito sucesso se apaixonar por uma das filhas sem estender a paixão a ela; e Elinor teve a satisfação de vê-lo se transformar, dentro de pouco tempo, na pessoa que costumava ser. Os carinhos de Edward com elas pareceram se reanimar, e seu interesse pelo bem-estar de todas voltou a ser perceptível. Ele não aparentava grande animação, no entanto; elogiou a casa, admirou a paisagem que se via dela, foi atencioso e gentil; mas mesmo assim não aparentou grande animação. A família toda percebeu isso, e a sra. Dashwood, atribuindo esse abatimento a certa falta de liberalidade na mãe dele, sentou-se à mesa indignada com todos os pais egoístas.

– Quais são os planos da sra. Ferrars para você atualmente, Edward? – perguntou ela, quando terminara o jantar e eles haviam se retirado para sentar junto ao fogo. – Você tem ainda obrigação de ser um grande orador, contra sua própria vontade?

– Não. Espero que minha mãe esteja agora convencida de que tenho tão pouco talento quanto pouca inclinação para uma vida pública!

– Mas como sua fama será estabelecida? Porque famoso é o que você precisa ser, para satisfazer sua família por inteiro; e sem qualquer inclinação por uma vida dispendiosa, sem afeição por estranhos, sem profissão e sem nenhuma segurança, você poderá constatar que é uma questão difícil.

– Não vou sequer tentar. Não tenho nenhum desejo de me tornar distinto, e tenho todas as razões para esperar que nunca me tornarei. Graças a Deus! Não posso ser forçado ao gênio e à eloquência.

– Você não tem ambição, eu sei bem. Seus desejos são todos moderados.

– Tão moderados quanto os desejos do resto do mundo, eu creio. Eu desejo, assim como todas as outras pessoas, ser perfeitamente feliz; no entanto, como no caso de todas as outras pessoas, isso deve ocorrer a meu modo. A grandeza não vai me trazer felicidade.

– Seria estranho se trouxesse! – exclamou Marianne. – O que é que a riqueza ou a grandeza têm a ver com felicidade?

– A grandeza tem bem pouco – disse Elinor –, mas a riqueza tem muito a ver com ser feliz.

– Elinor, que vergonha! – disse Marianne. – O dinheiro só pode proporcionar felicidade quando não há nada mais que a proporcione. Além de uma subsistência, ele não pode oferecer nenhuma satisfação autêntica, na medida em que um mero interesse pessoal está em causa.

– Talvez – disse Elinor, sorrindo – possamos chegar a um mesmo ponto de entendimento. A *sua* subsistência e a *minha* riqueza são muito semelhantes, ouso dizer, e sem elas, com o mundo que temos hoje, ambas concordaremos que todos os tipos de conforto externo estarão indisponíveis. Suas ideias são apenas mais nobres do que as minhas. Diga-me, qual é a sua subsistência?

– Cerca de 1.800 ou 2 mil libras por ano, não mais do que *isso*.

Elinor riu.

– *Duas* mil libras por ano! *Mil* é a minha riqueza! Imaginei como isso acabaria.

– E no entanto 2 mil libras por ano é uma renda muito moderada – disse Marianne. – Uma família não tem condições de se manter muito bem com uma renda menor. Tenho certeza de que não sou extravagante nas minhas exigências.

Um efetivo adequado com criados, uma carruagem, talvez duas, e cavalos de caça, não pode ser sustentado com menos.

Elinor sorriu de novo por ouvir sua irmã descrevendo com tanta precisão as despesas futuras em Combe Magna.

– Cavalos de caça!? – repetiu Edward. – Mas por que razão você precisa ter cavalos de caça? Nem todo mundo caça.

Marianne corou ao retrucar:

– Mas a maioria das pessoas caça.

– Eu gostaria – disse Margaret, enveredando por um novo pensamento – que alguém nos desse a todas uma grande fortuna para cada uma!

– Ah, se alguém nos desse! – Marianne exclamou, os olhos faiscando de animação, seu rosto brilhando com o deleite dessa felicidade imaginária.

– Somos todas unânimes nesse desejo, eu suponho – disse Elinor –, a despeito da insuficiência da riqueza.

– Minha nossa! – exclamou Margaret. – Como eu ficaria feliz! Eu nem saberia o que fazer com tanto dinheiro!

Marianne deu impressão de que não tinha nenhuma dúvida nesse ponto.

– Eu mesma ficaria confusa sobre como gastar uma fortuna tão grande – disse a sra. Dashwood – se todas as minhas filhas se tornassem ricas sem a minha ajuda.

– A senhora deveria iniciar suas melhorias nesta casa – observou Elinor –, e suas dificuldades logo sumiriam.

– Que magníficas ordens de compra viajariam desta família para Londres – disse Edward – num evento como esse! Que dia feliz para livreiros, vendedores de música e lojas de gravuras! A srta. Dashwood pagaria uma comissão genérica para cada nova gravura digna de mérito que lhe fosse remetida... E quanto a Marianne, eu conheço sua grandeza de alma, não haveria música suficiente em Londres que a contentasse. E livros! Thomson, Cowper, Scott... ela os compraria todos, várias e várias vezes; compraria todas as cópias, eu acredito, para impedir que caíssem em mãos indignas; e possuiria todos os livros que lhe dissessem como se pode admirar uma árvore velha e retorcida. Não seria esse o caso, Marianne? Perdoe-me se sou muito atrevido. Mas quis mostrar a você que eu não tinha esquecido as nossas antigas disputas.

– Eu adoro que me façam lembrar o passado, Edward, seja ele melancólico ou alegre... adoro recordá-lo... E você jamais me ofenderia falando de tempos passados. Você tem toda razão em supor de que maneira o meu dinheiro seria utilizado... em parte, pelo menos... O meu dinheiro excedente sem dúvida seria empregado em melhorar minha coleção de músicas e livros.

– E o grosso da sua fortuna seria disponibilizado em anuidades aos autores ou seus herdeiros.

– Não, Edward, eu teria um outro fim para esse dinheiro.

– Talvez, então, você pudesse doá-lo como um prêmio à pessoa que escrevesse a mais hábil defesa de sua máxima favorita, segundo a qual ninguém jamais pode se apaixonar mais do que uma vez na vida... A sua opinião nesse ponto não mudou, eu presumo?

– Claro que não. Nesta altura da minha vida, as opiniões estão razoavelmente estabelecidas. Não seria provável que eu fosse agora ver ou ouvir qualquer coisa que as transformasse.

– Marianne exibe a mesma firmeza de sempre, veja – disse Elinor –, ela não mudou nem um pouco.

– Ela ficou somente um pouco mais séria do que costumava ser.

– Nada disso, Edward – disse Marianne –, *você* não precisa me repreender. Você mesmo não se mostra muito contente.

– Que motivo você tem para pensar assim? – retrucou ele com um suspiro. – Ora, o contentamento nunca fez parte do *meu* caráter.

– E penso que tampouco faça parte do caráter de Marianne – disse Elinor. – Eu dificilmente a chamaria de garota jovial... Ela é muito zelosa, muito determinada em tudo que faz, às vezes fala muito, e sempre com animação... Mas não é com frequência uma pessoa realmente alegre.

– Creio que a senhorita está certa – retrucou Edward –, e no entanto eu sempre a tive como uma garota jovial.

– Eu diversas vezes detectei em mim mesma esse tipo de engano – disse Elinor –, num completo equívoco em compreender o temperamento de alguém nesse ou naquele ponto, imaginando que certas pessoas fossem muito mais alegres, ou sérias, ou engenhosas ou estúpidas do que realmente eram, e mal posso dizer o porquê ou de onde a ilusão se originou. Às vezes você se deixa guiar por aquilo que as pessoas dizem de si mesmas, e muito frequentemente por aquilo que os outros dizem delas, sem se permitir um tempo para deliberar e julgar.

– Mas eu pensei que fosse correto, Elinor – disse Marianne –, sermos guiados inteiramente pela opinião de outras pessoas. Pensei que nossos julgamentos nos eram concedidos apenas para que pudessem ser subservientes aos dos nossos próximos. Essa foi sempre a sua doutrina, estou certa disso.

– Não, Marianne, nunca. Minha doutrina nunca visou à sujeição do entendimento. Tudo que sempre tentei influenciar foi o comportamento. Você não deve confundir o que quero dizer. Sou culpada, confesso, de ter desejado muitas vezes que você tratasse os nossos conhecidos, de um modo geral, com maior atenção; mas quando foi que aconselhei a você que adotasse os sentimentos deles ou se conformasse ao julgamento deles em assuntos sérios?

– A senhorita não foi capaz de trazer sua irmã para dentro do seu plano de civilidade geral – disse Edward para Elinor. – A senhorita não ganha nenhum terreno?

– Muito pelo contrário – retrucou Elinor, olhando expressivamente para Marianne.

– O meu julgamento – ele falou – está totalmente a seu lado nessa questão; mas receio que minha prática pende muito mais para o lado da sua irmã. Jamais será minha intenção ofender, mas sou tão estupidamente tímido que muitas vezes pareço negligente, sendo que somente me mantenho reprimido por causa da minha natural falta de desenvoltura. Muitas vezes pensei que devo ter sido levado naturalmente a gostar de companhias comuns, porque fico tão pouco à vontade em meio a estranhos da nobreza!

– Marianne não tem timidez que lhe desculpe qualquer desatenção – disse Elinor.

– Ela conhece muito bem seu próprio valor para ter falsa vergonha – retrucou Edward. – A timidez é apenas o efeito de um sentimento de inferioridade, de alguma forma ou de outra. Se eu pudesse me convencer de que meus modos eram perfeitamente naturais e graciosos, eu decerto não seria tímido.

– Mas ainda seria reservado – disse Marianne –, e isso é pior.

Edward sobressaltou-se:

– Reservado!? Por acaso sou reservado, Marianne?

– Sim, muito.

– Eu não entendo – retrucou ele, corando. – Reservado!? Como, de que maneira? O que posso lhe dizer? Você supõe o quê?

Elinor pareceu ficar surpresa com a emoção de Edward; porém, tentando fugir do assunto com humor, disse a ele:

– O senhor por acaso não conhece minha irmã o bastante para entender o que ela quer dizer? Não sabe que ela chama de reservado qualquer um que não fale tão rápido e não admire o que ela admira tão arrebatadamente quanto ela mesma?

Edward não respondeu. Seu ensimesmamento e sua gravidade lhe retornaram no máximo grau, e ele permaneceu sentado, por algum tempo, silencioso e soturno.

## Capítulo 18

Elinor observava o abatimento de seu amigo com grande desassossego. A companhia de Edward lhe propiciava não mais do que uma satisfação muito parcial, ao passo que o prazer que ele mesmo sentia com a visita parecia ser um tanto incompleto. Era evidente que ele estava infeliz; Elinor desejava que fosse igualmente evidente que ele a distinguisse ainda com o mesmo carinho que no passado ela sem dúvida inspirara; até ali, porém, a continuidade da preferência de Edward parecia ser muito incerta; e o caráter reservado de seus modos com ela contradizia num momento aquilo que um olhar mais animado intimara no momento precedente.

Ele se juntou a Elinor e Marianne na sala de desjejum, na manhã seguinte, antes que as outras descessem; e Marianne, sempre ávida por promover a felicidade dos dois tanto quanto pudesse, os deixou sozinhos logo em seguida. Mas antes que chegasse à metade da escada ela ouviu a porta da sala sendo aberta; voltando-se, ficou atônita por ver que Edward estava saindo.

– Estou indo ao vilarejo para ver meus cavalos – disse ele –, já que vocês ainda não se aprontaram para o desjejum. Estarei de volta logo mais.

......

Edward retornou ao chalé com admiração renovada pelo campo circundante; em sua caminhada ao vilarejo, observara com melhor proveito muitos pontos do vale; e o próprio vilarejo, numa localização muito mais alta do que o chalé, proporcionava uma visão geral de tudo, algo que o agradara extraordinariamente. Esse era um assunto que prendia o interesse de Marianne, e ela estava começando a descrever sua própria veneração por tais cenários, e a questioná-lo mais minuciosamente a respeito dos objetos que o tinham impressionado em particular, quando Edward interrompeu-a dizendo:

– Você não deveria ir muito longe em suas perguntas, Marianne; lembre que não tenho conhecimento nenhum sobre o pitoresco, e eu vou acabar ofendendo-a com a minha ignorância e falta de gosto se passarmos aos pormenores. Direi que as colinas são íngremes, embora devessem ser escarpadas; que as superfícies são estranhas e rudes, embora devessem ser irregulares e acidentadas; e que objetos distantes estão fora de vista, embora devessem apenas estar indistintos por baixo do suave véu de uma atmosfera nebulosa. Você precisa ficar satisfeita com o nível de admiração que eu posso fornecer honestamente. Digo que temos uma bela região, que as colinas são íngremes, as matas parecem ser repletas de boa madeira e o vale parece ser confortável e acolhedor, com ricos prados e várias graciosas casinhas de fazenda espalhadas aqui e ali. Isso responde com exatidão à minha ideia de uma região bonita, porque une beleza com utilidade, e ouso dizer que se trata de uma região pitoresca também, porque você tem admiração por ela; posso facilmente acreditar que ela seja repleta de rochas e promontórios, musgo cinzento e matagais, mas essas coisas todas me escapam. Eu não sei nada sobre o pitoresco.

– Receio ver nisso a mais pura verdade – disse Marianne –, mas por que você deveria se vangloriar?

– Eu suspeito que, com o fim de evitar uma espécie de afetação – disse Elinor –, Edward cai aqui numa outra. Porque crê que muitas pessoas fingem ter mais admiração pelas belezas da natureza do que realmente sentem, e porque não gosta de tais pretensões, ele afeta ter mais indiferença e menos discriminação em vê-las do que realmente possui. Edward é muito exigente, e quer ter uma afetação que pertença somente a ele.

– É a mais pura verdade – disse Marianne – a circunstância de que o ato de admirar a paisagem passou a ser um mero jargão. Todo mundo finge sentir e tenta descrever com o bom gosto e a elegância de quem primeiro definiu o que era essa beleza pitoresca. Detesto jargões de todos os tipos, e por vezes guardei para mim meus sentimentos porque eu não conseguia encontrar as palavras para descrevê-los, a não ser numa linguagem gasta e banal, desprovida de todo sentido e significado.

– Estou convencido – disse Edward – de que você realmente sente todo esse deleite por um belo panorama que você professa sentir. No entanto, em compensação, sua irmã deveria me permitir sentir não mais do que aquilo que eu professo. Eu gosto de um belo panorama, mas não a partir de princípios pitorescos. Não gosto de árvores curvadas, retorcidas e desmoronadas. Eu as admiro muito mais se elas forem altas, retas e floridas. Não gosto de chalés arruinados e caindo aos pedaços. Não tenho apreço por urtigas ou cardos ou florações de charneca. Sinto mais prazer estando numa confortável casa de fazenda do que numa torre de vigia, e um bando de camponeses felizes e asseados me agrada mais do que os melhores bandidos do mundo.

Marianne olhou com espanto para Edward, com compaixão para sua irmã. Elinor apenas riu.

O assunto não teve prosseguimento, e Marianne permaneceu em silêncio, pensativa, até que um novo objeto atraiu subitamente seu interesse. Ela estava sentada ao lado de Edward; quando ele pegou seu chá das mãos da sra. Dashwood, sua mão passou diretamente na frente dela, de modo a fazer com que um anel, com uma trança de cabelo no centro, se tornasse muito visível num de seus dedos.

– Eu nunca o vi usar um anel antes, Edward – ela exclamou. – É o cabelo de Fanny? Lembro que Fanny prometeu lhe dar uma mecha. Mas eu pensava que o cabelo dela fosse mais escuro.

Marianne falou de maneira inconsiderada o que realmente sentia – mas quando percebeu como causara dor a Edward, seu próprio aborrecimento por esse descuido não pôde ser superado pelo dele. Edward corou profundamente; lançando um olhar momentâneo para Elinor, ele retrucou:

– Sim; é o cabelo da minha irmã. O engaste sempre confere um tom diferente a ele.

Elinor lhe respondera o olhar, e parecia compartilhar o mesmo conhecimento. Que o cabelo era dela mesma, ela instantaneamente soube com tanta certeza quanto Marianne; a única diferença em suas conclusões foi que Marianne considerou aquilo como um presente gratuito de sua irmã, enquanto Elinor estava consciente de que o cabelo devia ter sido obtido mediante algum roubo ou artifício que ela mesma desconhecia. Ela não estava disposta, no entanto, a encarar o caso como afronta; fingindo não tomar conhecimento do que se passava, imediatamente começando a falar de outra coisa, ela decidiu em seu íntimo que dali por diante aproveitaria todas as oportunidades para observar o cabelo e se certificar, além de qualquer dúvida, de que o tom era exatamente o dela.

O embaraço de Edward perdurou por algum tempo, e terminou num ensimesmamento ainda mais imutável. Ele permaneceu particularmente sério durante a manhã toda. Marianne censurou-se com severidade por causa do que dissera, mas seu próprio perdão poderia ter chegado mais rápido se ela soubesse o quão pouco sua irmã se ofendera.

Antes da metade do dia elas foram visitadas por Sir John e a sra. Jennings, os quais, tendo ouvido falar da chegada de um cavalheiro ao chalé, vieram verificar quem era o hóspede. Com ajuda de sua sogra, Sir John não demorou a descobrir que o nome Ferrars começava com F., e isso preparou um futuro manancial de zombaria no assédio à condenada Elinor, e nada senão o caráter recente da familiaridade deles com Edward poderia ter impedido que esse manancial jorrasse ali mesmo. Entretanto, levada em conta essa situação, ela soube apenas, a partir de alguns olhares muito significativos, o quanto a intuição deles, fundada em instruções de Margaret, era capaz de se aprofundar.

Sir John jamais visitava suas primas sem que as convidasse ou para jantar no parque no dia seguinte ou para beber chá com eles na mesma noite. Na presente ocasião, para melhor entreter o recém-chegado, com cuja diversão ele se sentia obrigado a contribuir, estendeu seu convite para ambas as atividades.

– Vocês *precisam* tomar chá conosco esta noite – disse ele –, pois estaremos muito sozinhos, e amanhã é imprescindível que vocês jantem conosco, pois seremos um grande grupo.

A sra. Jennings reforçou tal necessidade.

– E quem sabe o senhor pode promover uma dança – disse ela. – E isso será uma tentação para *uma* das convidadas: a srta. Marianne.

– Uma dança!? – exclamou Marianne. – Impossível! Quem é que vai dançar?

– Quem!? Ora, vocês, e os Carey e os Whitaker, com toda certeza. O quê!? A senhorita pensava que ninguém poderia dançar porque certa pessoa que ficará sem nome foi embora?

– Eu queria, do fundo da minha alma – exclamou Sir John –, que Willoughby estivesse entre nós outra vez.

Isso, e o rubor de Marianne, forneceu novas suspeitas para Edward.

– E quem é Willoughby? – perguntou ele, em voz baixa, à srta. Dashwood, ao lado de quem estava sentado.

Elinor lhe deu uma breve resposta. O semblante de Marianne se mostrou mais comunicativo. Edward viu o suficiente para compreender não apenas o significado de outras como também as expressões de Marianne que o tinham intrigado antes; e assim que os visitantes os deixaram ele se aproximou dela e disse, num sussurro:

– Estou tentando adivinhar. Devo lhe dizer qual é o meu palpite?

– O que você quer dizer?

– Devo lhe dizer?

– Certamente.

– Pois bem; creio que o sr. Willoughby caça.

Marianne ficou surpresa e confusa, mas não pôde deixar de sorrir diante da quieta malícia de Edward; depois de um momento de silêncio, ela disse:

– Ah, Edward! Como você pode? Mas virá o tempo, eu espero... Tenho certeza de que você vai gostar dele.

– Eu não duvido – Edward retrucou, um tanto atônito com a franqueza e o tom acalorado de Marianne; porque se não tivesse imaginado que se tratara de um gracejo para divertir as pessoas que a conheciam, fundado apenas em algo de pouca ou nenhuma importância entre o sr. Willoughby e ela, não teria se aventurado a mencioná-lo.

# Capítulo 19

Edward permaneceu no chalé por uma semana; ele foi fervorosamente pressionado pela sra. Dashwood a ficar mais tempo; contudo, como se fosse movido apenas por mortificação, pareceu decidir que partiria quando suas horas felizes ao lado das amigas eram desfrutadas ao máximo. Seu estado de espírito durante os últimos dois ou três dias, embora se mostrasse ainda muito desigual, apresentara uma grande melhora – ele se tornava mais e mais afeiçoado à casa e aos arredores, nunca falava em ir embora sem um suspiro, declarava que seu tempo estava totalmente descomprometido e até mesmo não conseguia imaginar o lugar para onde poderia ir quando as deixasse, mas mesmo assim precisava partir. Nunca antes uma semana terminara tão rapidamente; Edward mal podia crer na passagem dos dias. Dizia isso repetidas vezes; dizia outras coisas, também, que assinalavam a transformação de seus sentimentos e não correspondiam a suas ações. Ele não sentia prazer algum estando em Norland; detestava estar na cidade; no entanto, fosse para Norland, fosse para Londres, precisava partir. Prezava em suas amigas acima de tudo a bondade, e sua maior felicidade era estar com elas. Entretanto, era obrigado a deixá-las ao final de uma semana, apesar dos desejos delas e dele mesmo, e sem qualquer restrição de tempo.

Elinor culpou a mãe de Edward por todos os aspectos surpreendentes desse modo de agir; e era uma felicidade que ele tivesse uma mãe cujo caráter era conhecido por ela de maneira tão imperfeita, uma mãe que servia como desculpa generalizada para todas as atitudes estranhas por parte do filho. Decepcionada, no entanto, e vexada como estava, e por vezes descontente com o comportamento incerto de Edward com ela, Elinor se mostrava bastante disposta, de um modo geral, a considerar as ações do rapaz com as mesmas sinceras condescendências e generosas qualificações que lhe tinham sido arrancadas pela mãe, muito dolorosamente, a serviço de

Willoughby. A falta de ânimo, de franqueza e de coerência em Edward era imputada quase sempre a seu estado dependente, a seu melhor conhecimento das disposições e dos planos da sra. Ferrars. A brevidade de sua visita e a firmeza do seu propósito de deixá-las se originavam da mesma tendência entravada, da mesma necessidade inevitável de contemporizar com sua mãe. A velha e bem estabelecida injúria do dever contra o desejo, dos pais contra os filhos, era o que causava tudo. Ela teria ficado contente se pudesse saber em que momento essas dificuldades terminariam, em que momento essa oposição cederia – em que momento a sra. Ferrars iria se corrigir, de sorte que seu filho tivesse liberdade para ser feliz. Mas forçou-se a descartar tais desejos vãos para se consolar na renovação de sua confiança no afeto de Edward, na lembrança de todo sinal de consideração que escapou dele nos olhares ou nas palavras enquanto esteve em Barton, e acima de tudo naquela lisonjeira prova de estima que ele usava constantemente em seu dedo.

– Eu creio, Edward – disse a sra. Dashwood, durante o desjejum na última manhã –, que você seria um homem mais feliz caso tivesse alguma profissão com a qual pudesse empregar seu tempo e tornar mais interessantes os seus planos e suas ações. Poderiam resultar disso alguns transtornos para seus amigos, de fato... Você não seria capaz de lhes conceder tanto de seu tempo. Mas – (com um sorriso) – você seria substancialmente beneficiado em pelo menos uma questão específica: você saberia para onde ir quando se afastasse deles.

– Eu lhe garanto – ele respondeu – que venho pensando sobre esse ponto faz muito tempo, assim como a senhora o pensa agora. Tem sido, e continua sendo, e provavelmente será sempre um pesado infortúnio, para mim, que eu não tenha contado com nenhum trabalho necessário que me desse ocupação, nenhuma profissão com a qual eu empregasse meu tempo ou que me desse qualquer coisa que se assemelhasse a uma independência. Infelizmente, porém, minha própria meticulosidade e a meticulosidade dos meus amigos fizeram de mim o que sou, uma criatura ociosa, incorrigível. Nós nunca conseguíamos concordar nas nossas escolhas de uma profissão. Sempre preferi a igreja, como ainda prefiro. Mas isso não era nobre o bastante para minha família. Eles recomendaram o exército. Isso já era nobre demais para mim. A lei era tolerada como suficientemente distinta; muitos jovens que tinham aposentos no Temple apareciam de maneira bastante favorável nos primeiros círculos, e andavam pela cidade em cabriolés muito vistosos. Mas eu não tinha nenhuma inclinação pela lei, nem mesmo nesse estudo menos abstruso dela que os meus familiares aprovavam. Quanto à marinha, a moda lhe dava brilho, mas eu já era velho demais quando a sugestão de optar por ela foi abordada pela primeira vez... E por fim, como não havia necessidade de que eu tivesse qualquer profissão que fosse, como eu poderia ser do mesmo modo arrojado e dispendioso tendo ou não nas minhas costas uma capa vermelha, a ociosidade se pronunciou, de modo geral, como muitíssimo vantajosa e digna, e um jovem de dezoito anos não é, em regra, tão sinceramente empenhado em se manter ocupado a ponto de resistir aos apelos de seus amigos para que não faça nada. Ingressei em Oxford, portanto, e me mantive devidamente ocioso desde então.

– E a consequência disso é previsível – disse a sra. Dashwood. – Uma vez que o lazer não promoveu a sua própria felicidade, os seus filhos homens serão criados de modo a buscar muitas atividades, ocupações, profissões e ofícios, tanto quanto os filhos de Columella.

– Eles serão criados – disse ele, num tom sério – para que sejam tão diferentes de mim quanto possível. Nos sentimentos, nas ações, nas condições, em todas as coisas.

– Ora, ora, isso tudo não passa da efusão de um desânimo passageiro, Edward. Você está numa disposição melancólica, e fica imaginando que qualquer pessoa que for diferente de você só poderá ser feliz. Mas lembre que a dor de se separar dos amigos será sentida por todos, em certos casos, qualquer que seja sua educação ou condição social. Conheça melhor a sua própria felicidade. Você não precisa de nada mais do que paciência... Ou use um nome mais fascinante para isso, chame de esperança. Sua mãe vai lhe garantir, no tempo devido, essa independência que você está tão ansioso por obter; é um dever dela, e será, há de se tornar sem muita demora uma felicidade, para ela, impedir que a sua juventude toda seja desperdiçada em descontentamento. Quantas coisas alguns meses não podem fazer?

– Eu penso – retrucou Edward – que posso desafiar a possibilidade de que vários meses produzam qualquer bem para mim.

Esse desalentado curso de seu pensamento, embora não pudesse ser comunicado à sra. Dashwood, causou mais dor a todas elas na despedida, que ocorreu pouco depois e deixou uma impressão desconfortável sobretudo nos sentimentos de Elinor, uma impressão que demandou algum trabalho e certo tempo para que fosse subjugada. Mas como sua determinação era subjugá-la e evitar que pessoalmente parecesse sofrer mais do que sua família toda na partida de Edward, ela não adotou o método tão judiciosamente adotado por Marianne, numa ocasião semelhante, de aumentar e corrigir sua tristeza recorrendo ao silêncio, à solidão e à ociosidade. Os meios de Elinor e Marianne eram tão diferentes quanto suas causas, e eram igualmente apropriados ao avanço de ambas.

Elinor se sentou diante de sua mesa de desenho assim que Edward saiu da casa, se manteve intensamente atarefada o dia todo, não buscou e nem evitou a menção do nome dele, pareceu interessar-se quase tanto quanto sempre pelos assuntos cotidianos da família e, se não diminuiu seu próprio sofrimento com essa conduta, preveniu pelo menos um aprofundamento desnecessário, e sua mãe e suas irmãs foram poupadas de muita solicitude por causa dela.

Um comportamento como esse, tão exatamente o reverso do seu próprio modo de agir, não pareceu ser mais meritório aos olhos de Marianne, não mais do que o comportamento dela mesma lhe parecera ser defeituoso. A questão do autocontrole ela resolvia muito facilmente – com fortes afeições era impossível, e com afeições serenas não poderia ter mérito. Que as alterações de sua irmã *eram* serenas, isso ela não ousava negar, embora corasse ao reconhecê-lo; e da força de suas próprias alterações ela deu prova muito forte ainda respeitando e amando essa irmã, a despeito de sua mortificante convicção.

Sem sumir da vista de sua família, sem sair de casa em resoluta solidão para fugir de companhia, sem permanecer acordada na cama durante a noite inteira para se entregar a meditações, Elinor descobriu que todos os dias lhe proporcionavam tempo livre suficiente para pensar sobre Edward, e sobre o comportamento de Edward, em todas as variedades possíveis que os diferentes estados de sua alma poderiam ensejar em diferentes ocasiões – com ternura, compaixão, aprovação, censura e dúvida. Havia momentos abundantes nos quais, se não pela ausência de sua mãe e suas irmãs, ao menos devido à natureza das ocupações da família, a conversa era inviável entre elas, e todos os efeitos da solidão eram produzidos. Sua mente se tornava inevitavelmente livre; seus pensamentos não podiam ficar acorrentados em outros lugares; e o passado e o futuro, em torno de um assunto tão interessante, só poderiam se colocar diante dela, só poderiam atrair forçosamente suas atenções e absorver sua memória, suas reflexões e sua imaginação.

De um devaneio desse tipo, quando estava sentada diante da mesa de desenho, Elinor foi despertada certa manhã, pouco tempo depois da partida de Edward, pela chegada de visitantes. Ocorreu que ela estava totalmente sozinha. O fechamento do pequeno portão na entrada do gramado, na frente da casa, atraiu seus olhos à janela, e ela viu um grande grupo caminhando na direção da porta. Entre os visitantes estavam Sir John, Lady Middleton e a sra. Jennings, mas havia dois outros, um cavalheiro e uma dama, que eram completamente desconhecidos. Elinor estava sentada perto da janela; assim que Sir John a viu ali, ele delegou ao resto do grupo a cerimônia de bater na porta e, avançando pelo gramado, fez com que Elinor abrisse o batente para falar com ele, embora o espaço entre a porta e a janela fosse tão pequeno que se tornava quase impossível falar em uma sem se fazer ouvir na outra.

– Pois bem – disse ele –, nós trouxemos alguns estranhos para vocês. Como lhe parecem?

– Mais baixo! Eles vão ouvi-lo.

– Não importa que ouçam. São apenas os Palmer. Charlotte é muito bonita, eu posso lhe dizer. A senhorita poderá vê-la se olhar por aqui.

Como Elinor estava certa de que a veria dentro de alguns minutos sem que precisasse tomar essa liberdade, ela se escusou de fazê-lo.

– Onde está Marianne? Será que ela saiu correndo por causa da nossa chegada? Eu vejo que o instrumento dela está aberto.

– Ela está caminhando, eu creio.

Aos dois se uniu então a sra. Jennings, que não teve paciência suficiente para esperar até que a porta fosse aberta e pudesse contar a *sua* história. Ela veio fazendo saudações na direção da janela:

– Como vai, minha querida? Como vai a sra. Dashwood? E onde estão suas irmãs? O quê!? Totalmente sozinha! A senhorita vai ficar feliz por ter um pouco de companhia com quem sentar e conversar. Eu trouxe minha outra filha e meu genro para que a conhecessem. Imagine uma coisa dessas, eles terem vindo tão de repente! Pensei ter ouvido uma carruagem na noite passada, enquanto estávamos bebendo nosso chá, mas nem passou pela minha cabeça que pudessem ser eles. Eu pensei somente que poderia ser o coronel Brandon retornando; por isso eu disse para Sir John: "Creio que estou ouvindo uma carruagem; talvez seja o coronel Brandon retornando...".

Elinor precisou dar as costas a ela, no meio da história, para receber o resto do grupo; Lady Middleton apresentou os dois estranhos; a sra. Dashwood e Margaret desceram as escadas ao mesmo tempo, e todos se sentaram para que olhassem uns aos outros enquanto a sra. Jennings continuava sua história caminhando do vestíbulo até a sala, acompanhada por Sir John.

A sra. Palmer era vários anos mais jovem do que Lady Middleton, e totalmente diferente dela em todos os aspectos. Era baixa e rechonchuda, e tinha um rosto muito bonito, marcado pela melhor expressão de bom humor que poderia existir. Suas maneiras não eram de modo algum tão elegantes quanto as de sua irmã, mas eram muito mais cativantes. Ela chegou com um sorriso, sorriu o tempo todo durante sua visita, exceto quando riu, e sorriu quando foi embora. Seu marido era um jovem de aparência grave com 25 ou 26 anos, e no seu porte havia mais elegância e mais sensatez do que na esposa, mas transparecia menos vontade de agradar ou de ser agradado. Ele entrou na sala com um olhar de quem se considera muito importante, inclinou-se ligeiramente perante as damas sem falar uma única palavra e, tendo inspecionado brevemente as moradoras e os aposentos, pegou um jornal da mesa e o seguiu lendo ao longo de sua permanência na casa.

A sra. Palmer, ao contrário, fortemente favorecida pela natureza com uma tendência de ser uniformemente cortês e alegre, mal tinha se sentado e não conteve suas palavras de admiração pela sala e por todas as coisas que havia nela.

– Ora! Que sala encantadora vocês têm! Nunca vi nada tão charmoso! Considere, mamãe, o quanto ela ficou melhor desde que eu estive aqui da última vez! Sempre pensei que esta sala era um lugar tão doce, minha senhora! – (voltando-se à sra. Dashwood). – Mas a senhora transformou-a em algo tão charmoso! Considere, minha irmã, como todas as coisas são encantadoras! Eu gostaria tanto de ter uma casa como esta para mim! Também não gostaria, sr. Palmer?

O sr. Palmer não lhe deu resposta, e sequer levantou os olhos do jornal.

– O sr. Palmer não me ouve – disse ela rindo. – Ele nunca me ouve às vezes, é tão ridículo!

Essa era uma ideia um tanto nova no entender da sra. Dashwood; ela nunca soubera que se podia ver espirituosidade na desatenção de uma pessoa, e não pôde deixar de olhar com surpresa para os dois.

A sra. Jennings, enquanto isso, falava tão alto quanto podia, e continuou seu relato sobre sua surpresa em ver os amigos na noite anterior, sem cessar até que todos os detalhes fossem informados. A sra. Palmer riu com gosto diante da lembrança do assombro que haviam provocado, e todos concordaram, duas ou três vezes, que se tratara de uma surpresa bastante agradável.

– A senhorita decerto imagina o quanto todos nós ficamos felizes por vê-los – acrescentou a sra. Jennings, inclinando-se na direção de Elinor e falando em voz baixa, como se não quisesse ser ouvida por mais ninguém, ainda que as duas estivessem sentadas em lados opostos da sala. – Entretanto, de todo modo, não posso deixar de desejar que não tivessem viajado tão depressa, e que não tivessem feito uma jornada tão longa, porque vieram o caminho todo desde Londres por causa de algum negócio, porque, veja – (acenando significativamente com a cabeça e apontando sua filha) –, isso não foi correto, na situação dela. Eu quis que ela ficasse em casa e descansasse esta manhã, mas ela insistiu em vir conosco; ansiava tanto por ver todas vocês!

A sra. Palmer riu e disse que aquilo não lhe faria mal nenhum.

– Ela espera o nascimento para fevereiro – continuou a sra. Jennings.

Lady Middleton não conseguiu suportar mais tal conversa, e portanto empenhou-se em perguntar ao sr. Palmer se havia alguma notícia no jornal.

– Não, absolutamente nenhuma – ele respondeu, e continuou a ler.

– Aqui vem Marianne – exclamou Sir John. – Agora, Palmer, você vai ver uma garota monstruosamente bonita.

Ele foi prontamente até o vestíbulo, abriu a porta da frente, e a trouxe para dentro ele mesmo. A sra. Jennings perguntou a Marianne, logo que ela apareceu, se não tinha estado em Allenham; e a sra. Palmer riu vivamente com a pergunta, revelando que a entendera. O sr. Palmer levantou os olhos quando Marianne entrou na sala, olhou para ela por alguns minutos, e depois voltou a seu jornal. O olhar da sra. Palmer foi então atraído pelos desenhos que pendiam em volta da sala. Ela se levantou para examiná-los.

– Ah! Minha nossa, como são lindos! Ora! Como são encantadores! Não deixe de ver, mamãe, a doçura que eles são! Posso dizer que são muito charmosos; eu poderia ficar olhando para sempre.

Depois de se sentar novamente, em bem pouco tempo ela esqueceu que havia qualquer espécie de desenho na sala.

Quando Lady Middleton se ergueu para ir embora, o sr. Palmer também se ergueu, largou o jornal, se espreguiçou e olhou para todos em volta.

– Meu amor, o senhor esteve dormindo? – perguntou sua esposa, rindo.

Ele não lhe deu resposta, e apenas observou, depois de examinar outra vez a sala, que o pé-direito era muito baixo, e que o teto estava torto. Fez então sua mesura e partiu com os demais.

Sir John solicitara com muito ímpeto a todas elas que passassem o dia seguinte no parque. A sra. Dashwood, que optava por não jantar com eles mais frequentemente do que eles jantavam no chalé, absolutamente recusou por sua conta; suas filhas poderiam fazer o que quisessem. Mas elas não tinham curiosidade por ver de que maneira o sr. e a sra. Palmer comiam seu jantar, e não acalentavam nenhuma expectativa de sentir prazer com eles de qualquer outra forma. Elas tentaram, portanto, igualmente se escusar; o tempo se mostrava incerto, e tinha grande probabilidade de não ser bom. Mas Sir John não ficou satisfeito – a carruagem lhes seria enviada e elas precisavam vir. Lady Middleton, também, embora não tenha pressionado a mãe delas, pressionou-as. A sra. Jennings e a sra. Palmer uniram-se nas súplicas, todos pareciam estar igualmente ansiosos por evitar uma reunião de família; e as jovens damas foram obrigadas a ceder.

– Por que razão eles precisam nos convidar? – perguntou Marianne assim que os visitantes se afastaram. – O aluguel deste chalé supostamente é baixo, mas nós o pagaremos em condições muito difíceis se tivermos de jantar no parque toda vez que qualquer pessoa estiver hospedada com eles ou conosco.

– Eles não querem nada mais do que ser polidos e bondosos conosco agora – disse Elinor – com esses convites frequentes, tanto quanto quiseram com os outros que recebemos deles algumas semanas atrás. A transformação não ocorre neles, se seus visitantes estão se tornando tediosos e maçantes. Devemos procurar pela mudança em outro lugar.

## Capítulo 20

No dia seguinte, quando as senhoritas Dashwood entraram por uma porta na sala de visitas do parque, a sra. Palmer entrou correndo pela outra, parecendo estar tão bem-humorada e alegre quanto antes. Ela pegou todas pela mão de maneira muitíssimo carinhosa, e expressou grande deleite em vê-las novamente.

– Estou tão contente em vê-las! – disse ela, sentando-se entre Elinor e Marianne. – Pois o dia está tão feio que eu temia que vocês pudessem não vir, o que seria uma coisa chocante, já que amanhã nós vamos embora. Nós precisamos partir porque os Weston virão nos visitar na próxima semana. Foi uma coisa um tanto repentina que tenhamos viajado, eu nem desconfiava de nada quando a carruagem apareceu na nossa porta, e de repente o sr. Palmer me perguntou se eu gostaria de sair com ele para Barton. Ele é tão engraçado! Ele nunca me diz nada! Eu sinto muito por não podermos ficar mais tempo; no entanto, vamos encontrá-las novamente muito em breve, eu espero, na cidade.

Elas eram obrigadas a destruir essa expectativa.

– Não ir à cidade!? – exclamou a sra. Palmer com uma risada. – Vou ficar muito decepcionada se vocês não forem. Eu poderia conseguir a casa mais bonita do mundo para vocês, ao lado da nossa, em Hanover Square. Vocês precisam vir, sem dúvida. Tenho certeza de que vou ficar muito feliz lhes fazendo companhia o tempo inteiro até que eu fique de cama, se a sra. Dashwood não quiser aparecer em público.

Elas agradeceram, mas eram obrigadas a resistir a todas as súplicas.

– Ah, meu amor – exclamou a sra. Palmer para seu marido, que naquele minuto entrava na sala –, o senhor precisa me ajudar a convencer as senhoritas Dashwood de que devem ir à cidade neste inverno.

Seu amor não lhe deu resposta e, depois de fazer às damas uma ligeira mesura, começou a reclamar do tempo.

– Como tudo isso é horrível! – disse ele. – Um tempo assim deixa todas as coisas e todas as pessoas repugnantes. O enfado se acumula tanto dentro de casa quanto fora por causa da chuva. Faz com que a pessoa deteste todos os seus conhecidos. Que diabo Sir John tem na cabeça para não dispor de uma sala de bilhar em sua casa? Pouquíssimas pessoas de fato sabem o que é o conforto! Sir John é tão estúpido quanto esse tempo.

O resto do grupo logo apareceu.

– Eu receio – Sir John disse para Marianne – que hoje a senhorita não foi capaz de fazer sua costumeira caminhada para Allenham.

Marianne pareceu ficar muito séria e não disse nada.

– Ah, não seja tão dissimulada na nossa frente – disse a sra. Palmer –, porque nós sabemos tudo a respeito, eu lhe garanto. E eu admiro bastante o seu bom gosto, porque penso que o rapaz é extremamente bonito. Nós não moramos a uma grande distância dele no campo, sabe? Não mais do que dez milhas, ouso dizer.

– Muito mais perto de trinta – disse seu marido.

– Ah, ora, não há muita diferença. Eu nunca estive na casa dele; mas dizem que é bem bonitinha, uma doçura.

– O lugar mais abominável que já vi na minha vida – disse o sr. Palmer.

Marianne permaneceu perfeitamente quieta, embora seu rosto revelasse seu interesse no que se dizia.

– A casa é muito feia? – continuou a sra. Palmer. – Então só pode ser algum outro lugar que é tão bonito, eu suponho.

Quando já estavam sentados na sala de jantar, Sir John observou com pesar que eles eram apenas oito ao todo.

– Minha querida – disse ele para sua senhora –, é muito exasperante que sejamos tão poucos. Por que não pediu aos Gilbert que viessem hoje?

– Eu não lhe disse, Sir John, quando conversamos sobre isso antes, que não poderia ser feito? Eles jantaram conosco na última ocasião.

– O senhor e eu, Sir John – disse a sra. Jennings –, não deveríamos nos deter por causa desse tipo de cerimônia.

– Nesse caso a senhora seria muito mal-educada – exclamou o sr. Palmer.

– Meu amor, o senhor quer contrariar todo mundo – disse a esposa dele, com sua risada usual. – Não percebe que está sendo um tanto rude?

– Eu não sabia que poderia deixar alguém contrariado por chamar sua mãe de mal-educada.

– Ora, o senhor pode abusar de mim como quiser – disse a benévola idosa. – O senhor tomou Charlotte das minhas mãos, e não pode mais devolvê-la. Com isso eu dou de chicote no senhor.

Charlotte riu com gosto diante da ideia de que o marido não poderia se livrar dela, e falou, exultante, que não fazia mal que o sr. Palmer fosse rabugento com ela, afinal de contas eles tinham de viver juntos. Era impossível que uma pessoa fosse mais completamente benévola, ou mais determinada em ser feliz, do que a sra. Palmer. A indiferença, a insolência e o estudado descontentamento do marido não lhe causavam nenhuma dor; quando ele a repreendia ou insultava, ela se divertia como nunca.

– O sr. Palmer é tão engraçado! – disse ela, num sussurro, para Elinor. – Ele está sempre de mau humor.

Elinor não ficou inclinada, depois de observar um pouco, a dar ao sr. Palmer o crédito de ser tão desafetada e genuinamente mal-humorado ou mal-educado quanto ele queria parecer. O temperamento dele poderia ser talvez um pouco azedado pela constatação, comum a muitos outros de seu sexo, de que por causa de uma inexplicável propensão em favor da beleza ele era o marido de uma mulher muito tola; mas ela sabia que esse tipo de erro era comum demais para que qualquer homem sensato se deixasse ferir por ele de maneira duradoura. Era antes de tudo um desejo de distinção, Elinor acreditava, o que gerava o tratamento desdenhoso que ele dispensava para todas as pessoas e o abuso generalizado de todas as coisas que encontrava pela frente. Era o desejo de parecer superior às outras pessoas. O motivo era comum demais para que causasse espanto; mas os meios, por mais que pudessem ter sucesso em estabelecer sua superioridade na má educação, tornavam pouco provável que qualquer pessoa se afeiçoasse a ele, exceto sua esposa.

– Ah, minha querida srta. Dashwood – disse a sra. Palmer pouco tempo depois –, eu tenho um favor tão grande para pedir a você e sua irmã. Aceitariam passar algum tempo em Cleveland neste Natal? Ora, venham, por favor, e venham enquanto os Weston estão conosco. Vocês não podem imaginar como ficarei feliz! Vai ser tão maravilhoso! Meu amor – (dirigindo-se a seu marido) –, o senhor não anseia por receber uma visita das senhoritas Dashwood em Cleveland?

– Certamente – retrucou ele, com um olhar de escárnio –, eu vim para Devonshire não tendo nada mais em vista.

– Pois vejam – disse a esposa dele –, o sr. Palmer as espera; de modo que vocês não podem recusar.

Ambas declinaram de seu convite de pronto, resolutamente.

– Mas sem dúvida vocês precisam vir, e hão de vir. Tenho certeza de que vão gostar como jamais gostaram de qualquer outra coisa. Os Weston estarão conosco, e vai ser tão maravilhoso. Vocês não podem imaginar a doçura de lugar que é Cleveland; e estamos tão felizes agora, porque o sr. Palmer fica sempre viajando pelo campo, angariando votos para se eleger; e aparecem para jantar conosco tantas pessoas que eu nunca tinha visto antes, é tão encantador! No entanto, pobre coitado, é muito cansativo para ele! Porque ele é forçado a fazer com que todo mundo goste dele.

Elinor mal conseguiu manter a compostura concordando com a dificuldade de tal obrigação.

– Como vai ser encantador – disse Charlotte – quando ele chegar ao parlamento! Não é mesmo? Como vou rir! Será tão ridículo ver todas as cartas destinadas a ele com um M.P. Mas vocês sabem de uma coisa? Ele diz que nunca vai franquear as minhas cartas. Garante que não vai. Não é mesmo, sr. Palmer?

O sr. Palmer não deu a menor atenção a ela.

– Ele não suporta escrever – continuou a sra. Palmer. – Ele diz que é uma coisa tenebrosa.

– Não – disse ele –, eu jamais disse uma coisa tão irracional. Não jogue todos os seus abusos de linguagem em cima de mim.

– Pois vejam; observem como o sr. Palmer é engraçado. É sempre assim com ele. Às vezes ele fica sem falar comigo durante a metade de um dia, e então se sai com algo tão engraçado... a respeito de qualquer coisa neste mundo.

A sra. Palmer deixou Elinor muito surpresa, enquanto eles retornavam à sala de visitas, perguntando-lhe se ela não gostava excessivamente do sr. Palmer.

– Certamente – disse Elinor –, ele parece ser muito agradável.

– Ora... Eu fico muito feliz por saber que a senhorita gosta dele. Pensei mesmo que gostaria, ele é tão agradável; e o sr. Palmer ficou excessivamente encantado com a senhorita e com suas irmãs, posso lhe garantir, e a senhorita não pode imaginar como ele ficará decepcionado se vocês não vierem para Cleveland. Não consigo entender por que motivo vocês deveriam fazer qualquer objeção a isso.

Elinor se viu novamente na obrigação de declinar, e deu fim àquelas súplicas mudando de assunto. Ela pensou que era provável que, como eles moravam no mesmo condado, a sra. Palmer pudesse ser capaz de fornecer algum relato mais detalhado do caráter de Willoughby, mais completo do que aquele que podia ser obtido a partir da familiaridade parcial dos Middleton com ele; e estava ansiosa por receber de quem quer que fosse uma confirmação dos méritos dele, de modo a remover a possibilidade de temer por Marianne. Começou perguntando se eles costumavam ver com frequência o sr. Willoughby em Cleveland, e se tinham intimidade com ele.

– Minha nossa, sim, o conheço muito bem – retrucou a sra. Palmer. – Não que alguma vez eu tenha falado com ele de fato, mas já o vi milhares de vezes na cidade. De uma forma ou de outra, nunca aconteceu que eu estivesse hospedada em Barton enquanto ele estava em Allenham. Mamãe o viu aqui uma vez; mas eu estava com meu tio em Weymouth. No entanto, ouso dizer que o teríamos visto inúmeras vezes em Somersetshire, se não tivesse acontecido, de maneira muito desafortunada, que jamais estivemos ao mesmo tempo no campo. O sr. Willoughby permanece muito pouco tempo em Combe, eu acredito; porém, se ele chegasse mesmo a permanecer bastante tempo por lá, não creio que o sr. Palmer o visitaria, pois ele está na oposição, não é mesmo, e além do mais fica tão distante. Sei muito bem por que razão a senhorita pergunta pelo sr. Willoughby; sua irmã vai se casar com ele. Fico monstruosamente feliz por isso, pois então a terei como vizinha, claro.

– Dou minha palavra – retrucou Elinor –, a senhora sabe muito mais sobre esse assunto do que eu, se tem motivo para esperar tal enlace.

– Não queira negar o fato, porque a senhorita sabe que todo mundo faz comentários a esse respeito. Asseguro-lhe que ouvi falar disso no meu caminho pela cidade.

– Minha cara sra. Palmer!

– Juro pela minha honra, ouvi sim. Encontrei o coronel Brandon na segunda-feira de manhã em Bond Street, pouco antes de sairmos da cidade, e ele me contou pessoalmente.

– A senhora me deixa bastante surpresa. O coronel Brandon lhe falar a respeito! Certamente a senhora comete um engano. Dar essa informação a uma pessoa que não poderia estar interessada nela, mesmo que fosse verdade, não é algo que eu esperaria que o coronel Brandon fizesse.

– Mas eu lhe garanto que foi assim mesmo, apesar de tudo isso, e vou lhe dizer como aconteceu. Quando encontramos o coronel, ele se voltou e caminhou conosco, e então começamos a falar do meu irmão e da minha irmã, e disso e daquilo, e eu disse para ele: "Pois bem, coronel, há uma nova família morando em Barton Cottage, ouvi falar, e mamãe me mandou notícia de que elas são muito bonitas, e de que uma delas vai se casar com o sr. Willoughby de Combe Magna. Isso é verdade, o senhor pode me dizer? Porque é claro que o senhor deve saber, por ter estado tão recentemente em Devonshire".

– E o coronel disse o quê?

– Ah, ele não disse muita coisa; mas deu impressão de que sabia que era verdade, portanto a partir daquele momento eu considerei a questão como sendo certa. Será maravilhoso, será sim! Quando teremos o casamento?

– O sr. Brandon estava bem, eu espero.

– Ah, sim, muito bem; e tão cheio de louvores à senhorita, ele não fez nada senão dizer coisas boas sobre a senhorita.

– Fico lisonjeada pelos elogios do coronel. Ele parece ser um homem excelente. Penso que se trata de uma pessoa notavelmente afável.

– Eu penso do mesmo modo. Ele é um homem tão encantador que é uma lástima completa que seja tão carrancudo e tão maçante. Mamãe afirma que *ele* era apaixonado pela sua irmã também. Eu lhe garanto que houve grande lisonja se ele foi apaixonado mesmo, porque ele quase nunca se apaixona por alguém.

– O sr. Willoughby é muito conhecido na parte de Somersetshire em que a senhora mora? – perguntou Elinor.

– Ah, sim! Extremamente conhecido. Quero dizer, não acredito que muitas pessoas o conheçam, porque Combe Magna fica tão distante; mas todos pensam que ele é um homem extremamente agradável, eu lhe garanto. Ninguém é tratado com mais carinho do que o sr. Willoughby onde quer que ele vá, e a senhorita pode assegurar sua irmã quanto a isso. Ela é uma garota monstruosamente afortunada por conquistar o sr. Willoughby, juro pela minha honra; mas não que ele não seja muito mais afortunado por conquistar Marianne, porque Marianne é tão linda e agradável que nada poderá ser suficientemente bom para ela. No entanto, não creio que ela seja nem um pouco mais bonita do que a senhorita, eu lhe garanto; pois considero vocês duas excessivamente bonitas, e o sr. Palmer pensa o mesmo, tenho certeza, embora não tenhamos conseguido fazê-lo reconhecer isso na noite passada.

As informações da sra. Palmer sobre Willoughby não foram muito substanciais; mas qualquer testemunho em favor dele, por menor que fosse, era satisfatório para Elinor.

– Estou tão feliz por termos nos conhecido afinal – continuou Charlotte. – E agora espero que sejamos sempre grandes amigas. A senhorita não pode imaginar o quanto eu ansiava por vê-las! É tão maravilhoso que vocês estejam morando no chalé! Nada pode se comparar a isso, com toda certeza! E fico tão feliz por saber que sua irmã vai se casar tão bem! Espero que vocês passem muito tempo em Combe Magna. É uma doçura de lugar, sob qualquer ponto de vista.

– A senhora conhece o coronel Brandon faz bastante tempo, não é mesmo?

– Sim, um enorme tempo; desde que a minha irmã se casou. O coronel era um amigo íntimo de Sir John. Eu acredito – acrescentou ela em voz baixa – que ele teria ficado muito contente se pudesse ter casado comigo. Sir John e Lady Middleton desejavam muito isso. Mas mamãe não considerava que o enlace fosse bom o bastante para mim, caso contrário Sir John teria mencionado a possibilidade ao coronel e teríamos nos casado imediatamente.

– E o coronel Brandon não soube da proposta de Sir John à sua mãe antes que fosse feita? Ele nunca confessou seu afeto à senhora?

– Ah, não; no entanto, se mamãe não tivesse objetado, ouso dizer que ele teria gostado de se casar comigo acima de qualquer coisa. Ele não tinha me visto, na época, mais do que duas vezes, pois isso foi antes de eu sair da escola. Entretanto, estou muito mais feliz em minha situação atual. O sr. Palmer é o tipo de homem que me agrada.

# Capítulo 21

Os Palmer retornaram a Cleveland no dia seguinte, e as duas famílias de Barton ficaram novamente à vontade para se entreter mutuamente. Mas isso não durou muito tempo; Elinor mal havia tirado da cabeça os últimos visitantes, mal deixara de pensar no paradoxo de que Charlotte pudesse ser tão feliz sem uma causa, no modo de agir tão simplório do sr. Palmer, com suas boas habilidades, e na estranha inadequação que muitas vezes existe entre marido e mulher, quando a laboriosa diligência de Sir John e da sra. Jennings pela causa da boa companhia forneceu outras novas pessoas para ver e observar.

Numa excursão matinal para Exeter eles haviam encontrado duas jovens damas nas quais a sra. Jennings teve a satisfação de descobrir aparentadas suas, e isso bastou para que Sir John as convidasse imediatamente para uma visita no parque, assim que os atuais compromissos das duas em Exeter estivessem terminados. Os compromissos em Exeter instantaneamente desapareceram diante de tal convite, e Lady Middleton foi lançada num alarme um tanto considerável, quando do retorno de Sir John, ao saber que ela muito em breve haveria de receber uma visita de duas garotas que jamais vira na vida, e de cuja elegância, de cuja tolerável nobreza inclusive, não podia ter nenhuma prova, pois as garantias de seu marido e de sua mãe a respeito desse ponto não serviam para nada. Que fossem aparentadas também era uma questão que tornava tudo ainda pior; e as tentativas de consolação da sra. Jennings se mostraram, portanto, infelizmente despropositadas quando aconselhou à filha que não desse importância ao problema de que as garotas fossem ou não tão elegantes, porque todas elas eram primas e precisavam se aceitar umas às outras. No entanto, na medida em que era impossível, agora, impedir a vinda delas, Lady Middleton resignou-se com a ideia da visita recorrendo à bagagem filosófica de uma mulher bem-educada, contentando-se em meramente aplicar a seu marido uma suave repreensão em torno do assunto cinco ou seis vezes por dia.

As jovens damas chegaram: o aspecto delas não era de forma alguma pouco nobre ou deselegante. Seus vestidos eram muito graciosos, suas maneiras eram muito educadas; elas ficaram encantadas com a casa e arrebatadas com a mobília, e ocorreu que eram tão apaixonadamente afeiçoadas por crianças que a boa opinião de Lady Middleton foi conquistada em seu favor antes que tivessem permanecido uma hora no parque. Lady Middleton declarou que elas eram garotas de fato muito agradáveis, algo que, para sua senhoria, significava veneração entusiástica. A confiança de Sir John em seu próprio julgamento elevou-se com esse louvor animado, e ele se encaminhou diretamente ao chalé para informar as senhoritas Dashwood sobre a chegada das senhoritas Steele, e para lhes assegurar de que aquelas eram as mais doces garotas do mundo. Num louvor como esse, no entanto, não havia muita coisa para levar em consideração; Elinor sabia muito bem que as mais doces garotas do mundo podiam ser encontradas em todos os cantos da Inglaterra, sob todas as variações possíveis de forma, rosto, temperamento e inteligência. Sir John queria que a família toda caminhasse até o parque naquele mesmo instante para contemplar as convidadas. Que homem filantrópico e benevolente! Seria doloroso, para ele, deixar de compartilhar até mesmo uma prima de terceiro grau.

– Venham agora – disse ele –, por favor, venham... vocês precisam vir... Afirmo que virão sem dúvida... Não podem imaginar o quanto vão gostar delas. Lucy é monstruosamente bonita, e tão bem-humorada e agradável! As crianças já estão todas girando em volta dela, como se fosse uma velha conhecida. E ambas anseiam por vê-las mais do que qualquer outra coisa, porque ficaram sabendo, em Exeter, que vocês são as criaturas mais lindas do mundo; e eu lhes disse que isso é a mais pura verdade, e ainda muitíssimo mais. Vocês vão ficar encantadas com elas, estou certo disso. Elas trouxeram o carro inteiro repleto de brinquedos para dar às crianças. Como vocês podem ser tão rabugentas, preferindo ficar em casa? Ora, elas são suas primas, sim, de uma certa maneira. *Vocês* são minhas primas, e elas são primas da minha esposa, então vocês devem ter algum parentesco.

Mas Sir John não conseguiu fazer valer sua vontade. Ele pôde somente obter uma promessa de que as Dashwood visitariam o parque dentro de um ou dois dias e depois foi embora, estupefato com aquela indiferença, caminhando para casa com o fim de reafirmar ostensivamente às senhoritas Steele os encantos das vizinhas, assim como acabara de alardear para elas os encantos das senhoritas Steele.

Quando se deu a prometida visita no parque, com a consequente apresentação a essas jovens damas, elas não encontraram na fisionomia da mais velha, que tinha quase trinta anos e um rosto muito feio e nem um pouco sábio, nada que se pudesse admirar; mas na outra, que não tinha mais do que 22 ou 23, reconheceram uma considerável beleza; seus traços eram bonitos, e ela tinha um olhar rápido e penetrante, e um ar de astúcia que, apesar de não lhe conferir elegância ou graça verdadeiras, conferia distinção para sua pessoa. Os modos das duas eram particularmente corteses, e Elinor logo lhes concedeu o crédito de alguma espécie de sensatez quando percebeu o grau de atenção criteriosa e constante com que elas iam se tornando agradáveis para Lady Middleton. Com os filhos desta elas se mantinham em êxtase contínuo, exaltando sua beleza, cortejando suas atenções e cedendo a seus caprichos; e a quantidade de tempo que podia ser poupada das demandas importunas que essa polidez criava era empregada em admirar qualquer coisa que sua senhoria estivesse fazendo, ou em copiar algum elegante vestido novo com o qual o garbo de sua senhoria, no dia anterior, as havia mergulhado em incessante deleite. Felizmente para quem faz seu cortejo explorando tais fraquezas, uma mãe amorosa, embora seja, na busca por elogios para seus filhos, a mais voraz das criaturas humanas, é também a mais crédula; suas demandas são exorbitantes; mas ela engolirá qualquer coisa; e o excesso de afeto e de tolerância das senhoritas Steele com sua prole era encarado por Lady Middleton, portanto, sem a menor surpresa ou desconfiança. Ela via com complacência materna todas as transgressões e travessuras impertinentes às quais suas primas se submetiam. Via suas cintas desamarradas, seus cabelos puxados por sobre as orelhas, suas bolsas de trabalho devassadas e suas lâminas e tesouras roubadas, e não sentia nenhuma dúvida de que se tratava de um prazer recíproco. As brincadeiras não sugeriam nenhuma surpresa senão o pasmo de que Elinor e Marianne pudessem permanecer sentadas tão serenamente sem que reivindicassem uma participação no que se passava em volta.

– John está tão animado hoje! – disse ela, quando seu filho tirou o lenço de bolso da srta. Steele e o atirou para fora da janela. – Ele não cansa de fazer macaquices.

E logo em seguida, quando seu segundo menino beliscou violentamente um dos dedos da mesma dama, ela comentou com carinho:

– Como William está brincalhão!

– E eis aqui a minha pequena e doce Annamaria – acrescentou ela, acariciando com ternura uma menininha de três anos de idade que não tinha feito barulho algum ao longo dos últimos dois minutos. – E ela é sempre tão meiga e quietinha... Nunca houve uma coisinha mais quieta!

Porém, infelizmente, no ato de conceder esses abraços, um alfinete no arranjo do cabelo de sua senhoria arranhou de leve o pescoço da criança e produziu, neste modelo de meiguice, gritos violentíssimos, que dificilmente poderiam ser superados por qualquer criatura que fosse professadamente ruidosa. A consternação da mãe foi excessiva, mas não pôde ultrapassar o alarme das senhoritas Steele, e tudo que era possível foi feito por parte de todas as três em meio a tão crítica emergência, tudo que o carinho pudesse sugerir como provável abrandamento às agonias da pequena sofredora. Ela foi sentada no colo de sua mãe, coberta de beijos, sua ferida foi banhada com água de lavanda por uma das senhoritas Steele, que se colocara de joelhos para lhe prestar auxílio, e sua boca foi recheada com bombons pela outra. Com tal recompensa por suas lágrimas, a criança se mostrou astuta o bastante para continuar chorando. Ela seguiu gritando e soluçando com vontade, chutou seus dois irmãos por se oferecerem a tocá-la, e todas as tentativas unidas de consolação foram ineficazes até que Lady Middleton afortunadamente recordou que, numa similar cena de sofrimento na semana anterior, uma pequena quantidade de geleia de damasco tinha sido aplicada com sucesso numa têmpora machucada, e o mesmo remédio foi ansiosamente proposto para o desastrado arranhão, e uma pequena interrupção dos gritos da jovem dama, quando ela ouviu a proposta, deu-lhes razão para esperar que o remédio não seria rejeitado. Ela foi carregada para fora da sala nos braços de sua mãe, portanto, em busca do medicamento; uma vez que os dois meninos optaram por segui-las, embora severamente instados por sua mãe para que permanecessem onde estavam, as quatro jovens damas foram deixadas numa quietude que a sala não testemunhara por muitas horas.

– Pobre criaturinha! – disse a srta. Steele, tão logo eles se afastaram. – Poderia ter acontecido um acidente muito triste.

– Entretanto, não consigo entender como – exclamou Marianne –, a menos que tivesse sido em circunstâncias totalmente diferentes. Mas esse é o modo habitual de exagerar o alarme, quando na realidade não há nenhum motivo para qualquer alarme.

– Que mulher doce é Lady Middleton! – disse Lucy Steele.

Marianne ficou em silêncio; era impossível, para ela, dizer algo que não sentia, por mais trivial que fosse a ocasião; e sobre Elinor, portanto, recaía sempre a tarefa de dizer mentiras quando a polidez exigia. Ela fez o melhor que pôde ao ser assim solicitada, falando sobre Lady Middleton com mais ardor do que sentia, mas com muito menos ardor do que a srta. Lucy.

– E Sir John também – exclamou a irmã mais velha –, que homem encantador ele é!

Aqui, também, os elogios da srta. Dashwood, sendo apenas simples e justos, apareceram sem o menor lustro. Elinor apenas observou que ele era perfeitamente bem-humorado e amigável.

– E que família encantadora eles têm! Nunca vi crianças mais adoráveis na minha vida. Posso garantir que já estou completamente apaixonada por elas, e na verdade sou sempre loucamente apaixonada por crianças.

– Eu teria sido capaz de adivinhar – disse Elinor, sorrindo –, com o que presenciei nesta manhã.

– Tenho certa ideia – disse Lucy – de que vocês consideram que os pequenos Middleton são um pouco mimados demais; talvez eles sejam além da conta; mas isso é tão natural em Lady Middleton e, de minha parte, adoro ver crianças cheias de vida e de animação, não consigo suportá-las quando elas são mansas e quietas.

– Confesso que, enquanto fico em Barton Park – respondeu Elinor –, jamais penso em crianças mansas e quietas com qualquer aversão.

Uma pequena pausa sucedeu essa fala e foi rompida pela srta. Steele, que parecia ter uma enorme vontade de conversar, e que agora disse abruptamente:

– E o que pensa de Devonshire, srta. Dashwood? Suponho que tenha ficado muito triste por deixar Sussex.

Com alguma surpresa em função da familiaridade dessa pergunta, ou pelo menos em função da maneira com que foi expressada, Elinor respondeu que ficara triste.

– Norland é um lugar prodigiosamente lindo, não é não? – acrescentou a srta. Steele.

– Ouvimos Sir John afirmar o quanto admira Norland excessivamente – disse Lucy, que parecia pensar que alguma desculpa era necessária para tal liberdade de sua irmã.

– Creio que *todos* que já viram o lugar não podem deixar de admirá-lo – retrucou Elinor –, embora não se possa supor que qualquer pessoa vá estimar suas belezas como nós.

– E vocês tinham um grande número de galantes bonitos por lá? Suponho que não tenham tantos assim aqui nesta parte do mundo; de minha parte, creio que eles são sempre uma grande adição.

– Mas por que é que você pensaria – questionou Lucy, olhando com vergonha para sua irmã – que não existem tantos jovens distintos em Devonshire como em Sussex?

– Não, querida, tenho certeza que não pretendo dizer que não existem. Tenho certeza que temos um vasto número de galantes bonitos em Exeter; mas veja bem, de que maneira eu saberia quantos galantes podem ser encontrados em Norland? E eu estava somente com medo que a srta. Dashwood pudesse pensar que as coisas eram aborrecidas em Barton caso elas não tivessem tantos quanto costumavam ter. Mas talvez vocês não façam caso dos galantes, e aceitem de bom grado ficar tanto com ou sem eles. De minha parte, creio que são vastamente agradáveis, desde que se vistam com elegância e se comportem de modo educado. Mas não consigo suportar se os vejo sujos e indecentes. Por exemplo, em Exeter temos o sr. Rose, um jovem prodigiosamente bem-apessoado, muitíssimo galante, funcionário do sr. Simpson, e no entanto, se a gente encontra ele de manhã, ele não é uma figura digna de ser vista. Suponho que antes de se casar, srta. Dashwood, o seu irmão fosse tão galante quanto era rico.

– Dou minha palavra – retrucou Elinor – de que não posso lhe dizer, porque não compreendo perfeitamente o significado da palavra. Mas isto eu posso afirmar: se ele chegou a ser um galante antes de se casar, ainda o é, porque não houve nele a menor alteração.

– Ah! Minha nossa! Não dá pra pensar em homens casados como sendo galantes... Eles têm outras coisas pra fazer.

– Santo Deus! Anne – exclamou sua irmã –, você não consegue falar sobre nada mais a não ser galantes; vai fazer com que a srta. Dashwood acredite que não pensa em mais nada.

E então, para dar outro rumo à conversa, ela tratou de admirar a casa e os móveis.

Tal amostra das senhoritas Steele era suficiente. A liberdade vulgar e a tolice da mais velha não lhe faziam nenhuma recomendação; e como Elinor não se deixou cegar pela beleza ou pelo olhar perspicaz da mais jovem ao avaliar sua falta de verdadeira elegância ou naturalidade, ela se afastou da casa sem qualquer desejo de conhecê-las melhor.

Não foi assim com as senhoritas Steele. Elas vieram de Exeter bem providas de admiração para o uso de Sir John Middleton, de sua família e de todos os seus parentes, e uma proporção nem um pouco avara foi agora distribuída para suas belas primas, que elas declararam serem as garotas mais bonitas, elegantes, talentosas e agradáveis que jamais haviam contemplado, e as quais estavam particularmente ansiosas por conhecer melhor. E que se conhecessem melhor, portanto, Elinor logo descobriu, era o destino inevitável que lhes cabia, porque, como Sir John estava inteiramente ao lado das senhoritas Steele, o grupo seria forte demais para qualquer oposição, e elas também teriam de se submeter àquele tipo de intimidade que consiste em sentar junto uma ou duas horas, na mesma sala, quase todos os dias. Sir John não podia fazer nada mais; mas não sabia que algo mais era necessário: estar junto era, em sua opinião, ser íntimo; na medida em que seus contínuos esquemas para formar encontros se revelavam eficazes, ele não tinha dúvida de que as damas eram amigas estabelecidas.

Justiça lhe seja feita, Sir John fez tudo em seu poder para impedir que as damas se mantivessem muito reservadas, propiciando que as senhoritas Steele se familiarizassem com tudo que ele sabia ou supunha sobre a situação de suas primas nos mais delicados pormenores – e Elinor não as vira mais de duas vezes quando a mais velha das duas manifestou seu júbilo pelo fato de Marianne ter tido a sorte de conquistar um galante muito bonito desde que chegara em Barton.

– Será ótimo ter sua irmã casada tão jovem, com toda certeza – disse ela –, e ouvi falar que ele é um galante dos bons, e prodigiosamente bonito. E eu espero que a senhorita pode ter a mesma boa sorte em breve, mas talvez a senhorita pode já ter um amigo por perto.

Elinor não podia supor que Sir John seria mais sutil em proclamar suas suspeitas da consideração que ela tinha por Edward, não mais do que havia sido com relação a Marianne; na verdade, esse era o seu gracejo favorito entre os dois, pela vantagem de ser um tanto mais novo e mais conjectural; e desde a visita de Edward eles nunca tinham jantado juntos sem que ele fizesse um brinde aos melhores afetos de Elinor, com tanto significado e tantos acenos e piscadelas que acabava chamando a atenção de todos em volta. A letra F vinha sendo evocada invariavelmente, e se mostrava uma fonte tal de gracejos incontáveis que sua condição como letra mais espirituosa do alfabeto já se fixara nos ouvidos de Elinor havia muito tempo.

As senhoritas Steele, como ela esperava, já contavam agora com o benefício irrestrito desses gracejos, e na mais velha das duas eles despertavam a curiosidade de saber o nome do cavalheiro a quem se aludia, algo que, embora muitas vezes fosse expresso de maneira impertinente, estava perfeitamente de acordo com sua indiscrição em averiguar tudo que dizia respeito à família. Mas Sir John não alimentou por muito tempo a curiosidade que tanto lhe deleitara despertar, pois teve ao menos tanto prazer em revelar o nome quanto a srta. Steele o teve em ouvi-lo.

– O nome do cavalheiro é Ferrars – disse ele, num sussurro bastante audível –, mas por favor não conte a ninguém, porque se trata de um grande segredo.

– Ferrars!? – repetiu a srta. Steele. – O sr. Ferrars é o homem de sorte, é isso mesmo? O quê!? O irmão da sua cunhada, srta. Dashwood? Um jovem muito agradável, com toda certeza; eu o conheço muito bem.

– Como você pode dizer isso, Anne? – exclamou Lucy, que geralmente fazia emendas a todas as afirmações de sua irmã. – Embora tenhamos visto ele uma ou duas vezes na casa do meu tio, é um pouco exagerado pretender que o conhece muito bem.

Elinor ouviu isso tudo com atenção e surpresa. "E quem era esse tio? Onde ele morava? Como se conheceram?" Desejou muito que o assunto tivesse prosseguimento, embora ela mesma optasse por não participar; mas nada mais foi dito a respeito, e pela primeira vez em sua vida ela pensou que a sra. Jennings demonstrava ou pouca curiosidade após informações fragmentadas, ou pouca disposição para comunicar essas informações. O modo com que a srta. Steele havia falado sobre Edward aumentara sua curiosidade; pois aquilo lhe pareceu ser algo um tanto mal-intencionado, e sugeriu a suspeita de que a dama sabia ou imaginava saber algo que o desabonasse. Mas sua curiosidade foi inútil, pois nenhum interesse adicional pelo nome do sr. Ferrars foi despertado na srta. Steele quando aludido ou mesmo quando abertamente mencionado por Sir John.

# Capítulo 22

Marianne, que nunca tivera grande tolerância para qualquer coisa que se assemelhasse a impertinência, vulgaridade, inferioridade de talento ou até mesmo diferença de gosto em relação a seu próprio juízo, estava naquele momento particularmente indisposta, por causa de seu estado de espírito, a gostar das senhoritas Steele ou a incentivar seus avanços; e da invariável frieza de seu comportamento com elas, que barrava todos os esforços de intimidade por parte das senhoritas, Elinor deduziu principalmente uma preferência por ela mesma que logo se tornou evidente nos modos de ambas, mas sobretudo nos de Lucy, que não perdia nenhuma oportunidade de a engajar nas conversas, ou de se empenhar em aprofundar a intimidade através de uma comunicação fácil e franca de seus sentimentos.

Lucy era naturalmente astuta; seus comentários eram muitas vezes adequados e divertidos; enquanto companheira para um período de meia hora, Elinor frequentemente a vira como uma pessoa de fato agradável; mas seus poderes não haviam recebido nenhum amparo da educação: ela era ignorante, iletrada, e sua deficiência em todos os aspectos mais profundos do pensamento, sua falta de informação nos elementos mais comuns, não podiam ser escondidas da srta. Dashwood, a despeito de seu constante esforço para se fazer ver sob uma luz vantajosa. Elinor percebia (e se compadecia dela por isso) a negligência das habilidades que uma educação poderia ter tornado tão respeitáveis; mas percebia com menor ternura de sentimento a completa falta de delicadeza, retidão e integridade intelectual que suas atenções, suas assiduidades, suas lisonjas no parque traíam; e não poderia obter nenhuma satisfação duradoura na companhia de uma pessoa que unia pouca sinceridade com ignorância, cuja falta de instrução impedia o encontro das duas numa conversa em termos de igualdade, cuja conduta com os outros fazia com que todas as demonstrações de atenção e deferência para ela mesma se tornassem perfeitamente destituídas de valor.

– A senhorita vai julgar que a minha pergunta é um tanto estranha, ouso dizer – Lucy afirmou para ela certo dia, quando caminhavam juntas do parque até o chalé –, mas me diga, por favor, a senhorita conhece pessoalmente a mãe de sua cunhada, a sra. Ferrars?

Elinor *de fato* julgou que a pergunta era muito estranha, e seu semblante expressou isso quando respondeu que jamais havia encontrado a sra. Ferrars.

– Não diga! – retrucou Lucy. – Fico intrigada com isso, porque pensei que a senhorita devia ter visto a sra. Ferrars em Norland algumas vezes. Sendo assim, quem sabe, creio que a senhorita não poderia me dizer que tipo de mulher ela é?

– Não – falou Elinor, receosa de emitir sua verdadeira opinião sobre a mãe de Edward e não muito desejosa de satisfazer o que parecia ser uma impertinente curiosidade. – Não sei nada sobre ela.

– Tenho certeza que a senhorita me considera muito extravagante por perguntar sobre ela dessa tal maneira – disse Lucy, olhando para Elinor com atenção enquanto falava –, mas talvez podem existir razões, espero que eu posso me atrever a tanto. No entanto, espero que a senhorita me faça justiça na crença de que não pretendo ser impertinente.

Elinor lhe deu uma resposta educada, e elas seguiram caminhando durante alguns minutos em silêncio. O silêncio foi rompido por Lucy, que retomou o tema dizendo, com alguma hesitação:

– Eu não conseguiria suportar que a senhorita me considerasse uma curiosa impertinente. Tenho certeza que eu preferiria fazer qualquer coisa neste mundo antes de ser assim considerada por uma pessoa cuja boa opinião é tão valiosa como a sua. E tenho certeza que eu não deveria ter o menor medo de confiar *na senhorita*; de verdade, eu ficaria muito contente com seus conselhos sobre como administrar uma situação tão desconfortável quanto essa em que me vejo; no entanto, não há necessidade para perturbar *a senhorita*. Lamento que não tenha conhecido a sra. Ferrars.

– Eu lamento *não* a conhecer – disse Elinor com grande assombro –, se lhe pudesse ser de alguma utilidade saber minha opinião sobre ela. Mas realmente eu nunca soube que a senhorita fosse de alguma maneira relacionada com essa família, e portanto estou um pouco surpresa, confesso, diante de uma indagação tão séria sobre o caráter dela.

– Ouso dizer que é mesmo uma surpresa sob o seu ponto de vista, e tenho certeza que não fico nem um pouco espantada com isso. Mas se eu me atrevesse lhe contar tudo, a senhorita não ficaria tão surpresa. A sra. Ferrars não é, certamente, nada pra mim no momento... Mas *pode* chegar o tempo... a brevidade com que vai chegar vai depender dela mesma... o tempo em que nós poderemos nos tornarmos muito intimamente ligadas.

Ela olhou para baixo quando disse isso, amavelmente tímida, com somente um olhar de soslaio para sua companheira, procurando observar o efeito que se produzira.

– Deus do céu! – Elinor exclamou. – A senhorita quer dizer o quê? Conhece o sr. Robert Ferrars? Será possível?

E Elinor não se sentiu muito feliz com a ideia de uma cunhada como ela.

– Não – retrucou Lucy –, não o sr. *Robert* Ferrars... Eu nunca vi ele na minha vida, mas... – (fixando seus olhos em Elinor) – o irmão mais velho dele.

O que sentiu Elinor naquele instante? Uma estupefação que teria sido tão dolorosa quanto forte, não fosse que uma descrença imediata na informação acompanhou-a. Ela virou-se para Lucy com silencioso espanto, incapaz de adivinhar o motivo ou objetivo de tal declaração; embora sua cor tivesse se alterado, manteve-se firme na incredulidade, não sentindo nenhum perigo de sofrer um ataque histérico ou desmaiar.

– A senhorita pode muito bem ficar surpresa – continuou Lucy –, pois com toda certeza não poderia ter tido antes nenhuma noção a respeito; porque ouso dizer que ele jamais deixou escapar o menor indício disso conversando com a senhorita ou com qualquer familiar seu; porque a questão foi sempre concebida como um grande segredo e, tenho certeza, foi assim mantida fielmente por mim até agora. Nem sequer uma única alma entre todos os meus conhecidos sabe disso, a não ser Anne, e eu nunca teria feito qualquer menção à senhorita se não tivesse sentido a maior confiança do mundo no seu sigilo; e realmente pensei que o meu comportamento, fazendo tantas perguntas sobre a sra. Ferrars, terminaria por parecer tão estranho que precisaria ser explicado. E não creio que o sr. Ferrars poderá ficar contrariado quando souber que eu confiei na senhorita, porque sei que ele tem a mais alta opinião deste mundo sobre a sua família toda, e vê a senhorita mesma e as demais senhoritas Dashwood como se fossem suas próprias irmãs.

Ela fez uma pausa.

Elinor permaneceu em silêncio por alguns momentos. Seu assombro com o que ouvira foi, a princípio, grande demais para que pudesse dizer qualquer coisa; passado certo tempo, porém, forçando-se a falar, e falando com cautela, num proceder calmo que ocultava razoavelmente bem sua surpresa e solicitude, ela disse:

– Posso lhe perguntar se o seu noivado é de longa data?

– Estamos noivos nestes últimos quatro anos.

– Quatro anos!?

– Sim.

Elinor, embora muitíssimo chocada, ainda se sentia incapaz de acreditar.

– Eu nem mesmo sabia – disse ela – que vocês se conheciam, até outro dia.

– O nosso conhecimento, no entanto, data de muitos anos. Ele esteve sob os cuidados do meu tio, sabe, por um tempo considerável.

– Seu tio!?

– Sim; o sr. Pratt. A senhorita nunca ouviu falar do sr. Pratt?

– Creio que já ouvi falar – retrucou Elinor, com o máximo esforço de sua alma, intensificando a intensidade de sua emoção.

– Ele ficou quatro anos com meu tio, que mora em Longstaple, perto de Plymouth. Foi lá que começou nossa intimidade, porque minha irmã e eu nos hospedávamos muitas vezes com meu tio, e foi lá que o nosso noivado começou, embora não antes de um ano após Edward ter deixado de ser pupilo; mas ele esteve quase sempre conosco depois disso. Eu estava bem pouco disposta em assumir esse noivado, como a senhorita pode imaginar, sem que a mãe dele tomasse conhecimento e aprovasse; mas eu era jovem demais e amava ele bem demais pra ser prudente como deveria ter sido. Mesmo que a senhorita não conheça ele tão bem quanto eu, deve ter visto dele o suficiente pra compreender que Edward é muito capaz de fazer uma mulher ficar sinceramente afeiçoada por ele.

– Certamente – respondeu Elinor, sem se dar conta do que disse.

Mas depois de um momento de reflexão ela acrescentou, com renovada segurança quanto à honra e ao amor de Edward, e à falsidade de sua companheira:

– Noiva do sr. Edward Ferrars! Confesso que estou tão completamente surpresa com o que a senhorita me conta que... Realmente, me perdoe; mas sem dúvida deve haver algum engano quanto à pessoa ou ao nome. Nós não podemos estar nos referindo ao mesmo sr. Ferrars.

– Não podemos estar nos referindo a nenhum outro – exclamou Lucy, sorrindo. – O sr. Edward Ferrars, filho mais velho da sra. Ferrars, de Park Street, e irmão da sua cunhada, a sra. John Dashwood, é o jovem a quem me refiro. A senhorita decerto admite que não sou suscetível de cometer um engano quanto ao nome do homem de quem a minha felicidade toda depende.

– É estranho – retrucou Elinor, com a mais dolorosa perplexidade – que eu jamais o tenha ouvido sequer mencionar o seu nome.

– Não; considerando a nossa situação, não foi estranho. Nosso primeiro cuidado foi manter o assunto em segredo. A senhorita não sabia nada sobre mim, ou sobre a minha família, e portanto não poderia surgir *ocasião* pra que alguma vez ele lhe mencionasse o meu nome. E como ele foi sempre particularmente temeroso que a irmã pudesse suspeitar de qualquer coisa, *isso* era motivo suficiente para não mencioná-lo.

Ela ficou em silêncio. A segurança de Elinor dissolveu-se; mas seu autocontrole não se dissolveu junto.

– Faz quatro anos que vocês são noivos – disse ela com voz firme.

– Sim. E só Deus sabe quanto tempo mais poderemos ter de esperar. Pobre Edward! Isso é um peso e tanto em seu coração!

Em seguida, tirando uma pequena miniatura do bolso, ela acrescentou:

– Pra evitar a possibilidade de um engano, faça-me a bondade de olhar este rosto. O retrato não lhe faz justiça, com toda certeza, mas mesmo assim creio que a senhorita não poderá se confundir quanto à pessoa pra quem foi desenhado. Eu tenho isso comigo faz três anos.

Ela o colocou nas mãos de Elinor enquanto falava. Quando Elinor viu a pintura, quaisquer outras dúvidas que pudesse nutrir em seu medo de uma decisão precipitada, ou em seu desejo de detectar falsidade, e que pudessem permanecer ainda em sua mente, ela já não poderia nutrir nenhuma de que se tratava do rosto de Edward. Ela o devolveu quase no mesmo instante, reconhecendo a semelhança.

– Eu nunca fui capaz – continuou Lucy – de dar a ele um retrato meu em troca, o que me deixa muito aborrecida, pois ele sempre se mostrou tão ansioso por tê-lo! Mas estou determinada em resolver esse problema na primeira oportunidade.

– A senhorita tem todo direito – Elinor respondeu calmamente.

Elas avançaram alguns passos, então, em silêncio. Lucy falou primeiro.

– Tenho certeza – disse ela –, não tenho a menor dúvida neste mundo que a senhorita vai manter fielmente este segredo, porque a senhorita deve ter noção da importância que isso tem pra nós, que isso não chegue aos ouvidos da mãe dele, pois ela jamais aprovaria, eu ouso dizer. Não terei nenhum dote, e eu imagino que ela seja uma mulher extremamente orgulhosa.

– Eu certamente não pedi sua confidência – disse Elinor –, mas a senhorita não me faz mais do que justiça quando imagina que pode confiar em mim. Seu segredo está seguro comigo. Mas me perdoe se eu expresso alguma surpresa diante de uma comunicação tão desnecessária. A senhorita deve ter pelo menos considerado que o meu conhecimento do assunto não o dotaria de maior segurança.

Enquanto disse isso ela olhou seriamente para Lucy, na esperança de descobrir algo em seu semblante, talvez a falsidade da maior parte do que dissera, mas o rosto de Lucy não passou por mudança nenhuma.

– Temi que a senhorita pudesse pensar que eu estava tomando uma liberdade muito grande – disse ela – em lhe contar tudo isso. Eu não conheço a senhorita faz muito tempo, com toda certeza, pelo menos pessoalmente, mas conheci a senhorita e a sua família toda por descrição, bastante tempo atrás. Assim que a vi, senti quase como se a senhorita fosse uma velha conhecida. Além disso, no presente caso, eu realmente pensei que alguma explicação seria devida depois que eu fiz essas investigações específicas sobre a mãe de Edward. E sou tão desafortunada que não conto com nenhuma criatura cujo conselho eu possa pedir. Anne é a única pessoa que sabe de tudo, e ela não tem absolutamente nenhum juízo; na verdade, ela me faz muito mais mal do que bem, porque fico em constante temor que ela termine por me trair. Anne não sabe segurar a língua, como a senhorita deve perceber, e tenho certeza que tive o maior susto deste mundo outro dia, quando Sir John mencionou o nome de Edward, com a possibilidade que ela expusesse tudo. A senhorita não pode imaginar o quanto eu repasso tudo na minha mente. Eu só me pergunto como é que ainda estou viva depois do que sofri por causa de Edward nestes últimos quatro anos. Todas as coisas sempre num estado de tanto suspense, tanta incerteza... E ver Edward tão raramente... Dificilmente podemos nos encontrarmos mais do que duas vezes por ano. Tenho certeza que me pergunto como é que o meu coração não estourou de vez.

Aqui ela tirou seu lenço, mas Elinor não se sentiu muito compassiva.

– Às vezes – continuou Lucy, depois de enxugar os olhos – eu penso se não seria melhor, para nós dois, encerrar a questão definitivamente.

Enquanto disse isso, olhou diretamente para sua companheira.

– Mas depois, em outros momentos, não tenho resolução suficiente pra tanto. Não consigo suportar o pensamento de fazê-lo tão infeliz como sei que faria com a simples menção de uma coisa dessas. E por minha conta também, tão querido como ele é para mim, não creio que eu teria condições. Que conselho me daria nesse caso, srta. Dashwood? Pessoalmente a senhorita faria o quê?

– Perdoe-me – retrucou Elinor, sobressaltada com a pergunta –, mas não posso lhe dar nenhum conselho, nessas circunstâncias. Seu próprio julgamento deve guiá-la.

– Com toda certeza – continuou Lucy, depois de alguns minutos de silêncio em ambos os lados –, a mãe dele deverá provê-lo mais cedo ou mais tarde; mas o pobre Edward está tão abatido com isso! A senhorita não considerou que ele parecia estar num estado de espírito terrível quando ficou em Barton? Ele se mostrava tão tristonho quando nos deixou em Longstaple pra lhes fazer uma visita, e fiquei com medo que vocês pensariam que ele estava bastante doente.

– Ele veio da casa do seu tio, então, quando nos visitou?

– Ah, sim; ele havia ficado duas semanas conosco. A senhorita pensava que ele veio diretamente da cidade?

– Não – retrucou Elinor, sentindo com muita intensidade todas as novas circunstâncias em favor da veracidade de Lucy. – Lembro que ele nos disse que havia ficado duas semanas com alguns amigos perto de Plymouth.

Ela recordou também sua própria surpresa naquela ocasião, quando Edward não mencionara nada mais acerca desses amigos, seu silêncio total a respeito até mesmo dos nomes.

– A senhorita não pensou que ele estava tristemente abatido? – repetiu Lucy.

– Nós pensamos, de fato, sobretudo no momento em que ele chegou.

– Pedi a Edward que fizesse um esforço, por medo que vocês pudessem suspeitar qual era o problema; mas ele ficou tão melancólico: não poder ficar mais de duas semanas conosco, e me ver tão afetada. Coitado! Receio que ocorra o mesmo com ele agora; pois ele escreve com desalento. Tive notícias dele um pouco antes de eu ter saído de Exeter – (tirando uma carta do bolso e mostrando, de modo descuidado, o endereço para Elinor). – A senhorita conhece a letra dele, ouso dizer, uma letra encantadora. Mas esta aqui não veio tão bem escrita como de costume. Edward estava cansado, ouso dizer, pois acabara de esgotar a folha pra mim, tão completamente quanto possível.

Elinor viu que *era* mesmo a letra dele, e não pôde mais duvidar. Aquele retrato, ela se permitira crer, poderia ter sido obtido acidentalmente; poderia não ter sido presente de Edward; mas uma correspondência entre eles por carta somente poderia subsistir sob um positivo envolvimento, não poderia ser autorizada por mais nada. Por alguns instantes Elinor quase se deixou vencer – seu coração quase parou em seu peito, e ela mal conseguiu se manter de pé; mas um esforço era indispensavelmente necessário; e ela combateu tão resolutamente a opressão de seus sentimentos que seu sucesso foi rápido e, naquela situação, completo.

– Escrever um ao outro – disse Lucy, colocando a carta de volta no bolso – é o único conforto que temos em separações longas assim. Sim, *eu* disponho de um outro conforto no retrato dele, mas o pobre Edward não tem nem mesmo *isso*. Ele diz que ficaria mais tranquilo se apenas pudesse ter o meu retrato. Eu lhe dei uma mecha do meu cabelo, fixada num anel, quando ele esteve em Longstaple pela última vez, e isso lhe proporcionou algum conforto, ele disse, mas não era comparável a um retrato. Talvez a senhorita tenha notado esse anel quando viu Edward.

– Eu notei – disse Elinor, com certa compostura na voz, sob a qual ocultava uma emoção e um sofrimento que ultrapassavam qualquer coisa que jamais sentira antes; ela estava mortificada, chocada, confusa.

Felizmente, para Elinor, elas já tinham chegado ao chalé, e a conversa não pôde ter continuidade. Depois de se sentar com elas por alguns minutos, as senhoritas Steele voltaram ao parque, e Elinor teve, então, liberdade para pensar e se sentir miserável.

# Capítulo 23

Por menor que ainda fosse a confiança de Elinor na veracidade de Lucy, era impossível para ela, numa reflexão séria, suspeitar de algo no caso presente, onde nenhuma tentação poderia ser responsável pela insensatez de inventar uma mentira em tal descrição. Daquilo que Lucy afirmara como sendo verdade, portanto, Elinor não podia, não ousava mais duvidar, apoiado como era de todos os lados, também, por tais probabilidades e provas, e contrariado por nada senão seus próprios desejos. A oportunidade de convivência na casa do sr. Pratt era um alicerce para o resto, ao mesmo tempo indiscutível e alarmante; e a visita de Edward perto de Plymouth, seu estado de espírito melancólico, sua insatisfação com suas próprias perspectivas, seu comportamento incerto com ela mesma, o íntimo conhecimento das senhoritas Steele sobre Norland e as conexões da família delas – o que muitas vezes a surpreendera –, o retrato, a carta, o anel, formavam um conjunto de evidências tão consistente que superavam todos os medos de condenar Edward injustamente, e estabeleciam como incontestável, algo que nenhuma parcialidade poderia deixar de lado, o tratamento ruim que recebera dele. O ressentimento de Elinor por causa desse comportamento, a indignação por ter sido seu joguete, durante um curto espaço de tempo a fizeram sentir-se mal somente por si mesma; mas logo surgiram outras ideias, outras considerações. Será que Edward a enganara intencionalmente? Será que fingira um interesse por ela que não sentia? Seu compromisso com Lucy por acaso era um compromisso do coração? Não; o que quer que uma vez pudesse ter sido, Elinor não podia crer que ainda o fosse no presente. O afeto dele era todo dela. Não podia estar enganada quanto a isso. Sua mãe, suas irmãs, Fanny, todas haviam tomado conhecimento do interesse de Edward por ela em Norland; isso não era uma ilusão de sua própria vaidade. Edward certamente se apaixonara por ela. Que alívio no coração, se deixar persuadir assim! O quanto não lhe sugeria uma tentação de perdoar! Ele era culpado, altamente culpado, por ter permanecido em Norland depois de sentir pela primeira vez a influência dela sobre si como sendo maior do que deveria ser. Nisso Edward não poderia ser defendido; mas se ele a tivesse magoado, tanto mais teria magoado a si mesmo; se o caso dela era lamentável, o dele não tinha nenhuma esperança. Sua imprudência deixou-a muito infeliz por um tempo, mas parecia tê-lo privado de todas as chances de que alguma vez viesse a ser algo que não infeliz. Ela poderia, com o tempo, recuperar sua tranquilidade; mas *ele*, o que tinha ele como perspectiva? Edward poderia em algum momento ser razoavelmente feliz com Lucy Steele? Poderia ele, estivesse seu afeto por ela mesma fora de questão, com sua integridade, sua suscetibilidade, sua inteligência elevada, ficar satisfeito com uma mulher como aquela, iletrada, maliciosa e egoísta?

O entusiasmo juvenil dos dezenove anos naturalmente o teria cegado para todas as outras coisas exceto sua beleza e afabilidade, mas os quatro anos seguintes – anos que, quando empregados de forma racional, proporcionam tamanho progresso no entendimento – teriam feito com que Edward abrisse os olhos aos defeitos de educação da garota, ao passo que o mesmo período de tempo, empregado por parte dela em companhias inferiores e outras atividades frívolas, talvez lhe tivesse roubado a simplicidade que no passado podia ter conferido um caráter interessante para sua beleza.

Se na suposição de que Edward quisesse casar com ela mesma suas dificuldades por causa da mãe pareceram grandes, quanto maiores não seriam decerto agora, quando a escolhida de seu noivado era sem dúvida inferior em conexões, e provavelmente inferior no dote em comparação com ela mesma? Essas dificuldades, de fato, com um coração tão alienado em relação a Lucy, poderiam não pressionar com muita severidade a paciência do noivo; mas a melancolia seria o fardo da pessoa por quem uma expectativa de oposição e crueldade da família podia ser sentida como alívio!

À medida que essas considerações lhe ocorriam em dolorosa sucessão, Elinor chorou por ele mais do que por si mesma. Apoiada pela convicção de não ter feito nada para merecer sua infelicidade atual, e consolada pela crença de que Edward não fizera nada para perder sua estima, pensou que conseguiria mesmo agora, sob o primeiro tormento do pesado golpe, controlar-se o suficiente para esconder por inteiro de sua mãe e suas irmãs a suspeita da verdade. E foi capaz de responder tão bem a suas próprias expectativas que, quando se juntou a elas no jantar apenas duas horas depois de ter sofrido a primeira extinção de todas as suas mais caras esperanças, ninguém teria deduzido, pelo aspecto das irmãs, que Elinor pranteava secretamente os obstáculos que a separariam para sempre do seu objeto de amor, e que Marianne se debruçava em seu íntimo sobre as perfeições de um homem por cujo coração ela se sentia completamente possuída, e a quem esperava ver em cada carruagem que passava perto da casa.

A necessidade de ocultar de sua mãe e de Marianne o que lhe fora revelado em confidência, mesmo que a obrigasse a um esforço incessante, não acarretou agravamento da perturbação de Elinor. Ao contrário: era um alívio, para ela, ser poupada de comunicar algo que causaria nelas aflição tremenda, e ficar a salvo, da mesma forma, de ouvir a condenação a Edward que provavelmente redundaria do excesso de parcial afeição que dedicavam a ela mesma, o que era mais do que ela se sentia capaz de suportar.

Do conselho delas, ou da conversa, Elinor sabia que não poderia ter recebido auxílio; a ternura e o pesar de ambas por certo aprofundariam seu sofrimento, enquanto que seu próprio autocontrole não receberia incentivo nem do exemplo e nem do louvor das duas. Ela era mais forte sozinha, e seu próprio bom-senso a sustentava tão bem que sua firmeza se mostrava inabalável na mesma medida em que sua simulação de alegria se mostrava invariável, tanto quanto era possível que se mostrassem no enfrentamento de desgostos tão pungentes e tão novos.

Pelo tanto que havia sofrido por causa de sua primeira conversa com Lucy acerca do tema, ela logo sentiu um desejo ardente de renová-la; e o sentiu por mais razões do que apenas uma. Queria ouvir de novo muitos pormenores sobre o envolvimento entre eles, queria entender mais claramente o que Lucy de fato sentia por Edward, se havia uma sinceridade em sua declaração de terno carinho por ele, e queria particularmente convencer Lucy, com sua presteza em ingressar naquele assunto outra vez, e com sua calma em conversar sobre ele, de que não estava interessada na questão de nenhuma forma senão como amiga, algo que, como muito temia, seu involuntário desassossego durante o colóquio da manhã deveria ter estabelecido como pelo menos duvidoso. Que Lucy tinha propensão para ter ciúmes dela parecia ser muito provável: estava claro que Edward sempre falara muito em seu louvor, e não meramente a partir das afirmações de Lucy, mas pelo fato de que esta tivesse se aventurado a lhe confiar, num conhecimento pessoal tão recente, um segredo tão confessada e evidentemente importante. E até mesmo a informação brincalhona de Sir John deve ter tido algum peso. Mas de fato, na medida em que Elinor sentia-se tão segura, em seu íntimo, de ser realmente amada por Edward, não era necessária outra consideração de probabilidades para que se tornasse natural que Lucy tivesse ciúme; e de que tinha ciúme mesmo, sua confiança era em si uma prova. Que outra razão poderia existir para divulgar o caso, a não ser a de que Elinor podia ser informada, assim, dos direitos superiores de Lucy por Edward, e aprendesse a evitá-lo no futuro? Ela teve pouca dificuldade em compreender, portanto, o cerne das intenções de sua rival; como decidira com firmeza que agiria guiada por todos os princípios de honra e honestidade para combater seu próprio afeto por Edward e vê-lo tão pouco quanto possível, não poderia se negar o conforto de tentar convencer Lucy de que seu coração não estava ferido. E como agora não poderia ter nada mais de doloroso para ouvir sobre o assunto que já não tivesse sido dito, Elinor não desconfiou de sua própria capacidade de aguentar com compostura uma repetição de pormenores.

Mas não foi de imediato que uma oportunidade de proceder assim pôde ser aproveitada, embora Lucy estivesse tão inclinada quanto ela mesma por tirar vantagem de qualquer uma que se apresentasse; pois o tempo muitas vezes não era bom o suficiente para permitir que se unissem numa caminhada na qual pudessem mais facilmente se separar dos outros; e embora se encontrassem pelo menos a cada duas noites no parque ou no chalé, e principalmente no primeiro, elas não podiam esperar se encontrar com o motivo de uma conversa. Tal pensamento jamais passaria nem pela cabeça de Sir John e nem pela de Lady Middleton; e portanto pouquíssimas ocasiões se ofereciam para um diálogo corriqueiro, e nenhuma para um colóquio particular. Elas encontravam-se com a finalidade de comer, beber e rir em grupo, e para jogar cartas, ou "consequências", ou qualquer outro jogo que fosse suficientemente barulhento.

Uma ou duas reuniões desse tipo haviam ocorrido sem proporcionar a Elinor qualquer chance de engajar Lucy numa conversação privada quando Sir John visitou o chalé certa manhã para pedir, em nome da caridade, que fossem todas jantar com Lady Middleton naquele dia, visto que ele era obrigado a comparecer ao clube em Exeter, e sua esposa de outra forma ficaria muito sozinha, exceto por sua mãe mais as duas senhoritas Steele. Elinor, que previu uma abertura mais razoável à meta que tinha em vista num encontro como este provavelmente seria, numa liberdade maior entre elas sob o comando tranquilo e bem-educado de Lady Middleton do que quando seu marido as unia num só propósito barulhento, aceitou o convite na mesma hora; Margaret, com a permissão de sua mãe, condescendeu igualmente, e Marianne, embora nunca tivesse vontade de participar de qualquer um desses encontros, foi convencida por sua mãe, que não podia suportar vê-la desligada de qualquer chance de diversão, a ir também.

As jovens damas partiram, e Lady Middleton foi felizmente preservada da terrível solidão que ameaçara seu dia.

A insipidez da reunião era exatamente aquela que Elinor esperava; não produziu uma única novidade de pensamento ou expressão, e nada poderia ser menos interessante do que as conversações tanto na sala de jantar quanto na sala de visitas. Nesta última elas foram acompanhadas pelas crianças; enquanto permaneceram ali, Elinor continuou convencida demais da impossibilidade de engajar as atenções de Lucy para que tentasse fazê-lo; elas saíram da sala somente após a remoção dos utensílios de chá. A mesa de carta foi então instalada, e Elinor começou a perguntar a si mesma como podia ter alguma vez acalentado a esperança de encontrar ocasião para uma conversa no parque. Todas se levantaram em preparação ao jogo de mesa redonda.

– Fico feliz – disse Lady Middleton para Lucy – por saber que a senhorita não irá terminar a cesta da pobre Annamaria esta noite, pois estou certa de que deve prejudicar os olhos fazer esse trabalho de filigrana sob uma luz de velas. E amanhã nós vamos dar à nossa queridinha uma compensação para seu desapontamento, e então espero que ela não vá mais fazer tanto caso.

Essa sugestão bastou; Lucy se recompôs de pronto e retrucou:

– Na verdade, a senhora está muito enganada, Lady Middleton; estou apenas esperando pra saber se a senhora pode formar seu grupo sem mim, de outro modo eu já estaria trabalhando na minha filigrana. Eu não decepcionaria o nosso anjinho por nada no mundo; e se a senhora me quiser na mesa de jogo agora, garanto que termino a cesta depois do jantar.

– A senhorita é muito boa, espero que não vá prejudicar os olhos... Poderia tocar a campainha para pedir algumas velas de trabalho? Minha pobre menininha ficaria tristemente decepcionada, eu sei, se amanhã sua cesta não estivesse concluída, porque, apesar de eu lhe ter dito que certamente não ficaria pronta, tenho certeza de que ela confia que ficará.

Lucy no mesmo instante puxou sua mesa de trabalho para junto de si, e sentou-se de novo com uma diligência e uma jovialidade que pareciam deixar claro que ela não conseguiria experimentar maior deleite do que o de confeccionar uma cesta de filigrana para uma criança mimada.

Lady Middleton propôs às demais uma partida de cassino. Ninguém fez objeção, a não ser Marianne, que exclamou, com sua típica desatenção às formas da civilidade geral:

– Sua senhoria será bondosa o bastante para me desculpar... É de seu conhecimento que eu detesto cartas. Vou me sentar ao pianoforte; não encostei nele desde que foi afinado.

E sem maior cerimônia ela se virou e caminhou até o instrumento.

Lady Middleton exibiu uma expressão de pasmo, como se agradecesse aos céus por *ela* jamais ter pronunciado uma fala tão rude.

– Marianne nunca consegue se manter longe daquele instrumento, como todos sabem, minha senhora – disse Elinor, esforçando-se para atenuar a ofensa –, e eu não me espanto muito com isso, porque se trata, absolutamente, do pianoforte mais bem afinado que já ouvi.

As cinco restantes foram agora tirar suas cartas.

– Talvez – continuou Elinor –, se puder ocorrer que eu me ausente, poderei ser de alguma utilidade à srta. Lucy Steele, enrolando seus papéis para ela; e há muito ainda para ser feito na cesta, de modo que deve ser impossível, eu creio, que ela trabalhe sozinha e consiga terminá-la nesta noite. Eu gostaria muitíssimo de auxiliar no trabalho, se ela me permitir uma participação.

– Sem dúvida, ficarei muito grata por ter ajuda – exclamou Lucy –, porque constato que há mais por ser feito nesta cesta do que pensei que havia; e seria uma coisa chocante decepcionar a querida Annamaria no fim das contas.

– Ah! Seria terrível, sem dúvida – disse a srta. Steele. – Doce alminha, como eu a amo!

– A senhorita é muito gentil – disse Lady Middleton para Elinor. – E como realmente gosta do trabalho, talvez fique satisfeita em não jogar até uma outra partida. Ou prefere tirar sua sorte agora?

Elinor alegremente se aproveitou da primeira dessas propostas, e assim, com um pouco da sabedoria social que Marianne jamais poderia se permitir praticar, conquistou seu próprio objetivo e agradou Lady Middleton ao mesmo tempo. Lucy abriu espaço para ela com pronto cuidado, e as duas belas rivais ficaram, dessa forma, sentadas lado a lado na mesma mesa, engajadas, com a maior harmonia, em fazer progredir o mesmo trabalho. O pianoforte no qual Marianne, mergulhada em sua própria música e seus próprios pensamentos, a essa altura esquecera que havia qualquer outra pessoa na sala que não ela mesma, estava situado felizmente tão perto delas que a srta. Dashwood julgou agora que poderia de forma segura, abrigada pelo ruído, introduzir o interessante assunto sem qualquer risco de que fosse ouvida na mesa de jogo.

# Capítulo 24

NUM TOM FIRME, PORÉM CAUTELOSO, Elinor começou assim:

– Eu não deveria ser merecedora da confiança com a qual a senhorita me honrou se não sentisse um desejo de continuidade, ou não tivesse nenhuma curiosidade adicional sobre o assunto. Não vou pedir desculpas, portanto, por trazê-lo novamente à tona.

– Obrigada – exclamou Lucy calorosamente – por quebrar o gelo; a senhorita tranquiliza o meu coração desse jeito, porque eu estava de certa maneira ou outra com medo de ter ofendido a senhorita com o que eu disse naquela segunda-feira.

– Ofendido!? Como pôde supor uma coisa dessas? Creia-me – (e Elinor falava com a mais verdadeira sinceridade) –, nada poderia estar mais longe da minha intenção do que lhe dar essa ideia. A senhorita poderia ter um motivo para sua confiança que não fosse honrado e lisonjeiro para mim?

– E no entanto eu lhe garanto – retrucou Lucy, seus olhinhos penetrantes cheios de significado –, parecia que tinha uma frieza e um descontentamento na sua reação que me deixou bastante desconfortável. Eu tive certeza que a senhorita estava com raiva de mim; e fiquei discutindo comigo mesma, desde então, por ter tomado essa liberdade de incomodá-la com os meus problemas. Mas estou muito contente por verificar que era somente a minha própria imaginação, e que a senhorita realmente não me considera culpada. Se soubesse o consolo que representou, pra mim, aliviar meu coração falando sobre aquilo em que fico sempre pensando a cada momento da minha vida, sua compaixão lhe faria esquecer qualquer outra coisa, tenho certeza.

– Não há dúvida, posso facilmente acreditar que foi um alívio muito grande revelar sua situação para mim e ter certeza de que nunca terá motivos para se arrepender. Seu caso é muito infeliz; a senhorita me parece estar cercada de dificuldades, e vai precisar de todo esse mútuo afeto para que possa enfrentá--las. O sr. Ferrars, creio eu, é totalmente dependente da mãe.

– Ele tem apenas 2 mil libras que lhe pertencem; seria um disparate se nos casássemos tendo apenas isso, embora, de minha parte, eu pudesse desistir de toda perspectiva por algo mais sem soltar sequer um suspiro. Sempre estive acostumada com uma renda muito pequena, e eu poderia enfrentar qualquer pobreza por ele; mas amo ele bem demais pra ser o entrave egoísta que lhe roubaria, talvez, tudo que sua mãe poderia lhe dar caso ele se casasse com fim de agradá-la. Precisamos esperar, pode ser que vamos esperar por muitos anos. Com praticamente qualquer outro homem neste mundo, isso seria uma perspectiva tenebrosa; mas nada pode me privar do afeto e da constância de Edward, eu sei disso.

– Essa convicção deve ser tudo para suas esperanças, e ele é sem dúvida confortado pela mesma confiança na sua. Se a força do apego recíproco entre vocês tivesse falhado, como ocorre entre muitas pessoas, e em muitas circunstâncias normalmente falharia durante um noivado de quatro anos, sua situação teria sido muito lamentável, de fato.

Lucy levantou os olhos; mas Elinor foi cautelosa em tirar de seu semblante qualquer expressão que pudesse obscurecer suas palavras com uma tendência suspeita.

– O amor de Edward por mim – disse Lucy – foi colocado à prova de maneira bem satisfatória pelo nosso afastamento por um tempo muito, muito longo desde o instante em que assumimos o noivado, e tem resistido ao teste tão bem que seria imperdoável, de minha parte, duvidar dele agora. Posso dizer com segurança que ele nunca me causou alarme, nesse aspecto, desde o primeiro momento.

Elinor mal soube se deveria sorrir ou suspirar diante de tal afirmação.

Lucy prosseguiu.

– Sou de um temperamento um tanto ciumento por natureza e, por causa das nossas situações diferentes na vida, pelo fato que ele tem muito mais importância no mundo do que eu, pela nossa contínua separação, eu seria propensa o bastante a suspeitar, a ter desvendado a verdade num instante caso aparecesse a menor alteração em seu comportamento comigo quando nos encontrávamos, ou qualquer abatimento de espírito que eu não pudesse explicar, ou se ele tivesse falado mais sobre uma dama do que sobre outra, ou parecesse, em qualquer aspecto, menos feliz em Longstaple do que costumava ser. Não quero dizer que eu sou particularmente observadora ou que eu tenho um olho vivo de modo geral, mas nesse caso tenho certeza que eu não poderia estar enganada.

"Tudo isso", pensou Elinor, "é muito bonito; mas não pode ser imposto a nenhuma de nós duas."

– Mas qual – disse ela, depois de um breve silêncio – é a sua perspectiva? Ou não tem nenhuma senão esperar a morte da sra. Ferrars, o que seria um meio extremo, melancólico e chocante? Será que o filho dela estará determinado a se submeter a isso, e ao tédio dos muitos anos de suspense que poderão envolvê-los, em vez de correr o risco de desagradar a mãe, por algum tempo, confessando a verdade?

– Se pudéssemos ter certeza que seria somente por algum tempo! Mas a sra. Ferrars é uma mulher muito teimosa e orgulhosa, e em seu primeiro ataque de raiva, ouvindo algo assim, muito provavelmente acabaria transferindo tudo pra Robert, e a ideia dessa possibilidade, pelo bem de Edward, elimina pavorosamente a minha inclinação por medidas precipitadas.

– E também pelo seu próprio bem, ou a senhorita estaria levando seu desinteresse mais além do que seria racional.

Lucy olhou para Elinor novamente, e ficou em silêncio.

– A senhorita conhece o sr. Robert Ferrars? – perguntou Elinor.

– De jeito nenhum, jamais o vi; mas imagino que ele seja muito diferente do irmão: bobo, e um grande janota.

– Um grande janota!? – repetiu a srta. Steele, cujos ouvidos captaram essas palavras devido a uma pausa repentina na música de Marianne. – Ah, elas estão falando de seus galantes favoritos, ouso dizer.

– Não, irmã – exclamou Lucy –, você está enganada quanto a isso, os nossos galantes favoritos *não* são grandes janotas.

– Eu posso responder, nesse ponto, que o galante da srta. Dashwood não é – disse a sra. Jennings, gargalhando com gosto. – Porque ele é um dos jovens cavalheiros mais modestos, mais bem-comportados que jamais vi; mas no que diz respeito a Lucy, ela é uma criaturinha tão ardilosa que não há como descobrirmos de quem *ela* gosta.

– Ah – exclamou a srta. Steele, se virando e olhando significativamente para elas –, ouso dizer que o galante de Lucy é tão modesto e bem-comportado quanto esse que pertence à srta. Dashwood.

Elinor enrubesceu a contragosto. Lucy mordeu o lábio e olhou com raiva para sua irmã. Um silêncio mútuo se manteve por algum tempo. Lucy foi quem primeiro pôs fim a tal silêncio, dizendo num tom mais baixo, embora Marianne estivesse lhes dando a poderosa proteção de um magnífico concerto:

– Eu vou lhe falar honestamente sobre um esquema que ultimamente não sai da minha cabeça, e que cria problemas que preciso suportar; na verdade, me vejo na obrigação de lhe permitir conhecer o segredo, pois a senhorita é parte interessada. Ouso dizer que a senhorita já conheceu o suficiente de Edward pra saber que ele iria preferir antes a igreja do que qualquer outra profissão. Pois bem; meu plano é que ele deveria ser ordenado assim que possível, e depois, através da sua interferência, da qual tenho certeza que a senhorita seria bondosa o bastante pra fazer uso, por amizade a Edward e, espero, alguma consideração por mim, seu irmão poderia ser persuadido a dar pra ele o benefício eclesiástico de Norland, e se trata, se não me engano, de um benefício muito bom, sendo que o atual beneficiado muito provavelmente não vai viver por bastante tempo. Isso seria suficiente pra que nos casássemos, e poderíamos confiar o resto ao tempo e ao destino.

– Eu sempre ficaria feliz – retrucou Elinor – em demonstrar qualquer sinal de minha estima e amizade pelo sr. Ferrars; mas a senhorita não percebe que a minha interferência, em tal ocasião, seria perfeitamente desnecessária? Ele é irmão da sra. John Dashwood... *Isso* deve ser recomendação suficiente ao marido dela.

– Mas a sra. John Dashwood não aprovaria que Edward fosse ordenado.

– Então prefiro suspeitar que a minha interferência contribuiria muito pouco.

Elas ficaram de novo em silêncio por vários minutos. Afinal Lucy exclamou, num suspiro profundo:

– Acredito que o modo mais sábio de pôr fim ao assunto, de uma vez por todas, seria dissolver o noivado. Nós parecemos estar tão assaltados por dificuldades de todos os lados que, embora isso fosse nos fazer infelizes por algum tempo, acabaríamos sendo mais felizes, quem sabe, no fim. Mas não vai me dar o seu conselho, srta. Dashwood?

– Não – respondeu Elinor, com um sorriso que ocultava sentimentos muito agitados –, sobre tal assunto eu certamente não darei conselho. A senhorita sabe muito bem que minha opinião não teria nenhum peso em seu ponto de vista, a menos que favorecesse seus desejos.

– A senhorita está de fato errada em me ver assim – retrucou Lucy com grande solenidade. – Não conheço ninguém cuja sabedoria eu considere em tão alta conta quanto considero a sua; e realmente acredito que, se a senhorita me dissesse "Eu lhe dou o conselho de pôr fim ao seu noivado com Edward Ferrars de qualquer maneira, será melhor pra que vocês dois sejam felizes", eu haveria de me decidir a fazer isso imediatamente.

Elinor enrubesceu pela insinceridade da futura esposa de Edward, e retrucou:

– Esse elogio acabaria por efetivamente me fazer evitar, assustada, emitir qualquer opinião que eu tivesse formado sobre o tema. Ele eleva muito alto a minha influência; o poder de separar duas pessoas tão ternamente unidas é demasiado para uma pessoa indiferente.

– É porque a senhorita é uma pessoa indiferente – disse Lucy, com certo melindre, e colocando ênfase especial nas palavras – que o seu julgamento poderia justamente ter esse peso pra mim. Se a senhorita pudesse ser supostamente tendenciosa em qualquer aspecto devido a seus próprios sentimentos, não me serviria de nada conhecer sua opinião.

Elinor pensou que seria mais sensato não dar a isso resposta nenhuma, para que não pudessem provocar uma na outra um aumento inadequado de desembaraço ou franqueza, e ficou até mesmo parcialmente determinada por nunca mais voltar a mencionar o assunto. Outra pausa sucedeu essa fala, portanto, com duração de muitos minutos, e Lucy foi ainda quem primeiro rompeu o silêncio.

– Por acaso estará na cidade neste inverno, srta. Dashwood? – perguntou ela, com sua costumeira complacência.

– Certamente que não.

– Eu sinto muito por isso – devolveu a outra, enquanto seus olhos brilhavam com a informação –, teria me dado tanto prazer encontrá-la por lá! Mas ouso dizer que a senhorita irá, apesar de tudo. Com toda certeza seu irmão e a sua irmã vão lhe pedir pra ir ao encontro deles.

– Não estará em meu poder aceitar o convite, se o fizerem.

– Que lástima! Eu confiava tanto que a encontraria lá. Anne e eu, no fim de janeiro, devemos ir ter com alguns parentes que querem que os visitemos faz vários anos! Mas irei somente com fim de ver Edward. Ele vai estar lá em fevereiro, caso contrário Londres não teria encantos pra mim; não tenho disposição de espírito para Londres.

Elinor foi logo chamada pela mesa de jogo com a conclusão da primeira partida, e a conversa confidencial das duas damas ficou, portanto, encerrada, algo a que ambas se submeteram sem qualquer relutância, pois nada fora dito, de ambos os lados, para fazer com que desgostassem menos uma da outra do que desgostavam antes; e Elinor sentou-se à mesa de jogo com a melancólica persuasão de que Edward não era somente desprovido de afeto pela pessoa que se tornaria sua esposa, como também não contava com a menor chance de ser razoavelmente feliz no casamento – algo que um afeto sincero por parte *dela* teria proporcionado, porque apenas o interesse pessoal poderia induzir uma mulher a manter um homem preso a um noivado quando ela parecia estar tão completamente ciente de que ele não o suportava mais.

Dali em diante o assunto nunca mais foi retomado por Elinor; quando introduzido por Lucy, que raramente perdia uma oportunidade de mencioná-lo, e que era particularmente cuidadosa em informar sua confidente sobre sua felicidade sempre que recebia uma carta de Edward, o tema era tratado pela primeira com calma e cautela, e dispensado assim que a civilidade permitisse; pois ela sentia que essas conversas representavam uma indulgência que Lucy não merecia, e que eram perigosas para si mesma.

A visita das senhoritas Steele em Barton Park se alongou muito além do que implicara o primeiro convite. Os favores a elas aumentaram; os anfitriões não podiam ficar sem elas; Sir John não queria nem mesmo ouvir que pudessem partir e, apesar de seus compromissos inúmeros e desde muito tempo firmados em Exeter, apesar da necessidade absoluta de voltar para cumpri-los imediatamente, que reaparecia em pleno vigor ao final de cada semana, elas foram convencidas a permanecer quase dois meses no parque, e a dar assistência na devida celebração do festival que exige um compartilhamento mais do que ordinário de bailes privados e grandes jantares para proclamar sua importância.

## Capítulo 25

Ainda que a sra. Jennings tivesse o hábito de passar uma grande parte do ano nas casas de suas filhas e seus amigos, ela não era desprovida de uma moradia própria estabelecida. Desde a morte de seu marido, que comerciara com sucesso em uma parte menos elegante da cidade, ela residira todos os invernos numa casa em uma das ruas próximas a Portman Square. Para esta casa ela começou, com o mês de janeiro se aproximando, a direcionar seus pensamentos, e para lá certo dia, de forma abrupta e muito inesperada para elas, convidou as senhoritas Dashwood mais velhas a viajarem com ela. Elinor, sem observar a transformada fisionomia de sua irmã e o olhar de animação que não denotava indiferença pelo plano, imediatamente afirmou por ambas uma recusa total mas agradecida, na qual acreditou ter expressado suas inclinações conjuntas. O motivo alegado foi a determinada resolução de ambas em não abandonar sua mãe naquela época do ano. A sra. Jennings recebeu a recusa com alguma surpresa, e repetiu o convite de pronto.

– Deus! Estou certa de que sua mãe pode ficar sem vocês muito bem, e eu *imploro* que me concedam o favor de sua companhia, porque o meu coração já está dependente disso. Não imaginem que serão alguma inconveniência para mim, pois não deixarei de fazer nada por causa de vocês. Só precisaremos enviar Betty pela diligência, espero que *isso* eu possa me permitir. Nós três seremos capazes de viajar muito bem no meu carro; e quando estivermos na cidade, se vocês não quiserem ir aonde quer que eu for, muito bem, vocês podem sempre acompanhar uma de minhas filhas. Tenho certeza de que sua mãe não vai se opor a isso; porque eu tive tanta sorte em soltar minhas próprias filhas das minhas mãos que ela vai me considerar uma pessoa muito adequada para ter a guarda de vocês; e se eu não conseguir ter pelo menos uma de vocês bem casada antes da nossa despedida, não será culpa minha.

Vou falar coisas boas das senhoritas para todos os jovens cavalheiros, podem contar com isso.

– Eu tenho uma certa ideia – disse Sir John – de que a srta. Marianne não faria oposição a esse esquema, caso sua irmã mais velha o aceitasse. É muito duro, mesmo, que ela não possa ter um pouco de prazer apenas porque a srta. Dashwood não o deseja. Então aconselho a vocês duas que tomem o rumo da cidade, quando ficarem cansadas de Barton, sem dizer à srta. Dashwood uma única palavra.

– Não – exclamou a sra. Jennings –, tenho certeza de que ficarei monstruosamente feliz com a companhia da srta. Marianne, ocorrendo ou não que a srta. Dashwood venha junto, porém quanto mais gente melhor, digo eu, e pensei que seria mais confortável para elas se fossem juntas, porque, caso se cansassem de mim, poderiam conversar uma com a outra, e rir de minhas velhas manias pelas minhas costas. Mas uma ou outra, se não as duas, eu preciso levar comigo. Deus me ajude! Como pensam que conseguirei viver me virando sozinha, eu que sempre estive acostumada, até este inverno, a ter Charlotte comigo. Vamos lá, srta. Marianne, apertemos as mãos nesse negócio, e se a srta. Dashwood acabar mudando de ideia com o passar do tempo, ora, tanto melhor.

– Eu lhe agradeço, minha senhora, sinceramente lhe agradeço – disse Marianne calorosamente –, seu convite assegurou minha gratidão para sempre, e me daria muita felicidade, sim, quase a maior felicidade que eu poderia ter, se eu fosse capaz de aceitá-lo. Mas minha mãe, minha querida e amável mãe... Eu sinto a justiça do argumento de Elinor, e se ela ficasse menos feliz, menos confortável com nossa ausência... Ah! Não, nada me faria deixá-la. Não deveria ser, não poderia ser um sacrifício.

A sra. Jennings repetiu sua garantia de que a sra. Dashwood poderia muito bem ficar sem elas, e Elinor, que agora entendeu sua irmã, e que percebeu o grau de indiferença por quase tudo mais ao qual ela era levada por sua ânsia de estar com Willoughby novamente, não fez nenhuma oposição adicional quanto ao plano, e apenas transferiu a decisão para sua mãe, de quem no entanto mal esperava receber qualquer apoio em seu esforço para impedir uma visita que ela não era capaz de aprovar por Marianne e que, por conta própria, tinha razões específicas para evitar. O que quer que Marianne desejasse, sua mãe faria questão de promover ansiosamente; ela não podia esperar influenciar nesta última uma cautela de conduta num caso a respeito do qual jamais tinha sido capaz de inspirá-la com desconfiança; e não se atreveu a explicar o motivo de sua própria relutância em ir a Londres. Que Marianne, exigente como era, completamente familiarizada com as maneiras da sra. Jennings e invariavelmente desgostosa com elas, pudesse negligenciar todos os inconvenientes desse tipo, pudesse desconsiderar o que mais feria seus sentimentos irritadiços em sua busca por um objetivo, era prova tamanha, tão forte, tão completa da importância desse objetivo para ela, que Elinor, apesar de tudo que acontecera, não estava preparada para testemunhá-la.

Ao ser informada do convite, a sra. Dashwood, convencida de que uma excursão como aquela seria fonte de muita diversão para suas duas filhas, e percebendo através de todas as atenções carinhosas com ela o quão desejoso estava o coração de Marianne, não quis ouvir que declinassem da oferta por *sua* conta; insistiu que ambas aceitassem-na imediatamente, e então começou a prever, com seu bom humor habitual, uma variedade de vantagens que resultaria para todas elas dessa separação.

– Estou encantada com o plano – exclamou ela –, isso é exatamente o que eu poderia desejar. Margaret e eu seremos beneficiadas por ele tanto quanto vocês mesmas. Quando vocês e os Middleton se forem, vamos ficar tão sossegadas e felizes juntas, com os nossos livros e as nossas músicas! Vocês vão encontrar Margaret tão melhor quando retornarem! Eu tenho um pequeno plano de alteração para os seus quartos também, e ele pode agora ser realizado sem qualquer inconveniente para ninguém. É mais do que certo que vocês *devem* viajar à cidade; eu faria com que todas as jovens na sua condição de vida se familiarizassem com os costumes e as diversões de Londres. Vocês estarão sob os cuidados de uma mulher boa como uma mãe, de cuja bondade com vocês eu não posso ter nenhuma dúvida. Além disso, com toda probabilidade, vocês vão ver seu irmão, e quaisquer que sejam os defeitos dele, ou os defeitos de sua esposa, quando considero de quem ele é filho, não consigo suportar tê-los tão completamente afastados uns dos outros.

– Ainda que com sua normal ânsia por nossa felicidade – disse Elinor – a senhora esteja eliminando todo e qualquer impedimento que lhe possa ocorrer quanto ao presente esquema, ainda resta uma objeção que, na minha opinião, não pode ser tão facilmente removida.

O semblante de Marianne se abateu.

– E a minha querida e prudente Elinor vai sugerir o quê? – perguntou a sra. Dashwood. – Que formidável obstáculo ela vai agora nos apresentar? Deixe-me ouvir uma palavra sobre o alcance do problema.

– Minha objeção é esta: embora eu pense as melhores coisas sobre o coração da sra. Jennings, ela não é uma mulher cuja companhia poderá nos proporcionar prazer, ou cuja proteção nos dará importância.

– Isso é muito verdadeiro – retrucou sua mãe –, mas a companhia dela, em separado das outras pessoas, vocês dificilmente terão de aguentar por mais do que alguns momentos, e vocês quase sempre vão aparecer em público com Lady Middleton.

– Se Elinor foge da viagem porque tem antipatia pela sra. Jennings – disse Marianne –, isso pelo menos não precisa impedir que *eu* aceite o convite. Não tenho tais escrúpulos, e estou certa de que poderia suportar todos os aborrecimentos desse tipo com muito pouco esforço.

Elinor não pôde deixar de sorrir com essa demonstração de indiferença pelas maneiras de uma pessoa em relação a quem ela sempre tivera dificuldade em persuadir Marianne de que devia se comportar com tolerável polidez; e resolveu em seu íntimo que, se sua irmã insistisse em ir, ela iria também, pois não considerava conveniente que Marianne fosse deixada na orientação exclusiva de seu próprio julgamento, ou que a sra. Jennings ficasse à mercê de Marianne em detrimento de todos os confortos de suas horas domésticas. Com essa determinação ela se reconciliou ainda mais facilmente ao lembrar que Edward Ferrars, de acordo com o relato de Lucy, não estaria na cidade antes de fevereiro, e que a visita delas, sem qualquer abreviação que fosse despropositada, poderia ser previamente encerrada.

– Eu farei com que *ambas* viajem – disse a sra. Dashwood. – Essas objeções não têm o menor sentido. Vocês terão muito prazer estando em Londres, e sobretudo estando juntas; e se Elinor alguma vez condescendesse em antecipar um prazer, ela o preveria com base numa variedade de fontes; ela esperaria, talvez, o prazer de aprofundar sua intimidade com a família de sua cunhada.

Elinor muitas vezes desejara uma oportunidade de tentar enfraquecer a confiança de sua mãe na ligação de Edward com ela, para que o choque pudesse ser menor quando a verdade toda fosse revelada, e agora, com esse ataque, embora quase sem esperança de obter sucesso, ela se forçou a começar seu desígnio dizendo, tão calmamente quanto pôde:

– Eu gosto muito de Edward Ferrars, e sempre ficarei feliz em vê-lo, mas quanto ao resto da família, é uma questão de perfeita indiferença para mim que eu seja conhecida por eles ou não.

A sra. Dashwood sorriu e não disse nada. Marianne levantou os olhos com espanto, e Elinor conjecturou que poderia muito bem ter segurado a língua.

Depois de pouquíssima conversa adicional, ficou finalmente decidido que o convite deveria ser totalmente aceito. A sra. Jennings recebeu a informação com uma grande efusão de alegria e muitas garantias de benevolência e cuidados; e tampouco foi uma questão de prazer apenas para ela. Sir John ficou encantado, porque, para um homem cuja preocupação dominante era o pavor de ficar sozinho, essa aquisição de duas pessoas ao número de habitantes em Londres era uma maravilha. Mesmo Lady Middleton se deu ao trabalho de ficar encantada, algo que praticamente jamais ocorria com ela; quanto às senhoritas Steele, e sobretudo Lucy, nunca tinham sido mais felizes em suas vidas do que quando tomaram conhecimento da novidade.

Elinor submeteu-se ao arranjo que contrariava seus desejos com menos relutância do que esperara sentir. Em relação a si mesma, agora era uma questão de indiferença que fosse à cidade ou não; quando viu sua mãe tão completamente satisfeita com o plano, e sua irmã empolgada no olhar, na voz e no modo de agir, tendo recuperado por completo seu ânimo habitual e tendo elevado em grande medida seu contentamento habitual, ela não pôde permanecer insatisfeita com a causa, e dificilmente se permitiria desconfiar da consequência.

O júbilo de Marianne pairava num grau que ia quase além da felicidade, tão fortes eram a perturbação do seu espírito e sua impaciência por partir. Sua relutância em abandonar a mãe era o único revigorante de sua calma; no momento da despedida, sua dor, nesse quesito, foi excessiva. A aflição de sua mãe dificilmente resultou menor, e Elinor foi a única das três que pareceu considerar a separação como algo que seria menos do que eterno.

A partida ocorreu na primeira semana de janeiro. Os Middleton as seguiriam dentro de mais ou menos uma semana. As senhoritas Steele mantiveram sua estadia no parque, e sairiam somente com o resto da família.

# Capítulo 26

Elinor não pôde se ver na carruagem com a sra. Jennings, e começar uma viagem para Londres sob sua proteção, como sua convidada, sem espantar-se com sua própria situação, tão pequena era sua familiaridade com essa senhora, de tal modo eram elas totalmente incompatíveis em idade e disposição, e tantas tinham sido suas próprias objeções contra tal medida somente alguns dias antes! Mas essas objeções, com aquele ardor feliz da juventude que Marianne e sua mãe igualmente compartilhavam, estavam todas superadas ou deixadas de lado; e Elinor, apesar de todas as dúvidas ocasionais sobre a constância de Willoughby, não podia testemunhar o arrebatamento de deliciosa expectativa que preenchia por inteiro a alma e radiava nos olhos de Marianne sem sentir como era vazia sua própria perspectiva, como era triste o estado de espírito dela mesma em comparação, e como de bom grado ela tomaria parte na solicitude da situação de Marianne para ter o mesmo objetivo animador em vista, a mesma possibilidade de esperança. Um espaço de tempo curto, muito curto, porém, deveria decidir agora quais eram as intenções de Willoughby; com toda probabilidade ele já estava na cidade. A sofreguidão de Marianne por partir declarava sua confiança de que o encontraria, e Elinor estava decidida não somente por apreender cada nova luz quanto ao caráter dele que sua própria observação ou as informações dos outros pudessem lhe fornecer, mas também por observar o comportamento dele com sua irmã num cuidado bastante zeloso, de modo que averiguasse quem ele era e o que queria antes que muitas reuniões ocorressem. Se o resultado de suas observações se mostrasse desfavorável, ela determinara que, sob todas as circunstâncias, abriria os olhos de sua irmã; se fosse de outro modo, seus esforços seriam de uma natureza diferente – ela deveria, então, aprender a evitar todas as comparações egoístas e banir todos os lamentos que pudessem diminuir sua satisfação pela felicidade de Marianne.

Elas viajaram por três dias, e o comportamento de Marianne, enquanto progrediam na jornada, foi uma feliz amostra da complacência e do companheirismo vindouros que se poderiam esperar nas atenções à sra. Jennings. Ela ficou sentada em silêncio durante quase o caminho todo, envolta em suas próprias meditações, e quase nunca falando voluntariamente, exceto quando algum objeto de pitoresca beleza, dentro do campo de visão das viajantes, arrancava dela uma exclamação de deleite dirigida exclusivamente para sua irmã. De modo a reparar essa conduta, portanto, Elinor tomou posse imediata do encargo de civilidade que atribuíra para si mesma, comportou-se com a maior consideração à sra. Jennings, conversou com ela, riu com ela e a ouviu sempre que pôde. A sra. Jennings, por sua vez, tratou ambas com todas as gentilezas possíveis, foi solícita em todas as ocasiões ao prazer e à facilidade delas, e só se perturbou pelo fato de que não conseguia fazer com que escolhessem seus próprios jantares na estalagem, nem extorquir uma confissão de que preferiam salmão a bacalhau, ou aves cozidas a costeletas de vitela. Elas chegaram à cidade às três da tarde no terceiro dia, felizes por serem libertadas, depois de uma viagem como aquela, do confinamento de uma carruagem, e prontas para desfrutar do luxo de um bom fogo.

A casa era bela, e belamente decorada, e as jovens damas foram sem demora colocadas em posse de um aposento muito confortável. Ele havia pertencido antes a Charlotte, e ainda pendia sobre a lareira uma paisagem em sedas coloridas de sua autoria, como prova de ela ter passado sete anos numa grandiosa escola na cidade com algum proveito.

Visto que o jantar não estaria pronto em menos de duas horas depois da chegada, Elinor decidiu empregar o intervalo escrevendo para sua mãe, e sentou-se com esse fim. Alguns momentos depois, Marianne fez o mesmo.

– Estou escrevendo para casa, Marianne – disse Elinor –, não seria melhor você adiar a sua carta por um dia ou dois?

– Eu *não* estou escrevendo para minha mãe – respondeu Marianne às pressas, como se quisesse evitar qualquer questionamento adicional.

Elinor não disse mais nada. Imediatamente ocorreu-lhe que ela deveria, então, estar escrevendo para Willoughby; e a conclusão que também de modo instantâneo se seguiu foi de que, por mais misteriosamente que eles pudessem desejar conduzir o caso, só podiam estar noivos. Essa convicção, embora não fosse totalmente satisfatória, lhe deu prazer, e ela continuou sua carta com maior entusiasmo. Marianne concluiu a sua em poucos minutos; em comprimento, não poderia ser maior do que um bilhete; a carta foi então dobrada, selada e endereçada com ávida rapidez. Elinor pensou que conseguira distinguir um grande W no endereço; no mesmo instante em que este terminou de ser escrito, Marianne, tocando a campainha, solicitou ao lacaio que veio atendê-la que levasse a carta, para ela, ao correio londrino. Isso solucionou a questão de uma vez por todas.

Seu espírito continuava muito animado; mas havia uma vibração, nele, que o impedia de proporcionar muito prazer para sua irmã, e tal agitação aumentou enquanto a noite avançava. Marianne mal pôde comer qualquer coisa no jantar, e depois, quando elas voltaram até a sala de visitas, pareceu ansiosamente querer ouvir o som de cada carruagem.

Foi uma grande satisfação para Elinor que a sra. Jennings, por estar muito atarefada em seu próprio quarto, pouco pudesse ver o que estava se passando. Os utensílios do chá foram trazidos, e Marianne já tinha se decepcionado mais de uma vez com batidas em portas vizinhas quando uma batida forte foi subitamente ouvida, não podendo ser confundida com a de qualquer outra casa, e Elinor teve certeza de que era o anúncio de que Willoughby se aproximava, e Marianne, levantando, dirigiu-se até a porta. Tudo era silêncio; aquilo não poderia ser suportado por muitos segundos; ela abriu a porta, avançou alguns passos em direção à escada e, depois de ficar ouvindo por meio minuto, voltou à sala com o grau de agitação que seria naturalmente produzido pela convicção de ter ouvido Willoughby; no êxtase de seus sentimentos, naquele instante, ela não pôde deixar de exclamar:

– Ah, Elinor, é Willoughby, sem dúvida, é sim!

E parecia estar quase pronta para lançar-se nos braços dele quando apareceu o coronel Brandon.

Foi um choque grande demais para que pudesse ser suportado com calma, e ela imediatamente saiu da sala. Elinor também ficou desapontada, mas, ao mesmo tempo, seu respeito pelo coronel Brandon assegurou boas-vindas de parte dela; e se sentiu particularmente magoada com o fato de que um homem tão enamorado de sua irmã devesse perceber que ela experimentava nada mais do que tristeza e decepção por vê-lo. Elinor imediatamente viu que aquilo não passara despercebido pelo coronel, que ele até mesmo observou Marianne, quando esta saiu da sala, com um espanto e uma inquietação tais que quase se esqueceu da civilidade requerida por ela mesma.

– Sua irmã está doente? – ele perguntou.

Elinor respondeu com certa angústia que ela estava, e então falou de dores de cabeça, de desânimo e de fortes fadigas; e de todas as coisas às quais pudesse decentemente atribuir o comportamento de sua irmã.

Ele a ouviu com a mais séria das atenções, mas depois, parecendo se recompor, não disse mais nada sobre o assunto, e começou no mesmo instante a falar de seu prazer por vê-las em Londres, fazendo as indagações de praxe sobre a viagem delas, e sobre os amigos que elas tinham deixado para trás.

Nesse calmo proceder, com muito pouco interesse dos dois lados, eles continuaram a conversar, ambos desanimados, e os pensamentos de ambos pairando em outros lugares. Elinor queria muito perguntar se Willoughby estava naquele momento na cidade, mas tinha medo de o fazer sofrer com qualquer investigação sobre seu rival, e por fim, apenas para dizer alguma coisa, perguntou se havia estado em Londres desde que ela o vira pela última vez.

– Sim – ele retrucou, com algum embaraço –, quase sempre desde então. Estive uma ou duas vezes em Delaford por alguns dias, mas nunca esteve ao meu alcance poder voltar para Barton.

Isso, e a maneira em que foi dito, imediatamente recuperou na lembrança de Elinor todas as circunstâncias da saída do coronel daquele lugar, com o desconforto e as suspeitas que tinham causado à sra. Jennings, e ela ficou com medo de que sua pergunta deixara implícita muito mais curiosidade sobre o assunto do que ela de fato tinha sentido.

A sra. Jennings logo entrou.

– Ah, coronel! – disse ela, com sua costumeira jovialidade ruidosa. – Estou monstruosamente contente por ver o senhor, desculpe eu não poder vir antes, peço perdão, mas tive de ver as coisas um pouco, e resolver os meus assuntos. Pois faz um longo tempo que não estou em casa, e o senhor sabe que nós temos sempre um mundo de coisinhas extravagantes para fazer depois que ficamos longe por algum tempo. E então tive de resolver pendências com Cartwright... Deus, eu tenho andado tão ocupada quanto uma abelha desde o jantar! Mas me diga, coronel, como foi que adivinhou que eu estaria na cidade hoje?

– Eu tive o prazer de saber disso na casa do sr. Palmer, onde estive jantando.

– Ah, o senhor fez bem; ora, e como estão todos eles naquela casa? Como vai Charlotte? Posso garantir que ela já ganhou um belo peso por esta altura.

– A sra. Palmer pareceu estar muito bem, e eu fiquei encarregado de afirmar aqui que amanhã a senhora certamente vai vê-la.

– Pois sim, com toda certeza, eu pensei que sim. Bem, coronel, eu trouxe duas jovens damas comigo, veja... Isto é, o senhor vê apenas uma delas agora, mas há uma outra em algum canto. Sua amiga, a srta. Marianne, também... Julgo que o senhor não lamenta saber. Não sei o que o senhor e o sr. Willoughby farão entre vocês quanto a ela. Pois sim, é uma coisa boa ser jovem e bonita. Bem! Eu fui jovem uma vez, mas nunca fui muito bonita... Tanto pior para mim. No entanto, consegui um marido muito bom, e não sei se uma beleza maior poderia fazer mais. Ah, pobre homem! Ele está morto há mais de oito anos. Mas coronel, por onde o senhor andou desde que nos separamos? E como é que vão os seus negócios? Vamos, vamos, não guardemos segredos entre amigos.

Ele respondeu com a suavidade habitual a todos os inquéritos da sra. Jennings, mas sem satisfazê-la jamais. Elinor começou então a fazer o chá, e Marianne teve obrigação de comparecer novamente.

Com a entrada dela, o coronel Brandon ficou mais pensativo e silencioso do que antes, e a sra. Jennings não o convenceu a permanecer muito tempo. Nenhum outro visitante apareceu naquela noite, e as damas foram unânimes na ideia de que se deitassem cedo.

Marianne se levantou na manhã seguinte com espírito renovado e aparência feliz. A decepção da noite anterior parecia ter sido esquecida na expectativa do que ocorreria naquele dia. Elas haviam terminado seu desjejum fazia não muito tempo quando a caleche da sra. Palmer parou na porta, e dentro de poucos minutos ela entrou rindo na sala, tão feliz ao vê-las que era difícil dizer se ela sentia mais prazer por encontrar novamente sua mãe ou as senhoritas Dashwood; tão surpresa com a vinda delas à cidade, embora fosse o que tanto aguardara o tempo todo; tão zangada que tivessem aceitado o convite de sua mãe depois de terem recusado o dela própria, e ao mesmo tempo ela jamais as teria perdoado se não tivessem vindo!

– O sr. Palmer vai ficar tão feliz por vê-las – disse ela. – O que pensam que ele disse quando ouviu falar de sua vinda com mamãe? Esqueci agora o que foi, mas foi algo tão engraçado!

Depois de uma hora ou duas empregadas naquilo que sua mãe chamava de conversa confortável ou, dizendo de outro modo, em todas as variedades de questionamento sobre todos os conhecidos por parte da sra. Jennings, e em risadas sem motivo por parte da sra. Palmer, foi proposto por esta última que todas deveriam acompanhá-la em algumas lojas onde ela tinha negócios por resolver naquela manhã, ao que a sra. Jennings e Elinor consentiram prontamente, por terem também algumas compras para fazer por sua vez; e Marianne, embora tivesse declinado num primeiro momento, foi induzida também a ir.

Onde quer que fossem ela ficava, evidentemente, sempre à espreita. Em Bond Street, especialmente, onde a maior parte dos negócios das damas se concentrava, os olhos de Marianne estiveram em constante investigação; e em qualquer loja onde o grupo se detivesse, sua mente ficava igualmente abstraída de qualquer coisa que estivesse de fato diante delas, de tudo que interessasse e ocupasse as outras. Inquieta e insatisfeita em todo lugar, sua irmã nunca conseguia obter sua opinião sobre qualquer artigo de compra, por mais que pudesse igualmente dizer respeito a ambas; ela não tinha prazer em nada, demonstrava somente impaciência por ir para casa novamente, e tinha dificuldade em governar seu aborrecimento com a tediosa sra. Palmer, cujo olhar era capturado por todas as coisas lindas, dispendiosas ou novas, que se mostrava louca para comprar tudo, não era capaz de optar por nada, e jogava fora seu tempo em indecisão e êxtase.

Foi somente no fim da manhã que elas voltaram para casa; tão logo entraram, Marianne, avidamente, subiu voando as escadas. Quando Elinor a seguiu, encontrou-a se voltando da mesa com um semblante triste, que declarava que nenhum Willoughby tinha estado ali.

– Nenhuma carta foi deixada para mim aqui desde que saímos? – ela perguntou ao lacaio que naquele momento entrava com os embrulhos.

Ela recebeu uma resposta negativa.

– Tem certeza disso? – retrucou. – Está certo de que nenhum criado, nenhum portador deixou qualquer carta ou bilhete?

O homem respondeu que ninguém aparecera.

– É tão estranho! – ela disse, numa voz baixa e desapontada, virando-se na direção da janela.

"Muito estranho, sem dúvida!", Elinor repetiu em seu íntimo, observando sua irmã com inquietação. "Se ela não soubesse que Willoughby estava na cidade, não teria escrito para ele como fez, teria escrito para Combe Magna; e se ele está na cidade, como é estranho que não apareça e nem escreva! Ah, minha querida mãe, a senhora só pode estar errada em permitir que um noivado entre uma filha tão jovem e um homem tão pouco conhecido seja levado adiante de uma maneira tão duvidosa, tão misteriosa! Anseio por investigar; e por saber como a *minha* interferência será tolerada."

Depois de alguma ponderação ela decidiu que, se por muitos dias mais as coisas continuassem exibindo um aspecto tão desagradável quanto exibiam agora, ela representaria do modo mais firme para sua mãe a necessidade de uma séria investigação do caso.

A sra. Palmer e duas senhoras idosas, conhecidas íntimas da sra. Jennings que ela encontrara e convidara naquela manhã, jantaram com elas. A primeira deixou-as logo depois do chá para cumprir seus compromissos noturnos, e Elinor teve de participar na composição de uma mesa de uíste com as outras. Marianne não tinha qualquer utilidade nessas ocasiões, visto que nunca demonstrava vontade de aprender o jogo; no entanto, embora seu tempo estivesse, assim, a seu próprio dispor, a noite não foi, de maneira nenhuma, mais garantidora de prazer para ela do que para Elinor, pois foi empregada na forte ansiedade da expectativa e na dor da decepção. Às vezes ela se empenhava por alguns minutos em ler, mas o livro era logo jogado de lado, e ela retomava o ato mais interessante de andar para lá e para cá pela sala, parando por um momento sempre que passasse diante da janela, na esperança de distinguir a batida na porta que havia tanto esperava.

# Capítulo 27

– Se este tempo aberto se mantiver – disse a sra. Jennings, quando elas se encontraram no desjejum na manhã seguinte –, Sir John não vai querer partir de Barton na próxima semana; é uma coisa triste, para os desportistas, perder um dia de prazer. Pobrezinhos! Eu sempre tenho piedade deles quando isso ocorre, eles parecem ficar tão pesarosos.

– É verdade – exclamou Marianne, com voz alegre, e caminhando até a janela enquanto falava, para examinar o dia. – Eu não tinha pensado *nisso*. Este tempo vai manter muitos desportistas no campo.

Era uma lembrança auspiciosa, e o seu ânimo foi completamente restaurado por ela.

– É um tempo encantador para *eles* de fato – ela continuou, sentando-se à mesa do desjejum com um semblante feliz. – Como eles devem se divertir! Mas – (com um certo retorno da ansiedade) – não se pode esperar que dure muito tempo. Nesta época do ano, e depois de tamanha série de chuvas, nós certamente teremos bem pouco tempo bom daqui por diante. Geadas vão em breve se abater, e severas, com toda probabilidade. Dentro de um ou dois dias, talvez; esta extrema amenidade dificilmente poderá durar mais tempo... Ou melhor, talvez tenhamos geada esta noite!

– De qualquer forma – disse Elinor, desejando impedir que a sra. Jennings enxergasse os pensamentos de sua irmã tão claramente quanto ela –, ouso dizer que teremos Sir John e Lady Middleton na cidade até o final da próxima semana.

– Pois sim, minha querida, eu lhe garanto que teremos. Mary sempre consegue o que quer.

"E agora", Elinor conjecturou silenciosamente, "ela vai escrever para Combe pelo serviço postal de hoje."

Mas se Marianne efetivamente o fez, a carta foi escrita e enviada com uma privacidade que iludiu sua máxima vigilância em verificar o fato. Qualquer que fosse a verdade nesse ponto, e longe como Elinor estava de sentir um completo contentamento a respeito, mesmo que visse Marianne num animado estado de espírito, ela mesma não conseguia ficar muito desconfortável. E Marianne estava de fato num animado estado de espírito, feliz com aquela amenidade do clima, e ainda mais feliz em sua expectativa de uma geada.

A manhã foi empregada principalmente em deixar cartões nas casas dos conhecidos da sra. Jennings, para informá-los de que ela se encontrava na cidade, e Marianne ficou o tempo todo ocupada em observar a direção do vento, vigiar as variações do céu e imaginar alguma alteração no ar.

– Você não concorda que está mais frio do que estava de manhã, Elinor? Me parece que há uma diferença muito marcada. Eu mal consigo manter minhas mãos quentes, mesmo no meu regalo. Não estava assim ontem, eu creio. As nuvens parecem estar partindo também, o sol vai aparecer num momento, e teremos uma tarde clara.

Elinor alternadamente se divertia e ficava pesarosa; mas Marianne perseverou, e viu todas as noites, no brilho do fogo, e todas as manhãs, no aspecto da atmosfera, certos sintomas de uma geada que se aproximava.

As senhoritas Dashwood não tinham maior razão para estar insatisfeitas com o estilo de vida da sra. Jennings e com seu grupo de conhecidos, não mais do que com o comportamento que ela lhes dedicava, que era invariavelmente bondoso. Tudo nos arranjos da casa era conduzido no mais generoso dos planos; com exceção de alguns velhos amigos da cidade, os quais, para o lamento de Lady Middleton, ela jamais abandonara, a sra. Jennings não visitava nenhuma pessoa cuja apresentação pudesse de alguma maneira descompor os sentimentos de suas jovens companheiras. Satisfeita por encontrar-se mais confortavelmente situada do que esperava nesse particular, Elinor estava bastante inclinada por se conformar com a falta de muita diversão verdadeira em qualquer uma das reuniões noturnas, as quais, fossem em casa ou fora dela, formadas apenas com o propósito de jogar cartas, pouco podiam oferecer para distraí-la.

O coronel Brandon, que tinha um convite permanente para vir à casa, estava com elas quase todos os dias; ele vinha com o fim de olhar para Marianne e falar com Elinor, que muitas vezes obtinha mais satisfação em conversar com ele do que em qualquer outra ocorrência diária, mas que ao mesmo tempo constatava, com muita inquietação, o continuado interesse que ele acalentava por sua irmã. Ela temia que se tratasse de um interesse cada vez mais forte. Era-lhe doloroso ver o fervor com o qual muitas vezes ele observava Marianne, e o estado de espírito do cavalheiro era certamente pior do que quando em Barton.

Cerca de uma semana depois da chegada das damas, ficou comprovado que Willoughby também chegara. Seu cartão estava sobre a mesa quando elas voltaram do passeio da manhã.

– Santo Deus! – exclamou Marianne. – Ele esteve aqui enquanto nós estávamos fora.

Elinor, regozijando-se por ter a certeza de que ele estava em Londres, então se aventurou a dizer:

– Confie nisso, ele vai nos visitar de novo amanhã.

Mas Marianne pareceu mal ouvi-la e, com a entrada da sra. Jennings, fugiu com o precioso cartão.

Esse acontecimento, que por um lado elevou o estado de espírito de Elinor, por outro restaurou no de sua irmã toda – e mais do que toda – a sua agitação anterior. Dali em diante, sua mente nunca parava quieta; a expectativa de vê-lo a cada hora do dia tornava Marianne imprestável para qualquer atividade. Ela insistiu em ser deixada para trás, na manhã seguinte, quando as outras saíram.

Os pensamentos de Elinor não se desviaram do que poderia estar se passando em Berkeley Street durante a ausência delas; mas um olhar rápido para sua irmã, quando elas voltaram, foi suficiente para informá-la de que Willoughby não fizera uma segunda visita. Um bilhete foi trazido naquele instante, e colocado sobre a mesa.

– Para mim!? – exclamou Marianne, avançando apressadamente.

– Não, senhora, para minha patroa.

Mas Marianne, não convencida, tomou o bilhete sem perda de tempo.

– É mesmo destinado à sra. Jennings; que exasperante!

– Você está esperando uma carta, então? – perguntou Elinor, incapaz de ficar em silêncio por mais tempo.

– Sim, um pouco... não muito.

Após uma breve pausa:

– Você não tem confiança em mim, Marianne.

– Ora, Elinor, essa afronta vindo de *você*... que não confia em ninguém!

– Eu!? – Elinor retrucou, com certa confusão. – De verdade, Marianne, não tenho nada para contar.

– Nem eu – Marianne respondeu, de modo enérgico. – Nossas situações, portanto, são iguais. Nenhuma de nós tem qualquer coisa para dizer; você, porque não se comunica, e eu, porque não estou escondendo nada.

Elinor, aflita com essa acusação de que agia com reserva, da qual não tinha condições de se desfazer, não soube como, em tais circunstâncias, pressionar Marianne por uma maior abertura.

A sra. Jennings logo apareceu; o bilhete lhe sendo repassado, ela o leu em voz alta. Era de Lady Middleton, anunciando a chegada deles em Conduit Street na noite anterior, e solicitando a companhia de sua mãe e suas primas na noite seguinte. Negócios por parte de Sir John e um resfriado violento por parte dela mesma impediam uma visita em Berkeley Street. O convite foi aceito; mas quando a hora do compromisso se aproximou, necessário como era – por simples civilidade com a sra. Jennings – que ambas devessem acompanhá-la em tal visita, Elinor teve alguma dificuldade em convencer sua irmã a ir, pois ela não tinha visto nenhum sinal de Willoughby ainda, e portanto não estava mais indisposta para uma diversão fora de casa do que temerosa de correr o risco de que ele as visitasse de novo em sua ausência.

Elinor descobriu, quando a noite acabou, que a disposição de uma pessoa não é substancialmente alterada por uma mudança de teto, porque, mesmo mal tendo chegado à cidade, Sir John havia cometido a façanha de coletar em torno dele cerca de vinte jovens, e de diverti-los com um baile. Isso era algo, no entanto, que Lady Middleton não aprovava. No campo, uma dança não premeditada era muito admissível; mas em Londres, onde a reputação de elegância era mais importante e menos facilmente alcançada, era por demais arriscado, para gratificar algumas poucas garotas, fazer com que todos soubessem que Lady Middleton havia dado uma pequena dança de oito ou nove casais, com dois violinos e uma mera refeição leve num aparador.

O sr. e a sra. Palmer fizeram parte do grupo; do primeiro, que elas ainda não haviam visto desde a chegada na cidade, já que ele tinha o cuidado de evitar passar a impressão de que desse qualquer atenção para sua sogra, e portanto nunca se aproximava dela, não receberam nenhum sinal de reconhecimento quando entraram. O sr. Palmer olhou para elas ligeiramente, sem parecer saber quem eram, e de onde estava, no outro lado da sala, ofereceu à sra. Jennings um mero aceno de cabeça. Marianne olhou em volta do aposento quando entrou; foi o suficiente – *ele* não estava lá. E ela sentou-se, igualmente sem vontade de receber ou comunicar prazer. Depois de já estarem reunidos por cerca de uma hora, o sr. Palmer se lançou na direção das senhoritas Dashwood para expressar sua surpresa por vê-las na cidade, muito embora o coronel Brandon tivesse sido informado da chegada das damas na casa dele, e ele próprio tivesse dito alguma coisa bastante engraçada quando soube que elas viriam.

– Eu pensei que estivessem ambas em Devonshire – disse ele.

– Pensou? – retrucou Elinor.

– Quando vocês voltam?

– Eu não sei.

E assim terminou a conversa entre eles.

Nunca em sua vida Marianne sentira tão pouca vontade de dançar quanto sentiu naquela noite, e nunca sentira tanta fadiga pelo exercício. Queixou-se disso enquanto elas retornavam para Berkeley Street.

– Pois sim, pois sim – disse a sra. Jennings –, conhecemos muito bem a razão de tudo isso; se uma determinada pessoa que ficará sem nome estivesse lá, a senhorita não teria ficado nem um pouco cansada. Para dizer a verdade, não foi muito bonito da parte dele não vir encontrá-la, uma vez que ele foi convidado.

– Convidado!? – exclamou Marianne.

– Foi o que me disse minha filha Middleton, pois parece que Sir John o encontrou em algum lugar na rua hoje de manhã.

Marianne não disse mais nada, mas pareceu estar extremamente magoada. Impaciente, em tal situação, por fazer algo que pudesse levar ao alívio de sua irmã, Elinor resolveu escrever na manhã seguinte para sua mãe, e esperou, despertando seus temores pela saúde de Marianne, conseguir obter aqueles inquéritos que haviam sido tão adiados; e ficou ainda mais ávida por tomar esta medida quando percebeu, após o desjejum no dia seguinte, que Marianne estava novamente escrevendo para Willoughby, pois não poderia supor que fosse para qualquer outra pessoa.

Por volta do meio-dia, a sra. Jennings saiu sozinha para tratar de seus negócios, e Elinor começou sua carta de imediato, enquanto Marianne, inquieta demais para se ocupar com algo, ansiosa demais para qualquer conversa, caminhava de uma janela para outra, ou sentava-se junto ao fogo em melancólica meditação. Elinor foi muito sincera em seu pedido para sua mãe, relatando tudo que se passara, suas suspeitas sobre a inconstância de Willoughby, instando-lhe, por todos os apelos do dever e do afeto, que exigisse de Marianne uma explicação de sua verdadeira situação em relação a ele.

Sua carta mal fora terminada quando uma batida na porta predisse um visitante, e o coronel Brandon foi anunciado. Marianne, que o vira da janela, e que detestou ter qualquer tipo de companhia, saiu da sala antes que ele entrasse. O coronel parecia mais grave do que de costume; apesar de manifestar satisfação por encontrar a srta. Dashwood sozinha, como se tivesse alguma coisa em particular para lhe contar, ficou sentado por certo tempo sem dizer uma única palavra. Elinor, convencida de que ele tinha alguma comunicação a fazer que envolvia sua irmã, esperou impacientemente que o coronel começasse a falar. Não era pela primeira vez que ela sentia esse mesmo tipo de convicção, pois em mais de uma ocasião anteriormente, começando com a observação de que "sua irmã parece não estar bem hoje", ou "sua irmã parece desanimada", ele dera impressão de estar a ponto de revelar ou inquirir algo em particular sobre ela. Depois de uma pausa de vários minutos, o silêncio entre os dois foi rompido, e o coronel lhe perguntou, com certa agitação na voz, quando é que deveria felicitá-la por ter adquirido um irmão. Elinor não estava preparada para uma pergunta como essa e, não dispondo de resposta pronta, teve de adotar o expediente simples e comum de perguntar o que ele quisera dizer. Ele tentou sorrir ao responder que "o envolvimento de sua irmã com o sr. Willoughby é muito conhecido por todos".

– Não pode ser conhecido por todos – retrucou Elinor –, pois a própria família dela não sabe disso.

Ele pareceu surpreso e disse:

– Peço perdão, receio que minha indagação foi impertinente; mas eu não supusera nenhum segredo intencional, uma vez que os dois se correspondem abertamente, e o casamento deles é comentado em todos os cantos.

– Como pode ser? De quem o senhor pode ter ouvido menção disso?

– De muitos... de alguns que a senhorita não sabe quem são, de outros com quem a senhorita tem grande intimidade, a sra. Jennings, a sra. Palmer, e os Middleton. Mas ainda assim eu poderia não ter acreditado... porque, quando a mente tem talvez pouca vontade de ser convencida, ela irá sempre encontrar alguma coisa para fortalecer suas dúvidas... se eu não tivesse, quando o criado me abriu a porta hoje, visto acidentalmente uma carta na mão dele, dirigida ao sr. Willoughby com a escrita de sua irmã. Eu vim indagar, mas fiquei convencido antes que pudesse fazer a pergunta. Está tudo finalmente decidido? Será impossível que... Mas não tenho esse direito, e eu não poderia ter chance de sucesso. Desculpe-me, srta. Dashwood. Creio ter agido errado em dizer tanto, mas mal sei o que fazer, e na sua prudência eu tenho a mais forte confiança. Diga-me que está tudo absolutamente resolvido, que qualquer tentativa, que a ocultação, em suma, se a ocultação for possível, é tudo que me resta.

Essas palavras, que transmitiram a Elinor uma confissão direta do amor dele por sua irmã, abalaram-na profundamente. Ela não foi capaz de dizer imediatamente qualquer coisa; mesmo quando sua serenidade foi recuperada, debateu consigo, por um curto tempo, sobre a resposta que seria mais adequada. O verdadeiro estado das coisas entre Willoughby e sua irmã era tão pouco conhecido por ela mesma que, no esforço por explicá-lo, ela poderia ser capaz de dizer tanto muito quanto pouco. No entanto, como estava convencida de que o afeto de Marianne por Willoughby não poderia dar nenhuma esperança de sucesso ao coronel Brandon, qualquer que fosse o resultado desse afeto, e ao mesmo tempo queria proteger sua conduta contra um tom de censura, pensou que seria mais amável e prudente, depois de certa consideração, dizer mais do que realmente sabia ou acreditava. Elinor reconheceu portanto que, apesar de nunca ter sido informada por eles sobre os termos em que haviam se comprometido um com o outro, de seu mútuo afeto não tinha dúvida, e que não ficava surpresa por saber de sua correspondência.

O coronel Brandon escutou-a com atenção silenciosa. Quando ela parou de falar, levantou-se no mesmo instante de seu assento e, depois de dizer com emoção na voz, "Para sua irmã eu desejo a maior felicidade que se possa imaginar; para Willoughby, que ele possa se esforçar por merecê-la", despediu-se, e foi embora.

Elinor não extraiu nenhum sentimento confortável dessa conversa para diminuir a inquietação de sua mente em outros pontos; reteve, pelo contrário, uma impressão melancólica da infelicidade do coronel Brandon, e foi até mesmo impedida de desejá-la removida, pois ansiava pelo próprio evento que a confirmaria.

# Capítulo 28

NÃO HOUVE NADA, DURANTE OS três ou quatro dias seguintes, que fizesse Elinor lamentar a medida que tomara, recorrendo à mãe; porque Willoughby não apareceu e tampouco escreveu. Elas estavam comprometidas, ao fim desse período, em acompanhar Lady Middleton numa reunião da qual a sra. Jennings absteve-se devido à indisposição de sua filha mais nova; e Marianne, totalmente desanimada, descuidada de sua fisionomia, parecendo do mesmo modo indiferente se fosse ou permanecesse, preparou-se para essa reunião sem qualquer olhar esperançoso ou expressão de prazer. Depois do chá, até a chegada de Lady Middleton, ela ficou sentada junto ao fogo na sala de visitas e sequer fez menção de levantar do assento ou alterar sua postura, perdida em seus próprios pensamentos, insensível à presença de sua irmã. Quando finalmente lhes foi dito que Lady Middleton as esperava na porta, sobressaltou-se como se tivesse esquecido que aguardavam alguém.

As damas chegaram no devido tempo ao local de destino; assim que a fileira de carruagens diante delas permitiu, desceram, subiram as escadas, ouviram seus nomes sendo anunciados de um ponto de espera para outro em voz audível, e entraram numa sala esplendidamente iluminada, repleta de pessoas, onde o calor era insuportável. Quando já tinham prestado seu tributo de polidez com delicadas mesuras à dona da casa, foram autorizadas a se misturar na multidão e a tomar parte no calor e no aperto, que sua chegada tornaria necessariamente mais acentuados. Depois de certo tempo despendido em falar pouco ou fazer menos ainda, Lady Middleton sentou-se para jogar cassino; como Marianne não dispunha de ânimo para se locomover, ela e Elinor tendo afortunadamente obtido cadeiras, as duas posicionaram-se a uma distância não muito grande da mesa.

Não tinham permanecido assim sentadas por longo tempo quando Elinor percebeu Willoughby, de pé a poucas jardas delas, em ardorosa conversação com uma jovem de aparência muito requintada. Ela logo foi vista pelo cavalheiro. Willoughby se curvou no mesmo instante, mas sem procurar falar com ela ou abordar Marianne, embora não pudesse deixar de vê-la; e depois prosseguiu seu colóquio com a mesma dama. Elinor se voltou involuntariamente para Marianne, querendo ver se aquilo poderia não estar sendo observado por ela. E nesse momento ela percebeu a presença de Willoughby. Com seu semblante incandescendo em súbito deleite, Marianne teria corrido até ele na mesma hora, não fosse sua irmã segurá-la.

– Deus do céu! – ela exclamou. – Lá está ele, lá está ele! Ah, por que será que ele não olha para mim? Não posso falar com ele?

– Por favor, por favor, se componha – exclamou Elinor –, não traia o que você sente para todas as pessoas presentes. Talvez ele não a tenha reparado ainda.

Isso, porém, era mais do que ela mesma poderia crer; e manter a compostura num momento como aquele não estava somente fora do alcance de Marianne, estava fora de suas intenções. Ela permaneceu sentada numa impaciente agonia que afetava todas as feições.

Por fim ele se voltou novamente, olhando as duas; ela se levantou e, ao mesmo tempo que pronunciava o nome dele num tom afetuoso, estendeu sua mão. Willoughby se aproximou e, dirigindo-se mais para Elinor do que para Marianne, como se quisesse evitar seu olhar, determinado a não observar sua postura, perguntou de modo apressado sobre a sra. Dashwood e quis saber por quanto tempo elas já estavam na cidade. Elinor perdeu completamente sua presença de espírito com tal abordagem, e não foi capaz de dizer sequer uma palavra. Mas os sentimentos de sua irmã se manifestaram imediatamente. Seu rosto ficou todo avermelhado, e ela exclamou, numa voz que revelava intensa emoção:

– Meu bom Deus! Willoughby, qual é o significado disso? Você não recebeu minhas cartas? Não vai apertar minha mão?

Willoughby não pôde se furtar a fazê-lo então, mas o toque de Marianne pareceu ser doloroso a ele; segurou a mão da dama por um momento apenas. Durante todo esse tempo ela ficou, evidentemente, lutando para manter a compostura. Elinor observou o semblante do rapaz, e viu sua expressão se tornando mais tranquila. Após um momento de pausa, ele falou com calma:

– Eu me concedi a honra de fazer uma visita em Berkeley Street na última terça-feira, e lamentei muitíssimo por não ter tido a sorte de encontrar as senhoritas e a sra. Jennings em casa. Meu cartão não foi perdido, eu espero.

– Mas você não recebeu meus bilhetes? – Marianne exclamou, na mais ardente ansiedade. – Existe aqui algum engano, eu tenho certeza, algum engano terrível. Qual pode ser o significado disso? Me diga, Willoughby; pelo amor de Deus, me diga, qual é o problema?

Ele não respondeu; a cor do seu rosto se transformou, e o embaraço lhe retornou com força. Porém, percebendo que era observado pela jovem dama com quem estivera conversando antes, sentiu a necessidade de empreender um esforço imediato. Recuperou a calma e, depois de dizer "Sim, eu tive o prazer de receber a informação de que haviam chegado na cidade, que a senhorita teve a bondade de me mandar", afastou-se às pressas com uma leve mesura e foi para junto de sua amiga.

Marianne, exibindo um rosto agora terrivelmente branco, e incapaz de permanecer em pé, desabou em sua cadeira, e Elinor, esperando a cada momento vê-la desmaiar, tentou escondê-la da observação dos outros enquanto a reavivava com água de lavanda.

– Vá ter com ele, Elinor – ela exclamou, assim que teve condições de falar –, e o force a vir até mim. Diga-lhe que preciso vê-lo de novo, preciso falar com ele imediatamente. Eu não posso descansar, não terei sequer um momento de paz até que tudo esteja explicado... Algum terrível equívoco ou algo assim. Por favor, vá ter com ele agora mesmo.

– E como isso pode ser feito? Não, minha querida Marianne, você precisa esperar. Este não é o lugar para explicações. Espere somente até amanhã.

Foi com dificuldade, no entanto, que Elinor conseguiu impedi-la de segui-lo. E persuadir Marianne a deixar passar sua agitação, a esperar, pelo menos, por uma compostura que fosse aparente, até que pudesse dirigir-se a Willoughby com mais efeito e mais privacidade, era impossível; pois ela continuou incessantemente a extravasar em voz baixa, com exclamações de desgraça, seus sentimentos miseráveis. Dentro de pouco tempo Elinor viu Willoughby sair da sala pela porta em direção à escada e, dizendo a Marianne que ele havia ido embora, insistiu na impossibilidade de falar com o jovem novamente naquela noite, encontrando nisso um novo argumento para que se acalmasse. Ela imediatamente pediu para sua irmã solicitar a Lady Middleton que as levasse para casa, visto que se sentia miserável demais para permanecer mais um minuto que fosse.

Lady Middleton, embora estivesse no meio de uma partida, mostrou-se polida o bastante ao ser informada de que Marianne não se sentia bem, e não objetou nem por um instante o desejo dela de partir; tendo repassado suas cartas a uma amiga, elas partiram assim que a carruagem pôde ser encontrada. Quase nenhuma palavra foi proferida durante o retorno a Berkeley Street. Marianne estava imersa em agonia silenciosa, oprimida demais até mesmo para derramar lágrimas; todavia, como a sra. Jennings por sorte ainda não regressara para casa, elas puderam seguir diretamente para seu próprio quarto, onde uma inalação de sais restaurou seu bem-estar em certa medida. Ela logo se despiu e deitou na cama; como parecia querer ficar sozinha, sua irmã então a deixou e, enquanto esperava pelo retorno da sra. Jennings, teve tempo suficiente para pensar sobre o que se passara.

De que alguma espécie de relação subsistira entre Willoughby e Marianne ela não podia duvidar, e que Willoughby se cansara de tal relação parecia estar igualmente claro; pois por mais que Marianne pudesse alimentar ainda seus próprios desejos, *ela* não conseguia relacionar tal comportamento a um engano ou mal-entendido de qualquer tipo. Nada senão uma profunda mudança de sentimento serviria como explicação.

Sua indignação teria sido ainda mais forte do que era se ela não tivesse presenciado aquele constrangimento que parecia revelar nele uma consciência de sua própria má conduta, e que a impedia de acreditar que o rapaz fosse tão inescrupuloso a ponto de brincar com as afeições de Marianne desde o primeiro momento, sem nenhum desígnio que admitisse investigação. O afastamento poderia ter enfraquecido seu interesse, e a conveniência poderia tê-lo decidido a superá-lo, mas ela não conseguia duvidar de que tal interesse existira previamente.

Quanto a Marianne, sobre as dores que um encontro tão infeliz já deveria lhe ter infligido, e sobre aquelas ainda mais severas que poderiam aguardá-la em sua provável consequência, ela não foi capaz de refletir sem o mais profundo desassossego. Sua própria situação era melhor em comparação; pois ela podia *estimar* Edward tanto quanto sempre, por mais que vivessem separados no futuro, e sua mente estaria sempre consolada. Mas todas as circunstâncias que podiam amargar um mal como esse pareciam estar se unindo para intensificar a miséria de Marianne numa separação definitiva de Willoughby – numa ruptura imediata e irreconciliável com ele.

## Capítulo 29

Antes que a criada doméstica tivesse acendido a lareira no dia seguinte, ou que o sol ganhasse qualquer predominância sobre aquela manhã gelada e sombria de janeiro, Marianne, meio vestida somente, já se ajoelhara sobre um dos assentos de janela em busca de todos os pequenos raios de luz que pudesse obter a partir dali, escrevendo tão depressa quanto um fluxo contínuo de lágrimas lhe permitia. Nessa posição, despertada do sono pelos soluços e movimentos agitados da irmã, Elinor primeiro a percebeu; e depois de a contemplar por alguns momentos com ansiedade silenciosa ela disse, num tom da mais atenciosa gentileza:

– Marianne, posso perguntar...?

– Não, Elinor – ela respondeu. – Não pergunte nada; em breve você vai saber de tudo.

A espécie de calma desesperada com que foi dito isso não durou mais do que o tempo que ela levou falando, e foi sucedida imediatamente por um retorno da mesma aflição excessiva. Passaram-se alguns minutos antes que Marianne pudesse prosseguir com sua carta, e as frequentes irrupções de dor que ainda obrigavam-na de quando em quando a deter sua pena eram suficientes provas de que sentia o quanto era mais do que provável que estava escrevendo para Willoughby pela última vez.

Elinor lhe devotou as mais silenciosas e discretas atenções de que foi capaz; e teria tentado acalmá-la e consolá-la mais ainda, não tivesse Marianne lhe suplicado, com uma sofreguidão da mais nervosa irritabilidade, que não falasse com ela por nada no mundo. Em tais circunstâncias, era melhor para ambas que não permanecessem muito tempo juntas; e o estado inquieto da mente de Marianne não apenas a impediu de ficar no quarto por um só momento depois de ter se vestido como também, exigindo ao mesmo tempo solidão e contínua mudança de lugar, a fez perambular até a hora do desjejum por diferentes pontos da casa, evitando a visão de todos.

No desjejum, ela não comeu e tampouco tentou comer qualquer coisa; e as atenções de Elinor foram empregadas todas, então, não no sentido de pressionar a irmã, não em ter pena dela e tampouco em parecer observá-la, e sim no esforço de direcionar os cuidados da sra. Jennings totalmente para si mesma.

Como aquela era uma refeição favorita da sra. Jennings, o desjejum perdurou por um tempo considerável, e elas começavam a se acomodar, depois, em volta da mesa de trabalho comum, quando foi entregue para Marianne uma carta que ela pegou avidamente das mãos do criado; assumindo uma palidez de morte, ela correu de pronto para fora da sala. Elinor, que viu com clareza, tanto quanto se tivesse visto quem a remetera, que a carta só podia vir de Willoughby, sentiu imediatamente um tal desfalecimento no coração que mal foi capaz de manter a cabeça erguida, e sofreu tamanho tremor no corpo inteiro que chegou a temer que seria impossível escapar à percepção da sra. Jennings. Essa boa senhora, porém, viu apenas que Marianne recebera uma carta de Willoughby, fato que lhe pareceu ser um ótimo gracejo e que tratou de acordo, desejando, com uma risada, que o conteúdo pudesse agradar a jovem. Quanto à perturbação de Elinor, estava ocupada demais em medir comprimentos de lã penteada para sua manta de viagem para que percebesse qualquer indício; e continuando sua conversa com calma, assim que Marianne desapareceu ela disse:

– Dou minha palavra, eu nunca vi uma jovem tão desesperadamente apaixonada na minha vida! *Minhas* meninas não eram nada perto dela, e no entanto costumavam ser tolas o bastante; mas quanto à srta. Marianne, ela é uma criatura um tanto alterada. Desejo, do fundo do meu coração, que ele não a mantenha esperando por muito mais tempo, pois é muito doloroso vê-la parecer tão desamparada e doente. Me diga, quando eles deverão se casar?

Elinor, apesar de nunca ter sentido menos disposição para falar do que naquele momento, obrigou-se a responder a um ataque como esse; portanto, tentando sorrir, retrucou:

– E a senhora realmente convenceu-se de que minha irmã estava noiva do sr. Willoughby? Eu pensei que tinha sido apenas um gracejo, mas uma pergunta tão séria parece implicar mais; e preciso pedir, portanto, que a senhora não se engane por mais tempo. Asseguro-lhe que nada me surpreende mais do que ouvir que os dois vão se casar.

– Que vergonha, que vergonha, srta. Dashwood! Como pode falar assim? Por acaso não sabemos muito bem que os dois formam um par perfeito, que ficaram perdidamente apaixonados desde o primeiro momento em que se conheceram? Por acaso eu não os vi juntos em Devonshire todos os dias, e o dia inteiro? E por acaso eu não sabia que sua irmã veio à cidade comigo de propósito para comprar roupas de casamento? Ora, ora, isso não vai me convencer. Porque a senhorita mesma é tão furtiva nessa questão, considera que ninguém mais tem qualquer perspicácia; mas não é bem assim, eu posso lhe dizer, pois tudo é do conhecimento de toda esta cidade já faz um bom tempo. Eu falo com todo mundo a respeito, e Charlotte faz o mesmo.

– Sem dúvida, minha senhora – disse Elinor, muito seriamente –, isso é um equívoco. A senhora está sem dúvida fazendo uma coisa muito indelicada divulgando essa informação, e vai acabar constatando que fez mesmo, embora não queira crer em mim agora.

A sra. Jennings riu novamente, mas Elinor não teve forças para dizer algo mais e, ansiosa por saber o que Willoughby escrevera custasse o que custasse, correu ao quarto delas, onde, abrindo a porta, viu Marianne estirada na cama, quase sufocada pela dor, uma carta na mão e duas ou três outras jogadas a seu lado. Elinor se aproximou, mas sem dizer uma única palavra; sentando-se na cama, pegou a mão dela, beijou-a carinhosamente várias vezes, e depois cedeu a um jorro de lágrimas que, no início, foi pouco menos violento que o de Marianne. Esta última, embora incapaz de falar, pareceu sentir por completo a ternura desse comportamento e, após algum tempo assim passado em aflição comum, colocou todas as cartas nas mãos de Elinor; em seguida, cobrindo seu rosto com um lenço, quase gritou de agonia. Elinor, sabendo que tal desespero, por mais chocante que fosse testemunhá-lo, precisava ser extravasado, vigiou a irmã até que o excesso de sofrimento se consumisse em certo grau, e então, voltando-se avidamente à carta de Willoughby, leu o que segue:

Bond Street, janeiro.

Minha cara senhora,

Acabei de ter a honra de receber sua carta, pela qual peço para retribuir meus sinceros agradecimentos. Fico muito preocupado por saber que houve alguma coisa, em meu comportamento na noite passada, que não mereceu aprovação sua; e muito embora eu esteja completamente intrigado por querer descobrir em que ponto pude ser tão infeliz de modo a ofendê-la, peço seu perdão para uma circunstância que, eu posso lhe assegurar, foi perfeitamente impremeditada. Nunca refletirei sobre o conhecimento que travei com sua família em Devonshire sem o mais grato prazer, e sem lisonjear-me de que não será rompido por qualquer mal-entendido ou equívoco de minhas ações. Minha estima por sua família toda é muito sincera; mas se fui tão desafortunado a ponto de dar a entender uma crença em algo mais do que eu sentia ou pretendi expressar, devo censurar-me por não ter sido mais cauteloso nas minhas profissões de tal estima. Que eu alguma vez tivesse intenção maior a senhora vai reconhecer que é impossível quando entender que minhas afeições estão há muito tempo empenhadas em outro lugar, e não se passarão muitas semanas, acredito, antes que esse compromisso seja consumado. É com grande pesar que acato suas exigências de devolução das cartas com as quais fui honrado pela senhora, e da mecha de cabelo que tão gentilmente concedeu a mim.

Eu sou, cara senhora,<br>
Seu mais obediente<br>
humilde servo,<br>
*John Willoughby.*

Pode ser imaginado com quanta indignação uma carta como essa deve ter sido lida pela srta. Dashwood. Embora ciente, antes de começar a ler, de que a carta devia trazer uma confissão da inconstância do jovem, e confirmar a separação dos dois para sempre, ela não estava ciente de que uma linguagem assim poderia toleravelmente anunciá-lo; nem poderia ter imaginado que Willoughby fosse capaz de se afastar tanto da demonstração de todos os sentimentos honrosos e delicados – de se afastar tanto do decoro comum de um cavalheiro, a ponto de enviar uma carta tão despudoradamente cruel; uma carta que, em vez de trazer com seu desejo de uma libertação quaisquer profissões de arrependimento, não reconhecia nenhuma violação de confiança, negava todo e qualquer carinho peculiar – uma carta na qual cada linha era um insulto, e que proclamava seu autor como um homem afundado numa vilania endurecida.

Ela tirou os olhos da carta por algum tempo, com assombro indignado; então a releu uma e outra vez; mas cada leitura só serviu para tornar maior sua repulsa pelo homem; tão amargos eram os seus sentimentos contra Willoughby que ela não ousava confiar em si mesma o bastante para falar, temendo que pudesse ferir Marianne ainda mais profundamente se tratasse o rompimento não como uma perda para ela de qualquer ventura possível, mas como um salvamento do pior e mais irremediável de todos os males, uma conexão pela vida toda com um homem sem princípios, como a mais verdadeira libertação, a mais importante bênção.

Em suas sérias meditações sobre o conteúdo da carta, sobre a depravação da mente que poderia ditá-lo e, provavelmente, sobre a mente muito diferente de uma pessoa muito diferente, que não tinha qualquer outra conexão com o caso além daquilo que seu coração dera para ele com tudo que se passou, Elinor esqueceu o sofrimento imediato de sua irmã, esqueceu que tinha três cartas em seu colo ainda não lidas, e tão inteiramente esqueceu por quanto tempo permanecera no quarto que, ouvindo uma carruagem se aproximar da porta, foi até a janela para ver quem poderia estar chegando tão exageradamente cedo, e ficou surpresa por perceber o carro da sra.

Jennings, o qual sabia que não tinha sido solicitado para estar disponível antes da uma hora. Determinada em não abandonar Marianne, embora sem esperança de contribuir na presente situação com seu bem-estar, ela saiu correndo para se escusar de acompanhar a sra. Jennings, por conta da indisposição de sua irmã. A sra. Jennings, com uma preocupação completamente bem-humorada pela causa da indisposição, aceitou a desculpa muito prontamente, e Elinor, depois de vê-la partir com segurança, retornou para Marianne, a qual encontrou tentando levantar-se da cama, e a qual alcançou bem em tempo de evitar que caísse no chão, fraca e tonta devido a uma longa privação de descanso e alimento adequados; pois fazia muitos dias desde que ela tivera qualquer apetite, e muitas noites desde a última vez em que de fato dormira; e agora, quando sua mente já não era mais mantida pela febre do suspense, a consequência de tudo isso foi sentida numa cabeça que doía, num estômago enfraquecido, e numa fraqueza nervosa generalizada. Uma taça de vinho que Elinor ofereceu-lhe logo em seguida deixou-a mais confortável, e ela foi afinal capaz de expressar algum sentimento de sua bondade, dizendo:

– Pobre Elinor! Quão infeliz eu a faço!

– Eu desejaria somente – retrucou sua irmã – que houvesse qualquer coisa que eu *pudesse* fazer que representasse um conforto para você.

Isso, como qualquer outro comentário teria sido, foi demais para Marianne, que só conseguiu exclamar, com seu coração angustiado, "Ah, Elinor, estou muito miserável, sem dúvida!", antes que sua voz fosse totalmente perdida em soluços.

Elinor não conseguiu testemunhar por mais tempo em silêncio essa torrente de sofrimento que não encontrava resistência.

– Faça um esforço, querida Marianne – ela exclamou –, se não quiser se matar e matar todos que amam você. Pense na sua mãe; pense na miséria dela enquanto *você* sofre. Por causa dela você precisa fazer um esforço.

– Não consigo, não consigo – exclamou Marianne –, me deixe, me deixe, se eu aflijo você; me deixe, me odeie, me esqueça! Mas não me torture assim. Ah, como é fácil, aos que não têm uma tristeza para si, falar em esforço! Feliz, feliz Elinor, *você* não pode ter ideia do quanto eu sofro.

– Você me considera feliz, Marianne? Ah, se você soubesse! E consegue acreditar que eu seja feliz, enquanto a vejo tão arrasada!?

– Me perdoe, me perdoe – (jogando seus braços em torno do pescoço da irmã). – Eu sei que você fica triste por mim; conheço esse coração que você tem; no entanto você é... você precisa ser feliz. Edward ama você... O que pode, o que pode desfazer uma felicidade como essa?

– Muitas, muitas circunstâncias – disse Elinor, de modo solene.

– Não, não, não – exclamou Marianne freneticamente –, ele ama você, e somente você. Você *não pode* ter nenhum motivo de tristeza.

– Eu não posso ter nenhum prazer enquanto vejo você nesse estado.

– E você nunca me verá de outra forma. A minha miséria é algo que nada pode desfazer.

– Você não deve falar assim, Marianne. Você não tem confortos? Não tem amigos? Por acaso sua perda é tão grande que não deixa qualquer abertura para consolação? Por mais que agora você sofra, pense no que teria sofrido se a descoberta sobre o caráter dele tivesse sido adiada para um momento posterior... se o noivado entre vocês fosse levado adiante ao longo de meses e meses, como bem poderia ter ocorrido, antes que ele decidisse pôr fim a tudo. Todos os dias adicionais de confiança infeliz, para você, teriam tornado esse golpe ainda mais terrível.

– Noivado!? – exclamou Marianne. – Não houve noivado nenhum.

– Noivado nenhum!?

– Não, Willoughby não é tão indigno quanto você crê que ele seja. Não rompeu nenhum compromisso comigo.

– Mas ele lhe falou que amava você.

– Sim... não... nunca efetivamente. Isso ficava implícito todos os dias, mas nunca foi declarado abertamente. Às vezes eu pensava que tinha sido de fato declarado, mas nunca foi.

– E mesmo assim você escreveu para ele?

– Sim... E depois de tudo que acontecera, poderia existir nisso algo de errado? Mas não consigo falar.

Elinor não disse mais nada e, voltando-se novamente às três cartas que agora suscitavam uma curiosidade muito mais forte do que antes, imediatamente correu os olhos pelo conteúdo de todas. A primeira, a carta que sua irmã mandara para Willoughby quando elas chegaram à cidade, dizia o seguinte:

> Berkeley Street, janeiro.
>
> Você vai ficar tão surpreso, Willoughby, ao receber esta carta; e creio que vai sentir algo mais do que surpresa, quando souber que estou na cidade. Uma oportunidade de vir para cá, embora em companhia da sra. Jennings, foi uma tentação à qual não pudemos resistir. Espero que você possa receber esta mensagem em tempo para vir aqui hoje à noite, mas não vou contar com isso. De qualquer forma, aguardarei amanhã sua vinda. Por enquanto, adieu.
>
> *M.D.*

Seu segundo bilhete, escrito na manhã depois da dança na casa dos Middleton, continha estas palavras:

> Não posso expressar minha decepção em por pouco não o ter visto anteontem, tampouco meu espanto por não ter recebido qualquer resposta para um bilhete que lhe mandei há mais de uma semana. Fiquei esperando receber notícias suas, e mais ainda, encontrar você, a cada hora do dia. Por favor nos visite novamente o mais depressa possível, e explique a razão de eu ter esperado em vão. Seria melhor chegar mais cedo na próxima ocasião, porque nós geralmente saímos à uma hora. Estivemos ontem à noite na casa de Lady Middleton, onde houve uma dança. Me disseram que você foi convidado a fazer parte do grupo. Mas ocorreu o convite de fato? Você deve estar de fato muito mudado desde que nos separamos, se o caso foi esse mesmo e você não apareceu. Mas não vou

supor que isso seja possível, e espero que muito em breve eu possa receber sua garantia pessoal de que não é assim.

*M.D.*

O conteúdo de seu último bilhete para ele era este:

O que devo imaginar, Willoughby, a partir de seu comportamento na noite passada? Mais uma vez, exijo uma explicação sobre isso. Eu estava preparada para encontrá-lo com o prazer que a nossa separação naturalmente produziu, com a familiaridade que a nossa intimidade em Barton me pareceu justificar. Fui repelida, de fato! Passei uma noite horrível na tentativa de desculpar uma conduta que dificilmente pode ser chamada de menos que um insulto; mas embora eu ainda não tenha sido capaz de formar qualquer escusa razoável ao seu comportamento, estou perfeitamente pronta para ouvir sua justificação. Você talvez tenha sido mal informado ou propositadamente enganado em algo a meu respeito, algo que possa ter me rebaixado na sua opinião. Diga-me o que é, explique os motivos pelos quais você agiu, e ficarei satisfeita em ser capaz de satisfazê-lo. Eu ficaria muito entristecida, de fato, em obrigar-me a pensar mal de você; mas se devo fazê-lo, se devo tomar conhecimento de que você não é o que acreditamos que fosse até agora, que a sua consideração por nós todas não era sincera, que o seu comportamento comigo tinha por intenção apenas iludir-me, que isso seja dito o mais rapidamente possível. Meus sentimentos encontram-se, atualmente, num estado de terrível indecisão; quero absolver você, mas a certeza de uma ou de outra coisa será um alívio no que eu sofro agora. Se os seus sentimentos não são mais o que eram, você devolverá os meus bilhetes e a mecha do meu cabelo que está em sua posse.

*M.D.*

Que tais cartas, tão cheias de afeto e confidência, pudessem ter sido respondidas daquela forma, Elinor, no tocante a Willoughby, teria custado a crer. Mas sua condenação do rapaz não a cegava quanto à impropriedade de terem sido escritas antes de mais nada; e ela lastimava silenciosamente a imprudência que arriscara essas provas não solicitadas de ternura, não justificadas por qualquer fato precedente, e muito severamente condenadas pela consequência, quando Marianne, percebendo que ela terminara de ler as cartas, observou-lhe que não continham nada senão aquilo que qualquer pessoa teria escrito na mesma situação.

– Eu me senti – acrescentou ela – como se estivesse solenemente comprometida com ele, como se a mais estrita e legal aliança nos unisse um ao outro.

– Posso acreditar nisso – disse Elinor –, mas infelizmente ele não sentia o mesmo.

– Ele *sentia* o mesmo, Elinor... Por várias e várias semanas ele sentiu. Eu sei que ele sentiu. O que quer que possa ter mudado nele agora (e nada senão o mais negro dos ardis aplicado contra mim pode ter causado isso), eu cheguei a ser tão querida para ele quanto a minha própria alma poderia desejar. Esta mecha de cabelo, da qual agora ele pôde abrir mão tão facilmente, me foi implorada com a mais sincera súplica. Se você tivesse visto seus olhares, sua postura, se tivesse ouvido sua voz naquele momento! Você esqueceu a última noite que passamos juntos em Barton? A manhã em que nos despedimos também! Quando ele me disse que poderiam se passar muitas semanas antes de nos encontrarmos de novo... sua perturbação... Será que poderei esquecer sua perturbação?

Por alguns instantes ela não conseguiu dizer mais nada; mas quando essa emoção já tinha passado, acrescentou, num tom mais firme:

– Elinor, fui usada cruelmente; mas não por Willoughby.

– Querida Marianne, quem senão Willoughby? Por quem ele pode ter sido instigado?

– Pelo mundo inteiro, mas não por seu próprio coração. Eu acreditaria que todas as criaturas que conheço se juntaram para me arruinar na opinião dele, antes de acreditar que pudesse ser da natureza de Willoughby cometer tamanha crueldade. Essa mulher sobre quem ele escreve... quem quer que ela seja... ou qualquer pessoa, em suma, menos você, mamãe, ou Edward, poderia ter sido tão bárbara que chegasse a me difamar. Além de vocês três, existe alguma criatura no mundo de quem eu não suspeitaria maldade antes de Willoughby, cujo coração conheço tão bem?

Elinor não quis contestá-la, e apenas retrucou:

– Quem quer que possa ter agido tão detestavelmente como seu inimigo, deixemos que veja frustrado seu triunfo maligno, minha querida irmã, ao perceber com que nobreza uma consciência de sua própria inocência e de suas boas intenções ampara o seu espírito. É razoável e louvável um orgulho que resiste a tal malevolência.

– Não, não – exclamou Marianne –, uma miséria como a minha não tem orgulho. Eu não me importo com quem souber que estou arrasada. O triunfo de me ver assim pode muito bem ficar acessível ao mundo inteiro. Elinor, Elinor, as pessoas que sofrem pouco podem ser orgulhosas e independentes como bem quiserem... podem resistir a insultos, ou rechaçar mortificações... Mas eu não consigo. Preciso sentir dor... preciso ficar arrasada... E as pessoas que puderem que desfrutem à vontade dessa percepção.

– Mas pelo bem de minha mãe e pelo meu...

– Eu faria mais do que pelo meu próprio bem. Mas parecer feliz quando estou tão infeliz... Ah, quem pode exigir isso?

Mais uma vez as duas ficaram em silêncio. Elinor se ocupava em caminhar, pensativa, do fogo até a janela, da janela de volta ao fogo, sem saber que recebia o calor de um e sem discernir objetos através da outra; e Marianne, sentada ao pé da cama, com a cabeça encostada numa das colunas, pegou a carta de Willoughby de novo e, depois de estremecer lendo cada uma das frases, exclamou:

– É demasiado! Ah, Willoughby, Willoughby, pudesse isso ser seu! Cruel, cruel... Nada pode absolver você. Elinor, nada pode. Qualquer coisa que ele tenha ouvido falar contra mim... Ele não deveria ter suspendido sua crença? Não deveria ter me contado, ter me dado a chance de fazer um esclarecimento? A "mecha de cabelo – (repetindo esse trecho da carta) – que tão gentilmente concedeu a mim"... Isso é imperdoável.

Willoughby, onde estava o seu coração quando você escreveu essas palavras? Ah, um insolente bárbaro! Elinor, ele pode ser justificado?

– Não, Marianne, de nenhuma maneira possível.

– E no entanto essa mulher... Como vamos adivinhar o ardil que ela pode ter tramado? Por quanto tempo isso pode ter sido premeditado, e quão profundamente inventado por ela!? Quem é ela? Quem é que ela pode ser? Sobre quem eu alguma vez ouvi Willoughby falar como sendo jovem e atraente entre as mulheres que ele conhece? Ah, ninguém, ninguém! Ele falava comigo só de mim mesma.

Seguiu-se outra pausa; Marianne estava muito agitada, e a conversa terminou assim:

– Elinor, eu preciso ir para casa. Preciso confortar mamãe. Será que não podemos partir amanhã?

– Amanhã, Marianne!?

– Sim, eu deveria ficar aqui por quê? Eu vim apenas em função de Willoughby, e agora quem se importa comigo? Quem me considera?

– Seria impossível partir amanhã. Devemos à sra. Jennings muito mais do que civilidade; e mesmo a mais comum civilidade deveria impedir uma retirada precipitada como essa.

– Pois bem, mais um dia ou dois, talvez; mas eu não posso ficar aqui por muito tempo, não posso ficar para suportar as perguntas e observações de todas essas pessoas. Os Middleton e os Palmer... Como vou conseguir tolerar tanta piedade? A piedade de uma mulher como Lady Middleton!? Ah, o que diria *ele* sobre isso!?

Elinor aconselhou Marianne a se deitar de novo, e por um momento ela o fez; mas postura nenhuma podia lhe dar tranquilidade; numa irrequieta dor mental e física, ela se mexia de uma posição para outra; depois, ficando cada vez mais histérica, sua irmã teve dificuldade até mesmo em mantê-la na cama, e por certo tempo teve medo de se ver na obrigação de pedir ajuda. Algumas gotas de lavanda, no entanto, que Elinor a persuadiu afinal a tomar, resultaram úteis; e a partir dali, até que a sra. Jennings retornou, ela permaneceu na cama, imóvel e quieta.

# Capítulo 30

A sra. Jennings veio imediatamente ao quarto delas quando retornou; sem esperar resposta para seu pedido de admissão, abriu a porta e entrou com uma fisionomia de verdadeira consternação.

– Como se sente, minha querida? – perguntou ela, numa voz de grande compaixão, para Marianne, que virou o rosto sem tentar responder.

– Como ela está, srta. Dashwood? Pobrezinha! Tem aparência péssima. Não é de se admirar. Pois sim, mas a verdade é mesmo essa. Ele está para se casar muito em breve, um sujeito que não presta para nada! Não tenho a menor paciência com ele. A sra. Taylor me contou tudo faz meia hora, e tudo lhe foi contado por uma amiga especial da própria srta. Grey, caso contrário tenho certeza de que eu não teria acreditado; e sendo assim, fiquei quase prestes a cair dura no chão. Bem, eu disse, tudo que posso dizer é que, se isso for verdade, ele usou uma jovem dama do meu conhecimento de modo abominavelmente torpe, e desejo com todas as forças da minha alma que essa futura esposa acabe por envenenar o coração dele. E isso mesmo eu sempre direi, minha querida, a senhorita pode contar com isso. Não tenho nenhuma consideração por homens que agem dessa maneira; e se alguma vez eu me encontrar com ele novamente, lhe passarei uma reprimenda como ele não deve ter recebido igual nos últimos tempos. Mas existe um conforto, minha querida srta. Marianne: ele não é o único jovem neste mundo que vale a pena ter; e com seu lindo rosto você nunca vai ficar sem admiradores. Pois bem, pobrezinha! Não vou perturbá-la por mais tempo, porque seria melhor ela botar todo seu choro para fora de uma vez e dar o assunto por encerrado. Os Parry e os Sanderson felizmente virão hoje à noite, e isso vai diverti-la.

Ela então foi embora, saindo do quarto na ponta dos pés, como se supusesse que as aflições de sua jovem amiga poderiam ser intensificadas pelo ruído.

Marianne, para surpresa de sua irmã, determinou-se a jantar com elas. Elinor até mesmo aconselhou-a contra isso. Mas "não, ela fazia questão de descer; ela poderia suportar aquilo muito bem, e o alvoroço sobre ela seria menor". Elinor, satisfeita em vê-la controlada por certo tempo graças a tal motivo, embora crendo que dificilmente seria possível que ela fosse conseguir se manter sentada durante o jantar todo, não disse mais nada; e ajustando para ela o vestido tão bem quanto pôde, com Marianne descansando ainda na cama, estava pronta para acompanhar a irmã até a sala de jantar assim que foram convocadas.

Enquanto permaneceu ali, se bem que apresentasse uma lastimável aparência, ela comeu mais e se mostrou mais calma do que sua irmã tinha esperado. Se tivesse tentado falar, ou se tivesse tomado conhecimento de metade das atenções bem-intencionadas mas impensadas que a sra. Jennings lhe dedicou, essa calma não poderia ter sido mantida; mas nem mesmo uma sílaba escapou de seus lábios; e tal abstração de seus pensamentos a preservou na ignorância de tudo que se passava diante dela.

Elinor, fazendo justiça aos cuidados amáveis da sra. Jennings, embora suas efusões fossem muitas vezes angustiantes e às vezes quase ridículas, prestou a ela os agradecimentos e lhe retribuiu as civilidades que sua irmã não poderia prestar ou retribuir por si mesma. A bondosa amiga percebia que Marianne estava infeliz, e sentia que era seu dever fazer tudo que pudesse para que ela ficasse um pouco melhor. Tratou-a, portanto, fazendo uso do mais indulgente carinho com que uma mãe afaga uma filha favorita no último dia de suas férias. Marianne tinha de merecer o melhor lugar perto do fogo, tinha de ser tentada por todas as iguarias disponíveis a se alimentar, e tinha de se divertir com o relato de todas as notícias do dia. Não tivesse Elinor encontrado no semblante triste de sua irmã um obstáculo para toda e qualquer alegria, ela poderia ter sido entretida pelos esforços da sra. Jennings em curar uma desilusão amorosa, por uma variedade de guloseimas e azeitonas e por um bom fogo. No entanto, assim que a consciência de tudo isso foi forçada em Marianne por contínua repetição, ela não conseguiu permanecer ali por mais tempo. Com uma exclamação apressada de miséria, e fazendo sinal a sua irmã para que não a seguisse, ela se levantou de pronto e correu para fora da sala.

– Pobrezinha! – exclamou a sra. Jennings, logo que ela se afastou. – Como me entristece vê-la! E vejam só se ela não foi embora sem terminar seu vinho! E as cerejas cristalizadas também! Deus! Nada parece lhe fazer bem. Tenho certeza de que, se eu soubesse de alguma coisa de que ela pudesse gostar, mandaria buscar em qualquer canto da cidade. Bem, é a coisa mais estranha, para mim, que um homem use uma garota tão bonita de maneira tão torpe! Mas quando existe muito dinheiro de um lado, e praticamente nada do outro, Deus nos abençoe! As pessoas nem querem mais saber dessas coisas!

– Essa dama, então… srta. Grey, como creio que a senhora chamou-a... é muito rica?

– Cinquenta mil libras, minha querida. Já viu a srta. Grey alguma vez? Uma garota fina e elegante, segundo dizem, mas não bonita. Eu me lembro da tia dela muito bem, Biddy Henshawe; ela se casou com um homem muito abastado. Mas a família toda é muito rica. Cinquenta mil libras! E segundo todos os relatos, o dinheiro não virá mais cedo do que o necessário, porque dizem que ele está todo quebrado. Não é de se admirar! Correndo por aí com seu coche, com cavalos de caça! Bem, não adianta nada falar; mas quando um jovem cavalheiro, seja ele quem for, vem e faz uma garota bonita se apaixonar e depois promete casamento, ele não tem nada que voltar atrás em sua palavra só porque começou a empobrecer e uma garota rica está pronta para tê-lo. Por que será, em tal caso, que ele não vende seus cavalos, aluga sua casa, dispensa os criados e faz uma profunda reforma, tudo ao mesmo tempo? Eu lhe garanto, a srta. Marianne teria encontrado disposição para esperar até que as coisas se ajeitassem. Mas isso não funciona hoje em dia; nada que diga respeito ao prazer jamais pode ser abandonado pelos jovens dessa idade.

– A senhora sabe que tipo de garota é a srta. Grey? Ela é considerada uma pessoa amável?

– Eu nunca ouvi nenhuma coisa ruim sobre ela; na verdade, quase nunca ouvi a srta. Grey ser mencionada; exceto que a sra. Taylor disse de fato esta manhã que certa vez a srta. Walker sugeriu, para ela, que acreditava que o sr. e a sra. Ellison não ficariam tristes em ver a srta. Grey casada, pois ela e a sra. Ellison nunca conseguiam entrar em acordo.

– E quem são os Ellison?

– Seus tutores, minha querida. Mas agora ela é maior de idade, pode escolher por si mesma; e uma bela escolha ela fez! E agora – (após fazer uma pausa momentânea) – sua pobre irmã se foi para seu quarto, eu suponho, para gemer sozinha. Não existe nada que se possa obter para confortá-la? Pobre queridinha, parece ser bastante cruel deixá-la sem companhia. Bem, logo mais teremos alguns amigos, e isso vai diverti-la um pouco. Vamos jogar o quê? Ela odeia uíste, eu sei; mas não há nenhum jogo de mesa que seja do interesse dela?

– Minha querida senhora, essa bondade é completamente desnecessária. Marianne, ouso dizer, não vai deixar seu quarto novamente nesta noite. Vou convencê-la, se eu puder, a deitar cedo, porque tenho certeza de que ela quer descansar.

– Sim, acredito que será melhor para ela. Deixemos que ela nomeie sua própria ceia e se deite. Deus! Não admira que ela tenha exibido uma aparência tão ruim e tão abatida nesta última semana ou mais, pois esse assunto, eu suponho, tem pairado sobre sua cabeça ao longo de todo esse tempo. E assim a carta que chegou hoje terminou com tudo! Pobrezinha! Tenho certeza de que, se eu tivesse deduzido alguma noção a respeito, eu não teria brincado com ela sobre isso, nem que me tirassem todo meu dinheiro. Mas então, veja bem, como é que eu poderia ter adivinhado uma coisa dessas? Eu assumi a certeza de que não era nada senão uma carta de amor comum, e a senhorita sabe que os jovens gostam de ser ridicularizados por quem os cerca. Deus! Como Sir John e minhas filhas ficarão aflitos quando souberem! Se eu tivesse os meus sentidos em perfeito juízo, eu poderia ter parado em

Conduit Street, no meu caminho para casa, e ter lhes contado. Mas vou vê-los amanhã.

– Seria desnecessário, estou certa disso, que a senhora devesse aconselhar a sra. Palmer e Sir John a jamais pronunciar o nome do sr. Willoughby, ou a fazer a menor alusão ao que se passou diante de minha irmã. A boa índole que eles mesmos possuem por certo lhes vai apontar a verdadeira crueldade de sugerir que sabem alguma coisa em torno do assunto quando ela estiver presente; e quanto menos puder ser dito a mim mesma nesse ponto, mais os meus sentimentos serão poupados, como poderá facilmente acreditar, minha querida senhora.

– Ah, meu Deus! Sim, nisso eu acredito, sem dúvida. Deve ser terrível, no entender da senhorita, ouvir falar sobre tal assunto; e quanto à sua irmã, tenho certeza de que eu não mencionaria uma única palavra sobre isso com ela, por nada neste mundo. A senhorita viu que eu não o fiz durante o jantar todo. E nem o faria Sir John, e tampouco minhas filhas, pois são todos muito prestativos e atenciosos; especialmente se eu lhes fizer advertência, como certamente farei. De minha parte, creio que, quanto menos for dito sobre tais coisas, melhor, e tanto mais cedo tudo se evapora e cai no esquecimento. E ficar falando nunca serve para nada, não é mesmo?

– Nesse caso, só pode fazer mal; talvez mais do que em muitos casos de um tipo semelhante, pois houve a presença de circunstâncias que, pelo bem de todos os envolvidos, tornam imprópria uma conversação pública. Preciso fazer *esta* justiça ao sr. Willoughby... ele não rompeu nenhum compromisso efetivo com a minha irmã.

– Ora essa, minha querida! Não queira defendê-lo. Nenhum compromisso efetivo, pois sim! Depois de levá-la por todos os cantos em Allenham House, e de decidir sobre os aposentos em que haveriam de viver dali por diante!

Elinor, pelo bem de sua irmã, não quis levar o assunto adiante, e desejou que nenhuma discussão adicional lhe fosse exigida pelo bem de Willoughby, já que, embora Marianne pudesse perder muito, ele mesmo ganharia bem pouco caso a genuína verdade fosse sancionada. Depois de um breve silêncio de ambos os lados, a sra. Jennings, em sua plena hilaridade natural, irrompeu novamente:

– Bem, minha querida, é verdadeiro isso que dizem sobre males que servem ao bem, pois será tanto melhor para o coronel Brandon. Ele a terá finalmente; pois sim, ele a terá sem dúvida. Aguarde para ver, agora, se eles não estarão casados na metade do verão. Deus! Como ele vai rir com essa notícia! Espero que ele venha hoje à noite. Esse vai ser sob todos os aspectos um enlace melhor para sua irmã. Dois mil por ano, sem dívida ou abatimento, exceto a pequena menina ilegítima; pois é, eu tinha esquecido dela; mas ela pode ser internada como aprendiz sob um custo pequeno, e assim qual será o problema nisso? Delaford é um lugar adorável, posso lhe dizer; exatamente o que eu chamo de um lugar ótimo e antiquado, cheio de confortos e conveniências; bem fechado, com grandes paredes de jardim que são cobertas pelas melhores árvores frutíferas da região; e uma linda amoreira num canto! Deus! Como eu e Charlotte nos empanturramos na única vez em que estivemos lá! E há também um pombal, alguns encantadores tanques de peixes, e um canal muito bonito; e tudo, em suma, que se poderia desejar, e além disso fica perto da igreja, e dista somente um quarto de milha da estrada principal, por isso não é maçante nunca, porque basta você se sentar num velho caramanchão de teixo atrás da casa e você poderá ver todas as carruagens que vão passando. Ah, um lugar adorável! Um açougueiro por perto no vilarejo, e o presbitério na distância de uma pedrada. A meu ver, mil vezes mais bonito do que Barton Park, onde eles são obrigados a viajar três milhas para comprar sua carne, e não têm nenhum vizinho mais próximo do que a sua mãe. Pois bem, hei de animar o espírito do coronel assim que puder. Comer, como se sabe, aumenta o apetite. Se apenas *conseguirmos* tirar Willoughby da cabeça de Marianne!

– E se conseguirmos fazer *isso*, senhora – disse Elinor –, faremos muito bem, com ou sem o coronel Brandon.

Então, levantando-se, ela saiu para se juntar a Marianne, a quem encontrou, como esperava, em seu próprio quarto, inclinando-se, em silenciosa miséria, sobre os pequenos vestígios de um fogo, que antes da entrada de Elinor tinham sido sua única luz.

– Seria melhor me deixar sozinha – (foi o máximo de atenção que sua irmã recebeu dela).

– Vou deixá-la – disse Elinor – se você quiser se deitar.

Mas isso, devido à teimosia momentânea do sofrimento impaciente, ela inicialmente se recusou a fazer. A persuasão fervorosa mas gentil de sua irmã, no entanto, logo incutiu nela uma brandura obediente; Elinor a viu pousar a cabeça dolorida no travesseiro e, como esperava, de modo a obter um pouco de quieto descanso antes que a deixasse.

Na sala de visitas, para onde se retirou então, ela foi logo acompanhada pela sra. Jennings, que trazia uma taça de vinho, cheia com algo, em sua mão.

– Minha querida – disse ela, entrando –, acabo de recordar que tenho em casa um dos melhores vinhos Constantia que jamais foi provado, portanto eu trouxe uma taça para sua irmã. Meu pobre marido! Como gostava desse vinho! Sempre que sofria um acesso de suas velhas dores de gota, ele dizia que o Constantia lhe fazia mais bem do que qualquer outra coisa no mundo. Por favor, leve a taça para sua irmã.

– Querida senhora – retrucou Elinor, sorrindo diante da diferença das queixas às quais o vinho era recomendado –, sua bondade é imensa! Mas acabo de deixar Marianne na cama, e quase adormecida, espero; e como creio que nada será tão útil para ela quanto descansar, se a senhora me der licença, vou beber o vinho eu mesma.

A sra. Jennings, embora lamentando que não tivesse vindo cinco minutos antes, ficou satisfeita com a solução; e Elinor, engolindo a maior parte da bebida, refletiu que, embora seus efeitos sobre um acesso de dores de gota fossem, naquele momento, de pouca importância para ela, seus poderes de cura sobre um coração desiludido poderiam ser razoavelmente experimentados tanto em si mesma como na sua irmã.

O coronel Brandon entrou enquanto o grupo tomava chá; pelo seu modo de olhar em volta da sala, procurando

Marianne, Elinor no mesmo instante imaginou que ele não esperava nem desejava vê-la e, em suma, que já estava ciente do fato que ocasionava essa ausência. A sra. Jennings não foi tomada pelo mesmo pensamento, porque logo após a entrada do cavalheiro ela atravessou a sala, indo até a mesa de chá presidida por Elinor, e sussurrou:

– O coronel parece tão grave como sempre, não é mesmo? Ele não sabe ainda de nada; por favor diga tudo a ele, minha querida.

Ele logo depois puxou uma cadeira para perto dela e, exibindo um semblante que assegurou-lhe perfeitamente de que estava bem informado, perguntou por sua irmã.

– Marianne não está bem – disse Elinor. – Ela se sentiu indisposta o dia inteiro, e nós a convencemos a dormir mais cedo.

– Talvez, então – o coronel retrucou, hesitante –, isso que ouvi nesta manhã pode ser... pode haver mais verdade nisso do que eu poderia crer que fosse possível inicialmente.

– O senhor ouviu o quê?

– Que um cavalheiro, que eu tinha razão para imaginar... Em suma, que um homem, que eu *sabia* estar comprometido... Mas como poderei lhe dizer? Se a senhorita já sabe, como certamente deve saber, eu posso ser poupado de dizê-lo.

– O senhor está se referindo – respondeu Elinor, com serenidade forçada – ao casamento do sr. Willoughby com a srta. Grey. Sim, nós *sabemos* de tudo. Este parece ter sido um dia de generalizado esclarecimento, pois justamente nesta manhã tudo começou a se desdobrar para nós. O sr. Willoughby é insondável! Onde o senhor ouviu falar disso?

– Numa papelaria em Pall Mall, onde eu tinha negócios. Duas damas esperavam por sua carruagem, e uma delas estava fazendo à outra o relato do planejado casamento, num tom de voz que não buscava qualquer tentativa de ocultação, tanto que foi impossível, para mim, deixar de ouvir tudo. O nome de Willoughby, John Willoughby, várias vezes repetido, foi o que me chamou atenção primeiro; e o que se seguiu foi uma positiva afirmação de que tudo estava finalmente resolvido no que diz respeito ao casamento dele com a srta. Grey... já não era para ser um segredo... que haveria de ocorrer até mesmo dentro de algumas semanas, com muitos pormenores dos preparativos e outros assuntos. De uma coisa eu me lembro em especial, porque serviu para identificar o homem ainda mais: assim que acabasse a cerimônia, eles deveriam partir para Combe Magna, a base dele em Somersetshire. O meu assombro! Mas seria impossível descrever o que senti. A senhora comunicativa, eu soube ao perguntar, porque fiquei na loja até que elas tivessem ido embora, era uma certa sra. Ellison, e esse, como eu fui mais tarde informado, é o nome da tutora da srta. Grey.

– É isso mesmo. Mas o senhor ouviu falar, da mesma forma, que a srta. Grey possui 50 mil libras? Nisso, mais do que em qualquer outra coisa, podemos encontrar uma explicação.

– Pode ser que sim, mas Willoughby é capaz... pelo menos eu creio... – ele parou por um instante. Depois acrescentou, numa voz que parecia desconfiar de si mesma: – E a sua irmã... como foi que ela...

– Seus sofrimentos foram muito severos. Só tenho a esperança de que possam ser proporcionalmente breves. Tem sido, continua sendo a mais cruel das aflições. Até ontem, acredito, ela jamais duvidou do interesse de Willoughby; e até mesmo agora, talvez... Mas estou quase convencida de que ele nunca foi realmente apegado a Marianne. Ele se portou de modo muito enganoso! Além disso, em alguns pontos, parece existir nele uma dureza de coração.

– Ah! – disse o coronel Brandon. – Existe, de fato! Mas a sua irmã não... creio que a senhorita disse isso... ela não considera o mesmo que a senhorita?

– O senhor conhece o temperamento dela, e pode bem acreditar o quão ansiosamente ela ainda o justificaria, se pudesse.

Ele não respondeu; logo em seguida, com a retirada dos utensílios de chá, e com o arranjo dos grupos de carta, o assunto foi necessariamente abandonado. A sra. Jennings, que os observara com prazer enquanto eles ficaram conversando, e que esperava ver o efeito da comunicação da srta. Dashwood numa grande manifestação de alegria instantânea por parte do coronel Brandon, na mesma intensidade em que poderia ter ocorrido a um homem na flor da juventude, da esperança e da felicidade, o viu, com incredulidade, permanecer a noite toda mais sério e mais pensativo do que o habitual.

## Capítulo 31

De uma noite na qual dormiu mais do que havia esperado Marianne acordou, na manhã seguinte, para ter a mesma consciência de miséria com que fechara seus olhos.

Elinor incentivou-a tanto quanto possível a falar sobre o que sentia; antes que o desjejum estivesse pronto, elas já tinham reavaliado tudo uma e outra vez e, como antes, com a mesma firme convicção e os mesmos conselhos carinhosos por parte de Elinor, com os mesmos sentimentos impetuosos e as mesmas opiniões diferentes por parte de Marianne. Por vezes Marianne conseguia crer que Willoughby podia ser tão infeliz e tão inocente quanto ela mesma, e por vezes perdia de todo a consolação na impossibilidade de o absolver. Num determinado momento ela declarava ser absolutamente indiferente à observação de todas as pessoas do mundo, e num outro queria isolar-se para sempre, e num terceiro momento era capaz de resistir ao mundo com energia. Numa coisa, porém, ela mostrou-se uniforme quando foi preciso: em evitar sempre que possível a presença da sra. Jennings, e num resoluto silêncio quando não tinha opção senão suportá-la. Seu coração endureceu-se contra crer que a sra. Jennings pudesse compartilhar suas mágoas com qualquer compaixão.

– Não, não, não, não pode ser – ela exclamou. – Ela não pode sentir senda. Sua bondade não é simpatia; sua boa índole não é ternura. Tudo que ela quer é praticar bisbilhotice, e ela só gosta de mim agora porque eu lhe sirvo como fonte.

Elinor não precisara de tal afirmação para ter certeza da injustiça na qual sua irmã muitas vezes se deixava levar, em sua opinião sobre os outros, pelo refinamento irritadiço de sua própria mente, e pela importância demasiada depositada por ela nas sutilezas de uma sensibilidade forte, nas graças de uma postura polida. Como metade do resto do mundo, se mais da metade for composta dos que são astutos e bons, Marianne, com excelentes habilidades e um excelente temperamento, não era nem razoável e nem imparcial. Ela esperava das outras pessoas as mesmas opiniões e os mesmos sentimentos que ela mesma nutria, e julgava os motivos delas pelo efeito imediato de suas ações sobre ela mesma. Assim uma circunstância ocorreu, enquanto as irmãs estavam juntas no quarto delas depois do desjejum, que afundou o coração da sra. Jennings ainda mais nos recessos inferiores de sua estima; porque através de sua própria fraqueza tal circunstância evidenciou uma nova fonte de dor para ela mesma, ainda que a sra. Jennings fosse governada, em seu ato, por um impulso da máxima boa vontade.

Com uma carta em sua mão estendida, e um semblante jovial e sorridente devido à convicção de que trazia conforto, ela entrou no quarto delas dizendo:

– Agora, minha querida, eu lhe trago uma coisa que, tenho certeza, vai lhe fazer bem.

Marianne ouviu o suficiente. De um momento para outro, sua imaginação colocou diante dela uma carta de Willoughby, cheia de ternura e contrição, explicativa de tudo que se passara, satisfatória, convincente, e sucedida imediatamente por Willoughby em pessoa, correndo ansiosamente quarto adentro para reforçar, a seus pés, pela eloquência de seus olhos, as garantias da carta. A obra de um momento foi destruída pelo próximo. A letra de sua mãe, jamais até então indesejada, estava diante dela; na intensidade da decepção que se seguiu a um êxtase tão forte que era mais do que esperança, ela sentiu como se, antes daquele instante, nunca tivesse sofrido.

Nenhuma linguagem a seu alcance, nem mesmo em seus momentos da mais feliz eloquência, poderia ter expressado a crueldade da sra. Jennings; e agora ela somente podia reprová-la nas lágrimas que escorriam de seus olhos com passional violência – uma reprovação, no entanto, tão completamente perdida por seu objeto de censura que, depois de muitas expressões de piedade, ela se retirou, ainda lhe referindo a carta de consolação. Mas a carta, quando Marianne ficou calma o bastante para lê-la, trouxe pouco consolo. Willoughby enchia cada página. Sua mãe, ainda confiante quanto ao noivado, e acreditando tão calorosamente quanto sempre na constância do cavalheiro, tinha sido apenas instigada, por solicitação de Elinor, a rogar de Marianne que se permitisse uma maior abertura com ambas; e o fazia com tanta ternura por ela, com tanto afeto por Willoughby, com tanta convicção da futura felicidade dos dois quando se unissem, que ela chorou em agonia do começo ao fim da leitura.

Sua impaciência por estar em casa novamente retornou agora com pleno vigor; sua mãe era mais querida para ela do que nunca, mais querida por causa do próprio excesso de sua confiança equivocada em Willoughby, e ela sentia uma feroz urgência por partir. Elinor, ela mesma incapaz de determinar se era melhor para Marianne estar em Londres ou em Barton, não ofereceu nenhum conselho pessoal senão o de ter paciência até que os desejos de sua mãe pudessem ser conhecidos, e por fim obteve o consentimento de sua irmã quanto a esperar por esse conhecimento.

A sra. Jennings as deixou mais cedo do que o habitual, pois não conseguiria ter tranquilidade até que os Middleton e os Palmer tivessem condições de sofrer tanto quanto ela mesma; recusando positivamente a companhia oferecida por Elinor, saiu sozinha pelo restante da manhã. Elinor, com um coração muito pesado, consciente da dor que comunicaria e percebendo, pela carta de Marianne, como havia obtido um mau resultado em dar fundamento a maiores indagações, então sentou-se para escrever à mãe um relato do que se passara, e para suplicar por suas orientações quanto ao futuro, enquanto Marianne, que veio à sala de visitas quando a sra. Jennings foi embora, permaneceu imóvel junto à mesa onde Elinor escrevia, observando o avanço de sua pena, sofrendo por ela em função das dificuldades de tal tarefa, e sofrendo ainda mais carinhosamente em função do efeito da carta sobre sua mãe.

Nesse proceder elas tinham continuado por cerca de um quarto de hora quando Marianne, cujos nervos não podiam suportar então qualquer ruído repentino, foi sobressaltada por uma batida na porta.

– Quem pode ser? – exclamou Elinor. – Tão cedo, também! Eu pensei que *estivéssemos* a salvo.

Marianne dirigiu-se até a janela.

– É o coronel Brandon! – disse ela, com aflição. – Nunca estamos a salvo da presença *dele*.

– Ele não vai entrar, já que a sra. Jennings não está em casa.

– Não vou confiar *nisso* – (retirando-se para seu quarto). – Um homem que não tem nada para fazer com seu próprio tempo não tem consciência de sua intromissão no tempo dos outros.

O desdobramento provou que sua conjectura foi correta, apesar de ter sido fundada na injustiça e no erro; pois o coronel Brandon *de fato* entrou; e Elinor, convencida de que uma solicitude por Marianne o fizera vir, e percebendo *essa* solicitude em seu olhar perturbado e melancólico, em sua indagação ansiosa embora breve por ela, não pôde perdoar sua irmã por estimá-lo de maneira tão superficial.

– Eu encontrei a sra. Jennings em Bond Street – disse ele, depois da primeira saudação –, e ela me encorajou a vir; e eu fui ainda mais facilmente encorajado porque pensei que seria provável que pudesse encontrar a senhorita sozinha, e queria muito que isso ocorresse. Meu objetivo... meu desejo... meu único desejo em querer que... eu espero, eu acredito que seja... é o de ser capaz de proporcionar conforto. Não, não devo dizer conforto... não conforto para este momento... mas convicção, uma convicção duradoura na mente da sua irmã. Meu respeito por ela, pela senhorita, por sua mãe... A senhorita poderá me permitir provar isso com o relato de algumas circunstâncias que nada senão um respeito *muito* sincero... nada senão um sincero desejo de ser útil... creio que estou justificado... Embora muitas horas tenham sido despendidas em convencer a mim mesmo de que estou certo, será que não há nenhuma razão para temer que eu possa estar errado?

Ele parou.

– Eu entendo – disse Elinor. – O senhor tem algo a me dizer, sobre o sr. Willoughby, que vai expor o caráter dele mais a fundo. Seu relato nesse respeito será o maior ato de amizade que pode ser demonstrado para Marianne. *Minha* gratidão vai ser assegurada imediatamente por qualquer informação tendendo a esse fim, e a *dela* será conquistada com o passar do tempo. Por favor, por favor, deixe-me ouvi-lo.

– A senhorita vai ouvi-lo; para ser breve, quando deixei Barton, em outubro passado... Mas isso não vai lhe dar a menor ideia... Eu devo recuar ainda mais. Vai encontrar em mim um narrador muito estranho, srta. Dashwood; mal sei por onde começar. Um breve relato sobre mim mesmo, creio eu, será necessário, e *será* um breve relato. Num assunto como esse – (suspirando pesadamente) –, não poderá ser grande a minha tentação de ser difuso.

Ele parou um momento para se recompor, e a seguir, com outro suspiro, continuou.

– A senhorita provavelmente já esqueceu completamente uma conversa (não é de se supor que pudesse ter deixado qualquer impressão sobre a senhorita)... uma conversa entre nós certa noite em Barton Park... Foi uma noite de dança... na qual aludi a uma dama que eu havia conhecido certa vez, e que se assemelhava, em alguma medida, com a sua irmã Marianne.

– Na verdade – respondeu Elinor –, eu *não* me esqueci dessa conversa.

Ele pareceu ficar contente com tal lembrança e acrescentou:

– Se não estou enganado pela incerteza, pela parcialidade da terna recordação, existe uma semelhança muito forte entre elas, tanto na mente quanto na fisionomia. O mesmo ardor no coração, a mesma sofreguidão da fantasia e do espírito. Essa dama era uma das pessoas mais próximas a mim na minha família, uma órfã desde a infância, e sob a tutela do meu pai. Nossas idades eram quase as mesmas; desde os primeiros anos, fomos amigos e companheiros de brincadeiras. Não consigo me lembrar de um tempo em que eu não amasse Eliza, e o meu carinho por ela, enquanto crescíamos, era tal que, talvez, a julgar pela minha gravidade atual, desesperada e triste, a senhorita poderia pensar que eu fosse incapaz de ter alguma vez sentido algo igual. O carinho dela por mim era, creio eu, fervoroso como é o apego da sua irmã pelo sr. Willoughby, e foi, mesmo tendo uma causa diferente, não menos infeliz. Aos dezessete anos, ela foi perdida de mim para sempre. Foi casada... casada contrariando sua inclinação... com o meu irmão. Seu dote era grande, e o nosso patrimônio familiar estava muito onerado. E isso, eu temo, é tudo que pode ser dito sobre a conduta do homem que ao mesmo tempo era seu tio e seu tutor. Meu irmão não a merecia; ele nem sequer amava Eliza. Eu tinha esperado que a consideração dela por mim acabaria por ampará-la em qualquer dificuldade, e por algum tempo amparou; contudo, por fim, a miséria de sua situação (pois ela experimentou grande crueldade) superou a resolução que lhe restara, e embora ela tivesse me prometido que nada... Mas como eu relato cegamente! Eu não cheguei a lhe dizer como isso acabou ocorrendo. Estávamos a poucas horas de fugir juntos rumo à Escócia. A traição ou a insensatez da criada da minha prima nos traiu. Eu fiquei banido na casa de um parente muito distante, e a ela não foi permitida nenhuma liberdade, nenhuma companhia, nenhuma diversão, até que o ponto de vista do meu pai prevaleceu. Eu tinha dependido demais da fortitude dela, e o golpe foi pesado... No entanto, tivesse seu casamento sido feliz, tão jovem como eu era então, alguns meses deveriam ter me reconciliado com aquilo, ou pelo menos eu não teria de lamentá-lo agora. Esse, porém, não foi o caso. Meu irmão não tinha nenhum respeito por ela; seus prazeres não eram o que deveriam ser, e desde o começo ele a tratou de maneira cruel. A consequência disso numa mente tão jovem, tão vivaz, tão inexperiente como a da sra. Brandon, foi apenas natural. Ela resignou-se, a princípio, com a vasta miséria de sua situação; e tudo teria terminado com alguma felicidade se ela não tivesse vivido para superar os lamentos que a lembrança de mim ocasionava. Mas será que podemos nos admirar de que, com um marido como aquele para provocar inconstância, e sem um amigo para dar conselho ou contê-la (pois o meu pai viveu apenas alguns meses após o casamento, e eu estava com meu regimento nas Índias Orientais), ela fosse decair? Se eu tivesse permanecido na Inglaterra, talvez... Mas eu quis promover a felicidade de ambos retirando-me do alcance dela durante anos, e com esse fim obtivera minha transferência. O choque que o casamento dela me causara – prosseguiu o coronel, numa voz de grande agitação – teve um peso insignificante... Não foi nada perto do que senti quando soube, cerca de dois anos depois, de seu divórcio. Foi *esse* o desencadeador dessa tristeza... Até mesmo agora, a lembrança do quanto eu sofri...

Ele não conseguiu dizer mais nada e, levantando-se apressadamente, caminhou por alguns minutos ao redor da sala. Elinor, afetada por seu relato, e ainda mais por sua angústia, não foi capaz de falar. O coronel percebeu essa inquietação e, vindo até ela, pegou sua mão, apertou-a e beijou-a com grato respeito. Mais alguns minutos de silencioso esforço lhe permitiram prosseguir com compostura.

– Passaram-se quase três anos, após esse período infeliz, antes de eu retornar à Inglaterra. Meu primeiro cuidado, quando *afinal* cheguei, foi, claro, procurar por ela; mas a busca se mostrou tão infrutífera quanto melancólica. Não consegui localizar seu paradeiro além de seu primeiro sedutor, e existiam todas as razões para temer que ela se afastara dele somente para mergulhar mais fundo ainda numa vida de pecado. Sua pensão legal não era correspondente a seu dote, tampouco era suficiente para sua confortável manutenção, e eu soube através do meu irmão que o poder de recebê-la tinha sido repassado, alguns meses antes, para outra pessoa. Ele imaginava, e com muita calma se permitia imaginar, que a extravagância de Eliza e sua consequente situação de apuro a tinham feito abrir mão do dinheiro para qualquer alívio imediato. Por fim, no entanto, e quando eu já estava na Inglaterra fazia seis meses, eu *de fato* a encontrei. A consideração por um antigo criado meu, que desde então caíra em desgraça, levou-me a visitá-lo numa casa de detenção, onde estava confinado por causa de dívida; e ali, na mesma casa, sob um confinamento similar, localizei a minha infeliz irmã. Tão alterada... tão esmaecida... desgastada por agudos sofrimentos de todos os tipos! Eu mal conseguia crer que a figura melancólica e doentia diante de mim era o que restava da garota encantadora, viçosa e saudável de quem eu tanto gostara no passado. O quanto eu sofri ao contemplá-la naquela situação... Mas não tenho direito de ferir os seus sentimentos tentando descrevê-lo... Eu já lhe causei dor o bastante. Que ela enfrentasse, ao que tudo indicava, o último estágio de uma consunção, foi... sim, em tal situação, foi o meu maior conforto. A vida não podia fazer nada por ela senão lhe dar tempo para uma melhor preparação diante da morte; e isso lhe foi concedido. Eu tomei providências para que ela fosse acomodada em aposentos confortáveis, e sob atendentes apropriados; eu a visitei todos os dias durante o resto de sua breve vida; eu estive com ela em seus últimos momentos.

Mais uma vez ele parou, a fim de se recuperar; e Elinor exprimiu seus sentimentos numa exclamação de terna consternação pelo destino de sua infeliz amiga.

– Sua irmã, eu espero, não poderá ficar ofendida – disse ele – pela semelhança que imaginei entre ela e minha pobre, desgraçada parente. Seus destinos, suas sortes, não podem ser os mesmos; e tivesse a doce disposição natural de uma sido preservada por uma mente mais firme, ou por um casamento mais feliz, ela poderia ter sido tudo que a senhorita vai viver para ver na outra. Mas para onde tudo isso nos leva? Eu pareço ter aborrecido a senhorita por nada. Ah, srta. Dashwood... Um assunto como esse... intocado por catorze anos... é perigoso lidar com ele um mínimo que seja! Eu *serei* mais abreviado, mais conciso. Ela deixou aos meus cuidados sua única filha, uma menininha, a descendência de sua primeira e culpada união, que tinha, na época, cerca de três anos de idade. Ela amava essa criança, e sempre a mantivera consigo. Foi um valioso e precioso encargo para mim; e de bom grado eu o teria levado em frente no sentido mais estrito, supervisionando eu mesmo sua educação, se a natureza de nossas situações tivesse permitido; mas eu não tinha família, não tinha um lar; e a minha pequena Eliza foi, portanto, internada em escola. Eu a via lá sempre que podia; depois da morte do meu irmão (que aconteceu cerca de cinco anos atrás, e que deixou para mim a posse da propriedade da família), ela passou a me visitar em Delaford. Eu deixava subentendido que ela era uma parente distante, mas estou bem ciente de que tenho, de modo geral, sido suspeito de uma conexão muito mais próxima com ela. Faz agora três anos (ela tinha acabado de chegar a seu décimo quarto ano) que a tirei da escola, para colocá-la sob os cuidados de uma mulher muito respeitável, residente em Dorsetshire, que abrigava quatro ou cinco outras meninas que tinham mais ou menos o mesmo tempo de vida; e por dois anos eu tive todos os motivos para estar satisfeito com sua situação. Mas em fevereiro passado, quase doze meses atrás, ela de repente desapareceu. Eu havia permitido que ela (imprudentemente, como depois ficou provado), em seu desejo fervoroso, fosse para Bath com uma de suas jovens amigas, que acompanharia seu pai até lá por motivo da saúde dele. Eu sabia que ele era um sujeito muito bom, e via com bons olhos sua filha... mais do que ela merecia, porque, num segredo bastante desajuizado e obstinado, ela não dizia nada, não dava nenhuma indicação, embora certamente soubesse de tudo. Ele, seu pai, um homem bem-intencionado, mas desprovido de um discernimento arguto, não poderia realmente, creio eu, fornecer qualquer informação; porque se via geralmente confinado à casa, enquanto as garotas ficavam circulando pela cidade, fazendo as amizades que bem escolhessem; e o sujeito tentou me convencer, tão completamente quanto ele mesmo estava convencido, de que sua filha não tivera nenhuma participação em absoluto no negócio. Em suma, eu não pude saber nada, a não ser que ela sumira; todos os demais pormenores, durante oito longos meses, ficaram restritos a conjecturas. O que pensei, o que temi, pode ser imaginado; e também o que sofri.

– Deus do céu! – exclamou Elinor. – Poderia ser... poderia Willoughby...!

– A primeira notícia que me chegou de Eliza – prosseguiu o coronel – veio numa carta dela mesma, em outubro passado. A carta me foi encaminhada de Delaford, e a recebi na mesma manhã da nossa planejada excursão para Whitwell; e essa foi a razão de eu ter deixado Barton tão repentinamente, o que naquele momento, estou certo disso, deve ter parecido estranho a todas as pessoas, e causou, acredito, ofensa em algumas. Mal imaginava o sr. Willoughby, suponho, quando seu olhar me censurou pela incivilidade de desfazer a excursão, que eu era chamado para socorrer a pessoa que ele abandonara em miseráveis condições; mas se *soubesse* disso, qual teria sido a diferença? Ele teria sido menos jovial ou menos feliz com os sorrisos da sua irmã? Não, ele já cometera o crime que nenhum homem que é *capaz* de sentir algo por outro cometeria. Havia deixado para trás a garota cuja inocência e juventude ele seduzira, numa situação de aflição extrema, sem moradia digna, sem ajuda, sem amigos, ignorante do endereço dele! Ele a deixara prometendo voltar; não voltou, nem escreveu, nem socorreu.

– Isso é mais do que inacreditável! – exclamou Elinor.

– O caráter dele se oferece agora diante da senhorita; dispendioso, dissipado, e pior do que ambas as coisas. Sabendo de tudo isso, como sei faz muitas semanas, tente adivinhar o que devo ter sentido ao ver sua irmã gostando dele tanto quanto sempre, e ao ser assegurado de que ela estava prestes a se casar com ele; tente adivinhar o que devo ter sentido pelo bem de todas vocês. Quando eu vim visitá-las na semana passada e encontrei a senhorita sozinha, vim decidido a conhecer a verdade; embora estivesse irresoluto quanto ao que fazer quando *fosse* conhecida. Meu comportamento deve ter parecido estranho à senhorita, então; mas agora vai compreendê-lo. Aceitar que vocês todas fossem tão enganadas; ver sua irmã... Mas o que é que eu podia fazer? Eu não tinha esperança de interferir com sucesso; e por vezes pensei que a influência da sua irmã poderia recuperá-lo ainda. Mas agora, depois de tal uso desonroso, quem pode dizer quais eram seus desígnios quanto a ela? O que quer que possam ter sido, no entanto, sua irmã pode agora... e daqui por diante sem dúvida ela *vai* encarar com gratidão sua própria condição, quando a comparar com a da minha pobre Eliza, quando considerar a situação desgraçada e sem esperança dessa pobre garota, e a imaginar com um afeto por ele tão forte, ainda tão forte quanto o dela própria, e com uma mente atormentada por um sentimento de autocensura que decerto vai acompanhá-la pela vida toda. Certamente essa comparação será de alguma utilidade para ela. Sua irmã vai sentir que seus próprios sofrimentos não são nada; não procedem de nenhuma má conduta, e não podem trazer nenhuma desgraça; pelo contrário, todos os amigos deverão passar a ser ainda mais seus amigos por causa deles. Uma preocupação por sua infelicidade, e um respeito por sua fortitude sob ela, deverão reforçar todas as afeições. Use o seu próprio critério, no entanto, em comunicar para ela o que eu lhe disse. A senhorita deve saber melhor qual será o efeito; mas se eu não tivesse seriamente acreditado, e do fundo do coração, que isso poderia servir de auxílio, que poderia diminuir seus lamentos, eu não teria me permitido incomodá-la com esse relato das aflições da minha família, com uma exposição que pode parecer ter a intenção de me elevar às custas dos outros.

Os agradecimentos de Elinor sucederam esse discurso com grato fervor, acompanhados, também, pela garantia de que esperava uma substancial vantagem para Marianne a partir da comunicação do que se passara.

– Eu fiquei mais compungida – disse ela – pelos esforços de Marianne em absolvê-lo do que por qualquer outra coisa, pois isso irrita sua mente mais do que uma perfeita convicção da indignidade do sr. Willoughby. Agora, embora no início ela vá sofrer muito, estou certa de que logo ficará mais tranquila. O senhor – continuou ela, depois de um breve silêncio – já viu alguma vez o sr. Willoughby desde que o deixou em Barton?

– Sim – retrucou ele com gravidade –, vi o sr. Willoughby numa ocasião. Um único encontro era inevitável.

Elinor, sobressaltada pela expressão do coronel, olhou para ele ansiosamente, dizendo:

– O quê!? O senhor o encontrou para...

– Eu não poderia encontrá-lo de nenhuma outra maneira. Eliza confessara para mim, se bem que com enorme relutância, o nome de seu amante; e quando ele retornou à cidade, o que ocorreu dentro de duas semanas após o meu retorno, nos vimos por encontro marcado, ele para defender, eu para punir sua conduta. Voltamos sem ferimentos, e o encontro, portanto, não chegou a ter repercussão.

Elinor suspirou quanto à imaginada necessidade de tal ato, mas num homem e num soldado ela presumiu não censurá-lo.

– Tão grande – disse o coronel Brandon, depois de uma pausa – foi a infeliz semelhança entre os destinos da mãe e da filha! E de modo tão imperfeito eu desempenhei meu encargo!

– Ela está na cidade ainda?

– Não. Tão logo se recuperou, depois do período em que ficou de cama (porque a encontrei às vésperas de seu parto), transferi Eliza e sua criança para o campo, e lá ela permanece.

Lembrando, logo a seguir, que provavelmente estava separando Elinor de sua irmã, o coronel deu por encerrada sua visita, recebendo dela novamente os mesmos gratos reconhecimentos, e deixando-a cheia de compaixão e estima por ele.

# Capítulo 32

Quando os pormenores dessa conversa foram repetidos pela srta. Dashwood para sua irmã, e muito em breve o foram, o efeito sobre ela não chegou a ser aquele que a primeira tivera esperança de ver. Não que Marianne parecesse desconfiar da verdade de qualquer parte da conversa, pois ela ouviu tudo com a mais submissa e constante atenção, não fez qualquer objeção ou comentário, não fez nenhuma tentativa de vindicar Willoughby, e pareceu mostrar com suas lágrimas que sentia que isso era impossível. No entanto, embora esse comportamento garantisse a Elinor que a convicção de tal culpa estava *de fato* instalada em sua mente, embora Elinor visse com satisfação que algum efeito era surtido no fato de que ela já não evitava o coronel Brandon quando este as visitava, de que falava com ele, de que falava inclusive por sua própria iniciativa, com uma espécie de respeito compassivo, e embora visse seu estado de espírito menos violentamente irritado do que antes, não a viu menos arrasada. A mente de Marianne estava de fato decidida, mas decidida por uma depressão sombria. Ela sentiu a perda do caráter de Willoughby ainda mais fortemente do que sentiu a perda de seu coração; a sedução e o abandono da srta. Williams, a miséria daquela pobre garota, e a dúvida sobre quais desígnios ele poderia ter tido *alguma vez* em relação a ela mesma, abatiam tão completamente seu espírito que ela não tinha forças para revelar o que sentia nem mesmo para Elinor. Remoendo suas mágoas em silêncio, Marianne causava mais dor em sua irmã do que poderia ter causado pela mais franca e mais frequente confissão delas.

Comunicar os sentimentos ou a linguagem da sra. Dashwood quando recebeu e respondeu a carta de Elinor seria somente comunicar uma repetição do que suas filhas já tinham sentido e dito, de uma decepção dificilmente menos dolorosa do que a de Marianne, e de uma indignação ainda maior do que a de Elinor. Longas cartas enviadas por ela, sucedendo-se em velocidade umas às outras, lhes chegavam para expressar o que sofria e pensava, para manifestar sua solicitude ansiosa por Marianne, para suplicar que ela suportasse com fortitude o presente infortúnio. Péssima, de fato, devia ser a natureza das aflições de Marianne, quando sua mãe chegava ao ponto de falar em fortitude! Mortificante, humilhante devia ser a origem de tais pesares, aos quais *ela* podia desejar que a filha não se entregasse!

Em oposição ao interesse de seu próprio conforto individual, a sra. Dashwood determinara que seria melhor para Marianne estar em qualquer lugar, naquele momento, que não fosse Barton, onde tudo em seu campo de visão lhe traria de volta o passado da maneira mais aflitiva e mais forte, constantemente colocando Willoughby diante dela, como ela sempre o tinha visto ali. Recomendou a suas filhas, portanto, que por todos os meios não encurtassem sua estadia com a sra. Jennings, cuja duração, embora jamais tivesse sido precisamente fixada, era esperada por todos que compreendesse pelo menos cinco ou seis semanas. Uma variedade de ocupações, de objetivos e de companhias que não poderia ser obtida em Barton seria inevitável ali, e ainda poderia, ela esperava, enganar Marianne, por vezes, na criação de algum interesse que a fizesse se esquecer de si mesma, e até mesmo com algumas diversões, por mais que as ideias de ambas as coisas pudessem agora ser desprezadas por ela.

De qualquer perigo de ver Willoughby novamente, sua mãe considerou que ela estava pelo menos tão segura na cidade quanto no campo, já que a intimidade com ele deveria ser abandonada dali em frente por todos os que se dissessem amigos de Marianne. O planejamento jamais poderia colocá-los um no caminho do outro, a negligência jamais poderia deixá-los expostos a uma surpresa, e o acaso tinha menos chances a seu favor no meio da multidão de Londres do que até mesmo no retiro de Barton, onde poderia forçar Willoughby a surgir perante ela por meio de uma visita em Allenham quando do casamento dele, algo que a sra. Dashwood, tendo previsto no início que seria um acontecimento provável, agora esperava como sendo certo.

A sra. Dashwood tinha outra razão ainda para desejar que suas filhas permanecessem onde estavam; uma carta do enteado lhe comunicara que ele e sua esposa estariam na cidade antes de meados de fevereiro, e ela julgou ser adequado que as duas devessem, por vezes, encontrar o irmão.

Marianne prometera que se deixaria guiar pela opinião de sua mãe, e submeteu-se a ela, portanto, sem oposição, embora essa opinião tivesse se provado perfeitamente diversa do que desejava e esperava, embora sentisse que fosse totalmente errada, baseada em motivos equivocados, algo que, exigindo que ela permanecesse em Londres por mais tempo, a privava do único alívio possível de sua desgraça, a simpatia pessoal de sua mãe, e a condenava ao martírio de tantas companhias e tantas cenas que ela ficaria impedida de jamais desfrutar um momento de descanso.

Mas foi uma questão de grande consolo para Marianne a circunstância de que aquilo que trazia um mal para ela mesma traria um bem para sua irmã; e Elinor, por outro lado, suspeitando que não estaria em seu poder evitar Edward inteiramente, confortou-se ao pensar que, ainda que a estadia mais longa fosse acabar militando, por consequência, contra sua própria felicidade, seria melhor para Marianne do que um retorno imediato a Devonshire.

Seu cuidado em preservar sua irmã de jamais ouvir mencionarem o nome de Willoughby não foi deixado de lado. Marianne, embora sem sabê-lo, colheu todas as vantagens disso, pois nem a sra. Jennings, tampouco Sir John e nem mesmo a própria sra. Palmer jamais falavam de Willoughby na presença dela. Elinor desejou que a mesma indulgência pudesse ter sido estendida para ela mesma, mas isso era impossível, e teve de ouvir, dia após dia, a indignação de todos eles.

Sir John não conseguiria ter imaginado que fosse possível. "Um homem sobre o qual ele sempre teve tanta razão para pensar bem! Um sujeito de um temperamento tão amável! Ele não acreditava que existisse um cavaleiro mais ousado na Inglaterra! Tratava-se de um negócio inexplicável. Ele desejava que o sujeito fosse ao inferno, do fundo de seu coração. Não trocaria nem mesmo uma palavra com ele, onde quer que o encontrasse, por nada neste mundo! Não, nem se precisassem estar juntos numa caçada em Barton, e ficassem juntos em vigília durante duas horas. Um belo patife esse sujeito! Um cão mentiroso! Foi bem na última vez em que se viram que ele lhe oferecera um dos filhotes de Folly! E isso era o fim!"

A sra. Palmer, a seu modo, ficou igualmente zangada. "Ela estava determinada por cortar laços com ele imediatamente, e era muito grata pela circunstância de que nunca se tornara íntima dele em nenhum grau. Desejava do fundo de seu coração que Combe Magna não ficasse tão perto de Cleveland; mas isso não tinha importância, pois era uma distância um tanto demasiada para uma visita; ela o detestava tanto que decidira nunca mais mencionar o nome do rapaz, e haveria de contar a todo mundo que visse o quanto ele não prestava para nada."

A simpatia restante da sra. Palmer foi exibida em coletar todos os pormenores a seu alcance sobre o casamento que se aproximava, e na comunicação deles a Elinor. Ela pôde logo revelar com qual segeiro a nova carruagem estava sendo construída, por qual retratista o sr. Willoughby foi desenhado, e em qual estabelecimento as roupas da srta. Grey podiam ser vistas.

A despreocupação calma e educada de Lady Middleton na ocasião foi um feliz alívio no espírito de Elinor, oprimido como muitas vezes estava pela bondade clamorosa dos outros. Foi um grande conforto, para ela, ter certeza de não despertar nenhum interesse em *uma* pessoa, pelo menos, no seu círculo de amigos; foi um grande conforto saber que havia *uma* pessoa que a encontraria sem sentir qualquer curiosidade por detalhes, ou qualquer ansiedade pela saúde de sua irmã.

Toda qualificação pode às vezes ser elevada, pelas circunstâncias do momento, acima do seu valor real; e Elinor era por vezes importunada, por condolências oficiosas, a classificar a boa educação como sendo mais indispensável ao conforto do que uma boa índole.

Lady Middleton manifestava sua percepção sobre o caso mais ou menos uma vez por dia, ou duas vezes se o tópico ocorresse com muita frequência, dizendo: "É muito chocante, de fato!"; por meio dessa contínua mas branda ventilação, foi capaz não apenas de ver as senhoritas Dashwood desde o primeiro momento sem a menor emoção, mas também, muito em breve, de as ver sem recordar sequer uma palavra sobre o assunto; e tendo assim apoiado a dignidade de seu próprio sexo, e tendo exprimido sua decidida censura sobre o que havia de errado no outro, julgou que tinha liberdade de atender ao interesse de suas próprias reuniões, e determinou, portanto (embora contrariando bastante a opinião de Sir John), considerando que a sra. Willoughby seria de uma só vez uma mulher de elegância e fortuna, que seu cartão fosse deixado com ela tão logo se casasse.

As indagações delicadas e discretas do coronel Brandon jamais resultavam indesejáveis à srta. Dashwood. Ele tinha obtido abundantemente o privilégio da discussão íntima sobre a decepção de sua irmã, através do zelo amigável com o qual se empenhara por suavizar o problema, e os dois sempre conversavam em confiança. Sua principal recompensa pelo doloroso esforço de revelar tristezas passadas e humilhações presentes era concedida no olhar piedoso com o qual Marianne às vezes o contemplava, e na suavidade de sua voz (embora isso não ocorresse com frequência) sempre que ela se via obrigada ou podia por si mesma se obrigar a falar com ele. *Essas* evidências asseguravam ao coronel que seu esforço produzira um acréscimo de boa vontade em relação a si mesmo, e *essas* evidências davam esperanças a Elinor de que o acréscimo poderia ser ainda maior dali por diante; mas a sra. Jennings, que nada sabia de tudo isso, que sabia somente que o coronel seguia sendo tão grave como sempre, e que não conseguia nem convencê-lo a fazer a proposta ele mesmo e tampouco se comissionar a fazê-la por ele, começou, ao fim de dois dias, a pensar que em vez de meados do verão eles não se casariam até o dia de São Miguel, e ao final de uma semana, que não iria em absoluto ocorrer um matrimônio. O bom entendimento entre o coronel e a srta. Dashwood parecia declarar agora que as honras da amoreira, do canal e do caramanchão de teixo seriam todas repassadas para *ela*; e a sra. Jennings tinha, durante algum tempo, deixado em absoluto de pensar no sr. Ferrars.

No início de fevereiro, duas semanas após o recebimento da carta de Willoughby, Elinor teve o doloroso encargo de informar sua irmã de que o jovem estava casado. Elinor tomara o cuidado de providenciar que a informação fosse transmitida para ela mesma tão logo se soubesse que a cerimônia estivesse terminada, pois era seu desejo que Marianne não devesse receber a primeira notícia do fato a partir dos periódicos públicos, os quais via sua irmã examinando ansiosamente todas as manhãs.

Ela recebeu a notícia com serenidade resoluta; não fez nenhuma observação a respeito e, no começo, não derramou lágrimas; mas passado pouco tempo elas viriam à tona. Durante o resto do dia, Marianne ficou num estado não menos lamentável do que quando primeiro soube que podia esperar pelo acontecimento.

Os Willoughby deixaram a cidade logo depois do casamento; e Elinor quis agora, como não poderia existir perigo de que ela visse qualquer um dos dois, convencer sua irmã, que ainda não tinha saído de casa nenhuma vez desde o golpe inicial, a sair novamente, de maneira gradual, como já fizera antes.

Por aqueles dias as duas senhoritas Steele, recentemente chegadas à casa de seu primo em Bartlett's Buildings, Holborn, apresentaram-se novamente diante de seus parentes mais ilustres em Conduit e Berkeley Street; e foram recebidas por todos com grande cordialidade.

Somente Elinor ficou pesarosa por vê-las. A presença delas sempre lhe causava dor, e ela mal soube como oferecer uma retribuição muito graciosa frente ao deleite avassalador de Lucy em *ainda* encontrá-la na cidade.

– Eu teria ficado bastante desapontada se não tivesse encontrado a senhorita por aqui *ainda* – disse ela repetidamente, com forte ênfase na palavra. – Mas sempre pensei que *de fato* encontraria. Eu estava quase *certa* que a senhorita não deixaria Londres ainda por algum tempo; se bem que a senhorita *tenha* dito pra mim, não é mesmo, em Barton, que não ficaria por mais de *um mês*. Mas eu pensei, na época, que a senhorita muito provavelmente mudaria de ideia quando chegasse o momento. Teria sido uma pena tão grande ter ido embora antes que seu irmão e sua irmã viessem. E agora, com toda certeza, a senhorita não terá nenhuma *pressa* em partir. Estou incrivelmente feliz por saber que não manteve a *sua palavra*.

Elinor a compreendia perfeitamente, e teve de recorrer a seu máximo autocontrole para fazer parecer que *não* compreendia.

– Bem, minha querida – disse a sra. Jennings –, e como as senhoritas viajaram?

– Não na diligência, eu lhe garanto – retrucou a srta. Steele, com viva exultação. – Viemos em carruagem de posta o caminho todo, e tivemos um galante muito garboso pra nos fazer companhia. O dr. Davies estava vindo à cidade, então nós pensamos que poderíamos acompanhá-lo num carro de posta; ele se comportou muito distintamente, e pagou dez ou doze xelins mais do que nós.

– Ah, ah! – exclamou a sra. Jennings. – Muito bonito, de fato! E o doutor é um homem solteiro, posso lhe assegurar.

– Ora essa – disse a srta. Steele, sorrindo afetadamente –, todo mundo ri tanto de mim no que se refere ao doutor, e eu não consigo imaginar por quê. Meus primos dizem ter certeza que fiz uma conquista; mas de minha parte eu declaro que não perco meu tempo pensando nele. "Deus! Eis o seu galante chegando, Nancy", minha prima me disse outro dia, quando ela viu o doutor atravessar a rua para vir até a casa. "Meu galante, desde quando?", eu falei. "Não consigo imaginar quem você se refere. O doutor não é meu galante de jeito nenhum."

– Pois sim, pois sim, muito bonito a senhorita falar desse modo... Mas não adianta nada... O doutor é o homem, estou vendo.

– Não, não mesmo! – retrucou sua prima, com seriedade afetada. – E eu lhe peço que diga o contrário, se alguma vez ouvir falar sobre isso.

A sra. Jennings no mesmo instante lhe deu a gratificante garantia de que certamente *não* o faria, e a srta. Steele ficou assim completamente feliz.

– Suponho que vão ficar com seu irmão e sua irmã, srta. Dashwood, quando eles vierem à cidade – disse Lucy, retornando, depois de uma cessação das sugestões hostis, ao ataque.

– Não, não creio que ficaremos.

– Ah, sim, ouso dizer que ficarão.

Elinor não quis agradá-la com maior oposição.

– Que coisa encantadora, que a sra. Dashwood aceite ficar separada das senhoritas por um tempo tão longo desse jeito!

– Um tempo muito longo, vejam só! – interveio a sra. Jennings. – Ora, a visita delas apenas começou!

Lucy calou-se.

– Lamento que não possamos ver a sua irmã, srta. Dashwood – disse a srta. Steele. – Lamento que ela não esteja bem – (pois Marianne saíra da sala quando elas chegaram).

– A senhorita é muito bondosa. Minha irmã ficará igualmente pesarosa por perder o prazer de vê-las; mas ela tem andado muito atormentada ultimamente com dores nervosas de cabeça, que a deixam incapacitada para companhia ou conversação.

– Ah, minha nossa, é uma grande lástima! Mas velhas amigas como eu e Lucy! Creio que *nós duas* ela pode ver; e tenho certeza que não diríamos sequer uma palavra.

Elinor, com grande civilidade, recusou a proposta. Sua irmã talvez estivesse deitada na cama, ou usando seu penhoar, não tendo condições, portanto, de vir até elas.

– Ah, se é esse o problema – exclamou a srta. Steele –, podemos muito bem ir até *ela*.

Elinor começou a ponderar que essa impertinência era demasiada para seu gosto; mas foi poupada do trabalho de rechaçá-la pela dura repreensão de Lucy, uma repreensão que agora, como em muitas ocasiões, apesar de não conferir aos modos de uma irmã muita doçura, foi proveitosa por governar os da outra.

# Capítulo 33

Depois de alguma oposição, Marianne cedeu aos rogos de sua irmã, e consentiu em sair com ela e a sra. Jennings numa manhã, por meia hora. Ela expressamente estabeleceu a condição, no entanto, de que não realizassem nenhuma visita, e de que não faria mais do que acompanhá-las até a Gray's em Sackville Street, onde Elinor estava desenvolvendo uma negociação para trocar algumas joias antiquadas de sua mãe.

Quando pararam na porta, a sra. Jennings recordou que havia uma dama na outra extremidade da rua que ela precisava visitar; e como não tinha negócios a fazer na Gray's, ficou decidido que, enquanto as jovens amigas transacionavam os seus, ela prestaria sua visita e depois retornaria.

Tendo subido as escadas, a srta. Dashwood encontrou tantas pessoas diante delas, no recinto, que não havia uma única pessoa disponível para lhes atender os pedidos; e elas foram obrigadas a esperar. Tudo que podia ser feito era sentar junto à extremidade do balcão que parecia prometer a mais rápida sucessão; um cavalheiro apenas encontrava-se ali, e é provável que Elinor até tivesse alguma esperança de instigar nele a polidez de um despacho mais acelerado. Mas a precisão no olhar do cavalheiro e a delicadeza de seu gosto provaram superar sua polidez. Ele estava solicitando uma caixa de palitos de dente para si mesmo, e até que tamanho, forma e ornamentos ficassem determinados, características que, após discussão e análise por um quarto de hora sobre cada caixa de palitos de dente disponível na loja, foram finalmente arranjadas por seu próprio capricho inventivo, ele não teve tempo de sobra para conceder qualquer atenção às duas damas além daquela que pôde ser abrangida em três ou quatro olhares muito grosseiros, uma espécie de atenção que serviu para marcar em Elinor a lembrança de uma pessoa e uma fisionomia com forte, natural, genuína insignificância, ainda que adornadas no mais alto estilo da moda.

Marianne foi poupada dos incômodos sentimentos de desprezo e ressentimento em função daquele exame impertinente das feições delas, e daquela presunção com que o cavalheiro decidia sobre todos os diferentes horrores das diferentes caixas de palito de dente apresentadas para sua inspeção, permanecendo inconsciente a tudo isso; pois ela era tão capaz de coletar seus pensamentos em seu íntimo ali mesmo, na loja do sr. Gray, e de ser tão ignorante do que se passava em sua volta, quanto se estivesse em seu próprio quarto de dormir.

Por fim, o caso foi decidido. O marfim, o ouro e as pérolas, todos os detalhes receberam indicação; tendo nomeado qual era o último dia em que sua existência poderia ser continuada sem a posse da caixa de palitos de dente, o cavalheiro colocou de volta suas luvas com ocioso cuidado e, depois de conceder outro olhar às senhoritas Dashwood, mas um olhar que parecia mais exigir do que expressar admiração, foi-se embora com um ar feliz de verdadeira presunção e afetada indiferença.

Elinor não perdeu tempo na condução de seu negócio, e estava prestes a concluí-lo quando outro cavalheiro apresentou-se a seu lado. Ela voltou os olhos para o rosto do homem e constatou, com alguma surpresa, que se tratava do seu irmão.

O afeto e o prazer deles, naquele encontro, foram suficientes para compor uma cena muito meritória na loja do sr. Gray. John Dashwood se mostrou realmente longe de ficar triste por ver suas irmãs mais uma vez; isso lhes deu bastante satisfação; e suas indagações pela mãe foram respeitosas e atenciosas.

Elinor descobriu que seu irmão e Fanny já se encontravam na cidade havia dois dias.

– Eu queria muito visitá-las ontem – disse ele –, mas foi impossível, pois fomos obrigados a levar Harry para ver os animais selvagens em Exeter Exchange; e passamos o resto do dia com a sra. Ferrars. Harry ficou satisfeito como nunca. *Hoje* de manhã eu tinha uma firme intenção de visitá-las, se pudesse de alguma maneira encontrar uma meia hora livre, mas uma pessoa tem sempre tanta coisa para fazer quando acabou de chegar à cidade. Eu vim aqui com o propósito de encomendar um selo para Fanny. Mas amanhã creio que certamente serei capaz de fazer uma visita em Berkeley Street, e de ser apresentado a essa amiga de vocês, a sra. Jennings. Pelo que sei, ela é uma mulher de muito boa fortuna. E os Middleton também, vocês precisam me apresentar a *eles*. Como parentes de minha madrasta, ficarei feliz em lhes prestar todo meu respeito. Eles são vizinhos excelentes para vocês no campo, pelo que sei.

– Excelentes, de fato. As atenções que dedicam ao nosso conforto, a simpatia em todos os aspectos, representam mais do que posso expressar.

– Fico extremamente feliz em saber disso, dou minha palavra; extremamente feliz, de fato. Mas não poderia ser de outro modo; pois eles são pessoas de enorme fortuna, são aparentados seus, e todas as civilidades e acomodações que podem servir para tornar sua situação agradável deverão ser razoavelmente esperadas. E assim vocês estão muito confortavelmente instaladas no seu chalezinho, e não lhes falta nada! Edward nos trouxe o mais encantador relato sobre o lugar: a coisinha mais completa de seu tipo que jamais se viu, disse ele, e todas vocês pareciam apreciá-lo mais do que qualquer coisa. Saber disso foi uma grande satisfação para nós, eu lhes garanto.

Elinor se sentiu um pouco envergonhada de seu irmão; e não lamentou ser poupada da necessidade de lhe responder pela chegada do criado da sra. Jennings, que veio dizer que sua patroa esperava por elas na porta.

O sr. Dashwood as acompanhou escada abaixo, foi apresentado à sra. Jennings na porta da carruagem dela e, reafirmando sua esperança de ser capaz de visitá-las no dia seguinte, despediu-se.

Sua visita foi devidamente prestada. Ele veio trazendo um pretenso pedido de desculpas da cunhada delas, por não vir junto; "mas ela estava tão envolvida com sua mãe que realmente não tinha tempo livre para ir a qualquer lugar". A sra. Jennings, no entanto, garantiu-lhe na mesma hora que não faria cerimônia, porque elas eram todas primas, ou algo parecido, e certamente iria visitar a sra. John Dashwood muito em breve, e levar as irmãs dela para vê-la. Os modos do irmão com *elas*, embora calmos, eram perfeitamente gentis; com a sra. Jennings, eram muito atentamente polidos; e quando apareceu o coronel Brandon, logo depois dele mesmo, contemplou o recém-chegado com uma curiosidade que parecia dizer que ele só precisava saber que o coronel era rico para ser igualmente polido com *ele*.

Depois de ficar com elas por meia hora, o sr. John Dashwood pediu a Elinor que caminhasse com ele até Conduit Street, e que o apresentasse a Sir John e a Lady Middleton. O tempo estava notavelmente bom, e ela consentiu com prontidão. Assim que eles se viram fora da casa, as indagações do irmão começaram:

– Quem é o coronel Brandon? Ele é um homem abastado?

– Sim; ele tem uma propriedade muito boa em Dorsetshire.

– Fico contente com isso. Ele parece ser um homem bastante cavalheiresco; e eu creio, Elinor, que posso felicitá-la quanto à perspectiva de um estabelecimento muito respeitável na vida.

– Eu, meu irmão! O que você quer dizer?

– Ele gosta de você. Observei o homem bem de perto, e fiquei convencido disso. Qual é o montante da fortuna dele?

– Acredito que cerca de 2 mil libras por ano.

– Duas mil libras por ano.

E então, elevando-se até um patamar de entusiasmada generosidade, ele acrescentou:

– Elinor, eu desejaria do fundo do meu coração que fosse o *dobro*, pelo seu bem.

– Sem dúvida, eu acredito em você – retrucou Elinor –, mas estou absolutamente convencida de que o coronel Brandon não tem o menor desejo de se casar *comigo*.

– Você está enganada, Elinor; você está muito enganada. Um gesto muito pequeno, por sua parte, poderá lhe garantir o coronel. Talvez apenas no momento ele possa estar indeciso; o baixo valor do seu dote pode fazê-lo se manter recuado;

pode ser que todos os amigos dele o aconselhem contra isso. Mas algumas dessas pequenas atenções ou estimulações que as damas podem promover tão facilmente vão dar um jeito nele, mesmo que ele não queira. E não pode haver nenhuma razão para que você não deva tentar conquistá-lo. Não é de se supor que qualquer envolvimento anterior, da parte de você... Em suma, você sabe que quanto a um envolvimento desse tipo, isso fica completamente fora de questão, as objeções são intransponíveis... Você tem sensatez o bastante para perceber tudo isso. O coronel Brandon há de ser o homem; e nenhuma civilidade vai faltar, da minha parte, para deixá-lo satisfeito com você e com sua família. Trata-se de um enlace que só poderá proporcionar satisfação universal. Em suma, é uma espécie de coisa que – (baixando sua voz num sussurro importante) – será extremamente bem-vinda para *todos os envolvidos*.

Recompondo-se, no entanto, ele acrescentou:

– Ou seja, eu quero dizer... Seus amigos estão todos verdadeiramente ansiosos por vê-la bem estabelecida, e Fanny particularmente, pois ela tem pelo seu interesse o maior carinho do mundo, eu lhe garanto. E quanto à mãe dela também, a sra. Ferrars, uma mulher de muito boa índole, tenho certeza de que isso lhe daria muito prazer; outro dia ela disse isso mesmo.

Elinor não quis conceder qualquer resposta.

– Seria uma coisa notável, agora – continuou ele –, uma coisa engraçada, se Fanny tivesse um irmão e eu uma irmã que se estabelecessem ao mesmo tempo. E no entanto não é muito improvável.

– O sr. Edward Ferrars – disse Elinor, com resolução – por acaso vai se casar?

– Não está realmente resolvido, mas existe algo se agitando nesse caminho. Ele tem a mais excelente das mães. A sra. Ferrars, com a máxima liberalidade, haverá de se apresentar e outorgar para ele mil por ano, se o enlace vier a ocorrer. A dama é a ilustre srta. Morton, filha única do falecido Lord Morton, com 30 mil libras. Uma conexão muito desejável para ambos os lados, e eu não tenho nenhuma dúvida sobre sua realização no tempo devido. Mil por ano é uma bela soma para uma mãe dar de presente, passar adiante para sempre; mas a sra. Ferrars é dotada de um espírito nobre. Para lhe dar um outro exemplo de sua liberalidade: outro dia, logo que chegamos à cidade, ciente de que o dinheiro não poderia ser muito abundante conosco no momento, ela colocou nas mãos de Fanny notas bancárias num montante de duzentas libras. E isso é extremamente aceitável, pois nós haveremos de viver com grandes despesas enquanto estivermos aqui.

Ele fez uma pausa para obter o consentimento e a compaixão da irmã, e ela se forçou a dizer:

– Suas despesas, tanto na cidade quanto no campo, devem ser certamente consideráveis; mas o seu rendimento é grande.

– Não tão grande, ouso dizer, quanto muitas pessoas supõem. Não estou querendo reclamar, no entanto; trata-se sem dúvida de um rendimento confortável, e espero que com o tempo seja melhor. O cercamento de Norland Common, sendo efetivado agora, representa um dreno dos mais graves. E além disso eu fiz uma pequena compra neste último semestre: East Kingham Farm, você deve se lembrar do lugar, onde o velho Gibson morava. A terra era tão absolutamente desejável para mim sob todos os pontos de vista, tão imediatamente adjacente à minha propriedade, que senti que era meu dever comprá-la. Eu não poderia ter ficado com a consciência em paz se a deixasse cair em quaisquer outras mãos. Um homem deve pagar por sua conveniência; e isso *de fato* me custou uma vasta quantia de dinheiro.

– Mais do que aquilo que, na sua opinião, ela vale de verdade, intrinsecamente?

– Ora, espero que não. Eu poderia ter vendido a terra novamente, no dia seguinte, por mais do que paguei; contudo, no que diz respeito ao dinheiro da compra, eu poderia ter sofrido um grande desastre, de fato; porque as ações naquela ocasião estavam tão baixas que, se não tivesse acontecido de eu ter a quantia necessária nas mãos do meu banqueiro, eu precisaria ter liquidado meus papéis com um prejuízo muito grande.

Elinor pôde apenas sorrir.

– Outras despesas inevitáveis e grandes nós também tivemos quando chegamos a Norland. Nosso respeitado pai, como você bem sabe, legou todos os bens de Stanhill que permaneciam em Norland (e muito valiosos eles eram) à sua mãe. Longe de mim lamentar que tenha feito isso; ele tinha o direito inquestionável de dispor de sua propriedade como bem escolhesse, mas em consequência disso fomos obrigados a fazer grandes compras de roupa branca, porcelana etc., para suprir o lugar do que foi levado. Você pode imaginar, depois de todas essas despesas, como só podemos estar muito longe de ser ricos, e como é aceitável a bondade da sra. Ferrars.

– Certamente – disse Elinor. – Auxiliado por essa liberalidade, espero que você possa viver o suficiente para se ver em circunstâncias tranquilas.

– Mais um ou dois anos poderão fazer muito quanto a isso – ele retrucou gravemente –, no entanto ainda existe muito para ser feito. Não há uma pedra sequer assentada na estufa de Fanny, e nada mais do que as estacas no jardim de flores.

– Onde vai ficar a estufa?

– No cômoro atrás da casa. As velhas nogueiras foram todas colocadas abaixo para dar espaço. Será uma coisa muito agradável de se ver em várias partes do parque, e o jardim de flores vai descer pela encosta bem na frente, vai ser extremamente bonito. Acabamos com todos os velhos espinheiros que cresciam em trechos sobre a borda.

Elinor guardou sua consternação e sua censura para si mesma; e ficou muito grata por Marianne não estar presente para compartilhar da exasperação.

Já tendo dito mais do que o suficiente para deixar claro que era pobre, eliminando a necessidade de comprar um par de brincos para cada uma das irmãs na visita seguinte à Gray's, os pensamentos de John tomaram um rumo mais jovial, e ele começou a felicitar Elinor por ter uma amiga como a sra. Jennings.

– Ela parece ser uma mulher de muito valor, de fato... Sua casa, seu estilo de vida, tudo indica uma renda extremamente boa; e é uma conhecida que não apenas tem sido de grande utilidade para vocês, até aqui, como ainda pode se revelar, no fim das contas, materialmente vantajosa... Que as tenha convidado para uma estadia na cidade é certamente uma coisa de vasta importância em favor de vocês; e sem dúvida isso expressa categoricamente uma consideração tão grande por vocês que, com toda probabilidade, quando ela morrer, vocês não serão esquecidas... Ela deve ter bastante para deixar.

– Absolutamente nada, eu posso bem supor, porque possui somente seu patrimônio dotal, que descenderá para suas filhas.

– Mas não é concebível que ela faça uso de sua renda toda. Poucas pessoas em seu perfeito juízo fariam *isso*; e a soma que puder guardar ela terá condições de passar adiante.

– E você não julga mais provável que ela deverá deixar essa soma para suas filhas, e não para nós?

– As filhas da sra. Jennings são ambas extremamente bem casadas, e portanto não consigo perceber a necessidade de que ela se recorde das duas muito mais. Ao passo que, na minha opinião, ao dedicar tantas atenções a vocês, e ao tratá-las dessa maneira, ela lhes deu uma espécie de direito por sua futura consideração, algo que uma mulher conscienciosa não negligenciaria. Nada pode ser mais amável do que o comportamento da sra. Jennings; e dificilmente ela poderia fazer tudo isso sem ter consciência da expectativa que suscita.

– Mas ela não suscita expectativa nenhuma nas partes mais interessadas. Sem dúvida, meu irmão, essa sua sofreguidão pelo nosso bem-estar e pela nossa prosperidade o leva longe demais.

– Ora, com toda certeza – disse ele, parecendo se recompor –, as pessoas têm pouco, têm muito pouco em seu poder. Mas minha cara Elinor, qual é o problema com Marianne? Ela parece estar muito mal, perdeu a cor, e ficou um tanto magra. Ela está doente?

– Marianne não está bem, ela vem enfrentando uma aflição nervosa faz várias semanas.

– Eu lamento por isso. Nessa altura da vida, qualquer coisa que chegue a ser doença destrói o viço para sempre! O dela teve uma duração muito curta! Ela era uma garota tão bonita, em setembro passado, como jamais vi; e tinha grandes chances de atrair os homens. Havia certa coisa em seu estilo de beleza que servia particularmente para lhes agradar. Eu lembro que Fanny costumava dizer que ela se casaria mais cedo e melhor do que você; não que ela não seja extremamente afeiçoada por *você*, mas acontecia de ela ter esse pensamento. Fanny verá que estava errada, no entanto. Eu me questiono se Marianne, *agora*, conseguirá se casar com um homem que valha mais do que quinhentos, ou seiscentos por ano, no máximo, e estarei muito enganado se *você* não se sair melhor. Dorsetshire! Eu sei muito pouco sobre Dorsetshire; entretanto, minha querida Elinor, vou ficar extremamente feliz em saber mais; e creio poder afiançar que eu e Fanny estaremos entre os primeiros e mais satisfeitos visitantes seus.

Elinor tentou muito seriamente convencê-lo de que não havia possibilidade de um casamento dela com o coronel Brandon; mas essa expectativa era prazerosa demais para que seu irmão pudesse abandoná-la, e ele estava realmente decidido a buscar uma intimidade com o cavalheiro, e a promover o casamento com todas as atenções possíveis. O sr. Dashwood tinha compunção na medida exata para não ter feito nada por suas irmãs e viver extremamente ansioso para que todas as outras pessoas fizessem muito; e algo como uma proposta do coronel Brandon, ou um legado da sra. Jennings, era o meio mais fácil de reparar sua própria negligência.

Eles tiveram a sorte de encontrar Lady Middleton em casa, e Sir John chegou antes que a visita terminasse. Cortesias abundantes foram trocadas por todos os lados. Sir John gostava de qualquer pessoa que lhe surgisse na frente, e o sr. Dashwood, embora não parecesse saber muito sobre cavalos, logo foi tido por ele como um sujeito de muito boa índole, enquanto que Lady Middleton viu elegância o bastante, em sua figura, para pensar que se tratava de uma amizade proveitosa; e o sr. Dashwood foi embora deleitado com ambos.

– Vou ter um relato encantador para levar a Fanny – disse ele, enquanto caminhava de volta com sua irmã. – Lady

Middleton é realmente uma mulher muitíssimo elegante! Fanny, tenho certeza, vai ficar feliz em conhecer uma mulher como ela. E a sra. Jennings também, uma mulher extremamente bem-comportada, se bem que não tão elegante quanto a filha. A sua irmã não precisa ter qualquer escrúpulo nem mesmo em visitar *ela*, o que vinha ocorrendo em certa medida, para dizer a verdade, e muito naturalmente; porque nós apenas sabíamos que a sra. Jennings era viúva de um homem que ganhou todo seu dinheiro de uma maneira baixa; e Fanny e a sra. Ferrars estavam ambas fortemente imbuídas da impressão de que nem ela nem suas filhas pertenciam à categoria das mulheres com as quais Fanny gostaria de se associar. Mas agora eu posso levar para ela uma descrição muitíssimo satisfatória de ambas.

# Capítulo 34

A sra. John Dashwood teve tanta confiança no julgamento de seu marido que visitou, no dia seguinte mesmo, tanto a sra. Jennings quanto a filha desta; e sua confiança foi recompensada pela constatação de que até mesmo a primeira, até mesmo a mulher com quem suas irmãs estavam hospedadas, não era de forma nenhuma indigna de sua consideração; quanto a Lady Middleton, viu nela uma das mulheres mais encantadoras do mundo!

Lady Middleton ficou igualmente satisfeita com a sra. Dashwood. Havia uma espécie de frieza e egoísmo de coração, em ambos os lados, que as atraía mutuamente; e elas simpatizaram uma com a outra num insípido decoro de comportamento, e numa ausência geral de discernimento.

Entretanto, as mesmas maneiras que recomendavam a sra. John Dashwood à boa opinião de Lady Middleton não se adequaram ao pensamento da sra. Jennings, para quem ela pareceu ser nada mais do que uma mulher de aparência orgulhosa e de modos pouco cordiais, que encontrou as irmãs do marido sem nenhum afeto, e quase sem ter nada para lhes dizer, porque, no quarto de hora concedido em Berkeley Street, permaneceu sentada em silêncio durante pelo menos sete minutos e meio.

Elinor queria muito saber, embora tivesse optado por não perguntar, se Edward estava, naquela ocasião, na cidade; mas nada teria induzido Fanny a mencionar voluntariamente o nome do irmão diante dela, não antes de poder lhe contar que o casamento dele com a srta. Morton estava encaminhado, ou antes que as expectativas de seu marido quanto ao coronel Brandon fossem respondidas; porque acreditava que os dois eram ainda tão ligados um ao outro que não deveriam ser menos do que laboriosamente separados nas palavras e nas ações o tempo inteiro. A informação que *ela* não quis fornecer, no entanto, logo emergiu de outra parte. Lucy veio muito em breve solicitar a compaixão de Elinor por estar impedida de ver Edward, embora ele tivesse chegado à cidade com o sr. e a sra. Dashwood. Edward não ousava vir a Bartlett's Buildings por medo de que descobrissem tudo e, por mais que a impaciência mútua por um encontro fosse algo indizível, eles não podiam fazer nada no momento a não ser escrever.

Edward lhes assegurou em pessoa de sua presença na cidade dentro de bem pouco tempo, com duas visitas em Berkeley Street. Duas vezes seu cartão foi encontrado na mesa, quando elas retornavam dos compromissos da manhã. Elinor ficou satisfeita com o fato de que ele as tivesse visitado; e ainda mais satisfeita por não ter estado em casa.

Os Dashwood estavam tão prodigiosamente encantados com os Middleton que, embora não tivessem o costume de dar o que quer que fosse, decidiram que lhes dariam um jantar. A familiaridade com eles mal tivera começo e já os convidaram para jantar em Harley Street, onde haviam alugado uma casa muito boa por três meses. As irmãs e a sra. Jennings foram convidadas também, e John Dashwood teve o cuidado de garantir a presença do coronel Brandon, que por seu turno, sempre contente por estar onde as senhoritas Dashwood estivessem, recebeu as impetuosas cortesias do cavalheiro com certa dose de surpresa, mas com dose bem maior de prazer. Eles iriam conhecer a sra. Ferrars; mas Elinor não conseguiu saber se os filhos dela fariam parte do grupo. A expectativa de ver *a sra. Ferrars*, no entanto, era suficiente para fazer com que tivesse interesse pelo compromisso, porque, embora ela fosse agora capaz de conhecer a mãe de Edward sem aquela forte ansiedade que outrora marcaria infalivelmente o encontro, embora fosse agora capaz de olhar para ela com perfeita indiferença quanto à opinião que pudesse ter sobre ela mesma, seu desejo por se ver na companhia da senhora, e sua curiosidade por saber como ela era, eram vívidos como sempre.

Esse interesse com que Elinor antecipava o jantar aumentou pouco tempo depois, e de uma maneira mais intensa do que prazerosa, quando ela soube que as senhoritas Steele também estariam presentes.

Tão bem haviam se recomendado a Lady Middleton, tão agradáveis suas assiduidades as faziam parecer aos olhos dela, que, embora Lucy certamente não fosse muito elegante, e sua irmã, nem mesmo bem-educada, ela ficou tão disposta quanto Sir John a lhes pedir que passassem uma semana ou duas em Conduit Street; e ocorreu que foi particularmente conveniente às senhoritas Steele, assim que o convite dos Dashwood foi conhecido, que a visita tivesse início poucos dias antes da realização do jantar.

Os direitos que tinham por merecer as atenções da sra. John Dashwood, na condição de sobrinhas do cavalheiro que por vários anos tivera sob seus cuidados o irmão dela, não poderiam ter auxiliado muito, no entanto, em lhes obter assentos à mesa da dama; na condição de convidadas de Lady Middleton, porém, elas decerto eram bem-vindas; e Lucy, que havia muito queria ser pessoalmente conhecida pela família, ter uma visão mais aproximada de seus temperamentos e das dificuldades dela mesma, além de ter uma oportunidade para tentar agradá-los, raras vezes tinha sido, em sua vida, mais feliz do que foi quando recebeu o cartão da sra. John Dashwood.

Em Elinor, o efeito foi muito diferente. Ela teve desde o primeiro minuto a certeza de que Edward, morando com sua mãe, seguramente seria convidado, assim como sua mãe, para uma reunião promovida pela irmã. E vê-lo pela primeira vez, depois de tudo que se passara, na companhia de Lucy! Ela mal sabia como conseguiria suportar!

Tais apreensões não eram fundadas inteiramente na razão, talvez, e certamente não eram fundadas na verdade. Foram aliviadas, no entanto, não pela própria ponderação de Elinor, mas pela boa vontade de Lucy, que acreditou estar infligindo uma severa decepção quando lhe disse que Edward certamente não estaria em Harley Street na terça-feira, e que até mesmo esperou estar molestando ainda mais sua dor ao lhe persuadir de que Edward se mantinha distante por causa do extremo afeto por ela mesma, algo que ele não conseguia esconder quando se viam juntos.

Chegou a importante terça-feira que apresentaria essa sogra formidável às duas jovens damas.

– Tenha piedade de mim, querida srta. Dashwood! – disse Lucy, enquanto subiam juntos as escadas (porque os Middleton chegaram tão em seguida, logo depois da sra. Jennings, que todos seguiram o criado ao mesmo tempo). – Não há ninguém aqui, além da senhorita, que pode se compadecer de mim. Juro que mal consigo ficar de pé. Minha nossa! Em poucos instantes vou ver a pessoa de quem depende por inteiro a minha felicidade... e que há de ser minha mãe!

Elinor poderia ter proporcionado a ela um alívio imediato sugerindo a possibilidade de que fosse a mãe da srta. Morton, em vez da mãe dela, a pessoa que estavam prestes a contemplar; em vez de fazer isso, porém, assegurou-lhe, e com grande sinceridade, que de fato se compadecia – para o máximo espanto de Lucy, que, embora estivesse realmente desconfortável, esperava ser pelo menos objeto de uma irreprimível inveja por parte de Elinor.

A sra. Ferrars era uma mulherzinha magra, aprumada em seu porte ao ponto da formalidade, e grave em seu aspecto ao ponto do azedume. Sua tez era amarelada, e suas feições, pequenas, desprovidas de beleza, e naturalmente desprovidas de expressão; mas uma contração afortunada em sua testa resgatara seu semblante da desgraça da insipidez, conferindo-lhe as fortes características do orgulho e de um temperamento ruim. Não era uma mulher de muitas palavras, porque, ao contrário do que ocorre com as pessoas em geral, proporcionava suas falas ao número de suas ideias. Das poucas sílabas que chegaram a escapar dela, não houve sequer uma que admitiu interação com a srta. Dashwood, a quem ela encarou com a viva determinação de não lhe devotar simpatia em nenhuma hipótese.

Elinor não poderia, *agora*, ficar infeliz em função desse comportamento; alguns meses antes ele a teria magoado intensamente; mas não estava em poder da sra. Ferrars perturbá-la de tal modo agora – e a diferença de suas maneiras com as senhoritas Steele, uma diferença que parecia ser propositalmente exibida para humilhá-la mais, apenas a divertia. Ela não conseguia deixar de sorrir observando a graciosidade com que tanto mãe quanto filha tratavam a exata pessoa – pois Lucy era particularmente favorecida – que, acima de todas as outras, se soubessem tanto quanto ela, teriam se mostrado mais do que ansiosos por mortificar; enquanto ela mesma, que não tinha em comparação nenhum poder para feri-las, permanecia sentada, incisivamente desprezada por ambas. Mas enquanto sorriu diante de uma graciosidade tão mal aplicada, não conseguiu refletir sobre a tolice mesquinha que a originava, e tampouco observar as estudadas atenções com que as senhoritas Steele cortejavam sua continuidade, sem desprezar completamente todas as quatro.

Lucy era puro regozijo por receber tão honrosa distinção; e a srta. Steele só precisava ser provocada com referências ao dr. Davies para se sentir perfeitamente feliz.

O jantar foi grandioso, os criados eram numerosos, e tudo evidenciava o pendor da anfitriã pela ostentação, e a capacidade do anfitrião de sustentá-la. Apesar das melhorias e adições que vinham sendo efetuadas na propriedade de Norland, e mesmo que seu dono tivesse se visto a poucos milhares de libras de ser obrigado a liquidar seus papéis com prejuízo, não havia nada que salientasse qualquer sintoma daquela indigência que ele tentara inferir a partir de tais circunstâncias; nenhuma pobreza de qualquer tipo apareceu, exceto na conversação – mas nesse ponto a deficiência era considerável. John Dashwood, de sua parte, não tinha muito a dizer que valesse a pena ouvir, e sua esposa tinha menos ainda. Mas não ocorria nisso nenhuma desgraça peculiar, pois esse era precisamente o caso com a maioria dos visitantes, que quase na totalidade, com intenção de agradar, labutavam em uma ou outra das seguintes desqualificações: ausência de sensatez, natural ou aprimorada; ausência de elegância; ausência de espírito; ou ausência de caráter.

Quando as damas se retiraram à sala de visitas depois do jantar, essa pobreza ficou particularmente aparente, porque os cavalheiros *haviam* enriquecido a discussão com alguma variedade – a variedade da política, do cercamento de terras e da doma de cavalos –, mas dali em frente tudo se acabou; e um assunto apenas engajou as damas até que o café chegasse: as alturas comparadas de Harry Dashwood e do segundo filho de Lady Middleton, William, que eram quase da mesma idade.

Estivessem ambos os meninos ali, o caso poderia ter sido resolvido com muita facilidade, bastando que fossem medidos juntos; mas como somente Harry encontrava-se presente, tudo não passou de afirmações conjecturais de ambos os lados, e todas as damas tiveram o direito de ser igualmente positivas em suas opiniões, e de repeti-las várias e várias vezes, tanto quanto quisessem.

As partes dividiram-se assim:

As duas mães, embora cada uma estivesse realmente convencida de que seu próprio filho era o mais alto, educadamente se decidiram em favor do outro.

As duas avós, com não menos parcialidade, mas com mais sinceridade, se mostraram igualmente sérias no apoio do próprio descendente de cada uma.

Lucy, não tendo a menor vontade de agradar mais a uma genitora do que à outra, julgou que os meninos eram notavelmente altos para sua idade, não conseguindo conceber que pudesse existir entre eles a menor diferença neste mundo, e a srta. Steele se posicionou, com destreza maior ainda, tão depressa quanto pôde, em favor de ambos.

Elinor, tendo direcionado sua opinião para o lado de William, ofendendo assim a sra. Ferrars (e Fanny ainda mais), não viu necessidade de reforçá-la com qualquer afirmação adicional; e Marianne, quando seu parecer foi solicitado, ofendeu as damas todas, declarando que não tinha nenhuma opinião para dar, na medida em que nunca pensara nisso.

Antes de sua saída de Norland, Elinor pintara para sua cunhada duas telas muito bonitas que, recém-montadas e trazidas para casa, agora ornamentavam a sala de visitas em que as damas encontravam-se; e essas telas, chamando a atenção de John Dashwood enquanto ele seguia os outros cavalheiros recinto adentro, foram oficiosamente entregues por ele ao coronel Brandon para que este as admirasse.

– Estas aqui foram feitas por minha irmã mais velha – disse ele –, e o senhor, como um homem de bom gosto, só poderá ficar satisfeito com elas, ouso dizer. Não sei se o senhor já teve oportunidade de ver alguma de suas performances antes, mas todos reconhecem, de modo geral, que ela desenha muito bem.

O coronel, mesmo descartando todas as pretensões de ser um *connoisseur*, admirou as telas calorosamente, como teria feito com qualquer coisa pintada pela srta. Dashwood; a curiosidade dos demais tendo sido naturalmente despertada, elas foram repassadas em volta para uma inspeção geral. A sra. Ferrars, não estando ciente de que se tratava de um trabalho de Elinor, pediu em particular para ver as telas e, depois de terem recebido um gratificante testemunho de aprovação por parte de Lady Middleton, Fanny as apresentou para sua mãe, atenciosamente informando-lhe, ao mesmo tempo, que eram de autoria da srta. Dashwood.

– Hmm – disse a sra. Ferrars. – Muito bonito – e, sem observá-las nem por um segundo, devolveu as telas à filha.

Talvez, Fanny pensou por um momento, sua mãe tivesse sido um tanto rude demais – porque, corando um pouco, ela disse imediatamente:

– Elas são muito bonitas, senhora... não são?

Em seguida, no entanto, o pavor de ter sido demasiado cortês, incentivando-a também, provavelmente tomou conta dela, porque logo acrescentou:

– Não concorda que elas têm algo do estilo de pintura da srta. Morton, senhora? Ela *sem dúvida* pinta de modo muitíssimo encantador! Como ficou linda sua última paisagem!

– Ficou linda mesmo! Mas *ela* é boa em tudo que faz.

Marianne não conseguiu suportar aquilo. Já estava mais do que descontente com a sra. Ferrars; e aquele louvor inoportuno de outra, às custas de Elinor, embora ela não tivesse nenhuma noção de seu principal significado, provocou-a imediatamente a dizer, com ardor:

– Isso é admiração de um tipo muito particular! Qual é a relevância da srta. Morton para nós? Quem a conhece, ou quem se importa com ela? Elinor é sobre quem *nós* pensamos e falamos.

E assim dizendo Marianne tomou as telas das mãos de sua cunhada, a fim de admirá-las como deveriam ser admiradas.

A sra. Ferrars pareceu ficar extremamente zangada e, esticando-se numa postura mais rígida do que nunca, pronunciou como amarga retorta esta filípica:

– A srta. Morton é a filha de Lord Morton.

Fanny parecia estar muito zangada também, e seu marido ficou todo apavorado com essa audácia da irmã. Elinor sentiu-se muito mais magoada por causa do ardor de Marianne do que por aquilo que produzira o ardor; mas os olhos do coronel Brandon, que se mantinham fixos em Marianne, declaravam que ele percebia somente o que era amável em tal atitude, o coração afetuoso que não suportava ver uma irmã sofrer a menor desfeita que fosse.

Os sentimentos de Marianne não pararam por aqui. A fria insolência do comportamento ininterrupto da sra. Ferrars com sua irmã parecia, em seu entender, prenunciar tamanhas dificuldades e aflições para Elinor que seu próprio coração ferido a levou a pensar no futuro com horror; estimulada por um forte impulso de sensibilidade afetiva, depois de um momento ela foi até a poltrona de sua irmã e, colocando um braço em volta de seu pescoço e quase tocando a face dela com a sua, disse numa voz baixa mas impetuosa:

– Querida, querida Elinor, não dê importância para elas. Não permita que elas deixem *você* infeliz.

Marianne não conseguiu dizer mais nada; seu espírito estava bastante abatido; escondendo seu rosto no ombro de Elinor, ela irrompeu em lágrimas. O choro atraiu as atenções de todos, e quase todos ficaram preocupados. O coronel Brandon se levantou e foi para perto delas, sem saber o que fazer. A sra. Jennings, com um muito destro "Ah, pobrezinha!", sem a menor perda de tempo lhe deu seus sais; e Sir John sentiu-se tão desesperadamente enfurecido contra o responsável por esse sofrimento nervoso que no mesmo instante trocou seu assento por outro bem ao lado de Lucy Steele, e lhe fez, num sussurro, um breve relato de todo aquele chocante caso.

Em poucos minutos, no entanto, Marianne recuperou-se o bastante para dar fim ao alvoroço, e sentou-se entre os demais, embora seu espírito tenha retido ao longo da noite toda uma impressão do que se passara.

– Pobre Marianne! – o irmão dela disse ao coronel Brandon, em voz baixa, tão logo conseguiu lhe reivindicar atenção. – Ela não tem uma saúde tão boa quanto a de sua irmã... Ela é muito nervosa... não tem a constituição de Elinor. E precisamos admitir que existe algo de muito penoso numa jovem que *foi* uma beldade mas vai perdendo seus atrativos pessoais. O senhor não imaginaria, talvez, mas Marianne *era* notavelmente bonita poucos meses atrás; tão bonita quanto Elinor. Agora, veja, não resta nada.

# Capítulo 35

A curiosidade de Elinor por ver a sra. Ferrars estava satisfeita. Encontrara nela tudo que poderia tender a fazer com que uma maior união entre as famílias se tornasse indesejável. Vira o bastante de seu orgulho, de sua mesquinhez, e de seu determinado preconceito contra ela mesma, para compreender todas as dificuldades que decerto teriam atribulado seu noivado com Edward e retardado um casamento, caso ele fosse um homem livre; e vira quase o bastante para ficar *pessoalmente* grata, visto que um obstáculo maior a preservou de sofrer sob qualquer outra maquinação da sra. Ferrars, e a preservou de qualquer dependência de seus caprichos, ou de qualquer solicitude por sua boa opinião. Ou então, pelo menos, se não chegou ao extremo de rejubilar-se com a contingência de que Edward estivesse acorrentado a Lucy, ela decidiu que, fosse Lucy mais amável, *teria* se rejubilado.

Elinor não entendia de que maneira o ânimo de Lucy podia ser tão elevado pela civilidade da sra. Ferrars; que seu interesse e sua vaidade a cegassem tão completamente a ponto de fazê-la imaginar que fosse um louvor o respeito que parecia lhe ser consagrado somente porque ela *não era Elinor* – ou de lhe permitir que deduzisse algum encorajamento a partir de uma preferência que somente recebia porque sua verdadeira situação era desconhecida. A confirmação de que se tratava disso mesmo, porém, não apenas ficara declarada nos olhos de Lucy na ocasião; foi declarada de novo na manhã seguinte, e mais abertamente, porque, atendendo a seu particular desejo, Lady Middleton a deixou em Berkeley Street para uma chance de ver Elinor sozinha e de lhe dizer o quão feliz ela se sentia.

A chance provou ser favorável, porque uma mensagem da sra. Palmer levou a sra. Jennings para longe delas logo depois de sua chegada.

– Minha querida amiga – exclamou Lucy, assim que ficaram sozinhas –, eu venho lhe falar da minha felicidade.

Poderia qualquer coisa neste mundo ser tão lisonjeira quanto a forma que a sra. Ferrars me tratou ontem? Tão extremamente afável como ela foi! A senhorita sabe o quanto eu tinha pavor da ideia de vê-la; mas no momento exato que fui apresentada houve tão grande afabilidade em seu comportamento, houve algo que realmente parecia dizer que eu tinha caído em suas graças. Pois não foi assim mesmo? A senhorita viu tudo; não ficou impressionada com aquilo?

– Ela certamente foi muito cortês com a senhorita.

– Cortês!? A senhorita não viu nada mais do que uma mera cortesia? Eu vi muitíssimo mais. Uma generosidade que ninguém pôde usufruir mais do que eu! Nada de orgulho, nada de altivez, e com a sua irmã o mesmo... cheia de doçura e afabilidade!

Elinor quis falar de outra coisa, mas Lucy continuou insistindo que ela reconhecesse que havia razão para tanta felicidade; e Elinor teve de se forçar a prosseguir.

– Sem dúvida, se elas estivessem a par do seu noivado – disse ela –, nada poderia ser mais lisonjeiro do que o tratamento que lhe concederam; mas como não era esse o caso...

– Imaginei que a senhorita diria isso – Lucy retrucou rapidamente –, mas não havia nenhuma razão neste mundo pra que a sra. Ferrars parecesse gostar de mim caso não gostasse, e que ela gosta de mim é o que há de mais importante. A senhorita não vai me convencer a repensar minha satisfação. Tenho certeza que tudo vai acabar bem, e não haverá qualquer dificuldade, em relação ao que eu pensava antes. A sra. Ferrars é uma mulher encantadora, assim como a sua irmã. Ambas são mulheres maravilhosas, de fato! Fico me perguntando como é possível que eu nunca escute a senhorita dizer o quanto a sra. Dashwood é agradável!

Para isso Elinor não tinha resposta, e ela nem mesmo tentou responder.

– Por acaso está doente, srta. Dashwood? A senhorita parece abatida... quase não fala. Sem dúvida não está bem.

– Eu nunca estive com saúde melhor.

– Fico contente, do fundo do meu coração; mas realmente a senhorita não parecia estar bem. Eu lamentaria muito ver *a senhorita* doente; a senhorita, que tem sido pra mim o maior conforto neste mundo! Sabe Deus o que eu teria feito sem a sua amizade.

Elinor tentou responder com civilidade, apesar de duvidar de que teria sucesso. Mas pareceu deixar Lucy satisfeita, porque ela retrucou no mesmo instante:

– Sem dúvida estou perfeitamente convencida da sua consideração por mim; depois do amor de Edward, é o maior conforto que eu tenho. Pobre Edward! Mas agora surgiu uma circunstância positiva, nós teremos condições de nos encontrarmos, e com bastante frequência, porque Lady Middleton está encantada com a sra. Dashwood, de sorte que passaremos uma bela quantidade de tempo em Harley Street, ouso dizer, e Edward passa metade do seu tempo com a irmã... Além disso, Lady Middleton e a sra. Ferrars farão visitas agora; e a sra. Ferrars e a sua irmã tiveram a bondade de dizer mais de uma vez que sempre ficariam felizes em me ver. Elas são mulheres tão maravilhosas! Se alguma vez a senhorita contar pra sua irmã o que eu penso dela, estou certa que não conseguirá repetir todos os meus elogios.

Mas Elinor não quis lhe dar nenhum incentivo nessa expectativa de que *deveria* dizer algo para sua irmã. Lucy continuou:

– Tenho certeza que eu teria percebido no mesmo instante se a sra. Ferrars tomasse algum desgosto por mim. Se ela tivesse me feito somente um cumprimento formal, por exemplo, sem dizer sequer uma palavra, e depois jamais tivesse prestado qualquer atenção em mim, e jamais tivesse me olhado de um jeito agradável (a senhorita entende o que quero dizer), se eu tivesse assim sido tratada, de maneira proibitiva, eu teria jogado tudo pro alto, em desespero. Eu não conseguiria ter suportado. Porque quando ela *de fato* não gosta, eu sei que é a coisa mais violenta.

Elinor se viu impedida de replicar esse triunfo civil pela porta sendo escancarada, com o criado anunciando a chegada do sr. Ferrars, e com a entrada imediata de Edward.

A situação foi muito constrangedora; isso podia ser visto no semblante de cada um dos três. Eles pareciam todos extremamente tolos; e Edward dava impressão de ter, por sair da sala de novo, uma inclinação tão grande quanto a que tinha por avançar mais em seu interior. Do modo mais desagradável, caíra sobre eles a exata circunstância que cada um teria desejado evitar com a maior avidez. Não apenas estavam os três juntos, mas estavam juntos sem que tivessem o alívio de qualquer outra pessoa. As damas se recuperaram primeiro. Quanto a Lucy, não lhe cabia ostentar nada, e uma dissimulação de sigilo precisava ser ainda mantida. Ela poderia, portanto, somente deixar *transparecer* sua ternura; depois de se dirigir a Edward ligeiramente, não disse mais nada.

Mas Elinor tinha mais por fazer; e tão ávida estava por fazê-lo bem, por causa de Edward e de si mesma, que se obrigou, depois de se recompor durante um momento, a saudá-lo com olhares e modos que eram quase tranquilos, e quase francos; e outra luta, outro esforço permitiu que se saísse ainda melhor. Ela não deixaria que a presença de Lucy ou tampouco a consciência de alguma injustiça com ela mesma impedissem-na de dizer que ficava feliz em vê-lo, e que lamentara muito estar fora de casa quando ele fizera sua prévia visita em Berkeley Street. Nenhum temor a faria deixar de lhe dar as atenções que, na condição de amigo e quase parente, eram um direito dele; não temeu os olhos atentos de Lucy, mas logo percebeu que eles a vigiavam muito de perto.

As maneiras de Elinor transmitiram alguma tranquilidade para Edward, e ele teve coragem suficiente para sentar-se; mas seu embaraço ainda excedia o das damas numa proporção que o caso tornava razoável, embora seu sexo pudesse configurar tal fato como algo raro; pois seu coração não tinha o teor de indiferença que o de Lucy possuía, e nem sua consciência poderia ter tanta serenidade quanto a de Elinor.

Lucy, num ar de recato e firmeza, parecia determinada em não contribuir para o conforto dos outros dois, e não dizia uma única palavra; e quase tudo que *foi* dito procedeu de Elinor, que se obrigou a fornecer voluntariamente todas as informações sobre a saúde de sua mãe, sobre a estadia na cidade etc., a respeito das quais Edward deveria ter perguntado, mas não o fez.

Seus esforços não pararam por aqui, porque ela logo depois se sentiu tão heroicamente disposta que foi capaz de decidir, sob o pretexto de buscar Marianne, que deixaria os dois sozinhos; e ela realmente os deixou, e o *fez* da forma mais elegante, porque se demorou por vários minutos no patamar, com a mais altiva fortitude, antes de seguir de vez ao encontro da irmã. Feito isso, no entanto, chegara o momento em que os arroubos de Edward deveriam cessar; porque o júbilo de Marianne a fez correr até a sala imediatamente. Seu prazer em vê-lo foi semelhante a qualquer outro sentimento seu, forte em si mesmo, e manifestado com força. Ela o encontrou com uma mão que se oferecia e uma voz que expressava o carinho de uma irmã.

– Querido Edward! – Marianne exclamou. – Este é um momento de grande felicidade! Isso é quase uma reparação de tudo!

Edward tentou oferecer a retribuição que a bondade dela merecia, mas diante de tais testemunhas não se atreveu a dizer metade do que realmente sentia. Mais uma vez todos se sentaram, e por um momento todos permaneceram em silêncio, enquanto Marianne se manteve olhando, com a mais expressiva ternura, por vezes para Edward e por vezes para Elinor, lamentando apenas que o prazer que os dois obtinham daquele encontro devesse ser restringido pela presença indesejável de Lucy. Edward foi o primeiro a falar, e o fez para reparar na fisionomia transformada de Marianne, e para expor seu receio de que ela julgasse que Londres não lhe convinha.

– Ah, não pense em mim! – retrucou ela com animado fervor, embora seus olhos se enchessem de lágrimas enquanto falava. – Não pense na *minha* saúde. Veja, Elinor está bem. Isso deve ser suficiente para nós dois.

Esse comentário não foi calculado para fazer com que Edward ou Elinor ficassem mais à vontade, e tampouco para conciliar a benevolência de Lucy, que olhou para Marianne com uma expressão não muito benigna.

– Você está gostando de Londres? – perguntou Edward, inclinado a dizer qualquer coisa que pudesse introduzir um outro assunto.

– Nem um pouco. Eu esperava ter muitos prazeres aqui, mas não encontrei nenhum. Ver você, Edward, é o único conforto que a cidade propiciou. Graças aos céus, você continua sendo quem sempre foi!

Ela fez uma pausa; ninguém falou.

– Eu creio, Elinor – Marianne acrescentou em seguida –, que devemos encarregar Edward de cuidar de nós em nosso retorno a Barton. Em uma semana ou duas, eu suponho, nós estaremos partindo; e confio que Edward não vai se mostrar muito indisposto em aceitar a tarefa.

O pobre Edward murmurou algo, mas ninguém entendeu o que de fato disse, nem ele mesmo. Mas Marianne, que percebeu o desconforto do cavalheiro, e que pôde facilmente atribuí-lo a qualquer causa que fosse de seu agrado, ficou perfeitamente satisfeita e logo mudou de assunto.

– Passamos um dia e tanto em Harley Street ontem, Edward! Tão enfadonho, tão deploravelmente enfadonho! Mas tenho muito a lhe dizer, nesse tópico, que não pode ser dito agora.

E com essa discrição admirável ela conseguiu adiar a declaração de que considerava os parentes que ambos compartilhavam como sendo mais desagradáveis do que nunca – e de que tinha uma particular aversão pela mãe dele – até que estivessem mais em privado.

– Mas por que você não estava lá, Edward? Por que você não veio?

– Eu tinha um compromisso em outro lugar.

– Compromisso! Mas que compromisso era esse, quando amigas como nós podiam ser encontradas?

– Talvez, srta. Marianne – exclamou Lucy, ansiosa por exercer alguma vingança contra ela –, a senhorita pense que os jovens cavalheiros nunca respeitam compromissos uma vez que eles não têm preocupação em mantê-los, tanto os pequenos quanto os grandes.

Elinor ficou muito zangada, mas Marianne parecia totalmente insensível à ferroada, porque com grande calma retrucou:

– De fato não penso assim, porque, seriamente falando, estou convicta de que apenas a consciência manteve Edward longe de Harley Street. E realmente acredito que ele *tem* a consciência mais delicada deste mundo; a mais escrupulosa no cumprimento de cada compromisso, por menor que seja, e por mais que possa contrariar seu interesse ou seu prazer. Ele é muitíssimo temeroso de causar dor, de ferir expectativas, sendo a pessoa mais incapaz de agir com egoísmo entre todas as que já vi. Edward, é isso mesmo, e não vou deixar de dizê-lo. O quê!? Por acaso você não pode jamais ouvir elogios? Então você não deve ser amigo meu; porque aqueles que aceitam meu amor e minha estima precisam se submeter aos meus abertos louvores.

A natureza de seu louvor no presente caso, no entanto, calhou de ser particularmente inadequada para os sentimentos de dois terços de seus ouvintes, e foi tão pouco estimulante, para Edward, que ele logo depois se levantou para partir.

– Ir embora tão depressa!? – disse Marianne. – Meu querido Edward, não pode ser.

Puxando um pouco de lado seu amigo, ela sussurrou sua persuasão de que Lucy não poderia permanecer ali por muito mais tempo. Mas até mesmo esse último encorajamento falhou, pois ele queria de fato partir; e Lucy, que teria permanecido mais do que Edward se a visita dele tivesse durado duas horas, foi embora logo depois.

– O que faz com que ela nos visite tantas vezes? – perguntou Marianne, quando Lucy as deixou. – Será que ela não conseguia se dar conta de que queríamos nos ver livres dela? Que coisa inconveniente para Edward!

– Inconveniente por quê? Éramos todas amigas dele, e Lucy o conhece há mais tempo do que qualquer uma. É mais do que natural que ele queira vê-la tanto quanto a nós mesmas.

Marianne olhou fixamente para ela e disse:

– Você sabe, Elinor, que esse é um tipo de conversa que eu não posso suportar. Se você só espera que a sua declaração seja contrariada, e devo supor que é esse o caso, você precisa lembrar que eu serei a última pessoa no mundo a fazê-lo. Não vou me rebaixar ao logro de fazer afirmações que não são de fato desejadas.

Marianne então saiu da sala; e Elinor não se atreveu a segui-la para dizer algo mais, porque, amordaçada como estava por sua promessa de sigilo para Lucy, não poderia fornecer nenhuma informação que fosse convencer Marianne; por mais dolorosas que pudessem ser as consequências de persistir num erro, era obrigação sua submeter-se a ele. Tudo que podia esperar era que Edward não expusesse ambos frequentemente ao martírio de ouvir aquele ardor equivocado de Marianne, ou à repetição de qualquer parte da dor que marcara o recém-terminado encontro – e ela tinha todos os motivos para manter essa expectativa.

# Capítulo 36

Poucos dias após esse encontro, os jornais anunciaram ao mundo que a esposa do ilustríssimo sr. Thomas Palmer havia dado à luz, com segurança, um filho e herdeiro; um parágrafo muito interessante e satisfatório, ao menos para todos os conhecidos íntimos que estavam inteirados de antemão.

Esse acontecimento, muito importante para promover a felicidade da sra. Jennings, ocasionou uma transformação temporária no emprego de seu tempo, e influenciou, em grau semelhante, os compromissos de suas jovens amigas, porque, como ela desejava estar o maior tempo possível com Charlotte, seguia para lá todas as manhãs, assim que terminava de se vestir, e não retornava senão tarde da noite; e as senhoritas Dashwood, atendendo a um pedido especial dos Middleton, passavam a maior parte dos dias em Conduit Street. Para seu próprio conforto, elas teriam preferido muito mais permanecer, pelo menos durante a manhã, na casa da sra. Jennings; mas não era uma coisa que podia ser instada, contrariando a vontade de todos. Suas horas eram, portanto, despendidas com Lady Middleton e as duas senhoritas Steele, pelas quais sua companhia, na verdade, era tão pouco valorizada quanto era declaradamente solicitada.

Elas eram sensatas demais para que a primeira pudesse desejá-las como companheiras, e pelas outras duas eram consideradas numa perspectiva ciumenta, como intrusas num território que era *delas*, e por compartilharem a bondade que queriam monopolizar. Embora nada pudesse ser mais polido do que o comportamento de Lady Middleton com Elinor e Marianne, a bem da verdade ela não gostava das duas nem um pouco. Porque não bajulavam nem a ela nem a seus filhos, não era capaz de acreditar que fossem de boa índole; e porque tinham apreço pela leitura, imaginava que fossem satíricas – talvez sem saber exatamente o que significava ser satírico; mas *isso* não importava. Era uma censura de uso comum, e facilmente conferida.

A presença das senhoritas Dashwood era uma restrição tanto para ela quanto para Lucy. Atrapalhava o ócio de uma e os afazeres da outra. Lady Middleton tinha vergonha de não fazer nada diante delas, e os elogios que Lucy elaborava e administrava com orgulho em outros momentos, agora ela temia que as duas a pudessem desprezar, se os oferecesse. Das três, a srta. Steele era quem menos ficava transtornada pela presença das visitantes; e estava em poder delas reconciliá-la totalmente com a situação. Se alguma das duas tivesse apenas feito a ela um relato completo e minucioso de tudo que houvera entre Marianne e o sr. Willoughby, a srta. Steele teria pensado que ficara amplamente recompensada pelo sacrifício do melhor lugar junto ao fogo depois do jantar, ocasionado pela chegada das jovens. Mas tal conciliação não foi deferida; pois embora ela muitas vezes distribuísse para Elinor expressões de piedade por sua irmã, e mais de uma vez tivesse proferido uma reflexão sobre a inconstância dos galantes diante de Marianne, nenhum efeito foi produzido, exceto um olhar indiferente da primeira ou desgostoso da segunda. Um esforço mais leve ainda poderia ter feito dela uma amiga. Se as duas tivessem apenas zombado dela quanto ao doutor! Mas elas não eram nem um pouco mais dispostas do que as outras a lhe fazer esse obséquio; e se Sir John jantasse fora de casa, a srta. Steele poderia passar um dia inteiro sem ouvir nenhum outro deboche nesse quesito, a não ser aquele que ela tivesse a bondade de conceder a si mesma.

Todos esses ciúmes e descontentamentos, no entanto, passavam totalmente despercebidos pela sra. Jennings, e ela inclusive pensava que era uma coisa deliciosa para todas as garotas a oportunidade de que estivessem juntas; e geralmente congratulava suas jovens amigas noite após noite por terem escapado da companhia de uma velha estúpida por tanto tempo. Ela lhes fazia companhia por vezes na casa de Sir John e por vezes em sua própria residência; porém, aonde quer que fosse, sempre aparecia com excelente humor, cheia de consequência e deleite, querendo atribuir o bem-estar de Charlotte ao seu próprio esmero, e pronta para fornecer um detalhamento tão exato e tão minucioso da situação dela que somente a srta. Steele tinha curiosidade suficiente para demonstrar interesse. Uma coisa *de fato* a perturbava; e disso ela fazia sua reclamação diária. O sr. Palmer mantinha uma opinião, comum entre os integrantes de seu sexo, mas pouco paternal, de que todas as crianças pequenas eram idênticas; e embora ela pudesse perceber claramente, em momentos diferentes, a mais notável semelhança entre aquele bebê e qualquer outro da família em ambos os lados, não havia como convencer o pai dele, não havia como incutir nele a persuasão de que não fosse exatamente igual a todos os outros bebês da mesma idade, e tampouco ele poderia ser levado até mesmo a reconhecer a simples proposição de que aquela só podia ser a criança mais adorável do mundo.

E agora chego ao relato de um infortúnio que por esse tempo se abateu sobre a sra. John Dashwood. Ocorreu que, enquanto suas duas irmãs e a sra. Jennings a visitavam pela primeira vez em Harley Street, outra de suas conhecidas aparecera – uma circunstância que por si só, aparentemente, não acarretava nenhum risco de lhe causar desgraça. Mas na medida em que as imaginações de outras pessoas as levam a formar julgamentos errados sobre nossa conduta, e a decidir a respeito desta com base nas mais reles aparências, a nossa felicidade se vê sempre, em maior ou menor grau, à mercê da sorte. No presente caso, a dama recém-chegada permitiu que sua imaginação alçasse voo e se afastasse tanto da verdade ou da probabilidade que, somente por ouvir o nome das senhoritas Dashwood, e entendendo que eram as irmãs do sr. Dashwood, imediatamente concluiu que estavam hospedadas em Harley Street; e essa interpretação incorreta fez chegar, um ou dois dias depois, cartões de convite às Dashwood, bem como ao irmão e à irmã delas, para uma pequena reunião musical em sua casa. Em consequência disso, a sra. John Dashwood se viu na obrigação de submeter-se não apenas à extrema inconveniência de enviar sua carruagem às senhoritas Dashwood, mas também, o que era pior ainda, de sujeitar-se a todos os dissabores de parecer tratá-las com atenção; e quem poderia dizer que as duas não esperariam sair com ela uma segunda vez? O poder de desapontá-las, era verdade, estaria sempre ao alcance dela. Mas isso não era suficiente; pois quando as pessoas estão determinadas a levar adiante um modo de conduta que sabem ser errado, sentem-se feridas pela expectativa de que alguma coisa melhor venha delas.

Aos poucos, Marianne tinha se habituado a sair todos os dias, de modo que se tornara uma questão indiferente, para ela, ficar em casa ou não: preparava-se calma e mecanicamente para os compromissos de todas as noites, mas sem esperar a menor diversão de qualquer um deles – e muitas vezes sem saber, até o último minuto, para onde o compromisso a levaria.

Em relação a vestidos e aparência Marianne assumira plena indiferença, tanto que, ao longo de todos os procedimentos de sua toalete, não dava para tal tarefa metade da consideração que ela recebia da srta. Steele nos primeiros cinco minutos que passavam juntas depois do embelezamento. *Dela* nada escapava; impelida por observação minuciosa e curiosidade inesgotável, a srta. Steele via tudo e perguntava sobre tudo; jamais ficava tranquila se não soubesse o preço de cada peça do traje de Marianne; teria sido capaz de adivinhar o número exato de seus vestidos com melhor juízo do que a própria Marianne, e tinha esperança de descobrir até mesmo, antes que partissem, quanto sua lavagem custava por semana, e de quanto dinheiro ela dispunha por ano para gastar consigo mesma. A impertinência dessa espécie de escrutínio, além disso, era geralmente concluída num elogio que, embora tivesse como intenção ser seu toque final de graciosidade, era tido por Marianne como a maior impertinência de todas, porque, depois de enfrentar um exame que determinava o valor e o corte de seu vestido, a cor de seus sapatos e o arranjo de seu cabelo, ela tinha quase certeza de que precisaria ouvir que a srta. Steele dava "sua palavra de que ela estava tremendamente esbelta, e ousava dizer que ela faria um grande número de conquistas".

Com incentivos como esse Marianne foi despachada, na presente ocasião, até a carruagem de seu irmão, e elas já estavam prontas para embarcar cinco minutos depois de o carro ter parado na porta, uma pontualidade não muito agradável no entender da cunhada, que as precedera no trajeto até a casa de seus conhecidos e lá esperava por algum atraso, da parte delas, que pudesse causar inconveniência para ela mesma ou para seu cocheiro.

Os acontecimentos dessa noite não se mostraram dignos de nota. O encontro, assim como outros encontros musicais, acolheu grande quantidade de pessoas que tinham verdadeiro gosto pela performance, e grande quantidade de pessoas que não tinham gosto nenhum; e os músicos eram, como de costume, em sua própria opinião e segundo seus amigos próximos, os principais músicos privados da Inglaterra.

Como Elinor não era uma pessoa musical e tampouco afetava sê-lo, não teve nenhum escrúpulo em desviar quando bem entendesse os olhos do piano de cauda e, sem se deixar conter nem mesmo pela presença de uma harpa e de um violoncelo, fixá-los à vontade em qualquer outro objeto na sala. Num desses olhares excursivos, ela percebeu entre um grupo de jovens cavalheiros ninguém menos do que o sujeito que lhes dera uma lição sobre caixas de palito de dentes na Gray's. Percebeu que logo em seguida o sujeito estava olhando para ela mesma e falando familiarmente com seu irmão; e acabara de decidir que descobriria com o segundo qual era o nome do primeiro quando ambos vieram em sua direção, e o sr. Dashwood apresentou a ela o sr. Robert Ferrars.

O cavalheiro se dirigiu a Elinor com desenvolta cortesia e torceu a cabeça numa mesura exagerada, o que confirmava, tão claramente quanto palavras o teriam feito, que ele era precisamente o janota que Lucy lhe descrevera. Que felicidade ela teria experimentado, se sua estima por Edward dependesse menos do mérito dele, e mais do mérito dos parentes próximos! Porque nesse caso a mesura do irmão teria desferido um golpe final naquilo que começara com o mau humor da mãe e da irmã. Enquanto refletiu sobre a diferença dos dois jovens, porém, ela não chegou a concluir que a vaidade vazia de um anulasse por completo a caridade com que via o valor e a modéstia do outro. Ora, eles *eram* diferentes, Robert exclamou no decurso de quinze minutos de conversa com Elinor, porque, falando de seu irmão, e lamentando a extrema falta de desenvoltura que, como de fato acreditava, impedia Edward de se relacionar do modo adequado em sociedade, sincera e generosamente atribuiu tal problema muito menos a qualquer deficiência natural do que ao infortúnio de uma educação privada; ao passo que ele próprio, embora provavelmente sem qualquer particular ou substancial superioridade inata, por causa da mera vantagem de uma escola pública, era tão bem talhado para se relacionar no mundo quanto qualquer outro homem.

– Juro por minha alma – ele acrescentou –, acredito que não seja nada mais do que isso; é o que sempre digo para minha mãe, quando ela fica se atormentando. "Minha cara senhora", eu sempre digo a ela, "trate de se acalmar. O dano é agora irremediável, e se deu inteiramente por sua causa. Como é que a senhora pôde ser convencida por meu tio, Sir Robert, agindo contra o seu próprio julgamento, a colocar Edward sob instrução particular, no momento mais crítico da vida dele? Se a senhora somente o tivesse enviado para Westminster como fez comigo, em vez de enviá-lo ao sr. Pratt, tudo isso teria sido evitado". É assim que sempre analiso a questão, e minha mãe está perfeitamente convencida de seu erro.

Elinor não quis objetar essa opinião, porque, qualquer que fosse sua estimativa aproximada dos benefícios de uma escola pública, ela não conseguia pensar com nenhuma satisfação na estadia de Edward com a família do sr. Pratt.

– A senhorita reside em Devonshire, eu creio – foi a observação seguinte do cavalheiro –, num chalé perto de Dawlish.

Elinor lhe corrigiu a localização; e ele pareceu ficar bastante surpreso com o fato de que alguém pudesse morar em Devonshire sem morar perto de Dawlish. Ele concedeu sua entusiasmada aprovação, entretanto, a tal espécie de casa.

– De minha própria parte – disse ele –, gosto muitíssimo de um chalé; sempre encontramos neles tanto conforto, tanta elegância. E atesto que, se eu tivesse algum dinheiro de sobra, compraria uma pequena terra e construiria um eu mesmo, a uma curta distância de Londres, para onde eu pudesse descer a qualquer momento e reunir alguns amigos ao meu redor e ser feliz.

Aconselho todas as pessoas que vão construir que construam um chalé. Meu amigo Lord Courtland me procurou outro dia com o propósito de pedir o meu conselho, e colocou diante de mim três diferentes plantas de Bonomi. Eu deveria decidir qual era melhor. "Meu caro Courtland", eu disse, imediatamente jogando todas no fogo, "não adote nenhuma delas, e sim, de qualquer maneira, trate de construir um chalé". E assim, eu imagino, ficou encerrada essa questão. Algumas pessoas imaginam que não pode haver acomodação nenhuma, espaço nenhum num chalé; mas tudo não passa de um equívoco. Eu estava no mês passado visitando meu amigo Elliott, perto de Dartford. Lady Elliott tinha intenção de dar um baile. "Mas como isso pode ser feito?", perguntou ela. "Meu caro Ferrars, por favor me diga que providências devo tomar. Não existe neste chalé sequer uma sala na qual caibam dez casais, e onde poderemos ter a ceia?" Logo vi que não poderia existir dificuldade naquilo, então eu disse: "Minha cara Lady Elliott, não se aflija. A sala de jantar vai admitir dezoito casais com facilidade; mesas de jogo podem ser colocadas na sala de visitas; a biblioteca pode ficar aberta para o chá e outros refrescos; e deixe que a ceia seja oferecida no salão". Lady Elliott ficou encantada com a sugestão. Nós medimos a sala de jantar e descobrimos que nela caberiam exatamente dezoito casais, e o arranjo foi efetuado precisamente de acordo com meu plano. De modo que, de fato, como se pode ver, se as pessoas apenas souberem como proceder, todos os confortos poderão ser tão desfrutados num chalé quanto na mais espaçosa das habitações.

Elinor concordou com tudo, pois não pensava que ele merecesse o elogio de uma oposição racional.

Como John Dashwood não encontrava mais prazer na música do que sua irmã mais velha, sua mente ficou igualmente livre para se fixar em qualquer outra coisa; um pensamento lhe ocorreu durante a noite, e ele o comunicou à esposa, em busca de aprovação, quando chegaram em casa. A consideração do engano da sra. Dennison, em supor que as irmãs dele eram suas hóspedes, acabara por lhe sugerir a conveniência de que fossem realmente convidadas para tanto, na medida em que os compromissos da sra. Jennings a mantinham fora de casa. As despesas não seriam nada, o incômodo também; e se tratava sem dúvida de um cuidado que a delicadeza de sua consciência indicava ser indispensável para uma completa emancipação da promessa que havia feito ao pai. Fanny sobressaltou-se com a proposta.

– Eu não vejo como isso pode ser feito – disse ela – sem afrontar Lady Middleton, porque as duas passam todos os dias com ela; de outro modo eu ficaria extremamente feliz em fazê-lo. Você sabe que sempre estarei disposta por lhes dar qualquer atenção que estiver em meu poder, como demonstrou minha saída com elas esta noite. Mas as duas são visitantes de Lady Middleton. Como posso lhes pedir que se afastem dela?

Seu marido, embora com grande humildade, não viu força em sua objeção. "Elas já tinham passado uma semana dessa maneira em Conduit Street, e Lady Middleton não poderia ficar descontente se concedessem o mesmo número de dias a parentes tão próximos."

Fanny ficou em silêncio por um momento, e a seguir, com vigor renovado, disse:

– Meu amor, eu as convidaria com a maior boa vontade, se estivesse em meu poder. Mas eu acabara de me decidir, em meu íntimo, por pedir às senhoritas Steele que passassem alguns dias conosco. Elas são garotas muito bem-comportadas, do melhor tipo; e creio que lhes devemos tal atenção, já que o tio delas fez tanto por Edward. Podemos convidar suas irmãs num outro ano, não é mesmo? Mas as senhoritas Steele talvez não estejam mais na cidade. Tenho certeza de que você vai gostar delas; na verdade, você *já gosta* muito delas, assim como minha mãe; e elas são adoradas por Harry!

O sr. Dashwood se convenceu. Constatou a necessidade de convidar o quanto antes as senhoritas Steele, e sua consciência foi pacificada pela resolução de convidar suas irmãs num outro ano; ao mesmo tempo, no entanto, ele maliciosamente suspeitou que um outro ano faria com que o convite se tornasse desnecessário, trazendo Elinor à cidade na condição de esposa do coronel Brandon, e Marianne como visitante *deles*.

Fanny, rejubilada por sua libertação, e orgulhosa da pronta sagacidade com a qual a obtivera, escreveu a Lucy na manhã seguinte para requisitar a companhia dela e de sua irmã por alguns dias em Harley Street, assim que Lady Middleton pudesse dispensá-las. Isso foi o suficiente para deixar Lucy verdadeira e razoavelmente feliz. A sra. Dashwood parecia estar realmente trabalhando por ela, acalentando todas as suas esperanças, e promovendo todos os seus objetivos! Uma oportunidade como aquela de privar com Edward e sua família era, acima de tudo, a mais essencial para seus interesses, e um convite como aquele, o mais gratificante para seus sentimentos! Era uma vantagem que não poderia ser reconhecida senão com gratidão exorbitante, que não poderia ser aproveitada senão com rapidez excessiva; e a estadia com Lady Middleton, que antes não tivera quaisquer limites precisos, desde o começo estivera destinada, como logo se descobriu, a terminar em dois dias.

Quando foi mostrado para Elinor, o que ocorreu menos de dez minutos após a entrega, o bilhete ofereceu-lhe, pela primeira vez, algum compartilhamento das expectativas de Lucy; pois tal sinal de rara benevolência, outorgado a partir de tão recente amizade, parecia declarar que aquela boa vontade provinha de algo mais do que uma mera maldade contra ela mesma, e poderia por fim concretizar, com o tempo e as devidas deferências, todos os desejos de Lucy. Sua bajulação já subjugara o orgulho de Lady Middleton e abrira uma entrada no fechado coração da sra. John Dashwood; e esses eram efeitos que possibilitavam outros maiores.

As senhoritas Steele se mudaram para Harley Street, e tudo que chegou ao conhecimento de Elinor sobre a influência delas no novo endereço reforçou sua expectativa das posteriores consequências. Sir John, que as visitou mais de uma vez, transmitiu relatos da benevolência que recebiam que eram impressionantes sob qualquer ponto de vista. A sra. Dashwood jamais em sua vida se mostrara mais satisfeita com quaisquer jovens damas do que se mostrava com elas; presenteara cada uma com um estojo de agulhas confeccionado por alguma imigrante; chamava Lucy por seu nome de batismo; e não sabia se algum dia seria capaz de separar-se delas.

# Capítulo 37

A SRA. PALMER ESTAVA TÃO bem, ao fim de quinze dias, que sua mãe sentiu que já não era necessário abrir mão de todo seu tempo por causa dela e, contentando-se em visitá-la uma ou duas vezes por dia, retornou dali em diante para sua própria casa, e para seus próprios hábitos, nos quais encontrou as senhoritas Dashwood bastante dispostas a retomar a participação anterior.

Por volta da terceira ou quarta manhã em que estavam assim reinstaladas em Berkeley Street, a sra. Jennings, ao retornar de sua corriqueira visitação à sra. Palmer, entrou na sala de visitas – onde Elinor encontrava-se sentada sozinha – com um ar de tamanha importância que preparou-a para ouvir algo maravilhoso; dando-lhe tempo apenas para formar essa ideia, começou diretamente a se justificar, dizendo:

– Deus! Minha querida srta. Dashwood! Soube das notícias?

– Não, senhora. O que houve?

– Uma coisa tão estranha! Mas a senhorita precisa ouvir tudo. Quando cheguei à casa do sr. Palmer, encontrei Charlotte bastante atarantada em função da criança. Charlotte tinha certeza de que ela estava muito mal... A criança chorava, e se atormentava, e tinha sua pele toda embolotada. Então olhei para ela de perto e "Deus! Minha querida", eu disse, "não é nada grave, é somente uma erupção de gengiva inflamada", e a ama disse o mesmo. Mas não havia como deixar Charlotte satisfeita, então mandamos chamar o sr. Donavan; e felizmente ocorreu que ele acabava de chegar de Harley Street, de modo que veio logo em seguida, e no mesmo instante em que botou os olhos na criança ele repetiu exatamente o que tínhamos dito, que não era nada grave, que era somente uma erupção de recém-nascido, e com isso Charlotte se acalmou. E assim, bem quando ele estava indo embora de novo, passou pela minha cabeça, estou certa de que não sei como aconteceu de eu ter pensado nisso, mas passou pela minha cabeça lhe perguntar se havia qualquer novidade. E com isso ele afetou um sorriso, e ficou sem jeito, e ficou sério, e parecia saber alguma coisa ou outra, e por fim disse num sussurro: "Temendo que qualquer informe desagradável chegue ao conhecimento das jovens damas sob seus cuidados no que se refere à indisposição da irmã das mesmas, parece-me aconselhável dizer que acredito não existir grande razão para nenhum alarme; espero que a sra. Dashwood vá ficar muito bem".

– O quê!? Fanny está doente?

– Foi exatamente o que eu disse, minha querida. "Deus!", eu falei. "A sra. Dashwood está doente?" Então veio tudo à tona. E a questão toda, segundo aquilo que pude entender, parece se resumir ao seguinte: o sr. Edward Ferrars, o mesmíssimo jovem sobre quem eu costumava brincar com a senhorita (entretanto, posso afirmar agora, fico monstruosamente feliz por saber que nunca houve nada), o sr. Edward Ferrars, ao que parece, é noivo faz mais de doze meses da minha prima Lucy! Veja só, minha querida! E nenhuma criatura sabendo de uma sílaba em torno do assunto, exceto Nancy! A senhorita conseguiria ter acreditado que uma coisa dessas era possível? Não é nenhum espanto que gostem um do outro; mas que as coisas tenham sido levadas tão longe entre os dois, e ninguém suspeitando de nada! *Isso* é estranho! Nunca me aconteceu de vê-los juntos, caso contrário tenho certeza de que eu teria desvendado tudo no mesmo instante. Bem, e assim a questão foi mantida em grande segredo, por medo da sra. Ferrars, e nem ela nem o seu irmão ou sua irmã suspeitavam de uma palavra em torno do assunto... Até que hoje de manhã a pobre Nancy, que é, a senhorita sabe, uma criatura bem-intencionada, mas não é nenhuma conjuradora, rebentou e revelou tudo. "Senhor!", pensou ela consigo mesma, "eles gostam tanto de Lucy, com toda certeza não vão criar qualquer dificuldade diante disso"; e assim lá foi ela conversar com a sua cunhada, que estava sentada sozinha com seu trabalho de tapeçaria, sem ter a mínima suspeita do que estava por vir, porque acabara de dizer ao marido, apenas cinco minutos antes, que pensava em arranjar um enlace entre Edward e a filha desse ou daquele lorde, não lembro quem. De modo que a senhorita pode imaginar o golpe que aquilo representou no orgulho e na vaidade dela. No mesmo instante ela começou a ter violentos ataques histéricos, com gritos tão fortes que chegaram aos ouvidos do marido, que estava sentado em seu próprio quarto de vestir no andar de baixo, pensando em escrever uma carta para seu administrador no campo. Então ele voou escada acima sem perder tempo, e uma cena terrível se passou, porque Lucy viera para junto deles por essa altura, mal sonhando que aquilo estivesse acontecendo. Pobrezinha! Tenho pena *dela*. E devo dizer, creio que ela foi tratada com muita severidade, porque a sua cunhada lhe passou uma reprimenda furiosa, e logo a levou a sofrer um desmaio. Quanto a Nancy, caiu de joelhos e ficou chorando amargamente; e o seu irmão, este ficou andando pela sala, e disse que não sabia o que fazer. A sra. Dashwood declarou que elas não deviam permanecer nem um minuto mais na casa, e o seu irmão foi forçado a se colocar de joelhos *também*, para convencer a mulher a deixar que permanecessem até que tivessem empacotado suas roupas. *Então* ela voltou a ter ataques histéricos, e o marido ficou tão assustado que mandou chamar o sr. Donavan, e o sr. Donavan apareceu na casa em meio a todo esse alvoroço. A carruagem estava diante da porta, pronta para levar embora minhas pobres primas, e elas estavam prestes a saltar para dentro quando ele desceu; a pobre Lucy numa tal condição, falou ele, ela mal conseguia andar; e quanto a Nancy, não parecia muito melhor. Eu juro, não tenho a menor paciência com a sua irmã; e espero, do fundo do meu coração, que tenhamos o casamento apesar dela. Deus! Que tremenda dor de cabeça o pobre sr. Edward terá quando souber a respeito! Seu amor ter sido abusado com tanto desdém! Pois dizem que ele é monstruosamente apaixonado por Lucy, tanto quanto pode ser. Eu não ficaria espantada se fosse uma paixão fortíssima! E o sr. Donavan pensa o mesmo. Eu e ele conversamos bastante em torno disso; e o melhor de tudo é que ele voltou para Harley Street, de modo que seus serviços possam ser requisitados quando a sra. Ferrars souber de tudo, pois ela foi chamada tão logo minhas primas deixaram a casa, pois a sua irmã teve certeza de que *ela* teria também ataques histéricos; e pode ser que os tenha mesmo, pouco me importo. Não tenho pena de nenhum deles. Não consigo entender como as pessoas podem fazer tanto tumulto por causa de dinheiro e grandeza. Não há motivo neste mundo para que o sr. Edward e Lucy não se casem; porque tenho certeza de que a sra. Ferrars dispõe de recursos para cuidar muito bem de seu filho, e por mais que Lucy não tenha quase nada de sua parte, ela sabe melhor do que qualquer um como extrair o máximo de todas as coisas; eu me atrevo a dizer que, se a sra. Ferrars conceder a ele somente quinhentos por ano, Lucy faria desse valor o mesmo bom proveito que outra pessoa faria com oitocentos. Deus! Eles poderiam viver com tanto aconchego num chalé como esse da senhorita... ou um pouco maior... com duas criadas e dois homens; e acredito que eu poderia lhes dar ajuda para encontrar uma doméstica, porque a minha Betty tem uma irmã sem emprego que serviria perfeitamente para eles.

Aqui a sra. Jennings parou, e Elinor, na medida em que tivera tempo suficiente para organizar seus pensamentos, foi capaz de fornecer a esperada resposta e formular as esperadas observações que o assunto poderia naturalmente suscitar. Feliz por constatar que não era suspeita de qualquer interesse extraordinário no tema; que a sra. Jennings (porque nos últimos tempos havia muitas vezes imaginado que poderia ser esse o caso) deixara de crer que ela tivesse uma mínima ligação com Edward; e feliz acima de tudo porque, com Marianne ausente, sentiu que tinha total capacidade de falar sobre o que se passara sem constrangimento e de manifestar com imparcialidade, como acreditava, seu julgamento da conduta de todos os envolvidos.

Ela mal conseguia determinar sua própria expectativa de que o evento se concretizasse; embora fervorosamente tentasse afastar a ideia de que fosse possível o caso terminar de outra forma, no fim das contas, senão com o casamento de Edward e Lucy. Tinha grande ansiedade por ouvir o que a sra. Ferrars iria dizer e fazer, embora não pudesse haver dúvida quanto ao teor; e ainda mais ansiedade por saber como Edward iria se conduzir. Por *ele* Elinor sentia bastante compaixão; por Lucy, muito pouca, e obter essa pouca compaixão lhe custava certo esforço; pelo restante do grupo, não sentia compaixão nenhuma.

Como a sra. Jennings não era capaz de falar sobre nenhum outro assunto, Elinor logo se deparou com a necessidade de preparar Marianne para tal discussão. Era preciso desiludi-la sem perder o menor tempo, revelar a dura verdade, e tentar fazer com que ouvisse as outras pessoas falando a respeito sem trair que sentia qualquer desconforto por sua irmã, ou qualquer ressentimento contra Edward.

O encargo de Elinor era doloroso. Ela destruiria o que de fato acreditava ser o principal consolo de sua irmã – lhe falando de pormenores sobre Edward que o arruinariam para sempre, ela temia, em sua boa opinião, e fazendo Marianne, por uma semelhança em suas situações, que na imaginação *dela* parecia ser muito grande, sentir por inteiro a sua própria decepção mais uma vez. Por mais indesejável que fosse, porém, a tarefa era necessária, e Elinor, portanto, apressou-se em cumpri-la.

Ela estava bem longe de querer se debruçar sobre seus próprios sentimentos, ou representar que passasse por enorme sofrimento, de qualquer outra forma que não fosse por meio de seu autocontrole – aquele que praticara desde que primeiro tomou conhecimento do noivado de Edward e que poderia sugerir o que era viável para Marianne. Sua narração foi clara e simples; embora não pudesse ser feita sem emoção, não foi acompanhada por agitação violenta nem por pesar impetuoso – *isso* era mais condizente com a ouvinte, pois Marianne ouviu com horror e chorou sem parar. Elinor consolava os outros em seus próprios momentos de aflição não menos do que nas aflições dos outros; e todo consolo que podia ser estendido através de garantias de sua própria paz de espírito, e numa defesa muito sincera de Edward, que o inocentava de todas as acusações, menos de ser imprudente, foi prontamente oferecido.

Mas Marianne, durante certo tempo, não quis dar crédito a nenhuma das duas coisas. Edward parecia ser um segundo Willoughby; reconhecendo *de fato* que o amara muito sinceramente, poderia Elinor sentir menos do que ela mesma? Quanto a Lucy Steele, considerou-a tão completamente inamistosa, tão absolutamente incapaz de atrair um homem sensato, que não pôde ser persuadida num primeiro momento a crer, e depois a perdoar, que Edward tivesse qualquer afeição anterior por ela. Não quis nem mesmo admitir que se tratasse de algo natural; e Elinor esperou que ela terminasse sendo convencida disso pela única circunstância que poderia convencê-la: um melhor conhecimento da humanidade.

Sua primeira comunicação alcançara somente o ponto de apresentar a realidade do noivado e o período de tempo em que existia. Os sentimentos de Marianne então se perturbaram, e deram fim a qualquer regularidade nos detalhes; e durante algum tempo tudo que pôde ser feito foi aliviar seu sofrimento, amenizar seus alarmes e combater seu ressentimento. A primeira pergunta de sua parte que levou a mais pormenores foi:

– Há quanto tempo você tem conhecimento disso, Elinor? Edward escreveu para você?

– Tenho conhecimento disso faz quatro meses. Quando Lucy chegou a Barton Park, em novembro passado, ela me falou em segredo sobre o noivado.

Diante dessas palavras, os olhos de Marianne expressaram a perplexidade que os lábios não conseguiram pronunciar. Depois de uma pausa de assombro, ela exclamou:

– Quatro meses!? Você já sabe disso faz quatro meses?

Elinor confirmou.

– O quê!? Você me amparava no auge da minha miséria tendo isso no seu coração? E eu a censurei por ser feliz!

– Não era conveniente que você soubesse, naquele momento, o quanto eu não era!

– Quatro meses! – exclamou Marianne outra vez. – Tão calma! Tão alegre! Como você suportou?

– Sentindo que eu estava cumprindo meu dever. Minha promessa para Lucy me obrigou a manter segredo. Minha obrigação com ela, portanto, era não deixar escapar nenhum indício da verdade; com minha família e meus amigos, era não criar neles uma solicitude por mim que não estivesse em meu poder satisfazer.

Marianne pareceu ficar muito impressionada.

– Eu quis muitas vezes desiludir você e minha mãe – acrescentou Elinor –, e em uma ou duas ocasiões tentei fazê-lo. Sem trair minha promessa, no entanto, eu jamais a teria convencido.

– Quatro meses! E no entanto você o amava!

– Sim. Mas eu não devotava somente a ele o meu amor; na medida em que o conforto dos outros era importante para mim, eu ficava feliz em poupá-los de saber o quanto eu sentia. Agora, posso pensar e falar sobre o assunto com pouca emoção. Eu não permitiria que você sofresse por minha causa; porque lhe garanto que eu mesma já não sofro substancialmente. Tenho várias coisas nas quais posso me apoiar. Não estou ciente de ter provocado essa decepção com qualquer imprudência minha, e a suportei tanto quanto possível sem ampliá-la. Absolvo Edward de qualquer conduta essencialmente má. Desejo que ele seja muito feliz; e tenho tanta certeza de que cumprirá sempre seu dever que, embora possa nutrir algum pesar agora, por fim ele decerto será feliz. Lucy não é desprovida de sensatez, e esse é o alicerce sobre o qual tudo que há de bom pode ser construído. E apesar de tudo, Marianne, apesar de tudo que existe de sedutor na ideia de uma ligação única e constante, e de tudo que pode ser dito sobre a nossa felicidade depender inteiramente de uma pessoa em particular, não quer dizer... não é adequado... não é possível que deva ser assim. Edward vai se casar com Lucy; vai se casar com uma mulher que na sua pessoa e no seu discernimento é superior a metade do sexo feminino; e o tempo e o hábito vão ensiná-lo a esquecer que jamais pensou que outra fosse superior a *ela*.

– Se é assim que você pensa – disse Marianne –, se a perda daquilo que é mais valioso pode ser tão facilmente compensada por outra coisa, a sua resolução e o seu autocontrole são, talvez, um pouco menos espantosos. Minha compreensão os aceita melhor.

– Eu entendo. Você não supõe que eu tenha sentido muito. Por quatro meses, Marianne, eu tive tudo isso pairando em minha mente sem ter a liberdade de falar a respeito com uma única criatura; sabendo que você e minha mãe ficariam extremamente tristes quando quer que a explicação lhes fosse feita, mas incapaz de sequer começar a prepará-las para tanto. O caso me foi contado... me foi de certa maneira revelado à força pela própria pessoa cujo noivado anterior arruinou todas as minhas perspectivas; e revelado, segundo pensei, com triunfo. Tive de me opor às suspeitas dessa pessoa, portanto, tentando parecer indiferente onde eu estivera profundamente interessada; e não foi apenas uma vez; tive de ouvir suas esperanças e exultações várias e várias vezes. Eu me vi separada de Edward para sempre sem tomar conhecimento de uma única circunstância que pudesse me fazer desejar menos a união. Nada provou que ele fosse indigno, assim como nada declarou que fosse indiferente a mim. Tive de combater tanto a crueldade da irmã dele quanto a insolência de sua mãe, e sofri o castigo de um envolvimento sem desfrutar de suas vantagens. E tudo isso vem acontecendo numa época em que, como você sabe muito bem, tenho mais do que apenas esse motivo para ficar triste. Se puder pensar que sou capaz de ter sentimentos, você certamente *agora* vai supor que eu sofri. A paz de espírito com a qual consigo, neste momento, absorver o problema, o consolo que me dispus a tolerar, são efeitos de um esforço doloroso e constante; não surgiram do nada; não apareceram com o fim de acalmar meu espírito antes de mais nada. Não, Marianne. *Então*, se eu não estivesse na obrigação de manter silêncio, talvez nada me teria impedido inteiramente, nem mesmo tudo que eu devia para meus amigos mais queridos, de demonstrar abertamente que eu me sentia *muito* infeliz.

Marianne se deixara vencer.

– Ah, Elinor! – ela exclamou. – Você fez com que eu me odeie para sempre. Eu a tratei de forma bárbara! Você, que tem sido meu único conforto, que me amparou na minha grande miséria, que parecia estar sofrendo apenas por mim! Essa é a minha gratidão? Essa é a retribuição que posso lhe dar? Porque o seu mérito avulta sobre mim, venho tentando fazer pouco dele.

Sucederam a essa confissão as mais ternas carícias. No estado de espírito em que estava agora, Elinor não teria dificuldade em obter dela qualquer promessa que solicitasse; assim, a seu pedido, Marianne comprometeu-se a jamais falar com qualquer pessoa sobre o caso com o menor indício de amargura; a encontrar Lucy sem trair o menor acréscimo de aversão por ela; e até mesmo a encarar o próprio Edward, se o acaso os reunisse, sem qualquer diminuição de sua cordialidade habitual. Essas eram grandes concessões; onde Marianne sentiu que ela magoara, porém, nenhuma reparação lhe seria demasiada.

Ela cumpriu de modo admirável sua promessa de ser discreta. Acompanhava tudo que a sra. Jennings tinha para dizer sobre o assunto com uma cor imutável no rosto, não discordava dela em nada, e foi ouvida três vezes dizendo "Sim, senhora". Ouvia louvores a Lucy e somente mudava de uma poltrona para outra; quando a sra. Jennings falava sobre o afeto de Edward, isso lhe custava somente um espasmo na garganta. Tais avanços de sua irmã na direção do heroísmo fizeram com que Elinor se sentisse também capaz de qualquer feito.

A manhã seguinte trouxe uma provação a mais com a visita do irmão delas, que apareceu com o mais sério semblante para conversar sobre o terrível caso e lhes trazer notícias de sua esposa.

– Vocês ouviram falar, eu suponho – disse ele com grande solenidade, assim que se sentou –, da descoberta muito chocante que se deu ontem sob o nosso teto.

Elas deixaram transparecer seu assentimento; a ocasião parecia ser medonha demais para que pudessem falar.

– A irmã de vocês – ele continuou – sofreu terrivelmente. A sra. Ferrars também... Em suma, foi uma cena tão complicada e cheia de angústia... Mas vou esperar que a tempestade possa ser superada sem que qualquer um de nós se deixe derrotar. Pobre Fanny! Ela ficou histérica o dia todo, ontem. Mas não quero alarmá-las demais. Donavan diz que não há nenhum motivo substancial para temor; ela tem constituição boa, e uma resolução sem igual. Ela suportou tudo com a fortitude de um anjo! Afirma que nunca mais verá ninguém com bons olhos; e não é de se admirar, depois de ter sido tão enganada! Deparar com tamanha ingratidão quando tanta bondade tinha sido demonstrada, tanta confiança tinha sido depositada! Foi mesmo na benevolência de seu coração que Fanny convidara essas jovens para que ficassem em sua casa; simplesmente porque julgava que mereciam atenção em certa medida, que eram garotas inofensivas, bem-comportadas, e que seriam companhias agradáveis; porque de outro modo nós dois desejávamos muito ter convidado você e Marianne para ficarem conosco, enquanto sua gentil amiga estivesse cuidando da filha. E agora, ser assim recompensada! "Eu queria, do fundo do meu coração", diz a pobre Fanny, com seu jeito carinhoso, "que tivéssemos convidado suas irmãs, em vez delas."

Aqui ele parou para receber agradecimentos; feito isso, prosseguiu:

– O sofrimento da pobre sra. Ferrars, quando Fanny lhe fez a revelação, não pode ser descrito. Enquanto ela planejava com o mais verdadeiro afeto uma união das mais qualificadas para Edward, seria de se supor que ele podia estar por todo aquele tempo, secretamente, noivo de outra pessoa? Uma suspeita como essa jamais poderia ter passado por sua cabeça! Se ela tivesse suspeitado de *qualquer* predisposição em outro lugar, não haveria de ser *naquela* parte. "*Ali*, com toda certeza", disse ela, "eu teria pensado que não me surgiria nenhum problema." A sra. Ferrars ficou tomada de agonia. Deliberamos, no entanto, quanto à providência que deveria ser efetuada, e por fim ela determinou que chamássemos Edward. Ele veio. Mas lamento relatar o que se seguiu. Tudo que a sra. Ferrars conseguiu dizer para fazê-lo dar um fim ao noivado, tendo também o reforço, como vocês bem podem imaginar, dos meus argumentos e das súplicas de Fanny, de nada valeu.

Dever, afeição, tudo foi desconsiderado. Eu nunca tinha pensado que Edward fosse tão teimoso, tão insensível. Sua mãe explicou-lhe seus projetos generosos, caso ele se casasse com a srta. Morton; disse que o instalaria na propriedade de Norfolk, a qual, livre de imposto territorial, rende uma bela soma de mil por ano; ofereceu até mesmo, quando a situação se tornou desesperadora, subir para 1.200; em oposição a isso, se ele ainda persistisse naquela união vulgar, descreveu para seu filho a penúria certa que acompanharia o casamento. Suas próprias 2 mil libras, ela protestou, seriam tudo que ele teria; ela nunca o veria novamente; iria tão longe no esforço de lhe proporcionar a menor assistência possível que, se ele quisesse entrar em alguma profissão, tendo em vista um melhor sustento, faria tudo em seu poder para impedi-lo de prosperar nela.

Aqui Marianne, num êxtase de indignação, juntou as mãos num estalo e clamou:

– Deus misericordioso! Não pode ser possível!

– Pois você pode muito bem se assombrar, Marianne – retrucou seu irmão –, diante da obstinação que foi capaz de resistir a tais argumentos. A sua exclamação é muito natural.

Marianne esteve a ponto de replicar, mas lembrou-se de sua promessa e se conteve.

– Tudo isso, no entanto – ele continuou –, foi instado em vão. Edward falou muito pouco; quando falou, porém, ele o fez da maneira mais determinada. Nada o convenceria de que devia desistir de seu noivado. Ele se manteria firme, por mais que lhe custasse.

– Então – exclamou a sra. Jennings com abrupta sinceridade, incapaz de permanecer em silêncio – ele agiu como um homem honesto! Peço perdão, sr. Dashwood, mas se ele tivesse agido de outra forma eu o teria tomado por um canalha. Eu tenho certo interesse no negócio, assim como tem o senhor, porque Lucy Steele é minha prima, e acredito que não existe melhor espécie de garota neste mundo, nem alguma que mais mereça um bom marido.

John Dashwood ficou completamente atônito; mas sua natureza era calma, não se deixava abalar por provocação, e ele jamais desejaria ofender alguém, especialmente uma pessoa de grande fortuna. Ele respondeu, portanto, sem qualquer ressentimento:

– De forma nenhuma eu falaria desrespeitosamente de qualquer parente seu, minha senhora. A srta. Lucy Steele, ouso dizer, é uma jovem muito merecedora, mas no presente caso, a senhora sabe, a união é decerto impossível. E ter assumido um noivado secreto com um rapaz que estava sob os cuidados do tio dela, e ainda por cima filho de uma mulher de vasta fortuna como a sra. Ferrars, isso talvez seja, de modo geral, um pouco extraordinário. Em suma, não é intenção minha refletir sobre o comportamento de qualquer pessoa por quem tiver consideração, sra. Jennings. Todos nós desejamos que ela seja extremamente feliz; e a conduta da sra. Ferrars ao longo de todo esse caso foi a mesma que toda mãe boa e conscienciosa decerto adotaria, em circunstâncias similares. Foi algo digno e generoso. Edward arriscou sua própria sorte, e eu receio que ele vá se dar mal.

Marianne suspirou sua similar apreensão; e o coração de Elinor sufocou-se devido aos sentimentos de Edward, no enfrentamento às ameaças de sua mãe, por uma mulher que não podia recompensá-lo.

– Pois bem, senhor – disse a sra. Jennings –, e como tudo terminou?

– Eu lamento dizer, senhora, que o caso terminou na mais infeliz ruptura: Edward está descartado para sempre da consideração de sua mãe. O jovem deixou a casa dela ontem, mas para onde foi, ou se ainda está na cidade, eu não sei; porque *nós*, é claro, não podemos sair por aí perguntando.

– Pobre rapaz! E o que será dele?

– De fato, senhora, o quê? É uma consideração melancólica. Nascido numa perspectiva de tamanha riqueza! Não posso conceber uma situação mais deplorável. Os juros de 2 mil libras... Como pode um homem viver com essa soma? E quando a isso acrescentamos a lembrança de que dentro de três meses ele poderia, não fosse sua própria insensatez, passar a receber 2.500 libras por ano (porque a srta. Morton tem 30 mil libras), eu mesmo não consigo imaginar uma condição mais lamentável. Devemos todos sentir por ele; e tanto mais porque está totalmente fora de nosso alcance poder ajudá-lo.

– Pobre rapaz! – exclamou a sra. Jennings. – Tenho certeza de que ele seria muito bem-vindo se quisesse cama e comida em minha casa; e eu lhe diria isso se pudesse encontrá-lo. Não é adequado que ele fique se virando agora por sua própria conta, em alojamentos e tabernas.

O coração de Elinor agradeceu-lhe por essa bondade com Edward, embora ela não conseguisse deixar de sorrir perante tal forma de benevolência.

– Se somente tivesse feito por si mesmo – disse John Dashwood – o bem que todos os seus amigos estavam dispostos a fazer por ele, Edward poderia estar agora em situação adequada, e nada lhe faltaria. Não sendo assim, ajudá-lo acaba ficando fora do alcance de qualquer um. E existe mais uma coisa se voltando contra ele, algo que decerto será pior do que tudo: sua mãe decidiu, numa propensão de espírito muito natural, transferir imediatamente para Robert *essa mesma* propriedade que poderia ter sido de Edward em condições adequadas. Eu deixei a sra. Ferrars nesta manhã com seu advogado, conversando sobre o negócio.

– Pois bem! – disse a sra. Jennings. – Essa é a vingança *dela*. As pessoas agem cada qual a seu modo. Mas não creio que a minha atitude seria tornar um filho independente porque o outro me atormentou.

Marianne se levantou e caminhou pela sala.

– Pode alguma coisa ser mais irritante, no espírito de um homem – John continuou –, do que ver seu irmão mais novo na posse de uma propriedade que poderia ter sido dele? Pobre Edward! Sinto por ele sinceramente.

Mais alguns minutos, empregados no mesmo tipo de efusão, concluíram a visita do cavalheiro; e com repetidas garantias a suas irmãs de que realmente acreditava não existir substancial perigo na indisposição de Fanny, e de que elas não precisavam, portanto, ficar muito inquietas nesse tópico, ele foi embora, deixando as três damas em unanimidade de sentimentos, na presente ocasião, no tocante às condutas da sra. Ferrars, dos Dashwood e de Edward.

A indignação de Marianne prorrompeu assim que ele saiu da sala; como sua veemência tornava qualquer reserva impossível em Elinor e desnecessária na sra. Jennings, as três se uniram numa crítica bastante entusiasmada em relação ao grupo.

## Capítulo 38

A SRA. JENNINGS FOI MUITO calorosa em seu louvor à conduta de Edward, mas apenas Elinor e Marianne compreenderam seu verdadeiro mérito. Apenas *elas* sabiam o quão pouco ele tinha que o tentasse a ser desobediente, e o quão pequena era, além da consciência de agir corretamente, a consolação que poderia permanecer com ele na perda de amigos e fortuna. Elinor rejubilou-se por sua integridade, e Marianne perdoou todas as suas ofensas em compaixão por sua punição. Entretanto, ainda que a confiança entre elas estivesse, graças à revelação pública, restaurada em seu estado apropriado, esse não era um assunto sobre o qual nenhuma das duas gostava de se deter quando estavam sozinhas. Elinor o evitava por princípio, como se o tema tendesse a fixar ainda mais em seus pensamentos, pelas garantias muito calorosas e muito positivas de Marianne, a crença quanto ao afeto continuado de Edward por ela mesma, da qual preferia se ver livre; e a coragem de Marianne logo lhe faltou na tentativa de conversar sobre um tópico que sempre a deixava mais insatisfeita do que nunca consigo mesma, pela comparação que necessariamente se fazia notar entre a sua conduta e a de Elinor.

Ela sentia de todo a força dessa comparação, mas não de um modo que a incitasse a fazer um esforço agora, como sua irmã desejara; sentia com uma imensa dor de autocensura contínua, lamentava muito amargamente que nunca tivesse se exortado antes; mas essa dor trazia somente a tortura da penitência, sem a esperança de um aperfeiçoamento. Sua mente estava tão enfraquecida que ela julgava impossível um esforço naquele momento, e portanto isso apenas a deixava mais desanimada.

Nada de novo chegou ao conhecimento delas, ao longo de um dia ou dois, sobre a situação em Harley Street ou Bartlett's Buildings. No entanto, embora tanto já fosse conhecido por elas, tanto que a sra. Jennings contava com informação suficiente para difundir tal conhecimento sem que precisasse investigar mais, esta última resolvera desde o primeiro minuto que brindaria suas primas com uma visita de conforto e inquérito assim que pudesse; e somente o estorvo de ter mais visitantes do que de costume pudera impedi-la de correr ao encontro delas no decorrer desse período.

O terceiro dia que se seguiu às revelações foi um domingo tão agradável e tão bonito que acabou por arrastar um bom número de pessoas ao Kensington Gardens, se bem que aquela fosse apenas a segunda semana de março. A sra. Jennings e Elinor fizeram parte do número, mas Marianne, sabendo que os Willoughby encontravam-se na cidade outra vez e tendo um pavor constante de deparar com o casal, optou por ficar em casa em vez de aventurar-se num lugar tão público.

Uma conhecida íntima da sra. Jennings juntou-se a elas quando haviam entrado no Gardens, e Elinor não lamentou que a dama seguisse com elas e se envolvesse em todas as conversas da sra. Jennings, permitindo que ela mesma se demorasse em reflexão silenciosa. Elinor não viu nenhum sinal dos Willoughby, nenhum sinal de Edward e, durante certo tempo, nenhum sinal de ninguém que pudesse ser, num acaso grave ou alegre, interessante para ela. Mas afinal se viu, com alguma surpresa, abordada pela srta. Steele, a qual, embora parecendo um pouco tímida, expressou grande satisfação por encontrá-las e, ao receber o incentivo da particular gentileza da sra. Jennings, abandonou seu próprio grupo por um instante para se juntar ao delas. A sra. Jennings sussurrou imediatamente para Elinor:

– Arranque tudo dela, minha querida. Ela dirá qualquer coisa que a senhorita pedir. Veja bem, eu não posso me separar da sra. Clarke.

Entretanto, para sorte da curiosidade da sra. Jennings e também de Elinor, ela se dispôs a dizer qualquer coisa *sem* ser perguntada; porque nada teria sido conhecido de outro modo.

– Estou tão feliz por encontrá-la – disse a srta. Steele, levando-a pelo braço com intimidade –, porque eu queria vê-la mais do que tudo neste mundo.

E logo em seguida, baixando a voz:

– Suponho que sra. Jennings soube de tudo a respeito. Ela está zangada?

– Nem um pouco, creio, com a senhorita.

– Isso é uma coisa boa. E Lady Middleton, será que *ela* está zangada?

– Não consigo supor que seja possível.

– Fico monstruosamente feliz. Graças a Deus! Passei por maus momentos! Nunca vi Lucy tão raivosa na minha vida. Ela jurou no início que jamais iria me ataviar um gorro novo enquanto vivesse, ou tampouco fazer qualquer outra coisa por mim novamente; mas agora ela está bastante refeita, e somos boas amigas como sempre. Veja, ela me fez este laço pro meu chapéu, e colocou a pena ontem à noite. Pronto, agora *a senhorita* vai rir de mim também. Mas por que razão eu não deveria usar fitas cor-de-rosa? Eu não me importo que essa seja *de fato* a cor favorita do doutor. Tenho certeza, de minha parte, que eu nunca teria tomado conhecimento que ele *gostava* mais dessa que de qualquer outra cor, se ele não tivesse por acaso afirmado isso. Meus primos ficam me atormentando! Eu juro, às vezes não sei pra onde olhar quando estou com eles.

Ela se desviara por um assunto sobre o qual Elinor não tinha nada para dizer, e portanto logo julgou conveniente tomar um caminho que retornasse ao primeiro.

– Mas então, srta. Dashwood – (falando de modo triunfante) –, as pessoas podem dizer o que bem entender sobre o sr. Ferrars ter declarado que não quer ficar com Lucy, porque não é nada disso, eu posso lhe dizer; e é uma grande vergonha que tais relatos mal-intencionados sejam difundidos. O que quer que a própria Lucy pode pensar a respeito, veja, não era da conta de ninguém dar como certa essa questão.

– Eu nunca ouvi qualquer coisa desse tipo sendo sugerida, eu lhe garanto – disse Elinor.

– Ah, nunca ouviu? Mas isso *foi* dito, sei muito bem, e por mais de uma pessoa; porque a srta. Godby disse à srta. Sparks que ninguém em sua sã consciência poderia esperar que o sr. Ferrars abrisse mão de uma mulher como a srta. Morton, com 30 mil libras em seu dote, por Lucy Steele, que não tinha simplesmente nada; e eu mesma fiquei sabendo disso através da srta. Sparks. Além do mais, meu primo Richard chegou a dizer que, quando chegasse o momento decisivo, ele temia que o sr. Ferrars fosse romper o noivado; e quando Edward não nos deu sinal de vida por três dias eu mesma fiquei sem saber o que pensar; e acredito do fundo do meu coração que Lucy deu tudo por perdido; porque saímos da casa do seu irmão na quarta-feira e não vimos nem sinal dele ao longo de quinta, sexta e sábado, e não soubemos que fim tinha levado ele. Em determinado momento Lucy pensou em escrever pra ele, mas em seguida seu espírito rechaçou essa ideia. Entretanto, hoje de manhã ele apareceu bem quando chegávamos da igreja; e então foi tudo esclarecido: como ele tinha sido chamado para Harley Street na quarta-feira e ouvido discursos da mãe e de todos eles, e como ele tinha declarado diante de todos que não amava ninguém exceto Lucy, e que não ficaria com ninguém exceto Lucy. E como ele tinha se preocupado tanto com o que havia acontecido que, assim que tinha saído da casa de sua mãe, tinha saltado em cima de seu cavalo e cavalgou campo afora, nessa ou naquela direção; e como tinha permanecido numa estalagem durante o período todo de quinta e sexta-feira, com propósito de superar aquilo. E depois de repensar tudo inúmeras vezes, disse ele, pareceu-lhe que, agora que não tinha dote nenhum, e não tendo absolutamente nada, seria um tanto cruel manter ela presa no noivado, porque ela teria muito a perder, pois ele não tinha nada mais do que 2 mil libras, e nenhuma esperança de ter mais nada; e se ele fosse ser ordenado, como andava pensando, ele não poderia obter nada mais do que um curato, e como é que eles viveriam dependendo disso? Ele não podia suportar a ideia de que Lucy não arranjasse algo melhor, e portanto implorou pra ela que, se tivesse a menor inclinação para tanto, colocasse o quanto antes um fim naquele assunto, e deixasse ele se virar por conta própria. Pude ouvi-lo dizendo tudo isso com a maior clareza possível. E foi totalmente pelo bem *dela*, e por causa *dela*, que ele foi capaz de sugerir uma ruptura, e não por causa dele mesmo. Eu lhe garanto sob juramento que ele não disse sequer uma sílaba sobre ter se cansado dela, sobre querer se casar com a srta. Morton ou qualquer coisa desse gênero. No entanto, com toda certeza, Lucy não quis dar ouvidos a esse tipo de conversa; então ela lhe disse no mesmo instante (com uma grande dose de doçura e amor, veja, e tudo que... ah, ora!, não se pode repetir esse tipo de coisa, não é mesmo), ela lhe disse no mesmo instante que não tinha qualquer inclinação neste mundo pra pensar numa ruptura, pois ela poderia viver com ele recebendo uma ninharia, e por menor que fosse a quantia que ele pudesse vir ter ela ficaria muito feliz em aceitar tudo, ou algo do tipo. Então ele ficou monstruosamente feliz e falou por algum tempo sobre o que deviam fazer, e eles concordaram que Edward deveria receber a ordem o quanto antes, e os dois deviam esperar pra se casar até que ele obtivesse o benefício eclesiástico. E bem naquele momento eu não consegui ouvir mais, porque a minha prima me chamou do andar de baixo pra dizer que a sra. Richardson havia chegado em seu coche, e que ela queria levar uma de nós no Kensington Gardens, por isso precisei entrar na sala e interromper os dois, pra perguntar para Lucy se ela gostava de ir, mas ela não estava com nenhuma vontade de deixar Edward; então eu somente subi correndo as escadas e coloquei um par de meias de seda e saí com os Richardson.

– Eu não entendi o que a senhorita quis dizer com interromper os dois – disse Elinor. – Vocês todos estavam juntos na mesma sala, não estavam?

– Não, de fato, nós não. Ora! Srta. Dashwood, por acaso pensa que as pessoas fazem amor quando uma terceira está por perto? Ah, que vergonha! Com toda certeza, a senhorita deve saber disso muito bem – (rindo afetadamente). – Não, não, eles estavam fechados juntos na sala de visitas, e tudo que eu ouvi foi apenas escutando na porta.

– Como!? – exclamou Elinor. – A senhorita ficou me repetindo aquilo que somente soube porque ficou ouvindo atrás da porta? Eu sinto muito que não soubesse disso antes; porque eu certamente não teria permitido que me desse detalhes de uma conversa da qual a senhorita mesma não deveria ter tomado conhecimento. Como pôde se comportar tão injustamente com a sua irmã?

– Ah, ora! Não há nenhum problema *nisso*. Eu somente fiquei parada na porta, e ouvi o que pude. E tenho certeza que

Lucy teria feito a mesma coisa por mim; porque um ou dois anos atrás, quando Martha Sharpe e mim tínhamos tantos segredos juntas, ela nunca tinha vergonha nenhuma em ficar escondida num quartinho, ou atrás de um guarda-fogo, com propósito de ouvir o que nós dizíamos.

Elinor tentou falar sobre outra coisa; mas a srta. Steele não podia ser mantida por mais do que alguns minutos afastada do que era predominante em sua mente.

– Edward fala em ir pra Oxford em breve – disse ela. – Mas agora ele alugou aposentos no número ..., em Pall Mall. Que mulher mal-intencionada é a mãe dele, não é mesmo? E o seu irmão e a sua irmã não foram muito gentis! No entanto, não vou dizer nada contra eles diante *da senhorita*; e com toda certeza eles de fato nos mandaram pra casa em seu próprio carro, o que foi mais do que eu esperava. E de minha parte eu estava totalmente apavorada pelo receio que a sua irmã fosse nos pedir de volta os estojinhos de costura que ela nos deu um ou dois dias antes; no entanto, nada foi dito sobre eles, e eu tomei o cuidado de manter o meu fora de vista. Edward tem algum negócio em Oxford, ele falou; então ele deve ficar lá por algum tempo, e depois *disso*, logo que puder topar com algum bispo, ele vai ser ordenado. Eu me pergunto que curato ele terá! Deus meu! – (rindo enquanto falava). – Eu daria minha vida pra saber o que os meus primos vão dizer, quando ouvirem falar nesse respeito. Eles me dirão que eu deveria escrever ao doutor, com fim de obter pra Edward o curato do seu novo benefício eclesiástico. Eu sei que dirão isso; mas tenho certeza que eu não faria tal coisa por nada neste mundo. "Ora!", direi eu na mesma hora. "Eu fico espantada: como vocês poderiam pensar em tal coisa? Eu escrevendo ao doutor, desde quando!"

– Bem – disse Elinor –, é um conforto estar preparado para o pior. A senhorita tem sua resposta pronta.

A srta. Steele estava prestes a retrucar no mesmo tema, mas a percepção de que seu próprio grupo se aproximava fez com que um outro se tornasse mais necessário.

– Ah, ora! Aqui vêm os Richardson. Eu tinha mais um monte de coisas pra lhe dizer, mas não devo ficar longe deles por mais tempo. Garanto-lhe que eles são pessoas muito distintas. Ele ganha uma quantidade monstruosa de dinheiro, e eles mantêm seu próprio coche. Eu mesma não tenho tempo pra falar com a sra. Jennings nesse respeito, mas por favor diga para ela que fico muito feliz por saber que ela não está com raiva de nós, e para Lady Middleton o mesmo; e se acontecer alguma coisa que leve pra longe a senhorita e sua irmã, e se a sra. Jennings por acaso quiser companhia, tenho certeza que ficaremos muito contentes em vir e ficar com ela por quanto tempo ela quiser. Suponho que Lady Middleton não vai nos convidar mais desta vez. Até logo; lamento que a srta. Marianne não tenha vindo. Dê pra ela minhas sinceras lembranças. Ora! Se a senhorita não está usando a sua musselina pontilhada! Não entendo como não teve medo que pudesse se rasgar.

E essa foi sua preocupação de despedida; pois a seguir ela teve tempo apenas para conceder seu adeus elogioso à sra. Jennings antes que sua companhia fosse reivindicada pela sra. Richardson; e Elinor ficou na posse de conhecimentos que podiam alimentar seus poderes de reflexão por algum tempo, embora tivesse aprendido bem pouco mais do que aquilo que já tinha sido previsto e planejado de antemão em sua própria mente. O casamento de Edward com Lucy estava determinado com tamanha firmeza, e o dia de sua realização permanecia sendo tão absolutamente incerto quanto ela já tinha concluído; tudo dependia, exatamente de acordo com suas expectativas, de que Edward obtivesse uma nomeação, a qual, no momento, não parecia ter a menor chance de ocorrer.

Tão logo elas entraram de volta na carruagem, a sra. Jennings se mostrou ansiosa por receber informações; mas como Elinor desejava disseminar tão pouco quanto possível novidades que tinham sido obtidas em primeiro lugar tão injustamente, ela limitou-se à breve repetição de simples pormenores os quais Lucy, ela tinha certeza, concordaria que fossem conhecidos, para o bem de sua própria posição relevante. A continuidade do noivado, e os meios que podiam ser tomados para promover o seu fim, constituíram por inteiro a comunicação de Elinor, e levaram a sra. Jennings a fazer o seguinte natural comentário:

– Esperar que ele obtenha um benefício eclesiástico! Pois sim, todos nós sabemos como *isso* vai acabar: eles vão esperar doze meses e, constatando que nada de bom aparece, vão se contentar com algum curato de cinquenta libras por ano, com os rendimentos de suas 2 mil libras, e a coisinha de nada que o sr. Steele e o sr. Pratt puderem dar para ela. Depois eles terão um filho a cada ano! E Deus que os ajude! Como serão pobres! Preciso ver o que posso lhes dar para mobiliar a casa. Duas criadas e dois homens, de fato, como eu falei outro dia. Não, não, eles precisam ter uma garota robusta que faça de tudo. A irmã de Betty jamais serviria para eles *agora*.

A manhã seguinte trouxe para Elinor, pelo correio londrino, uma carta da própria Lucy. Dizia o que se segue:

> Bartlett's Buildings, março.
>
> Espero que a minha querida srta. Dashwood possa desculpar a liberdade que tomo de escrever para ela; mas eu sei que a sua amizade por mim vai fazer com que a senhorita tenha o prazer de receber um relato tão bom de mim e do meu querido Edward, depois de todos os problemas que atravessamos ultimamente, portanto não darei maiores desculpas, mas continuarei para dizer que, graças a Deus, embora tenhamos sofrido terrivelmente, nós dois estamos muito bem agora, e tão felizes como devemos ficar sempre no amor um do outro. Tivemos grandes provações, e grandes perseguições, entretanto, ao mesmo tempo, devotamos gratidão a muitos amigos, a senhorita sendo não menos importante entre eles, de cuja grande bondade eu sempre lembrarei agradecida, assim como fará também Edward, com quem falei a respeito. Tenho certeza que a senhorita ficará contente em saber, como também a querida sra. Jennings, que passei duas felizes horas com ele na tarde de ontem, ele não quis nem saber de nos despedirmos, embora eu tenha insistido seriamente, como pensei que era meu dever, por prudência, e teria me despedido dele para sempre ali mesmo, se ele concordasse com isso; mas Edward disse que nunca seria desse jeito, ele não dava importância que sua mãe

estivesse zangada, desde que pudesse dispor dos meus afetos; nossas perspectivas não são muito brilhantes, com toda certeza, mas precisamos esperar, e esperar pelo melhor; ele será ordenado em breve; e caso pode estar em poder da senhorita recomendá-lo para qualquer pessoa que dispuser de um benefício eclesiástico para conceder, estou muito certa que a senhorita não vai se esquecer de nós, e a querida sra. Jennings também, confio que ela terá para Sir John uma boa palavra por nós, ou para sr. Palmer, ou qualquer amigo que pode ser capaz de nos ajudar. A pobre Anne foi muito culpada pelo que fez, mas ela fez pelo melhor, então não digo nada; espero que a sra. Jennings não pense que representa muita dificuldade nos fazer uma visita, caso passe aqui por perto numa manhã dessas, seria uma grande bondade, e os meus primos ficariam orgulhosos de conhecê-la. Meu papel lembra-me que devo concluir e, pedindo com grande gratidão e respeito que minhas lembranças sejam recebidas por ela, e por Sir John e Lady Middleton, e pelas queridas crianças, quando a senhorita por acaso encontrá-los, e amor para srta. Marianne,

*Eu sou etc.*

Assim que terminou a leitura, Elinor desempenhou o que concluíra ser a verdadeira concepção da escritora, colocando a carta nas mãos da sra. Jennings, que a leu em voz alta com muitos comentários de satisfação e de louvor.

– Muito bem mesmo! Como ela escreve lindamente! Pois sim, foi muito apropriado deixá-lo pedir o rompimento se quisesse. Isso foi típico de Lucy. Pobrezinha! Eu gostaria de *poder* arranjar para Edward um benefício eclesiástico, do fundo do meu coração. Ela me chama de querida sra. Jennings, veja só. Lucy é uma garota de bom coração como poucas. Muito bem mesmo, dou minha palavra. Esta frase está muito bem composta. Sim, sim, irei vê-la, com a maior certeza. Como ela é atenciosa, pensando em todo mundo! Obrigada, minha querida, por me mostrar a carta. É uma das cartas mais bonitas que já vi, e dá grande crédito à cabeça e ao coração de Lucy.

# Capítulo 39

As senhoritas Dashwood já estavam havia mais de dois meses na cidade, e a impaciência de Marianne por ir embora crescia todos os dias. Ela suspirava pelo ar, pela liberdade, pela tranquilidade do campo; e imaginava que, se algum lugar podia lhe dar sossego, Barton o faria. Elinor não se mostrava menos ansiosa do que ela para que se mudassem, e era somente menos inclinada por partir imediatamente na medida em que estava consciente das dificuldades de uma viagem tão longa, algo que Marianne não aceitava reconhecer. Ela começou, no entanto, a direcionar seriamente seus pensamentos no rumo de tal partida, e já mencionara seus desejos para sua gentil anfitriã, que lhes resistia na eloquência máxima de sua boa vontade, quando foi sugerido um plano que, ainda que as detivesse longe de casa por algumas semanas adicionais, pareceu ser para Elinor, sem dúvida, muito mais conveniente do que qualquer outro. Os Palmer iriam se mudar para Cleveland por volta do fim de março, para que passassem lá o feriado de Páscoa; e a sra. Jennings, com ambas as suas amigas, recebeu de Charlotte um convite muito caloroso para que partissem com eles. Isso não teria sido, em si, suficiente à suscetibilidade da srta. Dashwood; mas o convite foi reforçado com tanta polidez autêntica pelo próprio sr. Palmer que por fim, junto com o melhoramento acentuado das maneiras deste com as duas desde que se soubera que a irmã dela estava infeliz, a induziu a consentir com prazer.

Quando ela contou a Marianne o que fizera, no entanto, a primeira réplica da irmã não foi muito auspiciosa.

– Cleveland!? – ela exclamou, com grande agitação. – Não, eu não posso ir para Cleveland.

– Você esquece – disse Elinor com suavidade – que sua localização não é... que não fica na vizinhança de...

– Mas fica em Somersetshire. Eu não posso entrar em Somersetshire. Lá, para onde eu estava tão ansiosa por ir... Não, Elinor, você não pode esperar que eu vá para lá.

Elinor não discutiria sobre a relevância de superar tais sentimentos; ela somente tentou neutralizá-los recorrendo a outros; representou aquilo, portanto, como um recurso que haveria de corrigir o tempo de seu retorno aos braços da mãe querida, a quem ela tanto desejava ver, de uma forma mais aceitável, mais confortável, do que qualquer outro plano poderia fazer, e talvez sem maior demora. De Cleveland, que distava poucas milhas de Bristol, a distância para Barton não ultrapassava um dia, embora fosse de fato uma longa jornada de um dia; e o criado de sua mãe poderia facilmente vir até lá para lhes dar escolta; e como não poderia existir chance de que ficassem acima de uma semana em Cleveland, elas poderiam agora estar em casa em pouco mais de três semanas. Como as afeições de Marianne por sua mãe eram sinceras, isso decerto triunfaria com pouca dificuldade sobre os males imaginários nos quais ela incorrera.

A sra. Jennings estava tão longe de se cansar das hóspedes que as pressionou com muito fervor para retornarem com ela novamente de Cleveland. Elinor ficou grata por tal atenção, mas o pedido não pôde alterar seu desígnio; e o apoio anuente de sua mãe tendo sido facilmente adquirido, tudo em relação ao regresso delas ficou arranjado da melhor maneira concebível; e Marianne encontrou certo alívio esboçando uma enumeração das horas que haviam de separá-la de Barton ainda.

– Ah, coronel! Eu não sei o que o senhor e eu vamos fazer sem as senhoritas Dashwood – foi como a sra. Jennings o recebeu quando ele primeiro a visitou depois que a partida das irmãs se confirmara. – Porque elas estão bastante decididas a ir para casa depois dos Palmer; e como ficaremos desamparados, quando eu voltar! Deus! Teremos de ficar sentados, bocejando um para o outro, tão entediados quanto dois gatos.

Talvez a sra. Jennings nutrisse uma esperança de, através desse vigoroso retrato de seu aborrecimento futuro, provocá-lo a fazer a proposta que poderia proporcionar para ele próprio uma salvação; e se o caso foi esse mesmo, ela logo em seguida teve boa razão para pensar que seu objetivo havia sido atingido; porque, quando Elinor encaminhou-se à janela para tomar mais expeditamente as dimensões de uma gravura que ela copiaria para sua amiga, ele a seguiu até ali com um semblante de particular significado, e conversou ali com ela por vários minutos. O efeito de tal abordagem sobre a dama também não pôde escapar de sua observação, porque, embora ela fosse honrada demais para ouvir, e tivesse até mesmo mudado de lugar com o propósito de que *não* pudesse ouvir, sentando-se perto do pianoforte no qual Marianne estava tocando, não conseguiu deixar de ver que Elinor mudara de cor, que ouvia com agitação e se mostrava por demais absorvida no que ele dizia para que pudesse perseguir sua tarefa. Avançando ainda mais na confirmação de suas esperanças, inevitavelmente alcançaram seus ouvidos, no intervalo em que Marianne trocava de uma lição para outra, certas palavras do coronel em que ele parecia estar se desculpando pela precariedade da casa dele. Isso confirmou a questão além de qualquer dúvida. Ela não entendeu direito, de fato, que ele pensasse ser necessário se desculpar; mas supôs que fosse a etiqueta mais apropriada. O que Elinor disse em resposta ela não conseguiu distinguir, mas julgou, a partir do movimento de seus lábios, que ela não considerava *tal problema* uma objeção relevante; e a sra. Jennings a reverenciou em seu coração por ser tão honesta. Eles então seguiram conversando por mais alguns minutos sem que ela captasse sequer uma sílaba, até que outra interrupção afortunada na performance de Marianne trouxe estas palavras na voz calma do coronel:

– Receio que não possa ocorrer muito em breve.

Atônita e chocada com uma fala tão pouco característica de um apaixonado, a sra. Jennings ficou na iminência de gritar "Deus! O que poderia impedi-lo?"; refreando sua vontade, porém, limitou-se a este silencioso derramamento:

– Isso é muito estranho! Para ficar mais velho ele sem dúvida não precisa esperar.

Esse retardamento de parte do coronel, no entanto, não pareceu ofender ou humilhar sua bela companheira nem um pouco, porque quando eles encerraram sua conferência logo depois e se dirigiram para diferentes lados, a sra. Jennings muito claramente ouviu Elinor dizer, e numa voz que salientava que ela sentia o que dizia:

– Eu sempre vou considerar que devo muito ao senhor.

A sra. Jennings ficou encantada com sua gratidão, e apenas admirou-se com o fato de que, depois de ouvir tal sentença, o coronel pudesse ser capaz de se despedir delas, como fez imediatamente, com o máximo sangue-frio, e de partir sem dar a ela qualquer resposta! Ela jamais pensara que seu velho amigo poderia se sair um pretendente tão indiferente.

O que se passara na realidade entre eles teve o seguinte teor:

– Eu soube – disse ele, com grande compaixão – da injustiça que o seu amigo, sr. Ferrars, sofreu nas mãos da família; porque se eu entendi bem o que houve, ele foi rejeitado inteiramente por eles por perseverar seu noivado com uma jovem muito merecedora. Terei sido corretamente informado? É isso mesmo?

Elinor disse a ele que sim.

– A crueldade, a imprudente crueldade – ele retrucou, com grande sentimento – de separar, ou a tentativa de separar, dois jovens muito ligados um ao outro, é terrível. A sra. Ferrars não sabe o que pode estar fazendo... o que pode induzir seu filho a fazer. Eu vi o sr. Ferrars duas ou três vezes em Harley Street, e fiquei muito satisfeito com ele. Ele não é um jovem com quem possamos estar intimamente familiarizados em pouco tempo, mas eu vi o suficiente dele para lhe desejar felicidade por seu próprio bem e, na condição de amigo da senhorita, desejo ainda mais. Entendo que ele pretende ser ordenado. A senhorita poderia fazer a bondade de lhe dizer que o benefício eclesiástico de Delaford, vago faz pouco tempo, como fui informado pelo correio de hoje, é dele, se ele julgar que lhe convém aceitá-lo... Mas quanto a *isso*, talvez, na circunstância tão desafortunada que o envolve agora, pode ser absurdo que tal escolha cause dúvida; eu só gostaria que fosse mais valioso. Trata-se de uma residência paroquial, mas pequena; o recém-falecido titular, creio eu, não fazia mais do que duzentas libras *per annum*; ainda que seja por certo capaz de melhorar, receio que não será num montante que possa lhe proporcionar uma renda muito confortável. Tal como é, no entanto, o meu prazer em lhe transmitir o benefício será muito grande. Por favor, certifique-se de que ele esteja seguro disso.

O espanto de Elinor com essa incumbência dificilmente poderia ter sido maior, tivesse o coronel feito mesmo uma proposta de casamento. A nomeação, que apenas dois dias antes ela tinha considerado impossível para Edward, já estava providenciada para capacitá-lo a se casar; e *ela*, entre todas as pessoas no mundo, estava designada para concedê-la! Sua emoção era tal que a sra. Jennings lhe atribuía uma causa muito diferente; mas quaisquer que fossem os sentimentos inferiores, menos puros ou menos agradáveis que pudessem participar dessa emoção, sua estima pela benevolência irrestrita, e sua gratidão pela particular amizade que, juntas, levavam o coronel Brandon a promover tal ato, foram fortemente sentidas e calorosamente expressas. Ela agradeceu-lhe do fundo de seu coração, falou dos princípios e do caráter de Edward com o louvor que sabia que eles mereciam, e prometeu desempenhar a incumbência com prazer, se fosse de fato seu desejo repassar tão agradável tarefa para outra pessoa. Mas ao mesmo tempo não podia deixar de pensar que ninguém seria capaz de fazê-lo tão bem quanto ele próprio. Era uma tarefa da qual, em suma, não querendo causar em Edward a dor de receber um obséquio *dela*, Elinor teria ficado muito feliz em ser poupada – mas o coronel Brandon, com motivos de semelhante delicadeza, declinando da mesma forma, parecia na verdade tão desejoso de que fosse realizado através de seus meios que ela não pretenderia de maneira nenhuma levantar maior oposição. Edward, Elinor acreditava, ainda estava na cidade, e felizmente ela tinha ouvido a srta. Steele citar seu endereço. Ela poderia cumprir o encargo de informá-lo, portanto, no decorrer daquele dia. Estando isso resolvido, o coronel Brandon começou a discorrer sobre sua própria vantagem na obtenção de tão respeitável e agradável vizinho, e foi *então* que ele mencionou, com pesar, que a casa era pequena e medíocre – um mal no qual Elinor, como a sra. Jennings supôs que ela faria, não viu grande problema, pelo menos no tocante a seu tamanho.

– Não posso imaginar – disse ela – que o tamanho reduzido da casa represente qualquer inconveniente para eles, pois estará de acordo com família e renda.

Ouvindo isso, o coronel ficou surpreso ao descobrir que *ela* considerava o casamento do sr. Ferrars como a consequência certa da nomeação; pois não julgava possível que o benefício de Delaford pudesse prover um rendimento com o qual qualquer um, no estilo de vida do sr. Ferrars, se arriscaria em viver – e manifestou essa opinião.

– Essa pequena residência paroquial *não poderá* fazer mais do que deixar o sr. Ferrars confortável na condição de solteiro; não pode capacitá-lo a se casar. Lamento dizer que o meu patrocínio termina nisso; e o meu interesse não vai muito além. Se, no entanto, por um acaso imprevisto, estiver em meu poder servi-lo mais, terei de pensar dele algo muito diferente do que penso agora se eu não estiver, então, tão pronto a lhe ser útil quanto sinceramente desejo que poderia estar no presente. O que agora estou fazendo de fato parece não ser nada, uma vez que somente lhe pode apressar muito pouco do que deve ser sua principal, sua única meta de felicidade. Seu casamento deve ser ainda uma bem-aventurança distante; no mínimo, receio que não possa ocorrer muito em breve.

Essa foi a frase que, quando mal entendida, tão justamente ofendeu os delicados sentimentos da sra. Jennings; mas depois dessa narração do que realmente se passou entre o coronel Brandon e Elinor enquanto eles permaneceram na janela, a gratidão expressa pela última quando se despediram talvez possa parecer, de modo geral, não menos razoavelmente animada e nem menos adequadamente formulada do que se tivesse surgido de uma proposta de casamento.

# Capítulo 40

– Bem, srta. Dashwood – disse a sra. Jennings, sorrindo com sagacidade, assim que o cavalheiro se retirou –, não vou perguntar o que o coronel andou lhe dizendo; pois embora, juro por minha honra, eu *tentasse* me abster de ouvir, não pude deixar de captar o suficiente para entender o que ele queria. E eu lhe garanto que jamais fiquei tão satisfeita na minha vida, e desejo do fundo do meu coração que isso lhe traga felicidade.

– Obrigada, senhora – disse Elinor. – *É* uma questão de grande alegria para mim; e meus sentimentos ficam muito tocados pela bondade do coronel Brandon. Não existem muitos homens que agiriam como ele. Poucas pessoas têm um coração tão compassivo! Eu jamais fiquei tão atônita na minha vida.

– Deus! Minha querida, a senhorita é muito modesta. Eu não estou nem um pouco atônita por causa disso, porque andei pensando muitas vezes, nos últimos tempos, que não havia nada mais passível de acontecer.

– A senhora fez esse julgamento por conhecer a costumeira benevolência do coronel; mas no mínimo a senhora não podia prever que a oportunidade se apresentasse assim tão depressa.

– Oportunidade!? – repetiu a sra. Jennings. – Ah! Quanto a isso, uma vez que um homem colocou na cabeça uma coisa dessas, de um jeito ou de outro ele logo encontra uma oportunidade. Bem, minha querida, desejo que isso lhe traga felicidade sempre, sempre; e se alguma vez existiu um casal feliz neste mundo, creio que em breve saberei onde procurá-lo.

– A senhora pretende ir ver o casal em Delaford, eu suponho – disse Elinor, num leve sorriso.

– Pois sim, minha querida, pretendo mesmo, de fato. E quanto à casa ser ruim, não sei o que o coronel quis dizer, pois é uma das melhores que já vi.

– Ele falou que a casa precisava de reformas.

– Bem, e de quem é a culpa? Ele não a reforma por quê? Quem deveria fazê-lo senão ele mesmo?

Elas foram interrompidas pela entrada do criado com o anúncio de que a carruagem estava na porta, e a sra. Jennings imediatamente se preparou para partir, dizendo:

– Bem, minha querida, preciso sair antes de ter chegado ao fim da conversa. Todavia, poderemos discutir tudo de novo nesta noite; pois estaremos completamente sozinhas. Não lhe peço para vir comigo, pois ouso dizer que sua mente está compenetrada demais nesse assunto para que queira ter companhia; além disso, a senhorita decerto anseia por contar tudo para sua irmã.

Marianne saíra da sala antes que a conversa tivesse começado.

– Certamente, senhora, terei essa conversa com Marianne; mas não vou mencionar nada, por enquanto, para ninguém mais.

– Ah, muito bem! – disse a sra. Jennings, um tanto decepcionada. – Então não será do seu interesse que eu conte para Lucy, pois estou pensando em ir até Holborn hoje.

– Não, senhora, nem mesmo para Lucy, por favor. Adiar por um dia não será muito grave; e enquanto eu não escrever ao sr. Ferrars, creio que o assunto não deve ser mencionado para ninguém mais. *Isso* eu farei o quanto antes. É importante que nenhum tempo seja perdido com ele, pois ele terá, é claro, muito a fazer a respeito de sua ordenação.

Essa fala deixou a sra. Jennings extremamente confusa num primeiro instante. Ela não conseguiu entender de pronto a necessidade de escrever ao sr. Ferrars sob tal pretexto e com tanta pressa. Alguns momentos de reflexão, no entanto, produziram uma ideia muito feliz, e ela exclamou:

– Mas claro! Entendi a senhorita. O sr. Ferrars será o homem. Bem, tanto melhor para ele. E com toda certeza ele precisa ser ordenado com a maior presteza; e fico muito contente por saber que as coisas estão assim tão avançadas entre vocês. Mas, minha querida, isso não é um pouco fora de propósito? Não deveria o próprio coronel escrever? Claro, é ele a pessoa mais adequada.

Elinor não entendeu muito bem o início da fala da sra. Jennings, e tampouco considerou que valesse a pena pedir esclarecimento; e portanto respondeu somente à conclusão:

– O coronel Brandon é um homem tão delicado que preferiu que uma outra pessoa devesse anunciar suas intenções ao sr. Ferrars em lugar dele.

– E assim *a senhorita* terá de fazê-lo forçosamente. Bem, *esse* é um tipo estranho de delicadeza! No entanto, não vou incomodá-la – (vendo que ela se preparava para escrever). – A senhorita sabe cuidar de seus interesses. Então até logo, minha querida. Eu não soube de nada que tenha me deixado tão satisfeita desde que Charlotte ficou de cama.

E lá se foi ela, para retornar um momento depois:

– Acabo de pensar na irmã de Betty, minha querida. Eu ficaria muito feliz em arranjar para ela uma patroa tão boa. Mas se ela serviria como criada pessoal de uma dama, estou certa de que não posso dizer. Ela é uma doméstica excelente, trabalha muito bem com sua agulha. No entanto, a senhorita poderá pensar nisso tudo sem a menor pressa.

– Certamente, senhora – retrucou Elinor, sem ouvir muito do que ela dissera, e mais ávida por ficar sozinha do que por ser patroa de alguém.

Como ela deveria começar? Como deveria se expressar em seu bilhete para Edward? Isso era o que constituía seu interesse agora. As peculiares circunstâncias entre eles revestiam de dificuldade aquilo que para qualquer outra pessoa teria sido a coisa mais fácil do mundo; mas ela temia igualmente dizer muito ou pouco, e ficou sentada deliberando diante do papel, com a pena na mão, até que foi interrompida pela entrada de Edward em pessoa.

Edward havia encontrado a sra. Jennings na porta, a caminho da carruagem, enquanto ele entrava para deixar seu cartão de despedida; e ela, depois de pedir desculpas por não poder retornar, insistira que ele entrasse, dizendo que a srta. Dashwood estava em casa e queria falar com ele sobre um negócio muito particular.

Elinor acabara de congratular a si mesma, no meio de sua perplexidade, pela constatação de que, por mais difícil que pudesse ser expressar-se corretamente por carta, isso ao menos era preferível a ter de prover a informação de corpo presente, quando seu visitante entrou e a forçou justamente a tal esforço, o maior de todos. Seu assombro e sua confusão foram muito grandes com essa aparição tão repentina. Ela não o tinha visto ainda desde que seu noivado se tornara público, e desde que Edward soubera, portanto, que ela tomara conhecimento do fato, o que, com a consciência daquilo que estivera pensando, e do que tinha para lhe dizer, fez com que se sentisse particularmente desconfortável por alguns minutos. Ele também estava muito angustiado; e os dois sentaram-se juntos na mais promissora situação de constrangimento. Se pedira perdão por sua intrusão no instante em que entrara na sala, Edward não conseguia lembrar; entretanto, determinado a proceder com firmeza, apresentou seu pedido formal de desculpas assim que foi capaz de dizer alguma coisa, depois de tomar um assento.

– A sra. Jennings me falou – disse ele – que a senhorita queria conversar comigo, pelo menos isso foi o que ela me deu a entender... De outro modo eu certamente não teria invadido a sua privacidade de tal maneira; não obstante, ao mesmo tempo, eu teria ficado extremamente triste em sair de Londres sem ver a senhorita e a sua irmã; especialmente na medida em que será bastante possível que durante um bom tempo... Não é provável que muito em breve eu possa ter o prazer de as encontrar novamente. Estou partindo para Oxford amanhã.

– O senhor não teria partido, no entanto – disse Elinor, recuperando-se, e com a determinação de se ver livre daquilo que tanto temia com a maior rapidez possível –, sem receber os nossos votos de felicidade, mesmo se não tivéssemos sido capazes de os desejar pessoalmente. A sra. Jennings estava bastante certa no que disse. Tenho para lhe transmitir uma informação importante, que eu estava prestes a comunicar por papel. Estou encarregada de uma tarefa muitíssimo agradável – (respirando um tanto mais rápido do que o normal enquanto falava). – O coronel Brandon, que esteve aqui apenas dez minutos atrás, desejou que eu dissesse que, entendendo que o senhor pretende ser ordenado, ele tem grande prazer em lhe designar o benefício eclesiástico de Delaford, recém--vago, e desejando somente que fosse mais valioso. Permita que eu congratule o senhor por contar com tão respeitável e judicioso amigo, e que eu me junte ao desejo dele de que o benefício, girando em torno de duzentos por ano, fosse muito mais considerável, e tal que pudesse melhor capacitá-lo para... que pudesse significar ao senhor mais do que acomodação temporária... tal, em suma, que pudesse concretizar todas as suas metas de felicidade.

O que Edward sentiu, visto que ele mesmo não conseguiu dizê-lo, não se pode querer que qualquer outra pessoa deva dizer em seu lugar. Ele *aparentou* no semblante o imenso assombro que uma informação tão inesperada e tão incogitada não poderia deixar de suscitar, mas disse apenas estas três palavras:

– O coronel Brandon!?

– Sim – continuou Elinor, reunindo mais coragem, porque um pouco do pior havia passado –, o coronel Brandon pretende assim dar testemunho de sua preocupação com o que se passou recentemente... com a cruel situação na qual o comportamento injustificável de sua família o colocou... uma preocupação que, tenho certeza, Marianne, eu e todos os seus amigos devemos compartilhar; e também dar prova de alta estima por seu caráter de um modo geral, e de particular aprovação do seu comportamento na presente ocasião.

– O coronel Brandon dar *para mim* um benefício!? Será possível?

– A maldade de seus próprios parentes fez o senhor ficar espantado por encontrar amizade em algum lugar.

– Não – retrucou ele, com súbita consciência –, não por encontrá-la *na senhorita*; porque não posso ignorar que à senhorita, à sua bondade, devo tudo. Eu sinto... Gostaria de expressar se pudesse... Porém, como a senhorita bem sabe, não sou nenhum orador.

– Está muito enganado. Eu lhe garanto que o senhor o deve totalmente, ao menos quase totalmente, ao seu próprio mérito, e ao discernimento do coronel Brandon a respeito. Não tive nenhuma participação. Eu nem mesmo sabia, até tomar conhecimento do plano dele, que o benefício estava vago; e também nunca me ocorreu que ele pudesse ter a dádiva de um benefício como esse. Na condição de amigo meu, da minha família, o coronel pode, talvez... eu sei, na verdade, que ele *tem* um prazer ainda maior em concedê-lo; contudo, dou minha palavra, o senhor nada deve à minha solicitação.

A verdade a obrigou a reconhecer algum pequeno quinhão no feito, mas ao mesmo tempo ela sentia tão pouca vontade de aparecer como benfeitora de Edward que reconheceu o fato com hesitação, o que provavelmente contribuiu para fixar na mente dele a suspeita que ali entrara pouco antes. Por um breve tempo ele permaneceu mergulhado em pensamentos, depois que Elinor havia parado de falar; por fim, e como se fosse antes um esforço, ele disse:

– O coronel Brandon parece ser um homem de grande valor e respeitabilidade. Sempre ouvi falar dele nesses termos, e o irmão da senhorita, eu sei, lhe tem alta estima. Ele é sem dúvida um homem sensato e, em seus modos, um perfeito cavalheiro.

– De fato – retrucou Elinor –, acredito que o senhor vai encontrar nele, quando conhecê-lo melhor, tudo que ouviu falar que ele é; e como vocês serão vizinhos muito próximos (pois entendo que o presbitério fica quase ao lado da mansão), é particularmente importante que ele *deva* ser tudo isso.

Edward não respondeu; quando Elinor virou a cabeça, porém, o rapaz lançou para ela um olhar tão sério, tão grave, tão entristecido que pareceu dizer que dali por diante ele poderia desejar que a distância entre o presbitério e a mansão fosse muito maior.

– O coronel Brandon, creio eu, está instalado em St. James Street – ele disse logo em seguida, levantando-se da poltrona.

Elinor lhe disse o número da casa.

– Eu preciso sair correndo, então, para fazer a ele os agradecimentos que *a senhorita* não quer aceitar de mim; para lhe garantir que ele fez de mim um homem muito... um homem extremamente feliz.

Elinor não fez nenhuma menção de detê-lo; e os dois se despediram com uma garantia muito séria da parte *dela* quanto a seus incessantes votos por sua felicidade em cada mudança de situação que pudesse lhe suceder; da parte *dele*, mais com uma tentativa de retribuir a mesma boa vontade do que com o poder de expressá-la.

– Quando eu vê-lo novamente – disse Elinor para si mesma, enquanto atrás dele a porta se fechava –, vou vê-lo como marido de Lucy.

E com tal agradável antecipação ela sentou-se para reconsiderar o passado, recordar as palavras e tentar compreender todos os sentimentos de Edward, e também, é claro, para refletir com descontentamento sobre os sentimentos dela mesma.

Quando a sra. Jennings chegou em casa, embora retornasse de ver pessoas que nunca tinha visto antes, sobre as quais, portanto, devia ter vários comentários para fazer, sua mente estava muito mais ocupada pelo importante segredo em sua posse do que por qualquer outra coisa, de modo que o abordou novamente assim que Elinor apareceu.

– Bem, minha querida – ela exclamou. – Pedi que o jovem subisse. Não fiz certo? E suponho que a senhorita não teve nenhuma grande dificuldade. Ele não se mostrou muito indisposto em aceitar sua proposta?

– Não, senhora; *isso* não era muito provável.

– Bem, mas em quanto tempo ele vai estar pronto? Pois parece que tudo depende disso.

– Realmente – disse Elinor –, eu sei tão pouco sobre esses tipos de formalidade que mal consigo sequer conjecturar quanto ao tempo ou à preparação necessária; mas creio que dois ou três meses vão completar sua ordenação.

– Dois ou três meses! – exclamou a sra. Jennings. – Deus! Minha querida, com que serenidade a senhorita fala disso; e pode o coronel esperar dois ou três meses? Deus me abençoe! Tenho certeza de que *eu* perderia totalmente a paciência! E embora qualquer pessoa fosse ficar muito contente por fazer uma bondade pelo pobre sr. Ferrars, eu creio que não vale a pena esperar dois ou três meses por ele. Claro que poderia ser encontrado um outro homem que serviria do mesmo jeito; alguém que já esteja ordenado.

– Minha querida senhora – disse Elinor –, o que pode estar passando por sua cabeça? Ora, o único objetivo do coronel Brandon é ser útil ao sr. Ferrars.

– Deus a abençoe, minha querida! Claro que não pretende me convencer de que o coronel somente se casa com a senhorita no propósito de dar dez guinéus ao sr. Ferrars!

O equívoco não poderia ter prosseguimento depois disso; e ocorreu de imediato uma explicação com a qual ambas obtiveram considerável diversão momentânea, sem qualquer perda significativa de felicidade para nenhuma das duas, pois a sra. Jennings apenas trocou uma forma de prazer por outra, e sem perder ainda sua expectativa da primeira.

– Pois sim, pois sim, o presbitério não deixa de ser pequeno – disse ela, quando a primeira ebulição de surpresa e satisfação se passou –, e muito provavelmente *pode* estar precisando de reparos; mas ouvir um homem se desculpando, como pensei, por uma casa que até onde sei tem cinco salas de estar no piso térreo, e creio que a governanta me disse que podia contar com quinze camas... E além disso diante da senhorita, que tinha se acostumado a morar em Barton Cottage! Parece bastante ridículo. Mas, minha querida, é preciso convencer o coronel a fazer alguma coisa com o presbitério e torná-lo confortável para eles, antes que Lucy se mude para lá.

– Mas o coronel Brandon parece não ter nenhuma convicção de que o benefício seja suficiente para permitir que eles se casem.

– O coronel é um bobinho, minha querida; só porque tem 2 mil por ano para si, ele pensa que ninguém mais pode se casar com menos do que isso. Guarde minhas palavras: se eu estiver viva, hei de fazer uma visita em Delaford Parsonage antes do dia de São Miguel; e tenho certeza de que não irei se Lucy não estiver lá.

Elinor concordou de todo com a sra. Jennings quanto à probabilidade de que não esperassem por nada mais.

# Capítulo 41

EDWARD, TENDO LEVADO SEUS AGRADECIMENTOS ao coronel Brandon, prosseguiu com sua felicidade ao encontro de Lucy; e tal era o excesso dessa felicidade, no momento em que ele chegou a Bartlett's Buildings, que ela foi capaz de assegurar à sra. Jennings, que a visitou de novo no dia seguinte com suas congratulações, que nunca em sua vida o tinha visto tão entusiasmado.

Sua própria felicidade e o seu próprio entusiasmo eram, no mínimo, inquestionáveis; e ela se uniu à sra. Jennings com o maior dos fervores na expectativa de que fossem estar todos confortavelmente juntos em Delaford Parsonage antes do dia de São Miguel. Tão longe ela estava, ao mesmo tempo, de ter qualquer hesitação em dar a Elinor o crédito que Edward *quis* lhe dar, que falou da amizade que esta tinha por ambos da maneira mais calorosa e agradecida, reconheceu com prontidão todas as obrigações que tinham perante ela, e declarou abertamente que nenhum esforço de parte da srta. Dashwood pelo bem deles, presente ou futuro, jamais a surpreenderia, pois acreditava que ela fosse capaz de fazer qualquer coisa neste mundo por aqueles que realmente prezava. Quanto ao coronel Brandon, não somente mostrou disposição para venerá-lo como santo mas também desejou, com verdadeira sofreguidão, que fosse tratado como tal em todos os aspectos mundanos; desejou que seus dízimos recebessem o máximo aumento; e secretamente decidiu que tiraria proveito em Delaford, até onde lhe fosse possível, dos empregados do coronel, de sua carruagem, de suas vacas e de suas aves domésticas.

Já se passara mais de uma semana, agora, desde que John Dashwood as visitara em Berkeley Street; visto que desde então elas não tiveram nenhuma notícia sobre a indisposição de sua esposa que não fosse uma única consulta verbal, Elinor começou a sentir que era necessário visitá-la. Tratava-se de uma obrigação, no entanto, que não apenas contrariava sua própria inclinação como não dispunha do auxílio de qualquer incentivo de suas companheiras. Marianne, não contente em absolutamente se recusar a ir, foi muito imperativa em evitar que sua irmã fizesse de fato a visita; e a sra. Jennings, embora sua carruagem estivesse de todo modo ao dispor de Elinor, nutria uma antipatia tão forte pela sra. John Dashwood que nada, nem mesmo sua curiosidade por ver como ela estava depois da recente descoberta, e tampouco seu vigoroso desejo de afrontá-la defendendo a posição de Edward, podia superar sua relutância em ficar novamente na companhia dela. Por consequência, Elinor saiu sozinha com o propósito de prestar uma visita pela qual ninguém poderia, sem dúvida, sentir maior aversão, bem como para correr o risco de um tête-à-tête com uma mulher de quem nenhuma das outras tinha tanta razão para não gostar.

A sra. Dashwood não estava; antes que a carruagem começasse a se afastar da casa, porém, seu marido acidentalmente saiu. Ele expressou grande prazer por encontrar Elinor, disse a ela que estivera justamente se preparando para fazer uma visita em Berkeley Street e, assegurando-lhe que Fanny ficaria muito feliz em vê-la, pediu que ela entrasse.

Subiram as escadas e entraram na sala de visitas. Não havia ninguém ali.

– Fanny está em seu próprio quarto, eu suponho – disse ele. – Vou agora mesmo buscá-la, porque tenho certeza de que ela não vai ter a menor objeção neste mundo em ver *você*. Bem longe disso, na verdade. *Agora*, especialmente, não pode haver... Entretanto, você e Marianne foram sempre grandes favoritas. Por que foi que Marianne não quis vir?

Elinor deu a melhor desculpa que pôde por ela.

– Não fico triste por vê-la sozinha – ele retrucou –, porque tenho muita coisa para dizer a você. Esse benefício eclesiástico do coronel Brandon... Pode ser verdade? Ele realmente o deu para Edward? Ouvi falar disso ontem, por acaso, e eu estava indo ao seu encontro com a ideia de perguntar mais a respeito.

– É a mais pura verdade. O coronel Brandon deu o benefício de Delaford para Edward.

– Não diga! Bem, isso é muito espantoso! Nenhum parentesco! Nenhuma conexão entre eles! E agora que os benefícios alcançam um preço tão alto! Qual era o valor desse?

– Cerca de duzentos por ano.

– Muito bem... E na próxima nomeação de um benefício desse valor... supondo que o último beneficiado fosse velho e doente, com boa chance de o desocupar em breve... Ele poderia ter obtido, ouso dizer... 1.400 libras. E como foi que ele não resolveu a questão antes da morte dessa pessoa? *Agora*, de fato, seria tarde demais para vendê-la, mas um homem com o juízo do coronel Brandon! Fico admirado que ele seja tão imprevidente num ponto cujo interesse é tão comum, tão natural! Bem, estou convencido de que existe uma vasta dose de inconsistência em quase todas as personalidades humanas. Suponho, no entanto... recordando agora... que o caso provavelmente é *o seguinte*: Edward deverá manter o benefício somente até que a pessoa para quem o coronel realmente vendeu a nomeação esteja velha o suficiente para tomar posse. Sim, sim, eis o fato, não tenha dúvida.

Elinor contradisse tal fato, contudo, de maneira muito positiva; relatando que havia sido encarregada de transmitir pessoalmente a oferta do coronel Brandon para Edward, e que portanto devia compreender bem os termos da concessão, obrigou John a se submeter frente a sua autoridade.

– É verdadeiramente espantoso! – ele exclamou, depois de ouvir o que ela disse. – Qual poderia ser a motivação do coronel?

– Uma motivação muito simples: ser útil ao sr. Ferrars.

– Pois bem, pois bem; o que quer que o coronel Brandon possa ser, Edward é um homem de muita sorte. Você não vai mencionar nada para Fanny, no entanto, porque, ainda que eu a tenha deixado a par do assunto, e ela o tolera muitíssimo bem... ela não vai gostar muito de ouvir falar disso.

Elinor teve certa dificuldade, aqui, em deixar de manifestar seu pensamento de que Fanny deveria ter suportado com compostura uma obtenção de riqueza por seu irmão pela qual nem ela nem seu filho poderiam ser possivelmente empobrecidos.

– A sra. Ferrars – acrescentou ele, baixando a voz até um tom mais apropriado para tão importante tema – não tem conhecimento disso ainda, e acredito que será melhor que absolutamente nada chegue a seus ouvidos pelo maior tempo possível. Quando o casamento for realizado, receio que decerto ela ficará sabendo de tudo.

– Mas por que tomar essa precaução? Embora não seja de se supor que a sra. Ferrars possa ter a menor satisfação em saber que seu filho tem dinheiro suficiente para se manter, porque *isso* está sem dúvida fora de questão; no entanto, por que razão, considerando seu comportamento recente, se deve supor que ela sente alguma coisa? Ela deu as costas ao filho, e o abandonou para sempre, e fez com que todos aqueles sobre os quais ela tem qualquer influência o abandonassem da mesma maneira. Claro que, depois de tal atitude, não podemos imaginar que ela seja vulnerável a qualquer impressão de tristeza ou alegria por conta dele. Ela não pode ter interesse por nada que se passe com Edward. Não teria esse tipo de fraqueza, o de poder destruir o conforto de um filho e ainda manter as ansiedades de uma mãe!

– Ah, Elinor! – disse John. – Seu raciocínio é muito bom, mas é fundado na ignorância da natureza humana. Quando esse infeliz enlace de Edward for realizado, não tenha dúvida de que os sentimentos da sra. Ferrars serão tocados como se ela jamais o tivesse descartado; portanto, todas as circunstâncias que puderem acelerar esse acontecimento tenebroso devem ser escondidas dela tanto quanto possível. A sra. Ferrars nunca vai conseguir esquecer que Edward é seu filho.

– Você me surpreende; eu imaginaria que, a *esta* altura, isso já deveria ter quase sumido da memória dela.

– Você comete uma enorme injustiça com ela. A sra. Ferrars é uma das mães mais afetuosas do mundo.

Elinor ficou em silêncio.

– Pensamos que *agora* – disse o sr. Dashwood, depois de uma breve pausa – *Robert* acabe se casando com a srta. Morton.

Elinor, sorrindo perante o tom importante, decisivo e grave de seu irmão, respondeu com calma:

– A dama, eu suponho, não tem escolha nesse caso.

– Escolha!? O que você quer dizer?

– Quero apenas dizer que suponho, pelo modo como você fala, que deve dar no mesmo, no entender da srta. Morton, casar-se com Edward ou com Robert.

– Certamente, não pode haver diferença; porque Robert vai ser considerado agora, para todos os efeitos, o filho mais velho; e quanto a todos os outros aspectos, ambos são jovens muito agradáveis: não sei dizer qual dos dois é superior ao outro.

Elinor não disse mais nada. John também ficou em silêncio por um breve tempo; suas reflexões terminaram assim:

– *Uma* coisa, minha querida irmã – (pegando suavemente a mão dela, e falando num sussurro medonho) –, eu posso lhe garantir; e *vou* fazê-lo, porque sei que você vai ficar agradecida. Tenho boas razões para pensar... Na verdade tenho base na melhor autoridade, e somente assim o repito, porque de outra forma seria muito errado dizer qualquer coisa sobre isso... Mas tenho base na melhor das autoridades... Não que eu tenha em algum momento ouvido a sra. Ferrars dizendo precisamente isso... mas sua filha o *disse*, e me baseio nela... Em suma, quaisquer que possam ser as objeções contra certa... certa união... você me entende... Essa união teria sido muito mais preferível para ela, não teria lhe causado metade do aborrecimento que *esta* causa. Fiquei extremamente satisfeito por saber que a sra. Ferrars o considerava sob essa luz... Uma circunstância muito gratificante, veja, para todos nós. "Esse seria, sem comparação", disse ela, "o menor dos dois males, e ela ficaria feliz em transigir *agora* e evitar algo pior." Entretanto, isso está totalmente fora de questão... nem deve ser pensado ou mencionado... Em relação a qualquer envolvimento amoroso, veja bem... jamais poderia ser... Tudo já ficou no passado. Mas pensei que seria bom somente lhe dizer isso, porque eu sabia o quanto seria do seu agrado. Não que você tenha qualquer motivo para se lamentar, minha cara Elinor. Não há dúvida de que você está se saindo muito bem... tão bem quanto, ou até melhor, talvez, considerando-se tudo. O coronel Brandon esteve com você recentemente?

Elinor ouvira o bastante, se não para gratificar sua vaidade ou elevar sua presunção, para perturbar seus nervos e ocupar sua mente; e ficou feliz, portanto, em ser poupada da necessidade de dizer muita coisa em resposta, e do perigo de ouvir qualquer coisa mais de seu irmão, pela entrada do sr. Robert Ferrars. Passados alguns instantes de conversa, John Dashwood, lembrando que Fanny ainda estava desinformada da presença de sua irmã, saiu da sala em busca dela; e Elinor teve assim oportunidade de aprofundar sua intimidade com Robert, o qual, pela despreocupação alegre, pela feliz presunção de seus modos enquanto desfrutava de tão injusta divisão do amor e da generosidade de sua mãe, em prejuízo de seu irmão banido, adquirida somente em função de sua própria conduta dissipada na vida e da integridade do irmão, confirmou a opinião muito desfavorável que ela tinha de seu discernimento e de seu coração.

Eles mal tinham ficado dois minutos sozinhos quando Robert começou a falar de Edward; pois ele também ouvira falar do benefício eclesiástico, e se mostrou bastante curioso em torno do assunto. Elinor repetiu todos os pormenores, os mesmos que comunicara para John; e o efeito sobre Robert, embora muito diferente, não foi menos impressionante do que havia sido com *ele*. Robert riu com a maior imoderação. A ideia de que Edward pudesse ser um clérigo e viver numa pequena residência paroquial o divertiu além de toda medida; e quando a isso se acrescentaram as imagens fantásticas de Edward lendo orações numa sobrepeliz branca, e registrando proclamas de casamento entre John Smith e Mary Brown, ele não conseguiu conceber nada que fosse mais ridículo.

Elinor, enquanto esperou em silêncio e com imóvel gravidade pela conclusão de tamanha tolice, não pôde evitar que seu olhar se fixasse nele com uma expressão que revelava o supremo desprezo que aquilo suscitava. Esse olhar foi muito bem aplicado, no entanto, pois aliviou seus próprios sentimentos e não forneceu nenhuma informação ao cavalheiro. Robert despencou da sagacidade à sabedoria não por causa de qualquer repreensão dela, mas por causa de sua própria sensibilidade.

– Podemos tratar a questão como uma brincadeira – disse ele, finalmente, recuperando-se do riso afetado que havia prolongado consideravelmente a graça genuína do momento –, mas, juro por minha alma, o negócio é muito sério. Pobre Edward! Ele se arruinou para sempre. Fico extremamente triste, porque sei que ele tem o melhor coração do mundo; um sujeito bem-intencionado como poucos, talvez. Procure não julgá-lo, srta. Dashwood, partindo do conhecimento superficial entre *vocês*. Pobre Edward! Seus modos certamente não são os mais felizes por natureza. Mas não nascemos todos, a senhorita sabe, com os mesmos poderes, com a mesma postura. Pobre sujeito! Vê-lo inserido num círculo de pessoas estranhas, com toda certeza, já era bastante lamentável! Mas juro por minha alma, eu acredito que ele tem um coração tão bom quanto qualquer outro neste reino; e lhe declaro e protesto que nunca fiquei mais chocado em minha vida do que quando tudo isso irrompeu. Não pude acreditar. Minha mãe foi a primeira pessoa que me contou a respeito; e eu, sentindo-me chamado a proceder com resolução, imediatamente disse a ela: "Minha cara senhora, não sei o que pode pretender fazer nesta ocasião, mas quanto a mim devo dizer que, caso Edward se case com essa jovem dama, nunca mais o verei". Isso foi o que eu disse de imediato. Eu estava chocado como poucas vezes fiquei, de fato! Pobre Edward! Ele se aniquilou completamente, isolou-se para sempre de toda sociedade decente! Contudo, como eu disse no mesmo instante para minha mãe, não estou nem um pouco surpreso com isso; levando em conta seu estilo de educação, isso sempre foi de se esperar. Minha pobre mãe ficou meio desvairada.

– O senhor viu alguma vez a dama?

– Sim; uma vez, enquanto ela estava hospedada nesta casa, aconteceu de eu intrometer-me por dez minutos; e pude ver o bastante dela. Uma mera garotinha do campo, esquisita, sem estilo ou elegância, e quase sem beleza. Eu me lembro dela perfeitamente. O exato tipo de garota que teria todas as chances, a meu ver, de cativar o pobre Edward. Eu me ofereci no mesmo instante, assim que minha mãe me relatou o caso, para falar pessoalmente com ele, e dissuadi-lo do enlace; mas *já* era tarde demais, constatei, para fazer qualquer coisa, pois infelizmente eu não estive por perto desde o começo, e de nada soube até que o rompimento tivesse ocorrido, quando não cabia mais a mim, claro, interferir. Mas se eu tivesse sido informado algumas horas antes, creio que é muitíssimo provável que eu pudesse ter acertado alguma coisa. Eu certamente teria representado a questão para Edward sob uma luz muito forte. "Meu caro amigo", eu teria dito, "considere o que está fazendo. Você está levando adiante a mais vergonhosa união, e uma união que seus familiares são unânimes em desaprovar." Não posso deixar de pensar, em suma, que algum meio poderia ter sido encontrado. Mas agora é tarde demais. Ele deve estar passando fome, imagine... Isso é certo; absolutamente passando fome.

Ele acabara de proclamar esse ponto com muita serenidade quando a entrada da sra. John Dashwood pôs fim ao tema. Contudo, embora *ela* jamais falasse do assunto a não ser com sua própria família, Elinor pôde ver a influência do tormento em sua mente, em algo semelhante a uma confusão no rosto que trouxe consigo, e numa tentativa de ser cordial em seu comportamento com ela mesma. A dama chegou inclusive a ficar consternada por descobrir que Elinor e sua irmã deixariam a cidade em tão pouco tempo, já que esperava poder vê-las mais – um esforço no qual seu marido, que entrara com ela na sala e se desmanchava de amores pela cadência de suas frases, pareceu distinguir todas as mais afetuosas e graciosas qualidades.

# Capítulo 42

Outra breve visita em Harley Street, na qual Elinor recebeu as congratulações de seu irmão por viajarem o percurso até Barton sem nenhuma despesa, e com o coronel Brandon devendo segui-las para Cleveland dentro de um ou dois dias, completou a relação do irmão com suas irmãs na cidade; e um desanimado convite de Fanny para que viessem a Norland sempre que lhes acontecesse passarem por perto, o que era de todas as coisas a mais improvável de ocorrer, com uma garantia mais calorosa – embora menos pública – de John para Elinor quanto à prontidão com que ele a encontraria em Delaford, foi tudo que pôde predizer qualquer encontro no campo.

Ela se divertiu reparando que todos os seus amigos pareciam determinados a mandá-la para Delaford, um lugar que era, de todos os outros, o último que agora escolheria para visitar ou no qual desejaria residir; pois Delaford não era considerado como seu futuro lar apenas por seu irmão e pela sra. Jennings, mas até mesmo Lucy, quando se despediram, lhe fez um insistente convite para que a visitasse lá.

Bem no início de abril, e toleravelmente no início do dia, os dois grupos de Hanover Square e Berkeley Street partiram de suas respectivas casas e se encontraram, com hora marcada, na estrada. Em nome da conveniência de Charlotte e seu filho, deveriam passar mais de dois dias no trajeto, e o sr. Palmer, viajando em maior velocidade com o coronel Brandon, estaria em Cleveland logo após a chegada das damas.

Marianne, poucas como tinham sido suas horas de conforto em Londres, e ávida como desde muito antes se mostrara por ir embora, não pôde, quando chegou a ocasião, dar adeus à casa na qual apreciara pela última vez as esperanças e a confiança em Willoughby, agora extintas para sempre, sem experimentar grande dor. Tampouco pôde deixar o lugar em que Willoughby permanecia, ocupado em novos compromissos e novos planos, nos quais *ela* não poderia ter participação, sem derramar muitas lágrimas.

A satisfação de Elinor no momento da mudança foi mais positiva. Ela não tinha um objeto como aquele no qual pudesse fixar pensamentos persistentes, não deixava para trás nenhuma criatura da qual se separar para sempre lhe pudesse causar sequer um instante de arrependimento, estava contente em se ver livre da perseguição amistosa de Lucy, estava grata por levar sua irmã embora sem que tivesse sido vista por Willoughby desde o casamento dele, e aguardava o futuro com a esperança de que alguns meses de tranquilidade em Barton fariam muito para restaurar a paz de espírito de Marianne e confirmar sua própria paz.

A viagem foi efetuada com segurança. O segundo dia introduziu-as no amado (ou proibido) condado de Somerset – pois assim o abordava de modo alternado a imaginação de Marianne; e na manhã do terceiro elas subiram para Cleveland.

Cleveland era uma casa espaçosa, de feitio moderno, situada num gramado em declive. Não contava com parque, mas os jardins eram razoavelmente extensos; como qualquer outra propriedade do mesmo nível de relevância, possuía seu caminho de arbustos aberto e alamedas arborizadas mais fechadas, uma estrada de cascalho liso circundava uma plantação e dava na parte da frente, o gramado era todo pontilhado de árvores, a própria casa se resguardava sob a tutela de abetos, tramazeiras e acácias, e uma espessa tela de todas essas árvores, entremeada por altos choupos-da-lombardia, mantinha fora de vista o setor de manutenção.

Marianne entrou na casa com o coração sufocando de emoção, consciente de que eram apenas oitenta milhas desde Barton, e nem mesmo trinta desde Combe Magna; ela não permaneceu sequer cinco minutos no interior de suas paredes, enquanto as outras se ocupavam ajudando Charlotte a mostrar seu filho à governanta, e então se retirou, escapando furtivamente por entre os arbustos sinuosos, somente agora começando a mergulhar na beleza, a ganhar uma eminência distante; e ali, do templo grego, seu olhar, vagando por uma vasta extensão de campo na direção sudeste, pôde ternamente descansar na mais distante cordilheira do horizonte, e sonhar que, do alto de seus cumes, Combe Magna poderia ser vista.

Em tais momentos de preciosa, inestimável miséria, ela se rejubilou em lágrimas de agonia por estar em Cleveland; e quando voltou por um circuito diferente até a casa, sentindo inteiramente o feliz privilégio da liberdade campestre, de poder vagar de um lugar para outro em luxuriosa e livre solidão, decidiu que passaria quase todas as horas de todos os dias, enquanto permanecesse com os Palmer, na indulgência de tais caminhadas solitárias.

Marianne retornou bem a tempo de se juntar às outras enquanto elas saíam da casa numa excursão pelos arredores mais imediatos; e o resto da manhã foi tranquilamente desfrutado em passatempos como descansar na horta, examinar as florações dos muros e ouvir as lamentações do jardineiro sobre pragas, vadiar dentro da estufa, onde a perda de suas plantas preferidas, expostas de maneira descuidada e beliscadas pela geada prolongada, provocou o riso de Charlotte, e visitar seu galinheiro, onde, nas esperanças frustradas da criada encarregada, com galinhas abandonando seus ninhos, ou sendo roubadas por uma raposa, ou na rápida diminuição de uma ninhada promissora, ela encontrou novas fontes de divertimento.

A manhã estava bonita e seca, e Marianne, em seu plano de atividades ao ar livre, não havia se preparado para nenhuma mudança de clima durante sua estadia em Cleveland. Com grande surpresa, portanto, ela se viu impedida por uma constante chuva de sair outra vez depois do jantar. Ela confiara que faria um passeio crepuscular ao templo grego, e talvez pelo terreno todo, e uma noite meramente fria ou úmida não a teria dissuadido; numa chuva pesada e constante, porém, nem mesmo *ela* poderia fantasiar que houvesse clima seco ou agradável para caminhar.

O grupo era pequeno, e as horas passavam em sossego. A sra. Palmer tinha seu filho, e a sra. Jennings, seu trabalho de tapeçaria; elas conversavam sobre os amigos que haviam deixado para trás, arranjavam os compromissos de Lady Middleton e questionavam se o sr. Palmer e o coronel Brandon chegariam mais longe do que Reading naquela noite. Elinor, por mais que estivesse pouco interessada, juntava-se a elas na discussão; e Marianne, que tinha o dom de encontrar o caminho da biblioteca em todas as casas, por mais que fosse geralmente evitado pela família, logo conseguiu para si um livro.

Nada faltava, de parte da sra. Palmer, que um bom humor amigável e constante não pudesse compensar e as fazer sentir que eram bem-vindas. A franqueza e a calidez de seus modos mais do que reparavam aquela falta de compostura e de elegância que a tornava muitas vezes deficiente nas formas da polidez; sua bondade, recomendada por um rosto tão bonito, era cativante; sua tolice, embora evidente, não era repugnante porque não era pretensiosa; e Elinor poderia lhe ter perdoado tudo, exceto seu riso.

Os dois cavalheiros chegaram no dia seguinte para um jantar muito tardio, proporcionando um agradável alargamento do grupo e uma variedade muito bem-vinda na conversa das damas, que se reduzira em grande proporção depois de uma longa manhã sob a mesma chuva contínua.

Elinor havia visto tão pouco do sr. Palmer, e nesse pouco havia visto tanta variedade em seu modo de tratar sua irmã e ela mesma, que não sabia o que esperar ao vê-lo cercado por sua própria família. Viu nele, contudo, um perfeito cavalheiro em seu comportamento com todos os visitantes, apenas ocasionalmente rude com sua esposa e a mãe dela; viu nele um homem bastante capaz de ser um companheiro agradável, apenas impedido de ser sempre assim por uma grande aptidão para imaginar-se muito superior às pessoas em geral, como decerto se sentia em relação à sra. Jennings e a Charlotte. Quanto ao resto de seu caráter e seus hábitos, não era marcado, tanto quanto Elinor podia perceber, por quaisquer traços que não fossem típicos de seu sexo e sua idade. Ele era meticuloso quando comia, incerto em seus horários; gostava de seu filho, se bem que afetasse fazer pouco dele; e desperdiçava no bilhar as manhãs que deveriam ter sido devotadas aos negócios. Elinor gostou dele, no entanto, de um modo geral, muito mais do que havia esperado, e não sentiu no coração nenhum pesar por não poder estimá-lo mais; nenhum pesar por ser induzida, observando seu epicurismo, seu egoísmo e sua presunção, a repousar na complacente lembrança do temperamento generoso de Edward, com seu gosto simples e sentimentos tímidos.

De Edward, ou pelo menos de algumas coisas que lhe diziam respeito, ela recebeu agora informações do coronel Brandon, que estivera recentemente em Dorsetshire e que, a um só tempo tratando-a como amiga desinteressada do sr. Ferrars e como boa confidente dele mesmo, lhe fez alentados relatos sobre o presbitério em Delaford, descreveu suas deficiências, e lhe disse o que pretendia fazer por sua conta no sentido de eliminá-las. Seu comportamento com ela nesses relatos, assim como em todos os outros aspectos, seu franco prazer em encontrá-la depois de um afastamento de apenas dez dias, sua disponibilidade para conversar e sua deferência quanto à opinião dela, tudo isso poderia muito bem justificar a persuasão da sra. Jennings de que havia um envolvimento, e talvez teria sido suficiente – não acreditasse Elinor ainda, como acreditara desde o começo, que era Marianne sua verdadeira favorita – para suscitar nela essa mesma suspeita. Não sendo assim, tal noção quase nunca lhe passara pela cabeça, a não ser por sugestão da sra. Jennings; e ela não podia deixar de acreditar que era das duas a mais arguta observadora; pois vigiava os olhos dele, ao passo que a sra. Jennings pensava somente em seu comportamento; e enquanto seus modos aparentes de ansiosa solicitude pelo fato de que de Marianne sentira, na cabeça e na garganta, o início de um forte resfriado escaparam completamente à observação da senhora porque não foram expressos por palavras, *ela* pôde descobrir neles os sentimentos abruptos e o alarme desnecessário de um apaixonado.

Duas deliciosas caminhadas crepusculares na terceira e na quarta noite da estadia, não apenas no cascalho seco dos arbustos, mas pelo terreno todo, e principalmente nas partes mais distantes dele, onde existiam trechos mais selvagens do que no resto, onde as árvores eram as mais antigas e a relva, a mais longa e mais úmida, haviam – com ajuda da imprudência maior ainda de sentar sem tirar sapatos e meias molhados – infligido a Marianne um resfriado tão violento que, embora negado ou tratado como ninharia durante um ou dois dias, acabou atraindo por força de padecimentos cada vez maiores a preocupação de todos e a percepção da própria doente. Prescrições choveram de todos os cantos e, como de costume, foram todas recusadas. Embora estivesse abatida e febril, com dores nos membros, e uma tosse, e dor de garganta, uma boa noite de sono a deixaria completamente curada, e foi com dificuldade que Elinor a convenceu, quando ela se deitou, a tomar um ou dois dos mais simples remédios.

# Capítulo 43

Marianne levantou-se na manhã seguinte em seu horário habitual; a todas as perguntas respondeu que se sentia melhor, e tentou dar prova disso se envolvendo em suas atividades corriqueiras. Mas passar um dia sentada junto ao fogo, tremendo, tendo na mão um livro que ela não era capaz de ler, ou deitada num sofá, esgotada e lânguida, não parecia favorecer muito sua convalescença; e quando afinal ela foi cedo se deitar, cada vez mais indisposta, o coronel Brandon ficou simplesmente atônito diante do ar sereno de sua irmã, a qual, ainda que a tivesse acompanhado e atendido durante o dia inteiro, contrariando a vontade de Marianne e forçando nela medicamentos apropriados durante a noite, acreditou, como Marianne, na certeza e na eficácia do sono, e não se deixou alarmar.

Uma noite muito inquieta e febril, no entanto, frustrou a expectativa de ambas; e quando Marianne, após insistir em levantar-se, confessou não ser capaz de ficar sentada e retornou voluntariamente à cama, Elinor demonstrou grande prontidão em adotar o conselho da sra. Jennings de mandar chamar o boticário dos Palmer.

Ele veio e examinou sua paciente; embora incentivando a srta. Dashwood a esperar que bem poucos dias restaurariam a saúde de sua irmã, mesmo assim, ao pronunciar que seu distúrbio tinha tendência pútrida, e ao permitir que a palavra "infecção" lhe passasse pelos lábios, causou alarme instantâneo na sra. Palmer por conta do bebê. A sra. Jennings, que desde o começo inclinara-se a pensar que a enfermidade de Marianne era mais séria do que supunha Elinor, reagiu agora de modo muito grave ao relatório do sr. Harris e, confirmando a cautela e os temores de Charlotte, exortou a necessidade da remoção imediata desta última com seu bebê; e o sr. Palmer, embora tratando tais apreensões como inúteis, constatou que a importunação e a ânsia de sua esposa eram fortes demais para que as pudesse contestar. A partida de Charlotte, portanto, foi determinada, e menos de uma hora depois da chegada do sr. Harris ela saiu, com seu pequeno menino e a ama, com destino à casa de um parente próximo do sr. Palmer que morava do outro lado de Bath, poucas milhas além, para onde seu marido prometeu que acorreria dentro de um dia ou dois, cedendo a fervoroso apelo, no propósito de se juntar a ela, e para onde a dama quase com o mesmo ardor insistiu que sua mãe seguisse com ela. A sra. Jennings, no entanto, com um coração bondoso que fez Elinor realmente amá-la, declarou sua resolução de não tirar os pés de Cleveland enquanto Marianne permanecesse doente, e de tentar, através de seu próprio cuidado atencioso, suprir o lugar da mãe da qual a tinha separado; e Elinor viu nela uma colaboradora muitíssimo disposta e ativa em todas as ocasiões, desejosa de compartilhar todas as fadigas e se mostrando muitas vezes, com sua maior experiência em enfermagem, de substancial utilidade.

A pobre Marianne, lânguida e fraca devido à natureza de sua moléstia, e sentindo-se totalmente doente, já não podia ter esperança de que o dia seguinte a veria recuperada; e a ideia daquilo que o dia seguinte teria proporcionado, não fosse essa doença desafortunada, fazia cada padecimento ser mais severo; porque naquele dia elas começariam sua viagem para casa e, acompanhadas no caminho todo por um criado da sra. Jennings, teriam apanhado sua mãe de surpresa na manhã posterior. O pouco que ela disse foi somente uma lamúria por esse retardamento inevitável, embora Elinor tentasse animar seu espírito e fazer com que acreditasse, como ela *então* de fato acreditava, que a demora seria muito passageira.

O dia seguinte produziu pouca ou nenhuma transformação no estado da paciente; ela certamente não estava melhor e, excetuando-se que não houve progresso, não parecia pior. O grupo ficou agora mais reduzido; porque o sr. Palmer, embora muito indisposto a viajar tanto em função de verdadeira benevolência e boa índole quanto de uma objeção em parecer que cedia por temer sua esposa, foi convencido afinal pelo coronel Brandon a cumprir sua promessa de segui-la; enquanto ele se preparava para sair, o próprio coronel Brandon, num esforço muito maior, começou a falar sobre partir também. Aqui, no entanto, a bondade da sra. Jennings intercedeu do modo mais aceitável; pois enviar o coronel para longe quando sua mulher amada experimentava tamanho desassossego por conta da irmã seria privá-los ambos, pensou ela, de qualquer conforto; e assim, dizendo-lhe sem demora que sua estadia em Cleveland era necessária para ela mesma, que precisaria dele para jogar *piquet* no período da noite quando a srta. Dashwood estivesse no andar de cima com sua irmã etc., pediu-lhe com tanto vigor para permanecer que o cavalheiro, que gratificava o primeiro desejo de seu coração sendo complacente, não conseguiu nem mesmo afetar indecisão por muito tempo, ainda mais porque a súplica da sra. Jennings foi calorosamente secundada pelo sr. Palmer, que pareceu sentir alívio por deixar para trás uma pessoa com tamanha capacidade de ajudar ou aconselhar a srta. Dashwood em qualquer emergência.

Marianne foi, naturalmente, mantida na ignorância de todos esses arranjos. Ela não sabia que motivara o afastamento dos proprietários de Cleveland cerca de sete dias depois de sua chegada. Não lhe causou nenhuma surpresa não ver sinal da sra. Palmer; uma vez que também não sentiu a menor preocupação diante disso, sequer mencionou seu nome.

Dois dias se passaram desde a partida do sr. Palmer, e a situação de Marianne seguiu sendo, com pouca variação, a mesma. O sr. Harris, que lhe prestava seu atendimento todos os dias, ainda falava ousadamente de uma veloz recuperação, e a srta. Dashwood se mostrava igualmente otimista; mas a expectativa dos outros não era de modo algum tão entusiasmada. A sra. Jennings determinara nos primeiros estágios da crise que Marianne jamais a superaria, e o coronel Brandon, sempre prestativo em ouvir os pressentimentos da sra. Jennings, não teve ânimo para resistir à influência deles. O coronel tentou desfazer racionalmente tais temores, que pareciam ser absurdos sob o julgamento diferente do boticário; mas as muitas horas de cada dia nas quais ele era deixado completamente sozinho não faziam senão favorecer que fossem admitidas as mais melancólicas ideias, e ele não conseguia expulsar de sua mente a convicção de que nunca mais veria Marianne.

Na manhã do terceiro dia, no entanto, as sombrias previsões de ambos foram praticamente aniquiladas, porque, quando chegou, o sr. Harris declarou que sua paciente estava significativamente melhor. Seu pulso estava muito mais forte, e todos os sintomas revelavam ser mais favoráveis do que na visita anterior. Elinor, vendo suas mais doces esperanças confirmadas, era puro contentamento; ela regozijou-se porque nas cartas para sua mãe tinha seguido seu próprio julgamento e não o de sua amiga, fazendo muito pouco da indisposição que as mantinha por mais tempo em Cleveland e quase se atrevendo a fixar o momento em que Marianne teria condições de viajar.

Mas o dia não terminou tão auspiciosamente como começou. Ao anoitecer Marianne piorou de novo, sentindo-se mais abatida, inquieta e desconfortável do que antes. Sua irmã, no entanto, ainda otimista, preferiu atribuir a transformação a nada mais que o cansaço de ter de sentar enquanto a cama era preparada. Administrando cuidadosamente os tônicos prescritos, Elinor a viu, com satisfação, cair finalmente num torpor do qual esperava os mais benéficos efeitos. Seu sono, embora não exibisse a tranquilidade que Elinor desejava ver, perdurou por um tempo considerável; ansiosa por observar com seus próprios olhos o resultado, ela resolveu sentar-se ao lado da irmã e aguardar. A sra. Jennings, nada sabendo sobre qualquer alteração na paciente, foi se deitar mais cedo do que de costume; sua criada, que era uma das principais enfermeiras, estava se distraindo no quarto da governanta, e Elinor ficou a sós com Marianne.

O repouso desta última tornou-se mais e mais perturbado; e a irmã, que vigiava com incessante atenção suas contínuas mudanças de postura e ouvia os frequentes mas inarticulados sons de queixa que escapavam de seus lábios, estava quase desejando despertá-la de tão doloroso sono quando Marianne, acordada de súbito por algum barulho acidental na casa, ergueu-se num sobressalto e, com febril impetuosidade, exclamou:

– Mamãe está vindo?

– Ainda não – exclamou a outra, ocultando seu terror e ajudando Marianne a deitar-se novamente –, mas ela vai estar aqui, espero, dentro de não muito tempo. É uma grande distância, você sabe, daqui até Barton.

– Mas ela não deve passar por Londres no caminho – exclamou Marianne, na mesma maneira precipitada. – Eu não vou poder vê-la, se ela passar por Londres.

Elinor percebeu com alarme que ela não estava nada bem e, enquanto tentava acalmá-la, sentiu seu pulso com sofreguidão. Estava mais baixo e mais acelerado do que nunca! Com Marianne falando ainda sobre a mamãe de maneira descontrolada, seu alarme cresceu com tanta impetuosidade que ela decidiu mandar chamar o sr. Harris o quanto antes e despachar a Barton um mensageiro para sua mãe. Consultar o coronel Brandon sobre o melhor meio de efetuar a segunda decisão foi o pensamento que sucedeu imediatamente a resolução de que seria desempenhada; tão logo tocou a sineta para que a criada tomasse seu lugar ao lado da irmã, ela desceu correndo até a sala de visitas, onde sabia que quase sempre ele podia ser encontrado em horas bem mais avançadas do que a presente.

Não havia tempo para hesitação. Os medos e as dificuldades de Elinor assomaram imediatamente diante dele. Quanto aos medos, o coronel não teve coragem ou confiança para tentar suprimi-los, e os ouviu num desalento silencioso; mas as dificuldades foram remediadas no mesmo instante, porque, numa prontidão que parecia condizer com a ocasião, o serviço estando arranjado de antemão em sua mente, ele mesmo se ofereceu para ser o mensageiro que devia buscar a sra. Dashwood. Elinor não recorreu a nenhuma resistência que não tenha sido facilmente superada. Agradeceu-lhe com gratidão sucinta mas fervorosa e, enquanto ele foi pedir a seu criado que saísse às pressas com uma mensagem ao sr. Harris e solicitasse cavalos de posta com urgência, ela escreveu algumas linhas para sua mãe.

O conforto de ter naquele momento um amigo tão bom quanto o coronel Brandon – ou um companheiro tão bom para sua mãe – foi sentido com tanta gratidão! Um companheiro cujo julgamento a guiaria, cujos cuidados seriam decerto um alívio, e cuja amizade poderia lhe trazer calma! Até onde lhe *pudessem* abrandar o choque de uma intimação como aquela, a presença dele, seu auxílio, seus modos o abrandariam.

*Ele*, enquanto isso, por mais que seus sentimentos se abalassem, agiu com a firmeza de quem tem a mente no lugar, fez todos os arranjos necessários com a máxima presteza e calculou com exatidão o momento em que ela poderia esperar seu retorno. Sequer um instante foi perdido em qualquer espécie de demora. Os cavalos chegaram inclusive antes do esperado, e o coronel Brandon, apenas pressionando a mão dela com um semblante solene, e tendo falado algumas palavras num tom baixo demais para que alcançassem seu ouvido, correu para dentro da carruagem. Era então por volta da meia-noite, e ela retornou ao aposento de sua irmã com o fim de aguardar a chegada do boticário e vigiá-la pelo resto da noite. Foi uma noite de sofrimento quase idêntico para ambas. Hora após hora se passava em dores e delírios insones, por parte de Marianne, e na mais cruel ansiedade, por parte de Elinor, sem que o sr. Harris aparecesse. As apreensões de Elinor, uma vez evocadas, pagaram na mesma moeda o excesso de segurança que ela sentira antes; e a criada que lhe fez companhia na vigília, pois ela não permitira que a sra. Jennings fosse chamada, somente a torturou ainda mais, com sugestões daquilo que sua patroa tinha sempre pensado.

De quando em quando, as ideias de Marianne ainda se fixavam de modo incoerente em sua mãe e, sempre que ela mencionava seu nome, causava uma pontada no coração da pobre Elinor, que por sua vez, reprovando-se por ter menosprezado tantos dias de doença, e desesperada por algum alívio imediato, imaginou que qualquer alívio poderia de nada servir em breve, que tudo havia sido adiado por tempo demais, e previu sua mãe padecente chegando tarde demais para que pudesse ver a filha querida, ou vê-la racional.

Ela estava prestes a mandar chamar o sr. Harris novamente, ou, se *ele* não pudesse vir, algum outro aconselhamento, quando o primeiro – mas não antes das cinco horas – chegou. Sua opinião, no entanto, compensou um pouco seu atraso, porque, embora reconhecendo uma transformação muito inesperada e desagradável na paciente, não admitiu que o perigo fosse considerável, e falou sobre o alívio que um novo modo de tratamento decerto provocaria com uma confiança que, em menor grau, pôde ser absorvida por Elinor. Ele prometeu fazer outra visita no decorrer de três ou quatro horas, e deixou tanto a paciente quanto sua inquieta assistente mais serenas do que as encontrara.

Com forte preocupação, e com várias repreensões por não ter sido chamada para lhes prestar auxílio, a sra. Jennings ouviu naquela manhã o que se passara. Suas apreensões anteriores, agora restauradas com maior razão, não lhe deixaram nenhuma dúvida em relação à consequência; embora tentasse transmitir palavras de conforto para Elinor, sua convicção quanto ao perigo que corria Marianne não lhe permitiu oferecer o conforto da esperança. Seu coração estava realmente pesaroso. A veloz decadência, a morte prematura de uma garota tão jovem, tão adorável como Marianne teria deixado em grande aflição até mesmo uma pessoa menos interessada. E pela compaixão da sra. Jennings ela tinha outros direitos. Marianne havia sido por três meses sua companheira, encontrava-se ainda sob seus cuidados, e era sabido que sofrera grande mágoa e delongada tristeza. A angústia de sua irmã, uma particular favorita, também se colocava diante dela; quanto à mãe das duas, quando a sra. Jennings cogitou que Marianne devia provavelmente ocupar no coração da sra. Dashwood o lugar que Charlotte ocupava no dela, sua simpatia por *seus* sofrimentos foi muito sincera.

O sr. Harris foi pontual em sua segunda visita; mas ele veio para ficar desapontado em suas esperanças sobre aquilo que deveria ter resultado da primeira. Seus medicamentos haviam fracassado; a febre não cedera; e Marianne estava somente mais quieta – não voltara mais a si –, permanecia num estupor pesado. Elinor, captando de súbito todos – e mais do que todos – os temores do cavalheiro, propôs chamar aconselhamento adicional. Mas ele julgou desnecessário fazê-lo: tinha algo mais a tentar ainda, mais alguma aplicação nova, em cujo sucesso confiava tanto quanto na última, e sua visita terminou com garantias alentadoras que chegaram aos ouvidos mas não puderam penetrar o coração da srta. Dashwood. Ela se mantinha calma, exceto quando pensava em sua mãe; mas estava quase perdendo as esperanças, e nesse estado permaneceu até o meio-dia, mal se mexendo junto à cama de sua irmã, seus pensamentos vagando de uma imagem de tristeza para outra, de um amigo em sofrimento para outro, seu espírito oprimido ao máximo pela conversa da sra. Jennings, que não tinha escrúpulos em atribuir o perigo e a severidade do ataque às muitas semanas de prévia indisposição que a decepção de Marianne provocara. Elinor admitiu a completa razoabilidade da ideia, e um tormento renovado tomou conta de suas reflexões.

Por volta do meio-dia, no entanto, ela começou – mas com cautela, num pavor de se frustrar que durante certo tempo a manteve silenciosa, até mesmo com sua amiga – a imaginar, a ter a esperança de que conseguia perceber uma ligeira melhora no pulso de sua irmã; esperou, observou e o examinou uma e outra vez; por fim, com uma agitação que era mais difícil de soterrar sob uma calma exterior do que a enorme perturbação precedente, aventurou-se a comunicar suas esperanças. A sra. Jennings, embora forçada depois de um exame a reconhecer um restabelecimento temporário, tentou impedir sua jovem amiga de acalentar o pensamento de que haveria continuidade; e Elinor, assimilando qualquer injunção de desconfiança, disse a si mesma que deveria descrer também. Mas era tarde demais. A esperança já entrara; sentindo todo esse alvoroço afoito em seu íntimo, ela inclinou-se sobre sua irmã para observar... mal sabia o quê. Meia hora se passou, e o sintoma favorável abençoava Marianne ainda; outros até surgiram para confirmá-lo. Sua respiração, sua pele, seus lábios, tudo adulava Elinor com sinais de melhora; e Marianne fixou os olhos nela numa contemplação racional, embora lânguida. Esperança e ansiedade a oprimiam agora em graus idênticos, e não lhe permitiram nenhum momento de tranquilidade até a chegada do sr. Harris às quatro horas, quando as garantias dele, as felicitações por uma recuperação de sua irmã que chegava mesmo a superar as expectativas, deram-lhe confiança, conforto e lágrimas de alegria.

Marianne estava substancialmente melhor em todos os aspectos, e ele a declarou totalmente fora de perigo. A sra. Jennings, talvez satisfeita com a justificação parcial de seus pressentimentos que havia sido verificada no mais recente alarme, permitiu-se confiar no julgamento do boticário e admitiu, com alegria genuína e logo com inequívoca jovialidade, a probabilidade de uma recuperação completa.

Elinor não conseguia estar alegre. Seu contentamento era de um tipo diferente, e ocasionava tudo menos o júbilo. Marianne recuperando a vida, a saúde, os amigos e a mãe amorosa: a ideia enchia seu coração com sensações de primoroso conforto e o aquecia com fervorosa gratidão, mas não ocasionava nenhuma manifestação exterior de alegria, nenhuma palavra, nenhum sorriso. Tudo que havia dentro do peito de Elinor era uma silenciosa e forte satisfação.

Ela permaneceu ao lado de Marianne com poucas interrupções durante a tarde inteira, acalmando todos os medos, satisfazendo todas as perguntas do espírito enfraquecido de sua irmã, fornecendo todos os socorros e vigiando praticamente cada olhar e cada respiração. A possibilidade de uma recaída em alguns momentos a fazia lembrar, é claro, o que era sentir aflição – mas quando ela viu, em seus exames frequentes e minuciosos, que todos os sintomas de recuperação se mantinham, e quando viu às seis horas que Marianne mergulhava num sono tranquilo, ininterrupto e, ao que tudo indicava, confortável, silenciou todas as dúvidas.

Aproximava-se agora o momento em que a volta do coronel Brandon poderia ser esperada. Às dez horas, Elinor acreditava, ou pelo menos não muito além disso, sua mãe se veria livre do terrível suspense em que decerto agora viajava na direção delas. E o coronel também! Talvez não menos merecedor de piedade! Ah, quão vagaroso era o progresso do tempo que ainda os mantinha na ignorância!

Às sete horas, deixando Marianne adormecida no mesmo sono doce, ela se juntou à sra. Jennings na sala de visitas para tomar um chá. No desjejum ela se abstivera por seus temores, e no jantar pela reversão deles, de comer muito; e o presente refresco, portanto, com os sentimentos de satisfação que ela trazia consigo, era particularmente bem-vindo. A sra. Jennings quis convencê-la, depois do chá, a descansar um pouco antes da chegada de sua mãe, e a permitir que *ela* tomasse o seu lugar ao lado de Marianne; mas Elinor não tinha naquele momento nenhuma sensação de fadiga, nenhuma capacidade de dormir, e não ficaria longe de sua irmã nem mesmo por um instante se não fosse necessário. A sra. Jennings, assim, subindo as escadas com ela e entrando no quarto da doente para se certificar de que tudo continuava bem, a deixou ali novamente com seu encargo e seus pensamentos, e se retirou para seu próprio quarto para escrever cartas e dormir.

A noite era fria e tempestuosa. O vento rugia em volta da casa e a chuva batia nas janelas, mas Elinor, pura felicidade em seu íntimo, desconsiderava tudo isso. Marianne não despertou com nenhuma das rajadas; quanto aos viajantes, os aguardava uma rica recompensa para todos os atuais inconvenientes.

O relógio bateu oito horas. Se tivesse batido dez, Elinor teria ficado convencida de que naquele momento escutara uma carruagem se aproximando da casa; e tão forte foi a persuasão de que *de fato* escutou, apesar da *quase* impossibilidade de que já tivessem chegado, que ela se deslocou até o adjacente quarto de vestir e abriu uma veneziana da janela para certificar-se da verdade. Ela percebeu no mesmo instante que seus ouvidos não a tinham enganado. As lâmpadas fulgurantes de uma carruagem se tornaram imediatamente visíveis. Com o auxílio dessas luzes incertas ela pensou poder discernir que o veículo era puxado por quatro cavalos; e isso, ao mesmo tempo em que revelava o excesso de alarme de sua pobre mãe, proveu alguma explicação àquela rapidez inesperada.

Nunca em sua vida Elinor tivera tanta dificuldade para ficar calma como naquele momento. A noção das coisas que sua mãe devia estar sentindo enquanto a carruagem parava diante da porta – de sua dúvida – de seu pavor – talvez de seu desespero! E daquilo que *ela* tinha para dizer! Com tal noção era impossível ter calma. Tudo que lhe restava fazer era ser ágil, e portanto, esperando apenas o tempo necessário para deixar sua irmã sob os cuidados da criada da sra. Jennings, ela desceu correndo as escadas.

O alvoroço no vestíbulo, enquanto ela passava por uma antecâmara, assegurou-lhe que eles já estavam dentro da casa. Ela correu até a sala de visitas – entrou nela – e viu apenas Willoughby.

# Capítulo 44

Elinor, recuando com uma expressão de horror ao vê-lo, obedeceu ao primeiro impulso de seu coração e virou-se no mesmo instante para sair do aposento; sua mão já estava na fechadura, e somente deixou de acioná-la porque o cavalheiro avançou precipitadamente, dizendo numa voz que era mais de comando do que de súplica:

– Srta. Dashwood, por meia hora... por dez minutos... eu imploro que fique.

– Não, senhor – ela respondeu com firmeza –, *não vou* ficar. Seu compromisso não pode ter qualquer relação *comigo*. Os criados, eu suponho, se esqueceram de lhe dizer que o sr. Palmer não estava em casa.

– Se tivessem dito a mim – exclamou ele com veemência – que o sr. Palmer e todos os seus familiares estavam no inferno, nem assim teriam feito com que eu me afastasse da porta. Meu compromisso é com a senhorita, e apenas com a senhorita.

– Comigo!? – (com o máximo espanto). – Bem, senhor, seja breve... E, se puder... menos violento.

– Sente-se, e eu serei ambas as coisas.

Elinor hesitou; não sabia o que fazer. A possibilidade de que o coronel Brandon chegasse ali e o encontrasse lhe passou pela cabeça. Mas ela prometera que o ouviria, e sua curiosidade, não menos que sua honra, estava empenhada. Esperando um momento até recobrar a compostura, portanto, concluindo que a prudência requeria pressa, e que sua aquiescência seria o melhor meio de promovê-la, ela caminhou silenciosamente na direção da mesa e se sentou. Ele tomou a cadeira oposta, e durante meio minuto sequer uma palavra foi dita por ambos.

– Por favor seja breve, senhor – disse Elinor, impaciente. – Eu não tenho tempo de sobra.

Ele estava sentado numa postura de meditação profunda, e parecia não ouvi-la.

– Sua irmã – disse ele, de modo abrupto, um instante depois – está fora de perigo. Eu soube com o criado. Deus seja louvado! Mas é verdade? É verdade mesmo?

Elinor não quis falar. Ele repetiu a pergunta com avidez ainda maior.

– Pelo amor de Deus, me diga, ela está fora de perigo ou não está?

– Esperamos que esteja.

Ele se levantou e caminhou pela sala.

– Se eu soubesse disso meia hora atrás... Mas como *estou* aqui – (falando com forçada vivacidade ao retornar para seu assento) –, qual é o problema? Ao menos uma vez, srta. Dashwood... e vai ser a última vez, quem sabe... sejamos joviais um com o outro. Estou com ótima disposição para o contentamento. Diga-me honestamente – (um rubor mais vivo inundando suas faces) –, a senhorita me considera mais um patife ou um tolo?

Elinor olhou para ele com mais assombro do que nunca. Começou a pensar que ele devia estar sob influência de bebida; a estranheza de uma visita como aquela e daquele modo de agir não parecia ser, de outra forma, compreensível; e com essa impressão ela se levantou imediatamente, dizendo:

– Sr. Willoughby, sugiro que por ora retorne para Combe. Não disponho de mais tempo para ficar com o senhor. Seja qual for o seu compromisso comigo, será melhor lembrado e explicado amanhã.

– Entendi – ele retrucou, com um sorriso expressivo e uma voz perfeitamente calma. – Sim, estou bastante bêbado. Uma caneca de cerveja preta com a minha carne fria em Marlborough foi o suficiente para me tirar do prumo.

– Em Marlborough! – exclamou Elinor, cada vez mais perdida em sua tentativa de entender o que ele queria.

– Sim, eu saí de Londres nesta manhã às oito horas, e os únicos dez minutos que passei fora do meu carro desde então me proporcionaram uma pequena refeição em Marlborough.

A firmeza de seus modos e a inteligência de seus olhos enquanto falava convenceram Elinor de que, qualquer que fosse a loucura imperdoável que o trouxera para Cleveland, ele não viera impelido por intoxicação, e ela disse, recobrando a compostura:

– O senhor *deve* sentir, e eu *certamente* o sinto, que, depois do que se passou, vir para cá dessa maneira, e forçar sua presença diante de mim, requer uma desculpa muito particular. O que é isso, qual é a sua intenção com isso?

– Minha intenção – disse ele, com energia e gravidade –, se eu puder, é fazer com que a senhorita tenha por mim um pouco menos de ódio do que tem *agora*. Quero apresentar alguma espécie de explicação, alguma espécie de desculpa, ao que se passou; abrir meu coração por inteiro à senhorita e, convencendo-a de que, embora eu tenha sido sempre um cabeça-dura, não fui sempre um canalha, obter algo próximo de um perdão de Ma... de sua irmã.

– É esse o verdadeiro motivo de sua vinda?

– Juro por minha alma que é – foi a resposta dele, num ardor que trouxe o antigo Willoughby à lembrança de Elinor e a fez, a contragosto, pensar que ele estava sendo sincero.

– Se isso é tudo, o senhor já pode ficar satisfeito, porque Marianne *o perdoa*... o perdoou faz *muito* tempo.

– Perdoou? – exclamou ele no mesmo tom ansioso. – Então ela me perdoou antes do tempo. Mas vai me perdoar outra vez, e com fundamentos mais razoáveis. *Agora* a senhorita pode me ouvir?

Elinor assentiu com a cabeça.

– Não sei – ele disse, após uma pausa de expectativa por parte dela e de ponderação por parte dele – como *a senhorita* pode ter explicado meu comportamento com sua irmã, ou que motivo diabólico pode ter imputado a mim. Talvez a senhorita dificilmente vá ter uma opinião mais favorável de mim... Não custa nada tentar, no entanto, e a senhorita vai saber de tudo. Quando me tornei íntimo de sua família, eu não tinha nenhuma outra intenção, nenhum outro objetivo, nessa amizade, que não fosse passar meu tempo agradavelmente enquanto eu era obrigado a permanecer em Devonshire, mais agradavelmente do que eu jamais passara. A figura encantadora e as maneiras interessantes da sua irmã não poderiam deixar de me agradar; e o comportamento dela comigo quase desde o começo era de um tipo... É espantoso, quando reflito sobre o que era, e sobre o que *ela* era, que o meu coração tenha sido tão insensível! Mas em primeiro lugar eu preciso confessar que somente minha vaidade se elevou com isso. Ignorando a felicidade dela, pensando apenas em minha própria diversão, dando vazão a sentimentos que eu sempre tivera o hábito de favorecer, eu procurei, através de todos os meios em meu poder, me fazer agradável aos olhos dela, sem a menor intenção de retribuir seu afeto.

A srta. Dashwood, nesse ponto, voltando seu olhos para ele com o mais raivoso desprezo, o interrompeu dizendo:

– Quase não vale a pena, sr. Willoughby, que o senhor continue seu relato, ou que eu ouça por mais tempo. Um começo como esse não pode ser seguido por nada. Não me deixe ter a dor de ouvir qualquer coisa mais sobre o assunto.

– Eu insisto que a senhorita ouça tudo – ele retrucou. – Minha fortuna nunca foi grande, e eu sempre gastei muito dinheiro, sempre tive o hábito de me associar a pessoas com melhor renda do que eu. Cada ano desde a minha maioridade, ou até antes, acredito, aumentara minhas dívidas; mesmo que a morte da minha velha prima, a sra. Smith, devesse me libertar, esse acontecimento seguia sendo incerto, possivelmente bem distante, e durante algum tempo tinha sido intenção minha restabelecer minha situação casando com uma mulher de fortuna. Que eu me ligasse com a sua irmã, portanto, era impensável; e com sordidez, egoísmo, crueldade... Nenhum olhar de desprezo ou indignação, nem mesmo de sua parte, srta. Dashwood, jamais poderá me reprovar o bastante... Eu procedia dessa maneira, tentando atrair o afeto dela sem pensar em retribuí-lo. Mas uma coisa pode ser dita de mim: mesmo nesse horrendo estado de vaidade egoísta, eu não tinha ideia da extensão do mal que eu infligia, porque eu não sabia *então* o que era amar. Mas será que alguma vez eu soube? Bem se pode duvidar, porque, se tivesse realmente amado, será que eu poderia ter sacrificado meus sentimentos em nome da vaidade, da avareza? Ou, o que é pior, eu poderia ter sacrificado os sentimentos dela? Mas eu o fiz. A fim de evitar uma pobreza relativa, da qual seu afeto e sua companhia teriam retirado todos os horrores, eu perdi, indo atrás da riqueza, tudo que poderia fazer da pobreza uma bênção.

– Em algum momento, então – disse Elinor, um pouco suavizada –, o senhor acreditou ter afeição por ela?

– Ter resistido a tantas atrações, ter rechaçado tanta ternura!? Existe um homem na Terra que possa fazer isso? Sim, eu me vi, em gradações imperceptíveis, afeiçoado de verdade a ela; e as horas mais felizes da minha vida foram aquelas que passei com ela quando senti que minhas intenções eram estritamente honradas e meus sentimentos, inocentes. Mesmo *então*, contudo, estando plenamente determinado por fazer minhas declarações a ela, eu me permiti de modo muito indevido protelar, com o passar dos dias, o momento de fazê-las, por causa de uma relutância em assumir um noivado quando as minhas circunstâncias eram tão profundamente complicadas. Não vou argumentar aqui, e tampouco vou fazer uma pausa para que *a senhorita* possa discorrer sobre o absurdo, e pior do que absurdo, de eu ter algum escrúpulo em empenhar minha fé onde a minha honra já estava comprometida. O caso provou que eu era um tolo ardiloso, preparando com grande circunspecção uma possível oportunidade de me tornar desprezível e desventurado para sempre. Por fim, porém, minha resolução foi tomada, e eu me determinara, assim que pudesse ficar sozinho com ela, a justificar as atenções que eu lhe dedicara tão invariavelmente, e a lhe dar francas garantias de um carinho que eu já tinha me esforçado tanto para demonstrar. Mas nesse ínterim... no ínterim das pouquíssimas horas que se passariam, antes que eu pudesse ter uma oportunidade de falar com ela em privado, uma circunstância ocorreu... Uma circunstância infeliz, que arruinou por completo a minha resolução e, com ela, o meu conforto. Uma descoberta ocorreu – (aqui ele hesitou e olhou para baixo). – A sra. Smith havia sido informada de uma forma ou de outra, imagino que por algum parente distante, cujo interesse era me privar de sua proteção, sobre um caso, uma ligação... Mas não preciso me explicar além disso – ele acrescentou, olhando para Elinor com um rubor acentuado e um olhar interrogador. – A sua particular intimidade... A senhorita provavelmente soube da história toda faz muito tempo.

– Eu soube – replicou Elinor, ruborizando da mesma forma, e endurecendo seu coração de novo contra qualquer compaixão por ele –, eu soube de tudo. E de que maneira o senhor vai justificar qualquer parte de sua culpa nesse negócio terrível? Confesso que isso escapa da minha compreensão.

– Lembre – exclamou Willoughby – quem foi que lhe fez o relato. Poderia ser uma pessoa imparcial? Eu reconheço que a situação dela e sua reputação deveriam ter sido respeitadas por mim. Não pretendo me justificar, mas ao mesmo tempo não posso deixar que a senhorita suponha que eu não tenho como argumentar... e que, porque ela foi prejudicada, ela era irrepreensível, e porque *eu* era um libertino, *ela* devia ser uma santa. Se a violência de suas paixões, a fraqueza do seu entendimento... Não pretendo, no entanto, me defender. O carinho dela por mim merecia um tratamento melhor, e com grande autocensura eu muitas vezes recordei a ternura que, por um tempo muito curto, teve o poder de criar alguma retribuição. Eu gostaria... eu sinceramente gostaria que jamais tivesse sido assim. Mas eu prejudiquei não apenas a ela; prejudiquei uma outra cujo carinho por mim (devo dizer?) era dificilmente menos caloroso que o dela; e cuja mente... Ah, quão infinitamente superior!

– Sua indiferença, no entanto, em relação a essa garota desventurada... Preciso dizê-lo, por mais desagradável que seja para mim a discussão de um assunto como esse... sua indiferença não é desculpa para o seu cruel abandono dela. Não se considere desculpado por qualquer fraqueza, qualquer defeito natural de compreensão da parte dela, na crueldade deliberada tão evidente de sua parte. O senhor deve ter tomado conhecimento de que, enquanto estava se divertindo em Devonshire, correndo atrás de novos esquemas, sempre jovial, sempre feliz, ela estava jogada na mais extrema indigência.

– Mas juro por minha alma, eu *não sabia* disso – ele retrucou calorosamente. – Não recordo que eu tivesse deixado de lhe dar meu endereço; e o bom-senso poderia ter dito a ela como encontrá-lo.

– Bem, senhor, e o que disse a sra. Smith?

– Ela me culpou pela ofensa de imediato, e a minha confusão pode ser imaginada. A pureza de sua vida, a formalidade de suas noções, sua ignorância do mundo... tudo se colocava contra mim. A questão em si eu não podia negar, e vãos foram todos os esforços de amenizá-la. Ela tinha uma predisposição, creio eu, para duvidar da moralidade da minha conduta em geral, e além disso estava descontente com as diminutas atenções, com a diminuta parcela do meu tempo que eu lhe concedera na minha presente visita. Em suma, o resultado foi um rompimento total. Com *uma* medida eu poderia ter me salvado. No auge de sua moralidade, boa mulher, ela se ofereceu para perdoar o passado se eu me casasse com Eliza. Isso não era possível... E eu fui formalmente dispensado de sua proteção e de sua casa. Na noite que se seguiu (eu partiria na manhã seguinte) o caso foi repensado por mim numa deliberação sobre qual deveria ser a minha conduta futura. A luta foi grande... mas terminou muito depressa. Meu afeto por Marianne, minha profunda convicção de seu apego por mim, isso tudo não era suficiente para compensar aquele pavor da pobreza, ou para vencer aquelas ideias falsas sobre necessidade de riqueza que eu era naturalmente inclinado a sentir e que a sociedade dispendiosa me fizera sentir ainda mais. Eu tinha razão para crer que minha presente esposa estaria assegurada, se eu decidisse pedir sua mão, e fiquei convencido de que nada mais me restava fazer se eu quisesse ser prudente. Uma cena pesada me aguardava, no entanto, antes que eu pudesse deixar Devonshire; eu tinha o compromisso de jantar com vocês naquele mesmo dia; alguma desculpa era portanto necessária para que eu rompesse tal compromisso. Refleti por muito tempo, porém, se eu deveria escrever esse pedido de desculpas ou entregá-lo pessoalmente. Ver Marianne, eu sentia, seria terrível, e eu até mesmo duvidava de que pudesse vê-la novamente sem desfazer minha resolução. Nesse aspecto, contudo, subestimei minha própria magnanimidade, como acabou ficando claro; porque fui, e a vi, e a vi ficar miserável, e a deixei miserável... E a deixei esperando não vê-la nunca mais.

– O senhor nos visitou por quê? – perguntou Elinor, de modo reprovador. – Um bilhete teria cumprido todos os propósitos. Era necessário nos visitar?

– Era necessário ao meu próprio orgulho. Eu não conseguia suportar a ideia de deixar o campo de uma forma que poderia levar vocês, ou o resto da vizinhança, a ter a menor suspeita sobre o que realmente se passara entre mim e a sra. Smith... E resolvi, por isso, visitar o chalé no meu caminho para Honiton. A visão de sua querida irmã, no entanto, foi realmente terrível; e para piorar tudo, encontrei-a sozinha. Vocês todas tinham saído não sei para onde. Eu a deixara, na noite anterior, tão completamente, tão firmemente decidido em meu íntimo a fazer o que era certo! Dentro de poucas horas eu a teria unido a mim para sempre; e lembro como era feliz, como era alegre o meu estado de espírito quando caminhei do chalé para Allenham, satisfeito comigo, deleitado com todos! Mas naquilo, na nossa última conversa de amizade, eu me aproximei dela com uma sensação de culpa que quase tirou de mim o poder de dissimular. Sua tristeza, sua decepção, seu profundo lamento, quando eu lhe disse que era obrigado a deixar Devonshire tão imediatamente... jamais vou esquecer... Com acréscimo também de tanta dependência, tanta confiança em mim! Meu Deus! Que patife sem coração eu fui!

Ambos ficaram em silêncio por alguns instantes. Elinor retomou o diálogo.

– O senhor disse a ela que logo retornaria?

– Não sei o que eu disse a ela – retrucou Willoughby, impaciente. – Menos do que era devido ao passado, sem sombra de dúvida, e com grande probabilidade muito mais do que foi justificado pelo futuro. Não consigo lembrar. Nada me ocorre. Depois veio a sua querida mãe me torturar ainda mais, com toda aquela confiança e bondade. Graças aos céus!

Isso *de fato* me torturou. Eu fiquei miserável. A senhorita não pode ter ideia do conforto que sinto trazendo à lembrança minha própria desgraça. Guardo tanto rancor por mim mesmo, pela idiotice canalha e estúpida do meu próprio coração, que todos os meus sofrimentos consequentes representam apenas exultação e triunfo para mim agora. Bem, lá fui eu, deixei tudo que eu amava, e fui ao encontro daqueles aos quais, na melhor das hipóteses, eu era apenas indiferente. Minha viagem até a cidade... viajando com meus próprios cavalos e portanto de modo tão tedioso... nenhuma criatura com quem falar... minhas próprias reflexões tão joviais... Quando eu projetava o futuro, tudo tão convidativo! Quando eu recordava Barton, uma imagem tão tranquilizadora! Ah, foi uma viagem abençoada!

Ele parou.

– Bem, senhor – disse Elinor, que, apesar de sentir pena dele, ficou impaciente por vê-lo partir –, e isso é tudo?

– Ah! Não, a senhorita esqueceu o que se passou na cidade? Aquela carta infame... Ela lhe mostrou a carta?

– Sim, eu vi cada bilhete enviado.

– Quando a primeira carta dela chegou a mim (e chegou imediatamente, pois eu estava na cidade o tempo todo), o que senti, como se diz, não pode ser expresso em palavras; expressando de um modo simples, talvez simples demais para despertar qualquer emoção, meus sentimentos foram muito, muito dolorosos. Todas as linhas, todas as palavras eram, na metáfora banal que a querida autora delas, estivesse ela aqui, proibiria, um punhal no meu coração. Saber que Marianne estava na cidade era, na mesma linguagem, como se eu fosse atingido por um raio. Raios e punhais! Que repreensão eu teria recebido dela! Seu gosto, seus juízos... Creio que são mais conhecidos por mim do que os meus, e tenho certeza de que me são mais caros.

O coração de Elinor, que sofrera muitas mudanças no decorrer dessa conversa extraordinária, suavizou-se novamente agora; mesmo assim, ela sentiu que era seu dever reprimir ideias como as últimas que seu companheiro professara.

– Isso não está certo, sr. Willoughby. Lembre que o senhor é casado. Relate apenas aquilo que, na sua consciência, o senhor julga necessário que eu ouça.

– O bilhete de Marianne, assegurando que eu ainda era tão caro a ela como nos primeiros tempos, que apesar das muitas e muitas semanas em que estivéramos separados ela permanecia tão constante em seus próprios sentimentos, e tão cheia de fé na constância dos meus quanto sempre, despertou todos os meus remorsos. Eu digo "despertou" porque o tempo, Londres, os negócios e a dissipação em alguma medida os tinham aquietado, e eu vinha me tornando um vilão rematado, imaginando que eu era indiferente a ela, e optando por imaginar que ela também devia ter se tornado indiferente a mim; dizendo a mim mesmo que a nossa relação acabada não passara de uma mera bobagem, de uma coisa insignificante, dando de ombros como prova de que era isso mesmo, e silenciando cada repreensão, superando cada escrúpulo no expediente de dizer em segredo, de vez em quando, "ficarei sinceramente feliz quando souber que ela está bem casada". Mas esse bilhete fez com que eu me conhecesse melhor. Senti que ela era infinitamente mais cara para mim do que qualquer outra mulher neste mundo, e que eu a estava usando de modo infame. Mas justo naquele momento tudo estava resolvido entre mim e a srta. Grey. Recuar era impossível. Tudo que eu tinha de fazer era evitar vocês duas. Não mandei nenhuma resposta para Marianne, pretendendo com isso me preservar de outras atenções por parte dela; e durante algum tempo eu estive até mesmo determinado a não visitá-las em Berkeley Street, mas afinal, julgando que afetar o ar de um conhecido desinteressado e comum seria mais inteligente do que qualquer outra coisa, eu as observei saindo de casa com segurança, certa manhã, e apresentei meu nome.

– Nos observou saindo de casa!?

– Até mesmo isso. A senhorita ficaria surpresa se soubesse quantas vezes eu as observei, quantas vezes estive a ponto de ser apanhado por vocês. Entrei em muitas lojas a fim de evitar que me vissem, enquanto a carruagem passava. Instalado como eu estava em Bond Street, quase não havia um dia em que não vislumbrasse uma ou outra de vocês; e somente a mais constante vigilância de minha parte, o mais invariável e preponderante desejo de permanecer fora de vista, pôde nos manter separados por tanto tempo. Eu evitava os Middleton tanto quanto possível, bem como todos os outros que pudessem ter um conhecido em comum. Sem saber que estavam na cidade, no entanto, esbarrei em Sir John, acredito, no primeiro dia de sua chegada, e um dia depois de eu ter visitado a casa da sra. Jennings. Ele me convidou para uma reunião, uma dança em sua casa naquela noite. Se ele *não* tivesse me contado como estímulo que a senhorita e sua irmã estariam lá, eu teria sentido a certeza de que poderia me aventurar perto dele. A manhã seguinte trouxe outro pequeno bilhete de Marianne, ainda carinhoso, aberto, puro, confiante... tudo que podia tornar a *minha* conduta mais odiosa. Não fui capaz de respondê-lo. Tentei... mas não consegui formar sequer uma frase. Mas eu pensava nela, acredito, em todos os momentos do dia. Se *puder* ter pena de mim, srta. Dashwood, tenha pena da situação que eu enfrentei *naquele momento*. Com sua irmã ocupando por inteiro minha cabeça e meu coração, fui forçado a interpretar o amante feliz de outra mulher! Aquelas três ou quatro semanas foram as piores de todas. Bem... por fim, como não preciso dizer, me vi forçado a um encontro com vocês, e que bela figura eu fiz! Que noite de agonia foi aquela! Marianne, linda como um anjo num canto, me chamando de Willoughby num tom... Meu Deus! Estendendo a mão para mim, me pedindo uma explicação, e aqueles olhos sedutores fixados no meu rosto com tão reveladora solicitude! E Sophia, por outro lado, ciumenta como um demônio, olhando tudo que estava... Bem, isso não tem importância; está tudo acabado agora. Que noite! Eu fugi de vocês todas assim que pude, mas não antes de ter visto que o doce rosto de Marianne estava branco como a morte. *Esse* foi o último, o último olhar que recebi dela. A última imagem dela diante de mim. Uma visão horrenda! Contudo, quando pensei hoje que Marianne estava realmente morrendo, foi uma espécie de conforto, para mim, imaginar que eu sabia exatamente o aspecto que ela teria perante aqueles que a viam pela última vez neste mundo. Ela estava diante de mim, constantemente diante de mim enquanto eu viajava, com a mesma feição e o mesmo matiz.

Sucedeu-se uma pequena pausa para mútua reflexão. Willoughby, levantando-se primeiro, rompeu o silêncio assim:

– Bem, preciso me apressar e partir. Sua irmã está sem dúvida melhor, sem dúvida fora de perigo?

– Estamos seguras disso.

– Sua pobre mãe, também! Ela tem adoração por Marianne.

– Mas a carta, sr. Willoughby, a sua própria carta; o senhor tem alguma coisa para dizer sobre isso?

– Sim, sim, *isso* em particular. Sua irmã me escreveu de novo na manhã seguinte. A senhorita viu o que ela disse. Eu estava fazendo meu desjejum na casa dos Ellison, e a carta dela, com algumas outras, me foi trazida do local que eu alugara. Ocorreu que a carta despertou a atenção de Sophia antes de despertar a minha, e seu tamanho, a elegância do papel, a caligrafia, tudo lhe provocou imediata suspeita. Algum vago rumor já lhe chegara antes aos ouvidos sobre uma ligação minha com certa jovem dama de Devonshire, e o que ficara registrado em sua observação na noite anterior indicara quem era essa jovem, e a deixara mais ciumenta do que nunca. Assim, afetando aquele ar jocoso que é encantador numa mulher que amamos, ela abriu a carta sem perder tempo e leu seu conteúdo. Foi bem recompensada por seu descaramento. Leu o que a fez infeliz. Sua infelicidade eu poderia ter suportado, mas sua fúria... sua malícia... Aquilo precisava ser apaziguado de qualquer maneira. E para resumir... qual é a opinião da senhorita sobre o estilo com que minha esposa escreve cartas? Delicado... terno… verdadeiramente feminino… não foi assim?

– Sua esposa! A caligrafia da carta era de autoria do senhor.

– Sim, mas eu tive apenas o crédito de servilmente copiar frases sob as quais me enchia de vergonha colocar o meu nome. O original era todo dela... seus próprios pensamentos felizes e sua dicção suave. Mas o que é que eu poderia fazer? Éramos noivos, tudo em preparação, o dia quase marcado... Mas estou falando como um tolo. Preparação! Dia marcado! Para ser honesto, o dinheiro dela se fazia necessário para mim e, numa situação como a minha, era preciso ceder a qualquer coisa com o fim de evitar uma ruptura. Afinal de contas, que diferença fazia, para o meu conceito na opinião de Marianne e seus amigos, a linguagem em que minha resposta era redigida? O objetivo deveria ser um só. Meu propósito era me declarar um patife, e pouco importava se eu fizesse isso com educação ou com grosseria. "Estou arruinado para sempre na opinião delas", eu dizia comigo, "estou excluído para sempre de sua companhia, elas já me tomam por um sujeito sem qualquer princípio, esta carta só vai fazer com que me considerem o inimigo número um." Eram esses os meus raciocínios enquanto, numa espécie de descuido desesperado, eu ia copiando as palavras da minha esposa e me despedia das últimas relíquias de Marianne. Quanto a seus três bilhetes... estavam todos infelizmente na minha caderneta, ou eu decerto teria negado sua existência, e os teria guardado para sempre como tesouros... Fui obrigado a mandá-los junto, e nem sequer consegui beijá-los. E a mecha de cabelo... a mecha também eu vinha sempre carregando comigo na mesma caderneta, que agora era vasculhada por Madame com a mais graciosa virulência, a querida mecha... Tudo, todas as lembranças foram arrancadas de mim.

– Isso é muito errado, sr. Willoughby, muito condenável – disse Elinor, enquanto sua voz, a contragosto, denunciava uma emoção compassiva. – O senhor não deveria falar dessa forma, seja da sra. Willoughby ou de minha irmã. O senhor fez sua própria escolha. Não foi forçado a nada. Sua esposa tem o direito de ser tratada pelo marido com boas maneiras, com um mínimo de respeito. Ela por certo lhe tem afeição, ou não teria casado com o senhor. Tratá-la com grosseria, falar dela com desprezo não serve de reparação para Marianne... E tampouco posso supor que seja um alívio na sua própria consciência.

– Não me fale da minha esposa – disse ele, num suspiro pesado. – Ela não merece sua compaixão. Sophia sabia que eu não tinha nenhum interesse por ela quando nos casamos. Bem, casados estávamos, e fomos a Combe Magna para que fôssemos felizes, e depois retornamos à cidade para que fôssemos alegres. Tem pena de mim agora, srta. Dashwood? Ou eu disse tudo isso sem propósito nenhum? Por acaso sou... um pouco que seja... Por acaso sou menos culpado, na sua opinião, do que era antes? Minhas intenções não foram sempre maldosas. Consegui justificar alguma parte da minha culpa?

– Sim, o senhor certamente apagou alguma coisa... um pouco. O senhor provou ser, de um modo geral, menos criminoso do que eu imaginara. Provou que o seu coração é menos perverso, bem menos perverso. Mas eu mal sei... A desgraça que o senhor infligiu... Eu mal sei se de alguma forma poderia ter sido pior.

– A senhorita poderia repetir para sua irmã, quando ela estiver recuperada, as coisas que eu lhe disse? Permita que eu seja um pouco aliviado na opinião dela também, assim como na sua. A senhorita me diz que ela já me perdoou. Permita-me ser capaz de crer que um melhor conhecimento do meu coração e dos meus atuais sentimentos vá obter dela um perdão mais espontâneo, mais natural, mais suave, menos altivo. Conte a ela sobre a minha miséria e a minha penitência, conte a ela que meu coração lhe foi sempre constante; se puder, conte que neste momento ela é mais querida do que nunca para mim.

– Vou contar a ela tudo que for necessário ao que pode ser chamado, comparativamente, de uma justificativa sua. Mas o senhor não me explicou o particular motivo de sua vinda justo agora, nem como ficou sabendo da doença de Marianne.

– Ontem à noite, no saguão do Drury Lane, dei de encontro com Sir John Middleton e, quando ele viu quem eu era, falou comigo pela primeira vez em dois meses. Que ele vinha me evitando desde o meu casamento, disso eu me dera conta sem surpresa ou ressentimento. Agora, no entanto, com seu espírito bondoso, honesto, estúpido, cheio de indignação contra mim e de preocupação por Marianne, não pôde resistir à tentação de me dizer algo que, sabia ele, deveria (embora provavelmente não pensasse que *de fato* iria) me vexar horrendamente. Da maneira mais abrupta que lhe foi possível, portanto, ele me disse que Marianne Dashwood estava morrendo de febre pútrida em Cleveland... uma carta da sra. Jennings, recebida naquela manhã, declarava que o perigo era muito iminente, que os Palmer todos fugiram de tanto medo etc. Eu fiquei chocado demais para ter condições de passar por insensível, mesmo perante a falta de discernimento de Sir John. O coração dele se compadeceu quando viu que o meu sofria, e uma parcela tão grande de sua má vontade desapareceu que, quando nos separamos, ele quase me apertou a mão enquanto me lembrava de uma velha promessa sobre um filhote de pointer. O que eu senti quando soube que a sua irmã estava morrendo... e que morria, além disso, acreditando que eu era o maior vilão na face da Terra, desprezando-me, odiando-me nos seus últimos momentos... Pois como eu poderia saber quais horríveis planos não teriam sido imputados? *Uma* pessoa, eu tinha certeza, me representaria como sendo capaz de qualquer coisa... O que senti foi terrível! Minha resolução foi logo tomada, e às oito horas desta manhã eu estava em minha carruagem. Agora, portanto, a senhorita sabe tudo.

Elinor não respondeu. Seus pensamentos se fixavam silenciosamente no mal irreparável que uma independência prematura demais e os consequentes hábitos de ociosidade, dissipação e luxo tinham causado na mente, no caráter, na felicidade de um homem que, a todas as vantagens de sua pessoa e de seus talentos, juntava uma disposição naturalmente franca e honesta, e um temperamento sensível, afetuoso. O mundo fizera dele um homem vaidoso e extravagante... A extravagância e a vaidade o tornaram frio e egoísta. A vaidade, na procura de seu próprio triunfo culpado às custas de outra pessoa, o envolvera numa relação verdadeira, que a extravagância, ou pelo menos a descendência dela, a necessidade, exigira que fosse sacrificada. Cada propensão defeituosa que o conduzira no caminho da maldade o conduzira também à punição. A relação de amor, que Willoughby despedaçara contrariando honra, contrariando sentimento, contrariando todos os melhores interesses, agora, não mais admissível, governava cada pensamento; e a união em função da qual, com poucos escrúpulos, ele havia deixado a irmã dela em situação de desgraça provavelmente lhe provaria ser uma fonte de infelicidade de natureza bem mais incurável. De um devaneio desse tipo ela foi resgatada depois de alguns minutos por Willoughby, o qual, despertando de um devaneio no mínimo igualmente doloroso, começou a preparar-se para partir, e disse:

– Não adianta nada ficar aqui; preciso partir.

– O senhor vai voltar à cidade?

– Não, vou para Combe Magna. Tenho negócios por lá; de Combe eu irei à cidade dentro de um ou dois dias. Adeus.

Ele estendeu a mão. Elinor não pôde se recusar a lhe dar a sua; ele apertou-a com carinho.

– E a senhorita me *vê* com um pouco mais de benevolência do que antes? – ele perguntou, deixando a mão cair e recostando-se na cornija da lareira, como se tivesse esquecido que devia partir.

Elinor assegurou-lhe que sim; que o perdoava, que se apiedava dele, desejava que ficasse bem, estava inclusive interessada em sua felicidade, e acrescentou alguns gentis conselhos quanto ao comportamento mais adequado para promovê-la. A resposta de Willoughby não foi muito animadora.

– Quanto a isso – ele disse –, devo me arrastar pelo mundo tão bem quanto puder. A felicidade doméstica está fora de questão. Se no entanto eu estiver autorizado a pensar que a senhorita e os seus entes queridos terão algum interesse no meu destino e nas minhas ações, isso poderá servir como... poderá me prevenir... vai me ajudar a viver, pelo menos. Marianne para mim, tenho certeza, está perdida para sempre. Se mesmo por algum acaso abençoado eu pudesse novamente ter a liberdade...

Elinor o deteve com uma censura.

– Bem – ele retrucou –, mais uma vez adeus. Vou partir agora e viver sob o medo de um acontecimento.

– O senhor se refere a quê?

– Ao casamento de sua irmã.

– O senhor está muito enganado. Ela jamais poderá estar mais perdida para o senhor do que está agora.

– Mas ela será conquistada por outro. E se esse outro vier a ser aquele que, entre todos os demais, eu menos poderia suportar... Mas não vou permanecer e me privar inteiramente de sua compaixão e boa vontade, demonstrando que onde mais feri eu menos posso perdoar. Até logo, fique com Deus!

E com essas palavras ele praticamente saiu correndo da sala.

# Capítulo 45

Elinor, durante algum tempo depois que ele a deixara, durante algum tempo até mesmo depois que o som de sua carruagem desaparecera, permaneceu bastante oprimida por uma multidão de ideias muito diferentes entre si, mas das quais a tristeza foi o resultado geral, de modo que mal conseguiu pensar em sua irmã.

Willoughby, ele que apenas meia hora antes Elinor abominara como se fosse o mais desprezível dos homens, Willoughby, apesar de todos os seus defeitos, incitava um grau de comiseração pelos sofrimentos produzidos por eles que a fazia pensar nele, na condição de alguém agora separado para sempre de sua família, com uma ternura e um pesar que, como ela logo reconheceu em seu íntimo, diziam respeito mais aos desejos dele do que a seus méritos. Elinor sentiu que a influência dele sobre sua mente era intensificada por circunstâncias que, do ponto de vista da razão, não deveriam ter peso, por aquela pessoa de atrativos incomuns, aquelas maneiras francas, afetuosas e animadas que não era mérito nenhum possuir, e por aquele amor ainda fervoroso por Marianne ao qual não era nem mesmo inocente que ele se entregasse. Mas sentiu que o era durante muito, muito tempo antes que pudesse sentir que a influência dele se reduzia.

Quando afinal ela retornou à inconsciente Marianne, encontrou-a despertando justamente naquele minuto, revigorada, por um sono tão longo e doce, na medida de suas esperanças. O coração de Elinor exultou. O passado, o presente, o futuro, a visita de Willoughby, a segurança de Marianne e a esperada chegada de sua mãe a lançaram num estado de espírito agitado que manteve afastados todos os indícios de fadiga e a fez ter medo somente de que se traísse perante sua irmã. Breve foi o tempo, contudo, em que esse medo pôde afetá-la, porque menos de meia hora depois de Willoughby ter saído da casa ela foi novamente chamada ao andar de baixo pelo som de outra carruagem. Ávida por poupar sua mãe de cada momento desnecessário daquele horrível suspense, correu imediatamente até o vestíbulo e alcançou a porta exterior bem a tempo de recebê-la e ajudá-la enquanto ela entrava.

A sra. Dashwood, cujo terror enquanto se aproximavam da casa revelara quase uma convicção de que Marianne não mais existia, não teve voz para perguntar por ela, não teve voz nem mesmo para Elinor; mas *ela*, não esperando nem saudação nem inquérito, ali mesmo forneceu o rejubilante alívio; e sua mãe, assimilando a notícia com todo seu ardor costumeiro, ficou num instante tão tomada de felicidade quanto estivera tomada antes por seus medos. Ela entrou na sala de visitas apoiada pela filha e por seu amigo; e ali, derramando lágrimas de alegria, embora incapaz ainda de falar, abraçou Elinor várias e várias vezes, voltando-se nos intervalos para pressionar a mão do coronel Brandon com um olhar que ao mesmo tempo proclamava sua gratidão e sua convicção de que ele compartilhava sua bem-aventurança naquele instante. Ele a compartilhou, todavia, num silêncio ainda maior que o da própria sra. Dashwood.

Tão logo a sra. Dashwood se recuperou, ver Marianne foi seu primeiro desejo; e em dois minutos ela se viu diante de sua amada filha, tornada mais querida do que nunca por causa do afastamento, da tristeza e do perigo. O deleite de Elinor, quando ela viu o que cada uma sentia no encontro, foi reprimido apenas por um temor de que Marianne seria privada de mais sono; mas a sra. Dashwood sabia ser calma, sabia ser até mesmo prudente quando estava em jogo a vida de uma filha, e Marianne, satisfeita por ver que sua mãe estava perto dela, e ciente de que estava fraca demais para poder conversar, prontamente se submeteu ao silêncio e ao sossego prescritos pelas enfermeiras ao seu redor. A sra. Dashwood *quis* ficar sentada ao lado dela durante a noite toda; e Elinor, em conformidade com a súplica de sua mãe, foi dormir. Mas o resto, aquilo que uma noite inteiramente insone e muitas horas da mais exaustiva ansiedade pareciam impor como necessário, foi impedido por uma irritação de espírito. Willoughby, o "pobre Willoughby", como ela agora se permitia chamá-lo, aparecia constantemente em seus pensamentos; ela não teria ouvido sua justificação por nada neste mundo, e ora se culpava, ora se absolvia por tê-lo julgado tão duramente antes. Mas a promessa de relatar tudo para Marianne era invariavelmente dolorosa. Ela temia pela execução desse relato, temia o efeito que ele poderia ter sobre Marianne; duvidava que depois dessa explicação ela jamais viesse a ser feliz com outro; e por um momento desejou ver Willoughby viúvo. Então, lembrando-se do coronel Brandon, censurou-se, sentiu que a recompensa de sua irmã era devida muito mais aos sofrimentos e à constância *dele* do que aos de seu rival, e desejou qualquer coisa que não fosse a morte da sra. Willoughby.

O choque da incumbência do coronel Brandon em Barton havia sido bastante atenuado pelo pânico que a sra. Dashwood vinha sentindo de antemão; porque seu desconforto em relação a Marianne era tão grande que ela já decidira partir para Cleveland naquele mesmo dia, sem esperar por nenhuma informação adicional, e tinha preparado sua viagem a tal ponto, antes da chegada do coronel, que os Carey eram então esperados a qualquer momento para virem buscar Margaret, visto que sua mãe não queria levá-la consigo ao encontro de uma possível infecção.

Marianne ficava melhor a cada dia, e o brilhante júbilo que transparecia no rosto e no ânimo da sra. Dashwood provou que ela era, como declarava repetidas vezes, uma das mulheres mais felizes do mundo. Elinor não podia ouvir essa declaração ou testemunhar suas comprovações sem às vezes especular se sua mãe em algum momento se recordava de Edward. Mas a sra. Dashwood, confiando no relato comedido que Elinor lhe enviara sobre aquela frustração, era levada pela exuberância de sua felicidade a pensar apenas nas alegrias maiores que viriam. Marianne lhe era devolvida de um perigo no qual, como ela estava começando a sentir agora, seu próprio julgamento equivocado em incentivar a desventurada relação com Willoughby contribuíra para colocá-la; e na recuperação da filha ela tinha também uma outra fonte de alegria, impensada por Elinor, que lhe foi assim comunicada, tão logo ocorreu a primeira oportunidade de uma conferência privada entre as duas:

– Afinal estamos sozinhas. Minha Elinor, você não tomou conhecimento ainda do alcance da minha felicidade. O coronel Brandon ama Marianne. Ele mesmo me disse isso.

Sua filha, sentindo alternadamente prazer e dor, surpresa e nenhuma surpresa, era somente atenção e silêncio.

– Se você não fosse tão diferente de mim, querida Elinor, eu me espantaria com a sua compostura neste instante. Se eu pudesse ter desejado a melhor bem-aventurança possível à minha família, meu maior objeto de desejo teria sido que o coronel Brandon se casasse com uma de vocês duas. E acredito que, entre as duas, Marianne será mais feliz com ele.

Elinor teve vontade de lhe perguntar que razão ela tinha para pensar assim, porque estava certa de que não podia ser apresentado nenhum motivo fundado em consideração imparcial de suas idades, personalidades ou sentimentos; mas sua mãe sempre se deixaria levar pela imaginação em qualquer assunto interessante, e portanto, em vez de fazer a pergunta, ela se limitou a sorrir.

– Ele me abriu seu coração por inteiro ontem, durante a viagem. A revelação surgiu de maneira muito inesperada, muito casual. Eu, você pode bem imaginar, não conseguia falar de nada que não fosse minha filha; ele não conseguia esconder sua perturbação, e constatei que a dele era equiparável à minha. O coronel, talvez pensando que uma simples amizade, sendo as coisas como são, não justificava tão calorosa simpatia, ou melhor, nem mesmo pensando, creio eu, e dando vazão a sentimentos irresistíveis, me fez conhecer sua fervorosa, terna e constante afeição por Marianne. Ele amou-a, minha Elinor, desde o primeiro momento em que a viu.

Aqui, no entanto, Elinor não percebeu nem a linguagem e nem as declarações do coronel Brandon, e sim os naturais embelezamentos da imaginação fantasiosa de sua mãe, que moldava tudo no modo que lhe parecesse mais encantador.

– Seu interesse por ela, infinitamente superior a qualquer coisa que Willoughby jamais sentiu ou fingiu, bem como muito mais caloroso, sincero ou constante, não importa como vamos denominá-lo, subsistiu durante todo esse tempo em que ele soube da infeliz predisposição de Marianne por aquele rapaz inútil! E sem egoísmo, sem ter um motivo de esperança! Ele teria sido capaz de a ver feliz com outro? Uma mente tão nobre! Tanta franqueza, tanta sinceridade! Ninguém pode se enganar com *ele*.

– A reputação do coronel Brandon como excelente homem – disse Elinor – é muito bem estabelecida.

– Eu sei que é – retrucou a mãe com seriedade. – Se não fosse assim, depois de tal advertência, eu haveria de ser a última pessoa no mundo a incentivar esse afeto, ou até mesmo a ficar satisfeita com ele. Mas a maneira com que o coronel se dirigiu a mim, com essa amizade tão ativa, tão pronta, é suficiente para provar que ele é um homem dos mais dignos.

– Sua reputação, entretanto – respondeu Elinor –, não tem por base *um* ato de bondade, ao qual seu afeto por Marianne, estivesse a humanidade fora de questão, o teria impelido. Pela sra. Jennings, pelos Middleton ele é intimamente conhecido faz muito tempo; eles igualmente o amam e o respeitam; e até mesmo meu próprio conhecimento dele, embora recentemente adquirido, é bastante considerável; e eu o prezo e estimo em tão alta conta que, se Marianne puder ser feliz com ele, estarei tão disposta quanto a senhora por considerar que nossa conexão é a maior bênção do mundo para nós. Que resposta deu a ele? Permitiu que ele tivesse esperança?

– Ah! Meu amor, eu não podia, ali, falar de esperança com ele ou comigo mesma. Marianne poderia estar morrendo naquele momento. Mas ele não solicitou esperança ou incentivo. Sua confidência foi involuntária, uma efusão irreprimível para uma amiga que precisava se acalmar, e não um requerimento a uma mãe. Porém depois de um tempo eu *de fato* disse, pois no começo fiquei um tanto paralisada, que caso ela vivesse, e eu confiava que viveria, minha maior felicidade residiria na promoção de tal casamento; e desde a nossa chegada, desde a nossa encantadora segurança, venho lhe repetindo isso com mais vigor e lhe dei todos os incentivos de que sou capaz. O tempo, um espaço bem curto de tempo, digo a ele, vai ajeitar tudo; o coração de Marianne não deve ser desperdiçado para sempre num homem como Willoughby. Seus próprios méritos o conquistarão em breve.

– A julgar pela disposição de espírito do coronel, no entanto, a senhora não o deixou ainda igualmente otimista.

– Não. Ele pensa que o afeto de Marianne está enraizado demais para que possa sofrer qualquer mudança por um grande período de tempo e, mesmo supondo que seu coração fique livre novamente, não confia o bastante em si mesmo para crer que, com tal diferença em idade e temperamento, jamais fosse conseguir conquistá-la. Nisso, porém, o coronel está bastante equivocado. Em idade, ele supera Marianne apenas o bastante para que a diferença lhe seja uma vantagem, tendo seu caráter e seus princípios bem firmados; e seu temperamento, estou bastante convencida disso, é talhado na medida exata para fazer a sua irmã feliz. E sua pessoa, suas maneiras também, tudo depõe a favor dele. Minha parcialidade não me cega; ele certamente não é tão bonito quanto Willoughby, mas, ao mesmo tempo, existe algo muito mais agradável em seu semblante. Talvez você lembre que havia sempre alguma coisa nos olhos de Willoughby, por vezes, de que eu não gostava.

Elinor *não* lembrava; mas sua mãe, sem esperar por seu assentimento, continuou:

– E seus modos, os modos do coronel não somente me agradam mais do que os de Willoughby jamais agradaram, mas também são de um tipo que, como bem sei, oferece atrativos mais sólidos para Marianne. A doçura, o interesse genuíno pelas outras pessoas, a simplicidade viril e espontânea são muito mais condizentes com o verdadeiro temperamento de Marianne do que a vivacidade muitas vezes artificial e muitas vezes inoportuna do outro. Eu mesma estou muito certa de que, tivesse Willoughby provado ser realmente amável, como provou ser o contrário, nem assim Marianne teria sido tão feliz com *ele* quanto será com o coronel Brandon.

Ela fez uma pausa. Sua filha não conseguia concordar com ela; mas sua discordância não foi ouvida, e portanto não ofendeu.

– Em Delaford, ela vai ficar a uma distância cômoda de mim – acrescentou a sra. Dashwood –, mesmo se eu permanecer em Barton, e com toda probabilidade (pois ouvi falar que é um grande vilarejo), certamente *deve* haver nas proximidades, de fato, alguma pequena casa ou chalé que nos serviria tão bem quanto a nossa presente situação.

Pobre Elinor! Aqui estava um novo plano para fazê-la ir parar em Delaford! Mas seu espírito era obstinado.

– A fortuna dele também! Porque na idade que tenho, você sabe, todo mundo se preocupa com *isso*; e embora eu nem saiba e nem queira saber qual é o valor exato, tenho certeza de que deve ser um valor muito bom.

Aqui elas foram interrompidas pela entrada de uma terceira pessoa, e Elinor se retirou para refletir a respeito de tudo em privado, para desejar sucesso a seu amigo e no entanto, ao desejá-lo, sentir angústia por Willoughby.

## Capítulo 46

A doença de Marianne, embora fosse de um tipo debilitante, não havia durado tempo suficiente para tornar lenta sua recuperação e, com ajuda da juventude, do vigor natural e da presença de sua mãe, progrediu de forma tão suave que a capacitou a se transferir, quatro dias após a chegada desta última, ao quarto de vestir da sra. Palmer. Uma vez ali, a seu próprio pedido, pois ela estava impaciente para cobri-lo de agradecimentos por buscar sua mãe, o coronel Brandon foi convidado a visitá-la.

A emoção do coronel ao entrar no quarto, ao ver sua fisionomia transformada e ao receber a mão pálida que ela imediatamente lhe estendeu foi tal que, na conjectura de Elinor, devia resultar de algo mais do que o afeto que tinha por Marianne ou a consciência de que outras pessoas o soubessem; e ela logo descobriu, nos olhos melancólicos e na tez alterada com que o cavalheiro contemplava sua irmã, a provável recorrência de muitas cenas pretéritas de tristeza na mente dele, trazidas de volta por aquela semelhança já reconhecida entre Marianne e Eliza, agora reforçada nos olhos fundos, no aspecto doentio da pele, na postura de fraqueza reclinada e no caloroso reconhecimento de uma peculiar obrigação.

A sra. Dashwood, não menos atenta do que sua filha em relação ao que se passava, mas com uma mente que sofria influências muito diferentes e portanto obtinha resultados muito diferentes em sua observação, não viu nada no comportamento do coronel a não ser aquilo que surgia de sensações muito simples e evidentes em si mesmas, enquanto que nas ações e palavras de Marianne ela se convenceu a pensar que algo mais do que gratidão já despontava.

Ao fim de mais um ou dois dias, com Marianne visivelmente ganhando força de doze em doze horas, a sra. Dashwood, exortada igualmente por seus próprios desejos e pelos desejos de sua filha, começou a falar em um deslocamento para Barton. De *suas* medidas dependiam as de seus dois amigos: a sra. Jennings não podia sair de Cleveland durante a permanência das Dashwood; e o coronel Brandon foi logo levado, a pedido de todas elas, a considerar sua própria estadia como sendo igualmente determinada, se não igualmente indispensável. Em troca, a pedido do coronel e da sra. Jennings, a sra. Dashwood se permitiu aceitar o uso da carruagem dele na viagem de retorno, para melhor acomodação de sua filha doente; e o coronel, a convite da sra. Dashwood e também da sra. Jennings, cuja natureza bondosa fazia com que fosse amigável e hospitaleira tanto por outras pessoas quanto por si mesma, comprometeu-se com prazer a resgatar o veículo através de uma visita ao chalé no decorrer de algumas semanas.

O dia da separação e da partida chegou; e Marianne, depois de se despedir da sra. Jennings de um modo bastante particular e prolongado, com os mais fervorosos agradecimentos, com o respeito e os votos de felicidade que lhe pareciam devidos em seu próprio coração num secreto reconhecimento de uma desatenção anterior, e dando adeus ao coronel Brandon com a cordialidade de uma amiga, foi cuidadosamente ajudada por ele a entrar na carruagem, na qual ele pareceu ansiar que ela devesse ocupar pelo menos a metade. A sra. Dashwood e Elinor entraram em seguida, e os outros restaram sozinhos para falar das viajantes e sentir seu próprio fastio, até que a sra. Jennings foi convocada para subir em seu carro e ser confortada nas bisbilhotices de sua criada pela perda de suas duas jovens companheiras; e o coronel Brandon logo em seguida tomou o solitário caminho para Delaford.

As Dashwood ficaram dois dias na estrada, e Marianne suportou a jornada em ambos sem fadiga substancial. Tudo que o mais zeloso carinho e os mais solícitos cuidados poderiam fazer para deixá-la confortável constituía o ofício das duas companheiras vigilantes, e as duas encontravam recompensa no bem-estar físico da convalescente, na paz de seu espírito. Para Elinor, observar esta última condição foi particularmente gratificante. Ela, que a vira semana após semana sofrendo tão constantemente, oprimida por uma angústia no coração que não tinha nem coragem de mencionar e nem fortitude para esconder, agora via, num júbilo que ninguém mais poderia igualmente compartilhar, uma compostura mental aparente que, sendo resultado de uma reflexão séria, como acreditava, decerto a levaria eventualmente ao contentamento e à felicidade.

Enquanto se aproximavam de Barton, de fato, e adentravam cenários nos quais todos os campos e todas as árvores evocavam alguma lembrança peculiar ou dolorosa, ela foi ficando quieta e pensativa e, virando seu rosto para que não a vissem, manteve-se olhando pela janela com afinco. Aqui, porém, Elinor não pôde se espantar e tampouco culpar; e quando viu, enquanto ajudava Marianne a descer da carruagem, que ela estivera chorando, viu somente uma emoção demasiado natural em si mesma para suscitar qualquer coisa senão piedade carinhosa e, por sua discrição, merecedora de elogios. Em todas as suas ações subsequentes, identificou o procedimento de uma mente despertada para esforços razoáveis; porque tão logo elas entraram na sala de estar de uso comum, Marianne passou os olhos ao redor com uma expressão de resoluta firmeza, como se tivesse decidido se acostumar o quanto antes à visão de todos os objetos com os quais a lembrança de Willoughby pudesse ser associada. Ela falava pouco, mas cada frase procurava ser jovial; embora por vezes um suspiro escapasse de seus lábios, tal suspiro jamais terminava sem o reparo de um sorriso. Depois do jantar, ela quis experimentar o pianoforte. Sentou-se junto ao instrumento; mas a música em que primeiro pousou seus olhos foi uma ópera que Willoughby obtivera para ela, contendo alguns dos duetos favoritos dos dois e ostentando na folha de rosto seu próprio nome na caligrafia dele. Não daria certo. Ela balançou a cabeça, colocou a música de lado e, depois de correr as mãos sobre as teclas por um minuto, reclamou de fraqueza nos dedos e fechou novamente o piano, mas declarando com firmeza, ao fazê-lo, que haveria de praticar muito no futuro.

A manhã seguinte não produziu nenhuma minoração nesses alegres sintomas. Pelo contrário; estando revigorada tanto na mente quanto no corpo graças ao repouso, ela se comportava e conversava com animação mais genuína, antecipando a satisfação do retorno de Margaret e falando do querido grupo familiar que seria então restaurado, de suas mútuas ocupações e do deleite de estarem juntas, como a única felicidade digna de ser desejada.

– Quando o tempo estiver firme, e eu tiver recuperado a minha força – disse ela –, nós vamos fazer longas caminhadas juntas todos os dias. Vamos caminhar até a fazenda na beira da colina e ver como vão as crianças; vamos caminhar até as novas plantações de Sir John em Barton Cross, e até Abbeyland; e várias vezes iremos até as antigas ruínas do priorato, e tentaremos identificar suas fundações até onde nos disserem que uma vez existiram. Sei que seremos felizes. Sei que o verão vai passar alegremente. Não pretendo jamais me levantar depois das seis, e desse horário até o jantar vou dividir todos os momentos entre a música e a leitura. Formei meu plano, e me determinei a ingressar num regime de estudo sério. Conheço bem demais a nossa própria biblioteca para que eu possa tirar dela qualquer coisa que não seja mero divertimento. Mas existem no parque muitas obras cuja leitura seria bastante proveitosa; e existem outras de produção mais moderna que sei que posso emprestar do coronel Brandon. Lendo somente seis horas por dia, ganharei no decorrer de doze meses uma grande quantidade de instrução que hoje, eu sinto, me falta.

Elinor a reverenciou por um plano que se originava de modo tão nobre, embora sorrisse ao ver a mesma sôfrega fantasia que a conduzira por extremos de indolência lânguida e lamentação egoísta introduzir o excesso, agora, num esquema de ocupação racional e autocontrole virtuoso. Seu sorriso, no entanto, transformou-se num suspiro quando ela recordou que a promessa para Willoughby estava por ser ainda cumprida, e temeu que aquilo que tinha para comunicar poderia perturbar outra vez a mente de Marianne, arruinando, pelo menos por certo tempo, essa bela perspectiva de tranquilidade atarefada. Disposta, por isso, a retardar a hora maldita, resolveu esperar até que a saúde de sua irmã estivesse mais assegurada antes de escolher o momento certo. Mas tal resolução foi tomada somente para ser desfeita.

Marianne permaneceu em casa por dois ou três dias antes que o tempo ficasse bom o suficiente para que uma inválida como ela pudesse se aventurar ao ar livre. Mas por fim uma manhã amena e agradável apareceu, apropriada para seduzir os desejos da filha e a confiança da mãe; e Marianne, apoiada no braço de Elinor, teve autorização para caminhar, até o instante em que sentisse fadiga, pela vereda diante da casa.

As irmãs partiram em ritmo lento, como era exigido pela debilidade de Marianne num exercício até então não praticado desde sua doença; e haviam avançado além da casa somente o bastante para possibilitar uma visão completa da colina, a importante colina do lado de trás, quando Marianne parou e, com os olhos voltados naquela direção, disse calmamente:

– Lá, exatamente lá – (apontando com uma mão) –, naquele monte proeminente... Foi lá que eu caí; e foi lá que pela primeira vez eu vi Willoughby.

Sua voz sumiu com a menção da palavra, mas ela logo se recuperou e acrescentou:

– Fico grata por constatar que consigo contemplar esse lugar com tão pouca dor! Deveríamos jamais conversar em torno do assunto, Elinor? – (falando de modo hesitante). – Ou será um erro? Eu *posso* falar sobre isso agora, espero, como devo fazer.

Elinor ternamente lhe pediu que fosse franca.

– Quanto ao pesar – disse Marianne –, eu superei tudo, no tocante a *ele*. Não pretendo lhe dizer o que meus sentimentos por ele foram, e sim o que são *agora*. De momento, se um ponto pudesse ser esclarecido para mim, se me pudesse ser permitido pensar que ele não estava interpretando *sempre* um papel, não estava *sempre* me enganando, mas, acima de tudo, se eu pudesse ter certeza de que ele nunca foi *tão* perverso como meus temores por vezes o definiram, desde a história daquela menina desventurada...

Ela parou. Elinor estimou com júbilo aquelas preciosas palavras enquanto respondeu:

– Se pudesse ter certeza disso, você crê que ficaria mais tranquila?

– Sim. Minha paz de espírito depende duplamente disso; pois não apenas é horrível suspeitar que uma pessoa que foi o que *ele* foi para *mim* pudesse ter tais intenções, mas o que é que vou pensar de mim mesma? O quê, numa situação como a minha, a não ser um afeto muito vergonhosamente incauto, poderia me expor a...

– Como, então – perguntou sua irmã –, você explica o comportamento dele?

– Eu gostaria de supor que ele... Ah, com que felicidade eu gostaria de saber que ele foi apenas volúvel, muito, muito volúvel.

Elinor não disse mais nada. Estava debatendo em seu íntimo a conveniência de começar sua história imediatamente ou de esperar até que Marianne tivesse a saúde mais fortalecida; e elas se arrastaram em silêncio por alguns minutos.

– Não estou desejando a ele nada de muito bom – disse Marianne afinal, num suspiro – quando desejo que suas reflexões secretas possam ser mais desagradáveis do que as minhas. Ele vai sofrer o bastante com elas.

– Você compara sua conduta com a dele?

– Não. Eu a comparo com o que deveria ter sido; eu a comparo com a sua.

– Nossas situações comportaram pouca semelhança.

– Comportaram mais do que a nossa conduta. Queridíssima Elinor, não permita que sua bondade defenda aquilo que, como sei, seu julgamento deve censurar. Minha doença me fez pensar... me deu tempo e calma para rememorar com seriedade. Bem antes de me ver recuperada o bastante para falar eu já era perfeitamente capaz de refletir. Considerei o passado: vi no meu próprio comportamento, desde o início de nossa amizade com ele no outono passado, nada mais que uma série de imprudências em relação a mim mesma e uma falta de bondade na relação com os outros. Vi que meus próprios sentimentos haviam criado meus sofrimentos, e que a minha falta de fortitude sob eles quase me levou ao túmulo. Minha doença, eu bem sabia, havia sido provocada inteiramente por mim mesma, e com tanta negligência por minha própria saúde que até mesmo naquele momento eu sentira que se tratava de algo errado. Se eu tivesse morrido, teria sido por autodestruição. Não tive noção do meu perigo até que o perigo foi removido; com os sentimentos que essas reflexões me propiciaram, porém, eu me espanto com minha recuperação, e me causa espanto que o próprio ímpeto do meu desejo de viver, de ter tempo para uma reconciliação com meu Deus, com todas vocês, não tenha me matado de uma vez. Se tivesse morrido, eu a teria deixado no mais profundo tormento, você, minha enfermeira, minha amiga, minha irmã! Você, que testemunhara todo aquele egoísmo rabugento dos meus últimos dias, que conhecera todos os rumores do meu coração! Como eu teria vivido na *sua* lembrança!? Minha mãe também! Como você a teria consolado!? Não consigo expressar minha repulsa por mim mesma. Sempre que olhava o passado, eu via um dever negligenciado, ou alguma fraqueza tolerada. Todos pareciam ter sido magoados por mim. A bondade, a incessante bondade de sra. Jennings eu retribuíra com desprezo ingrato. Com os Middleton, os Palmer, as Steele, e até mesmo com todos os conhecidos comuns, eu me mostrara insolente ou injusta, lhes exibindo um coração endurecido contra seus méritos e um temperamento irritado diante de todas as atenções. Para John, para Fanny... sim, até mesmo para eles, por menos que merecessem, eu dera menos do que lhes era devido. Mas você... você acima de todos, acima da minha mãe, tinha sido injustiçada por mim. Eu, e somente eu, conhecia seu coração e suas tristezas; e no entanto qual foi a influência que isso teve sobre mim? Não gerou nenhuma compaixão que pudesse beneficiar você ou eu mesma. Seu exemplo estava diante de mim; mas com que propósito? Por acaso me tornei mais atenciosa com você ou com seu conforto? Imitei sua paciência, ou reduzi suas restrições tomando qualquer parte em todas aquelas tarefas de complacência geral ou particular gratidão que você até então tivera de cumprir sozinha? Não; nem quando eu acreditara que você estava bem, e tampouco quando sabia que você estava infeliz, deixei de me afastar de todo esforço de dever ou amizade; mal permitindo que existisse tristeza se não fosse comigo, deplorando apenas *aquele* coração que me abandonara e injustiçara, e deixando que você, por quem eu professava um afeto ilimitado, ficasse miserável por minha causa.

Aqui cessou o rápido fluxo do seu furor de autocensura; e Elinor, impaciente por acalmar, embora honesta demais para lisonjear, lhe concedeu no mesmo instante o louvor e o apoio que sua franqueza e sua contrição tanto mereciam. Marianne apertou sua mão e respondeu:

– Você é muito boa. O futuro será minha prova. Estabeleci meu plano, e se eu for capaz de aderir a ele... Meus sentimentos serão controlados e meu temperamento vai melhorar; eles vão parar de preocupar os outros, e também de me torturar. Vou agora viver exclusivamente para minha família. Você, minha mãe e Margaret serão daqui por diante o mundo todo para mim; vão compartilhar meus afetos apenas entre vocês. De vocês, da minha casa, eu nunca mais terei o menor estímulo para me afastar; e se eu me associar a outras companhias, será somente para mostrar que o meu espírito ficou mais humilde, que o meu coração se corrigiu, e que posso praticar as cortesias e os deveres menores da vida com mansidão e paciência. Quanto a Willoughby, seria despropositado dizer que o esquecerei logo, ou que algum dia o esquecerei. Sua lembrança não poderá ser superada por nenhuma mudança de circunstâncias ou opiniões. Mas será regulada, será reprimida pela religião, pela razão, pela constante ocupação.

Ela fez uma pausa, e acrescentou em voz baixa:

– Se eu pudesse apenas conhecer o coração *dele*, tudo se tornaria fácil.

Elinor, que já vinha refletindo por algum tempo sobre a propriedade ou impropriedade de arriscar sua narrativa o quanto antes, sem que se sentisse nem um pouco mais perto de tomar uma decisão do que no começo, ouviu isso e, percebendo que, como a reflexão não fazia nada, a resolução deveria fazer tudo, logo se viu indo direto ao ponto.

Ela conseguiu proferir sua récita, como esperava, com habilidade; preparou com cautela sua ouvinte ansiosa; relatou de forma simples e honesta os principais pontos em que Willoughby baseara seu pedido de desculpas; fez justiça ao arrependimento dele, e suavizou somente seus protestos de presente interesse. Marianne não disse sequer uma palavra. Ela tremia, seus olhos permaneceram fixados no chão, e seus lábios se tornaram ainda mais brancos do que a doença os deixara. Mil perguntas brotavam de seu coração, mas não se atreveu a precipitar nenhuma. Apreendia cada sílaba com avidez ofegante; sua mão, sem que ela mesma se desse conta, apertou a mão da irmã com força, e lágrimas lhe cobriram o rosto.

Elinor, temendo que ela estivesse cansada, levou-a para casa; até que chegassem à porta do chalé, facilmente conjecturando que sua curiosidade devia ser intensa mesmo que nenhum questionamento a declarasse, falou somente de Willoughby e da conversa que haviam tido, e foi cuidadosamente minuciosa em todos os detalhes de discurso e expressão nos quais a minúcia pudesse ser empregada com segurança. Assim que entraram na casa, Marianne, com um beijo de gratidão e apenas estas três palavras articuladas em meio às lágrimas, "conte para mamãe", afastou-se de sua irmã e subiu lentamente as escadas. Elinor não tentaria perturbar uma solidão tão razoável como essa que ela então procurava; com uma mente ansiosa por arranjar de antemão o resultado, e decidindo que retomaria o assunto caso Marianne não o fizesse, tomou o caminho da sala para cumprir sua ordem de despedida.

# Capítulo 47

A sra. Dashwood não ouviu sem se comover a justificação de seu antigo favorito. Ela se alegrou com o fato de que Willoughby estivesse livre de alguma parte da culpa que lhe tinha sido imputada; ficou triste por ele; desejou que fosse feliz. Mas os sentimentos do passado não poderiam ser trazidos de volta. Nada lhe poderia restituir uma fé inquebrantável e um caráter sem mácula sob o ponto de vista de Marianne. Nada poderia desfazer o conhecimento daquilo que esta última sofrera por causa de seus atos, e tampouco remover a culpa de sua conduta com Eliza. Nada, portanto, poderia lhe devolver a prévia estima de Marianne ou ferir os interesses do coronel Brandon.

Tivesse a sra. Dashwood, como sua filha, ouvido a história do próprio Willoughby – tivesse ela testemunhado sua angústia, e sofrido a influência de sua fisionomia e seus modos, é provável que a compaixão teria sido maior. Mas não estava em poder de Elinor e nem era seu desejo despertar em outra pessoa, com sua explanação pormenorizada, os sentimentos que a princípio haviam sido evocados nela mesma. A reflexão lhe permitira julgar com calma, e abrandara sua própria opinião quanto aos méritos de Willoughby; ela desejou, portanto, declarar apenas a simples verdade, bem como expor os fatos que eram realmente devidos ao caráter dele, sem qualquer embelezamento que pudesse desviar a imaginação.

À noite, quando todas as três estavam juntas, Marianne começou voluntariamente a falar dele de novo; mas não falou sem esforço, como mostraram claramente a reflexão irrequieta e agitada na qual ela se mantivera por certo tempo, sentada, e seu crescente rubor enquanto falava e sua voz trêmula.

– Quero lhes assegurar – disse ela – que vejo tudo... como podem desejar que eu veja.

A sra. Dashwood a teria interrompido no mesmo instante com ternura confortadora, não tivesse Elinor, que realmente queria ouvir a opinião imparcial de sua irmã, solicitado seu silêncio num sinal impetuoso. Marianne continuou lentamente:

– É um grande alívio para mim... o que Elinor me disse hoje de manhã... Já pude ouvir exatamente o que eu queria ouvir.

Por alguns momentos sua voz se perdeu. Recuperando--se, porém, Marianne acrescentou, e com maior calma do que antes:

– Estou agora perfeitamente satisfeita, não desejo nenhuma mudança. Eu jamais poderia ter sido feliz com ele depois de tomar conhecimento, como mais cedo ou mais tarde ocorreria, de tudo isso. Eu acabaria não tendo nenhuma confiança, nenhuma estima. Nada reverteria o dano em meus sentimentos.

– Eu sei, eu sei – exclamou sua mãe. – Feliz, com um homem de práticas libertinas! Com alguém que tanto prejudicou a paz do mais querido dos nossos amigos, e o melhor dos homens! Não, minha Marianne não tem um coração que possa ser feliz com um homem assim! Sua consciência, sua delicada consciência, teria sentido tudo aquilo que a consciência de seu marido deveria ter sentido.

Marianne suspirou e repetiu:

– Eu não desejo nenhuma mudança.

– Você considera o assunto – disse Elinor – exatamente como alguém com boa cabeça e sólido entendimento deve considerá-lo; e ouso dizer que percebe, assim como eu, não apenas nessa mas em muitas outras circunstâncias, razão suficiente para estar convencida de que seu casamento decerto a teria envolvido em vários problemas e desapontamentos assegurados, nos quais você teria sido amparada deficientemente por um afeto, de parte dele, bem menos assegurado. Se tivesse se casado, você seria pobre para sempre. Os gastos extravagantes de Willoughby são reconhecidos por ele próprio, e sua conduta como um todo declara que "desprendimento" é uma palavra que ele mal compreende. As demandas dele, a inexperiência que você teria e uma renda muito, muito pequena, em conjunto, acabariam provocando aflições que não lhe seriam *menos* penosas nem mesmo se levarmos em conta que você jamais as conhecera ou pensara nelas antes. Você, com *seu* senso de honra e honestidade, seria levada, eu sei, quando ciente de sua situação, a tentar recorrer a todas as economias que lhe parecessem possíveis; e talvez, na medida em que a sua frugalidade cerceasse apenas o seu próprio conforto, você tivesse permissão para praticá-la, mas mais do que isso... E que mínima diferença poderia fazer o máximo de seu solitário manejo de gastos no estancamento da ruína que começara bem antes do seu casamento? Se fosse viável fazer mais do que *isso* e você tivesse tentado, pelos mais razoáveis meios, abreviar os prazeres do seu marido, não seria de se temer que, em vez de preponderar sobre sentimentos egoístas, que não o consentiriam, você teria diminuído sua própria influência sobre o coração dele, fazendo com que se arrependesse da união que o envolvera em tais dificuldades?

Os lábios de Marianne tremeram, e ela repetiu a palavra "egoístas?", num tom que implicava: "Você realmente o considera egoísta?".

– O comportamento dele como um todo – retrucou Elinor –, do começo ao fim do caso, teve por base o egoísmo. O egoísmo, a princípio, foi o que o fez brincar com as suas afeições, que depois, quando também as dele já estavam envolvidas, o fizeram adiar sua confissão e por fim o levaram a sair de Barton. Seu próprio prazer, ou sua própria comodidade, em todos os aspectos, foi seu princípio dominante.

– Não há como negar. A *minha* felicidade jamais foi seu objetivo.

– Agora – prosseguiu Elinor – ele lamenta o que fez. E lamenta por quê? Porque considera que o resultado não lhe foi proveitoso. Não o fez feliz. Suas circunstâncias estão agora desembaraçadas... Ele não sofre de nenhum mal desse tipo; e pensa somente que se casou com uma mulher de temperamento menos amável do que o seu. Mas por acaso isso quer dizer que, caso tivesse se casado com você, ele teria sido feliz? As inconveniências teriam sido diferentes. Willoughby teria então padecido sob as aflições pecuniárias que, porque foram removidas, agora reconhece que nada são. Ele teria desposado uma mulher de cujo temperamento não poderia fazer nenhuma queixa, mas teria vivido sempre necessitado, sempre pobre; e provavelmente aprenderia dentro de pouco tempo a classificar os confortos de uma propriedade sem dívidas e de um bom rendimento como sendo muito mais importantes, mesmo na felicidade doméstica, do que o mero temperamento de uma esposa.

– Não tenho a menor dúvida disso – disse Marianne –, e não tenho nada para lamentar... Nada, exceto meu próprio desatino.

– Cite antes a imprudência de sua mãe, minha filha – disse a sra. Dashwood. – *Ela* deve ser tida como responsável.

Marianne não a deixou prosseguir; e Elinor, satisfeita por constatar que cada uma sentia seu próprio erro, desejou evitar qualquer revisão do passado que pudesse debilitar o espírito de sua irmã; por isso, retornando ao primeiro assunto, ela imediatamente continuou:

– *Uma* observação, penso eu, pode ser razoavelmente deduzida dessa história: que todas as dificuldades de Willoughby surgiram no momento em que ele primeiro ofendeu a virtude, em seu comportamento com Eliza Williams. Esse crime foi a origem de todos os crimes menores, e de todos os seus descontentamentos atuais.

Marianne aprovou de maneira muito comovida esse comentário, e sua mãe foi levada por ele a fazer uma enumeração dos danos e méritos do coronel Brandon, calorosa como a podiam ditar ao mesmo tempo a intenção e a amizade. Sua filha não deu mostras, no entanto, de que muito do que dissera tivesse sido ouvido por ela.

Elinor, de acordo com sua expectativa, percebeu nos dois ou três dias seguintes que Marianne não continuou ganhando força como viera fazendo. Contudo, visto que sua resolução se mantinha intacta e ela ainda tentava parecer sossegada e alegre, sua irmã podia seguramente confiar nos efeitos do tempo sobre sua saúde.

Margaret retornou, e a família estava mais uma vez recomposta, mais uma vez instalada tranquilamente no chalé; se não desempenhavam seus estudos costumeiros com tanto vigor como nos dias em que haviam acabado de chegar a Barton, ao menos planejavam um vigoroso desempenho deles para mais adiante.

Elinor ficou impaciente por alguma novidade sobre Edward. Não tivera nenhuma notícia dele desde que saíra de Londres, não ouvira nada de novo sobre seus planos, nada que confirmasse nem mesmo sua presente residência. Algumas cartas haviam sido trocadas entre ela e seu irmão, em consequência da doença de Marianne. Na primeira carta de John ela pudera ler a seguinte frase: "Não sabemos nada sobre o nosso desventurado Edward, e não podemos fazer perguntas a respeito de tão proibido assunto, mas concluímos que ele decerto permanece em Oxford ainda". Essa foi a única informação sobre Edward que a correspondência lhe proporcionou, porque seu nome não foi sequer mencionado em nenhuma das cartas posteriores. Elinor não estava condenada, no entanto, a ser mantida por longo tempo na ignorância das ações dele.

O criado do chalé tinha sido enviado a Exeter certa manhã para tratar de negócios, e quando, cuidando da mesa, ele satisfizera os questionamentos da patroa quanto à realização de sua incumbência, esta foi sua voluntária comunicação:

– Suponho que minha senhora sabe que o sr. Ferrars casou.

Marianne teve um sobressalto violento, fixou os olhos em Elinor, a viu empalidecendo e se recostou na cadeira, histérica. A sra. Dashwood, cujos olhos, quando respondeu à indagação do criado, haviam tomado intuitivamente a mesma direção, chocou-se ao perceber pelo rosto de Elinor o quanto ela realmente sofria; um momento depois, igualmente angustiada pela situação de Marianne, não soube para qual filha deveria consagrar sua principal atenção.

O criado, notando apenas que a srta. Marianne passara mal, teve bom-senso suficiente para chamar uma das criadas, a qual, com ajuda da sra. Dashwood, a carregou até a outra sala. Por essa altura Marianne já estava bem melhor, e sua mãe, a deixando aos cuidados de Margaret e da criada, voltou até Elinor, que por sua vez, embora parecesse ainda bastante desorientada, conseguira recuperar o uso da razão e da voz a ponto de estar justamente começando a interrogar Thomas quanto à fonte de sua informação. De pronto a sra. Dashwood assumiu todo esse trabalho para si própria, e Elinor teve o benefício da informação sem precisar do esforço de sair em busca dela.

– Quem lhe disse que o sr. Ferrars estava casado, Thomas?

– Eu vi o sr. Ferrars eu mesmo, minha senhora, nesta manhã em Exeter, e a mulher dele também, a srta. Steele que era. Eles estavam parando numa carruagem na porta do London New Inn, quando eu ia lá com mensagem da Sally do parque pro irmão dela, que é um dos postilhões. Aconteceu que eu olhei pra cima quando passei pela carruagem, e assim eu vejo na mesma hora que a srta. Steele mais jovem era quem era; e assim eu tirei meu chapéu, e ela me conheceu e me chamou, e perguntou por minha senhora, e pelas jovens damas, especialmente a srta. Marianne, e pediu que eu mandasse os cumprimentos dela e do sr. Ferrars, os melhores cumprimentos e préstimos, e como lamentavam que não tinham tempo pra vir e visitar, mas estavam com muita pressa pra seguir em frente, pois iam descer por um tempo, mas entanto, quando eles voltassem, eles com certeza vinham visitar.

– Mas ela disse a você que estava casada, Thomas?

– Sim, minha senhora. Ela sorriu, e falou como tinha mudado de nome desde que andou por estes lados. Ela foi sempre uma jovem dama muito afável e sem reserva, e se comportando com muita cortesia. Então eu tomei liberdade de lhe desejar tudo de bom.

– O sr. Ferrars estava na carruagem com ela?

– Sim, minha senhora, eu pude ver ele recostado ali dentro, mas ele nem olhou pra mim; ele nunca foi o tipo de cavalheiro que gosta muito de falar.

O coração de Elinor podia facilmente explicar que ele não se fizesse aparecer; e a sra. Dashwood encontrou provavelmente a mesma explicação.

– Não havia mais ninguém na carruagem?

– Não, minha senhora, só eles dois.

– Você sabe de onde vinham?

– Eles vinham direto da cidade, como a srta. Lucy... a sra. Ferrars me disse.

– E vão seguir mais para oeste?

– Sim, minha senhora, mas a demora não vai ser grande. Eles logo vão estar de volta, e então eles com certeza vêm fazer uma visita.

A sra. Dashwood olhou agora para sua filha, mas Elinor sabia muito bem que não deveria esperar por tal visita. Ela reconheceu Lucy por inteiro na mensagem, e tinha grande confiança de que Edward jamais passaria perto delas. Comentou com sua mãe em voz baixa que eles provavelmente estavam descendo até a casa do sr. Pratt, perto de Plymouth.

As informações de Thomas pareciam estar esgotadas. Elinor dava impressão de que queria ouvir mais.

– Você os viu partindo, antes de se afastar?

– Não, minha senhora... Os cavalos vinham justamente saindo, mas eu não podia demorar mais; eu estava com medo de me atrasar.

– A sra. Ferrars parecia estar bem?

– Sim, minha senhora, ela disse como estava muito bem; e no meu entender ela foi sempre uma jovem dama muito bonita... E parecia estar contente como nunca.

A sra. Dashwood não conseguiu pensar em nenhuma outra pergunta, e Thomas e a toalha de mesa, igualmente desnecessários agora, foram logo em seguida dispensados. Marianne já mandara dizer que não comeria mais nada. Os apetites da sra. Dashwood e de Elinor se viram também perdidos, e Margaret até poderia pensar que se saía bastante bem, tamanho era o mal-estar que suas duas irmãs haviam experimentado recentemente, tanto motivo elas muitas vezes tiveram para que descuidassem de suas refeições, por nunca ter enfrentado antes a obrigação de ficar sem seu jantar.

Quando a sobremesa e o vinho foram dispostos, e a sra. Dashwood e Elinor foram deixadas sozinhas, elas permaneceram longo tempo juntas numa similaridade de reflexão e silêncio. A sra. Dashwood teve receio de arriscar qualquer observação, e não tentou oferecer consolo. Ela constatou, agora, que cometera um erro ao confiar na representação que Elinor fizera de si mesma; e concluiu com justiça que tudo lhe tinha sido expressado de maneira suavizada, na ocasião, para poupá-la de um aprofundamento de sua infelicidade, para que não sofresse como sofrera por Marianne. Constatou que a filha, com sua dedicação atenciosa e cuidadosa, a tinha induzido ao engano de pensar que aquele envolvimento, que em determinado momento ela compreendera tão bem, fosse na verdade muito mais superficial do que até então imaginara, ou do que ficava provado agora. Temeu que, sob essa persuasão, tinha sido injusta, desatenta, ou mais do que isso, quase cruel com sua Elinor; que as aflições de Marianne, porque mais reconhecidas, situadas de modo mais evidente diante dela, haviam absorvido por demais sua ternura e a fizeram esquecer que em Elinor ela podia ter uma filha que sofria quase na mesma intensidade, certamente com menos autopunição e maior fortitude.

## Capítulo 48

Elinor agora constatava que havia uma diferença entre a expectativa de um acontecimento desagradável, por mais certo que a mente pudesse aceitar considerá-lo, e a certeza em si. Agora constatava que, a contragosto, admitira sempre uma esperança, enquanto Edward permanecera solteiro, de que algo ocorreria para impedir seu casamento com Lucy; de que alguma resolução dele próprio, alguma mediação de amigos, ou alguma oportunidade de união que aprouvesse melhor à dama, surgiria para facilitar a felicidade de todos. Mas agora ele estava casado; e ela condenou seu coração por tal lisonja oculta, que aumentava tanto a dor da notícia.

Que Edward estivesse casado tão cedo, antes (como Elinor imaginava) que pudesse ser ordenado e, consequentemente, antes que pudesse tomar posse do benefício eclesiástico, a princípio lhe causou certa surpresa. Mas ela logo percebeu o quanto era provável que Lucy, com seu furor por seus objetivos pessoais e com sua pressa por garanti-lo como marido, negligenciasse qualquer coisa, menos o risco de um retardamento. Os dois casaram-se, casaram-se na cidade, e agora desciam às pressas até a casa do tio dela. Que sentimentos Edward decerto experimentara estando a menos de quatro milhas de Barton, e quando viu o criado da mãe dela, e ouviu a mensagem de Lucy!

Logo, ela supôs, os dois estariam instalados em Delaford. Delaford – o lugar no qual tantas coisas conspiravam para provocar seu interesse, com o qual queria se familiarizar e que no entanto desejava evitar. Elinor os viu num instante na residência paroquial; enxergou em Lucy a gerente ativa e maquinadora, unindo ao mesmo tempo um desejo de aparência requintada e a máxima frugalidade, e tendo vergonha de que alguém pudesse suspeitar de metade de suas práticas econômicas; perseguindo seus próprios interesses em cada pensamento, cortejando as opiniões favoráveis do coronel

Brandon, da sra. Jennings e de todos os amigos ricos. Em Edward, não sabia o que enxergava, nem o que desejava enxergar; feliz ou infeliz, nada parecia satisfatório para ela; afastou os olhos de qualquer esboço dele.

Elinor acalentou a esperança de que alguém de suas relações em Londres fosse lhes escrever com o fim de anunciar o evento e fornecer mais detalhes, porém dias e mais dias se passaram e não trouxeram nenhuma carta, nenhuma notícia. Mesmo sem ter certeza de que alguém devesse ser culpado, viu omissão em cada um dos amigos ausentes. Eram todos desatentos ou indolentes.

– Quando a senhora vai escrever ao coronel Brandon? – foi uma pergunta que surgiu da impaciência de sua mente por ver algo acontecer.

– Escrevi para ele, meu amor, na semana passada, e espero antes vê-lo do que ter notícias dele novamente. Insisti seriamente que ele viesse nos ver, e não ficaria surpresa se o visse aparecendo aqui hoje ou amanhã, ou qualquer dia.

Isso era ganhar alguma coisa, algo que podia ser aguardado. O coronel Brandon *decerto* teria informações para dar.

Ela mal determinara que assim seria quando a figura de um homem a cavalo atraiu seus olhos na janela. Ele parou diante do portão. Era um cavalheiro, era o coronel Brandon em pessoa. Agora conseguiu ouvir mais; e tremeu de expectativa. Porém... *não* era o coronel Brandon – tampouco seu porte – tampouco sua altura. Se fosse possível, Elinor diria que só podia ser Edward. Olhou de novo. Ele acabara de desmontar; não podia estar enganada, *era* Edward. Ela se afastou e se sentou. "Edward vem da casa do sr. Pratt com o propósito de nos ver. *Vou* ficar calma; *vou* saber me controlar."

Num instante ela percebeu que as outras estavam também cientes do equívoco. Viu que sua mãe e Marianne enrubesceram; viu que olharam para ela e sussurraram algumas frases entre si. Teria dado qualquer coisa neste mundo para ser capaz de falar – e fazê-las entender que esperava que nenhuma frieza, nenhum menosprezo aparecesse no comportamento das duas com ele; mas nada saiu de seus lábios, e teve de deixar tudo a critério delas.

Sequer uma sílaba foi dita em voz alta. Todas aguardaram em silêncio pelo aparecimento do visitante. Seus passos foram ouvidos ao longo do caminho de cascalho; ele logo chegou ao vestíbulo, e um momento depois estava diante delas.

Seu semblante, quando ele entrou na sala, não parecia ser muito feliz, nem mesmo para Elinor. Sua pele estava branca de agitação, e ele dava impressão de que temia pela recepção que teria, como que sabendo não merecer um acolhimento amigável. A sra. Dashwood, no entanto, em conformidade, como acreditava, com os desejos de sua filha, por quem agora pretendia, no ardor de seu coração, ser guiada em tudo, o recebeu com um olhar de complacência forçada, estendeu sua mão e lhe desejou tudo de bom.

Ele corou e balbuciou uma resposta ininteligível. Os lábios de Elinor haviam se mexido com os de sua mãe; depois que o momento de agir já terminara, ela desejou que tivesse apertado a mão dele também. Mas era tarde demais e, com um semblante que tencionava franqueza, sentou-se outra vez e falou sobre o tempo.

Marianne recuara fora de vista tanto quanto possível, para esconder sua perturbação; Margaret, compreendendo uma parte, mas não a totalidade do caso, pensou que lhe competia exibir uma postura digna, e por isso sentou-se tão longe dele quanto conseguiu, e manteve um silêncio rigoroso.

Quando Elinor parou de se regozijar pela secura da estação, assomou uma pausa tenebrosa. Quem primeiro falou foi a sra. Dashwood, que se sentiu na obrigação de desejar que a sra. Ferrars estivesse muito bem quando se despedira dele. De modo precipitado, Edward respondeu afirmativamente.

Outra pausa.

Elinor, resolvendo fazer um esforço, embora temesse o som de sua própria voz, agora disse:

– A sra. Ferrars se encontra em Longstaple?

– Em Longstaple! – ele retrucou, com um ar de surpresa. – Não, minha mãe se encontra na cidade.

– Eu estava me referindo – disse Elinor, apanhando na mesa um trabalho qualquer – à sra. *Edward* Ferrars.

Ela não se atreveu a levantar o rosto, mas tanto sua mãe quanto Marianne voltaram os olhos para ele. O cavalheiro corou, pareceu ficar perplexo, não soube como proceder e, depois de alguma hesitação, disse:

– Talvez a senhorita esteja se referindo... ao meu irmão... esteja se referindo... à sra. *Robert* Ferrars.

– A sra. Robert Ferrars!? – repetiram Marianne e sua mãe, num tom do máximo assombro.

Quanto a Elinor, embora não fosse capaz de falar, até os olhos *dela* estavam fixos em Edward com o mesmo espanto impaciente. Ele se levantou de seu assento e caminhou até a janela, aparentemente porque não sabia o que fazer; pegou uma tesoura que ali encontrou e, estragando ao mesmo tempo a tesoura e sua bainha, cortando esta última em pedaços enquanto falava, disse numa voz precipitada:

– Talvez vocês não saibam... Pode ser que não tenham tomado conhecimento de que o meu irmão se casou recentemente com... com a mais nova... com a srta. Lucy Steele.

Suas palavras foram ecoadas num assombro indescritível por parte de todas exceto Elinor, que permaneceu sentada, com a cabeça inclinada sobre seu trabalho, num estado de agitação tão forte que ela mal sabia onde estava.

– Sim – disse Edward –, eles se casaram na semana passada, e se encontram agora em Dawlish.

Elinor não suportou ficar sentada por mais tempo. Praticamente correu para fora da sala e, assim que a porta se fechou, irrompeu em lágrimas de alegria que, a princípio, pensou que jamais cessariam. Edward, que até então olhara para todos os lugares, menos para ela, a viu sair às pressas e talvez viu – ou até mesmo escutou – sua emoção, pois logo em seguida ele caiu num devaneio que nenhum comentário, nenhuma pergunta, nenhum tratamento afetuoso da sra. Dashwood conseguiu penetrar, e por fim, sem dizer uma única palavra, abandonou a sala e saiu caminhando na direção do vilarejo – deixando as outras num ápice de assombro e perplexidade pela mudança da situação dele, tão espantosa e tão súbita; uma perplexidade que não tiveram condições de diminuir, exceto em suas próprias conjecturas.

## Capítulo 49

Por mais inexplicáveis, no entanto, que as circunstâncias de sua libertação pudessem parecer à família toda, era certo que Edward estava livre; e o propósito com que tal liberdade seria empregada foi facilmente predeterminado por todas; porque depois de experimentar as bênçãos de *um* noivado imprudente, contraído sem o consentimento de sua mãe, como ele já fizera por mais de quatro anos, nada menos se podia esperar dele, no fracasso do *primeiro*, do que a contração imediata de um segundo.

A incumbência de Edward em Barton, na verdade, era simples. Era somente pedir a Elinor que se casasse com ele; e considerando-se que ele não era de todo inexperiente nessa solicitação, pode parecer estranho que se sentisse tão desconfortável no presente caso, como realmente se sentiu, com tamanha necessidade de encorajamento e ar fresco.

Quanto tempo ele caminhou até chegar à resolução adequada, no entanto, em quanto tempo uma oportunidade de exercê-la se apresentou, de que maneira ele se expressou e como foi recebido, nada disso precisa ser dito em particular. Isto apenas precisa ser dito: que quando às quatro horas se sentaram todos à mesa, cerca de três horas depois de sua chegada, ele conquistara sua dama e já era, não apenas na confissão extasiada do apaixonado mas também na realidade da razão e da verdade, um dos homens mais felizes do mundo. Sua situação, de fato, era mais do que comumente alegre. Ele tinha mais do que um ordinário triunfo do amor correspondido para enfunar o coração e elevar o espírito. Sem qualquer censura que lhe pudesse ser feita, foi libertado de um enlace que por muito tempo causara seu infortúnio, de uma mulher que havia muito ele deixara de amar; e de pronto foi elevado à segurança com outro enlace, no qual deve ter pensado quase com desespero logo ao perceber que o considerava com desejo. Foi levado não da dúvida ou do suspense, mas do infortúnio à felicidade; e a mudança foi abertamente manifestada numa jovialidade genuína, torrencial e agradecida que suas amigas jamais haviam testemunhado nele antes.

Seu coração estava de todo aberto para Elinor agora, todas as suas fraquezas e todos os seus erros confessados, seu primeiro apego pueril a Lucy tratado com a imensa dignidade filosófica dos 24 anos.

– Foi uma inclinação tola e ociosa de minha parte – disse ele –, consequência da ignorância do mundo... e da falta de ocupação. Tivesse a minha mãe me permitido alguma profissão ativa quando fui destituído, aos dezoito anos, dos cuidados do sr. Pratt, creio que... ou melhor, tenho certeza, isso nunca teria ocorrido; pois embora eu tenha saído de Longstaple com o que julgava ser, na época, a mais invencível preferência pela sobrinha dele, se eu então contasse com qualquer atividade, qualquer objetivo que ocupasse o meu tempo e me mantivesse distante dela por alguns meses, eu teria muito em breve superado aquele apego imaginário, especialmente depois de uma interação maior com o mundo, algo que, nesse caso, decerto aconteceria comigo. Mas em vez de ter qualquer coisa para fazer, em vez de ter qualquer profissão escolhida para mim ou de ter o direito de escolher alguma por minha conta, voltei ao meu lar para ficar completamente ocioso; e durante os doze meses que se seguiram não tive sequer a ocupação nominal que me caberia por pertencer à universidade, porque não entrei em Oxford antes de chegar aos dezenove anos. Eu não tinha, portanto, nada no mundo para fazer, exceto fantasiar que estava apaixonado; e visto que minha mãe não fazia do meu lar um lugar confortável em todos os aspectos, visto que eu não tinha nenhum amigo, nenhum companheiro em meu irmão, e não gostava de fazer novas amizades, era natural que eu estivesse com grande frequência em Longstaple, onde sempre me senti em casa e tive sempre certeza de que seria bem-vindo; assim, passei ali a maior parte do meu tempo dos dezoito aos dezenove anos; Lucy representava tudo que havia de amável e prestativo. Ela era bonita, também... Pelo menos eu assim pensava *na época*; eu vira tão pouco de outras mulheres que não poderia fazer comparações ou ver defeitos. Considerando-se tudo, portanto, espero eu, por mais tolo que fosse, por mais tolo que desde então tenha provado ser em todos os sentidos, nosso noivado não chegou a ser, naquele momento, uma tolice anormal ou imperdoável.

A mudança que em poucas horas se forjara nas mentes e na felicidade das Dashwood foi tamanha – foi tão grande – que lhes prometeu a todas a satisfação de uma noite insone. A sra. Dashwood, demasiado feliz para estar confortável, não soube como amar Edward ou louvar Elinor o suficiente, como ser grata o suficiente pela libertação dele sem ferir sua suscetibilidade, ou como a um só tempo lhes conceder espaço para uma conversa irrestrita e ainda desfrutar, como desejava, do prazer de vê-los e permanecer ao lado deles.

Marianne conseguiu expressar *sua* felicidade somente através de lágrimas. Comparações ocorriam, lamentos surgiam; e seu contentamento, embora fosse sincero como seu amor pela irmã, foi de um tipo que não lhe deu nem ânimo e nem linguagem.

Mas Elinor – como descrever os sentimentos *dela*? Do momento em que soube que Lucy se casara com outro, que Edward estava livre, ao momento em que ele justificou as esperanças que haviam se seguido no mesmo instante, ela sentiu alternadamente tudo, menos calma. Mas quando passara o segundo momento, quando ela viu removidas todas as dúvidas e todas as solicitudes, comparou sua situação com aquela que vivera tão recentemente – viu Edward libertado de maneira tão honrada de seu envolvimento anterior, o viu se aproveitar imediatamente da libertação para se dirigir a ela e declarar o afeto terno e constante que ela sempre supusera existir –, sentiu-se oprimida, sentiu-se subjugada por sua própria felicidade; e na feliz disposição que a mente humana possui para facilmente se familiarizar com qualquer mudança para melhor, foram necessárias várias horas para que houvesse serenidade em seu espírito, ou um mínimo grau de tranquilidade em seu coração.

Edward agora estava instalado no chalé por pelo menos uma semana; pois por mais que outros compromissos o pudessem solicitar, era impossível que um período menor fosse dedicado ao deleite da companhia de Elinor ou bastasse para dizer metade do que precisava ser dito sobre o passado, o presente e o futuro; pois embora pouquíssimas horas despendidas na árdua labuta de uma conversa incessante são capazes de despachar bem mais do que os assuntos que podem realmente existir em comum num par qualquer de criaturas racionais, com apaixonados é diferente. Entre *eles* nenhum assunto está terminado, nenhuma comunicação sequer se completa, até que tudo seja retomado pelo menos vinte vezes.

O casamento de Lucy, o espanto ininterrupto e razoável entre todos eles, formou naturalmente uma das primeiras discussões dos apaixonados; e o particular conhecimento que Elinor tinha de cada parte fazia com que a união lhe parecesse, sob todos os pontos de vista, uma das circunstâncias mais extraordinárias e inexplicáveis de que jamais ouvira falar. De que modo eles puderam esbarrar um no outro, e que tipo de atração tinha sido capaz de induzir Robert a se casar com uma garota sobre cuja beleza ela mesma o ouvira falar sem qualquer admiração – uma garota, além disso, já comprometida com seu irmão, e por conta de quem esse irmão havia sido expulso de casa por sua família –, tais questões se colocavam além da compreensão de Elinor. Em seu próprio coração o caso era delicioso; em sua imaginação, era inclusive ridículo; mas em sua razão, em seu julgamento, era um completo enigma.

Edward pôde apenas arriscar uma explicação supondo que num primeiro encontro acidental, talvez, a vaidade de um tivesse sido tão estimulada pela bajulação do outro que os dois acabaram progredindo, aos poucos, por todas as demais etapas. Elinor recordou o que Robert lhe dissera em Harley Street, sua opinião sobre o resultado que sua própria mediação poderia ter obtido nos afazeres de seu irmão, caso aplicada no tempo certo. Ela o repetiu a Edward.

– *Isso* foi muito típico de Robert – foi a imediata observação do jovem. – E *essa* – ele logo acrescentou – talvez fosse a intenção *dele* quando os dois se conheceram. E num primeiro momento, talvez, Lucy pretendeu apenas obter seus bons ofícios em meu favor. Outros planos podem ter surgido mais adiante.

Se precisasse adivinhar desde quando essa relação vinha sendo desenvolvida entre eles, no entanto, Edward estaria tão perdido quanto Elinor; pois em Oxford, onde havia permanecido por opção desde que saíra de Londres, não tivera como receber notícias dela senão através dela mesma, e as cartas que a garota mandava, até a última, não eram menos frequentes ou menos afetuosas do que de costume. Nem mesmo a menor suspeita, portanto, jamais lhe passou pela cabeça, em antecipação ao que viria; e quando afinal o fato lhe foi anunciado de súbito, numa carta da própria Lucy, ele ficara durante certo tempo, segundo acreditava, meio estupefato entre o espanto, o terror e a felicidade de tal libertação. Edward colocou a carta nas mãos de Elinor.

> Caro Senhor,
>
> Estando muito certa que faz muito perdi seu afeto, julguei ter liberdade de conceder o meu para outro, e não tenho nenhuma dúvida que serei tão feliz com ele quanto eu costumava pensar que poderia ser com o senhor; mas abstenho de aceitar uma mão se o coração pertence a outra pessoa. Sinceramente desejo que o senhor seja feliz em sua escolha, e não será culpa minha se não formos sempre bons amigos, como fica conveniente agora, no relacionamento próximo que teremos. Posso dizer com segurança que não o considero com maus olhos, e tenho certeza que o senhor é generoso demais para querer nos tratar mal. Seu irmão conquistou meus afetos por inteiro e, como não poderíamos viver um sem outro, acabamos de retornar do altar e estamos agora em nosso caminho para Dawlish por algumas semanas, um lugar que o seu querido irmão tem grande curiosidade para ver, mas pensei em primeiro incomodá-lo com estas poucas linhas, e serei sempre
>
> Sua sincera benquerente, amiga e irmã,
>
> *Lucy Ferrars.*

Eu queimei todas as suas cartas, e vou devolver seu retrato na primeira oportunidade. Destruir por favor os meus rabiscos – mas o anel com meu cabelo, esse o senhor pode ficar à sua vontade se quiser guardá-lo.

Elinor leu e devolveu a carta sem qualquer comentário.

– Não vou pedir sua opinião sobre o texto enquanto composição – disse Edward. – Por nada no mundo eu teria permitido que *você* visse uma carta dela em tempos passados. Numa irmã isso é ruim o bastante, mas numa esposa! Como corei sobre as páginas de sua escrita! E acredito poder dizer que desde o primeiro semestre do nosso tolo... negócio... esta é a única carta que jamais recebi dela cuja substância me proporcionou alguma reparação pelo defeito do estilo.

– Não importa como possa ter acontecido – disse Elinor, depois de uma pausa –, eles estão certamente casados. E a sua mãe atraiu para si mesma uma punição mais do que adequada. A independência que ela estabeleceu para Robert, por causa de um ressentimento contra você, colocou nas mãos dele o poder de fazer sua própria escolha; e na verdade ela subornou um filho com mil por ano para que cometesse o mesmo ato que a fez deserdar o outro porque este o quis cometer. Ela dificilmente ficará menos magoada por Robert se casar com Lucy, suponho, do que teria ficado se você tivesse casado com ela.

– Vai ficar mais magoada, porque Robert sempre foi seu favorito. Vai ficar mais magoada, e pelo mesmo princípio vai perdoá-lo bem mais depressa.

Edward não fazia ideia da situação em que se mantinha o caso entre eles de momento, pois não tentara fazer nenhuma comunicação com qualquer pessoa de sua família. Ele saíra de Oxford dentro de 24 horas após a chegada da carta de Lucy; tendo apenas um objetivo diante de si – percorrer a estrada mais curta para Barton –, não lhe sobrara tempo para formular qualquer plano de conduta que não apresentasse a mais íntima conexão com essa estrada. Nada poderia fazer até que se visse seguro quanto a seu destino com a srta. Dashwood; e por sua rapidez na perseguição de *tal* destino é de se supor, apesar do ciúme que sentira do coronel Brandon no passado, apesar da modéstia com a qual avaliava seus próprios méritos e da delicadeza com que falava de suas dúvidas, que não esperou, de modo geral, uma recepção muito cruel. Era tarefa sua, no entanto, dizer que *esperou*, e ele o disse de uma maneira muito bonita. O que teria para dizer sobre o assunto depois de doze meses deve ser remetido à imaginação de maridos e esposas.

Que Lucy certamente quisera enganar, sair-se com um floreio de malícia contra ele em sua mensagem através de Thomas, isso ficou perfeitamente claro para Elinor. E o próprio Edward, agora completamente esclarecido quanto ao caráter da jovem, não teve escrúpulos em acreditar que ela era capaz da máxima baixeza de uma índole maldosa e traiçoeira. Embora seus olhos estivessem abertos havia muito tempo, desde antes mesmo de ele ter conhecido Elinor, à ignorância de Lucy e à exígua liberalidade de algumas de suas opiniões, eles tinham igualmente passado a levar em conta sua educação exígua. Até receber a última carta, Edward sempre enxergara nela uma garota bem-intencionada, de bom coração, e completamente afeiçoada por ele. Nada senão essa persuasão poderia ter evitado que ele desse fim a um noivado que, muito antes do descobrimento que o deixara exposto à raiva de sua mãe, provara ser uma contínua fonte de inquietação e desgosto para ele.

– Pensei que era meu dever – disse ele –, independente de meus sentimentos, conceder para Lucy a opção de prosseguir ou não com o noivado quando fui renunciado por minha mãe e fiquei, segundo todas as aparências, sem um amigo sequer no mundo para me socorrer. Numa situação como aquela, na qual não parecia existir nada que pudesse tentar a avareza ou a vaidade de qualquer criatura viva, de que modo eu poderia supor, quando ela insistiu com tanto ardor e tanta intensidade em compartilhar o meu destino, fosse ele qual fosse, que outra coisa senão o mais desinteressado carinho a induzia? E mesmo agora não consigo entender com que motivo Lucy agiu, ou que vantagem imaginária podia ver em se deixar prender a um homem por quem não tinha nem um mínimo de consideração e que tinha somente 2 mil libras neste mundo. Lucy não podia prever que o coronel Brandon me daria um benefício eclesiástico.

– Não; mas podia supor que algo ocorreria que o favorecesse; que a sua própria família poderia ceder com o tempo. E de qualquer modo ela não perderia nada prosseguindo com o noivado, pois provou que nem sua inclinação e nem suas ações se deixaram prender. A conexão era sem dúvida respeitável, e provavelmente lhe granjeou consideração entre seus amigos; além disso, se nada de mais vantajoso ocorresse, para ela seria melhor casar com *você* do que permanecer solteira.

Edward ficou, é claro, imediatamente convencido de que nada poderia ter sido mais natural do que a conduta de Lucy, ou mais incontestável do que a motivação de tal conduta.

Elinor o repreendeu, no tom áspero com que as damas sempre repreendem a imprudência que as lisonjeia, por ter passado tanto tempo com elas em Norland quando deveria ter notado sua própria inconstância.

– Seu comportamento foi sem dúvida muito incorreto – disse ela –, porque, para não falar da minha própria convicção, nossos parentes foram todos levados com isso a fantasiar e aguardar *algo* que, com a sua situação *naquele momento*, jamais poderia ocorrer.

Ele pôde apenas alegar uma ignorância de seu próprio coração e uma confiança equivocada na força de seu noivado.

– Eu fui simplório a ponto de pensar que, porque a minha *fé* estava comprometida com outra, não poderia existir nenhum perigo em ficar com você; e que a consciência do meu noivado manteria meu coração tão seguro e sagrado quanto minha honra. Senti que eu admirava você, mas disse a mim mesmo que era somente amizade; antes de começar a fazer comparações entre você e Lucy, não tive noção do quanto eu avançara. Depois disso, suponho, foi *de fato* incorreto de minha parte permanecer por tanto tempo em Sussex, e os argumentos através dos quais me reconciliei com a conveniência da estadia não foram melhores do que estes: o perigo é todo meu, e não estou causando dano a ninguém senão a mim.

Elinor sorriu e sacudiu a cabeça. Edward ouviu com prazer que o coronel Brandon estava sendo esperado no chalé, uma vez que realmente desejava não somente adquirir mais familiaridade com ele, mas também ter oportunidade de convencê-lo de que não mais se ressentia por ter ganhado dele o benefício eclesiástico de Delaford.

– O qual, a esta altura – disse ele –, depois de agradecimentos tão indelicadamente prestados como foram os meus na ocasião, o coronel deve pensar que eu jamais o perdoei por oferecer.

E *agora* ele mesmo se sentiu atônito por ainda não ter comparecido ao local. Mas tão pouco interesse ele tomara pela matéria que devia todo seu conhecimento sobre casa, quintal e gleba, extensão da paróquia, condição da terra e taxa dos dízimos justamente a Elinor, que depois de tanto ouvir o coronel Brandon falar a respeito, e de ouvir com a maior atenção, já dominava o assunto por inteiro.

Uma única questão além dessa restava indecisa entre eles, uma única dificuldade precisava ser superada. Os dois estavam unidos por afeto mútuo, com a mais ardente aprovação de seus verdadeiros amigos; o conhecimento íntimo que tinham um do outro parecia tornar sua felicidade certa – e eles apenas necessitavam de uma quantia com a qual viver. Edward possuía 2 mil libras, e Elinor mil, montante que, com o benefício de Delaford, era tudo que podiam chamar de seu; pois era impossível que a sra. Dashwood pudesse avançar qualquer soma; e nenhum dos dois estava tão apaixonado a ponto de pensar que 350 libras por ano lhes propiciariam os confortos da vida.

Edward não perdera totalmente a esperança por alguma mudança favorável em sua mãe com relação a ele; e *nisso* ele se apoiava para garantir o restante da futura renda. Mas Elinor não contava com tal solução; pois na medida em que Edward seria incapaz ainda de se casar com a srta. Morton, e sendo que a opção por ela mesma tinha sido qualificada em linguagem lisonjeira pela sra. Ferrars como somente um mal menor do que a opção por Lucy Steele, ela temia que a ofensa de Robert não serviria para nenhum outro propósito exceto enriquecer Fanny.

Cerca de quatro dias após a chegada de Edward, o coronel Brandon apareceu para completar a satisfação da sra. Dashwood e lhe dar a dignidade de ter consigo, pela primeira vez desde que ela se mudara para Barton, mais visitantes do que sua casa conseguia suportar. Edward teve permissão de reter o privilégio de haver chegado primeiro, e o coronel Brandon, portanto, caminhava todas as noites até o velho alojamento no parque, de onde ele normalmente retornava bem cedo na manhã, o suficiente para interromper o primeiro tête-à-tête dos apaixonados antes do desjejum.

Uma residência de três semanas em Delaford, onde, ao menos em suas horas noturnas, ele tinha pouco a fazer senão calcular a desproporção entre 36 e 17 anos, o trouxera para Barton numa disposição de espírito que precisava do imenso aprimoramento dos olhares de Marianne, da imensa bondade de seu acolhimento cordial e do imenso incentivo da linguagem de sua mãe para torná-la jovial. Entre tais amigos, no entanto, e com tamanha bajulação, o coronel de fato reavivou-se. Nenhum rumor do casamento de Lucy alcançara seus ouvidos ainda – ele não sabia nada do que se passara; e as primeiras horas de sua visita foram, consequentemente, despendidas em ouvir e sentir espanto. Tudo lhe foi explicado pela sra. Dashwood, e ele teve renovado motivo para se rejubilar no que fizera pelo sr. Ferrars, considerando que, no fim das contas, isso promovia o interesse de Elinor.

Será desnecessário dizer que os cavalheiros avançaram na boa opinião que tinham um do outro à medida que avançavam no conhecimento um do outro, porque não poderia ser diferente. Sua semelhança em bons princípios e bom-senso, em temperamento e modo de pensar, provavelmente teria sido suficiente para uni-los em amizade sem quaisquer outras atrações; mas a circunstância de que estavam apaixonados por duas irmãs, e duas irmãs que gostavam uma da outra, tornou inevitável e imediato esse respeito mútuo que poderia ter esperado pelo efeito do tempo e do julgamento.

As cartas da cidade, que poucos dias antes teriam feito com que todos os nervos do corpo de Elinor vibrassem de furor, chegavam agora para ser lidas com menos emoção do que alegria. A sra. Jennings escreveu para contar a história espantosa, para desabafar sua honesta indignação com a coquete garota e emanar sua compaixão pelo pobre sr. Edward, o qual, ela tinha certeza, ficara bastante enamorado por essa mocinha imprestável, e agora estava em Oxford, segundo todos os relatos, com o coração quase partido. "Eu creio", continuava ela, "que nada tão ardiloso jamais foi perpetrado; pois não foi senão dois dias antes que Lucy me visitou e sentou algumas horas comigo. Criatura nenhuma suspeitava de nada, nem mesmo Nancy, que, pobrezinha, veio até mim chorando no dia seguinte, totalmente apavorada, com medo da sra. Ferrars, e sem saber como poderia chegar a Plymouth; pois Lucy, ao que parece, pegou emprestado tudo que ela tinha de dinheiro antes de fugir para se casar, com o propósito de ter o que ostentar, segundo supomos, e a pobre Nancy não tinha sete xelins neste mundo; por isso de muito bom grado eu lhe dei cinco guinéus para que ela fosse até Exeter, onde ela pretende permanecer três ou quatro semanas com a sra. Burgess, na esperança, como eu digo a ela, de topar com o doutor novamente. E devo dizer que a perfídia de Lucy em não levá-la junto com eles na carruagem é pior do que tudo. Pobre sr. Edward! Não consigo tirá-lo da cabeça, mas a senhorita precisa mandar chamá-lo a Barton, e a srta. Marianne precisa tentar confortá-lo."

As lamentações do sr. Dashwood foram mais solenes. A sra. Ferrars havia se tornado a mais infeliz das mulheres – a pobre Fanny tinha sofrido agonias de sensibilidade – e a existência de ambas era considerada por ele, sob um golpe como esse, com grato assombro. A ofensa de Robert era imperdoável, mas a de Lucy era infinitamente pior. Nenhum dos dois jamais poderia ser mencionado novamente diante da sra. Ferrars; e até mesmo se ela pudesse vir a ser induzida no futuro a perdoar seu filho, a esposa dele nunca seria reconhecida como sua filha e tampouco teria permissão de aparecer em sua presença. O segredo com que tudo havia sido conduzido entre eles era racionalmente tratado como algo que aumentara enormemente o crime, porque, tivesse qualquer suspeita ocorrido aos outros, medidas adequadas teriam sido tomadas para evitar o casamento; e ele apelava para que Elinor se juntasse a ele no ato de deplorar que o noivado de Lucy com Edward não tivesse sido antes cumprido, em lugar de ela servir, assim, como meio de disseminar a miséria mais ainda na família. Ele assim continuava:

"A sra. Ferrars ainda não chegou a mencionar o nome de Edward, o que não nos surpreende; contudo, para nossa grande perplexidade, sequer uma linha nos veio dele na ocasião. Talvez, no entanto, ele se mantenha em silêncio por medo de ofender, e vou portanto lhe sugerir, através de uma mensagem para Oxford, que sua irmã e eu pensamos que uma carta de adequada submissão por parte dele, endereçada talvez a Fanny, e por ela mostrada para sua mãe, pode não obter mau resultado; porque todos nós sabemos o quanto existe de ternura no coração da sra. Ferrars, e que nenhum desejo seu é maior do que o de se ver em bons termos com seus filhos."

Esse parágrafo foi de alguma importância quanto às perspectivas e à conduta de Edward. Ele determinou-se a tentar uma reconciliação, embora não exatamente no modo apontado por seu irmão e sua irmã.

– Uma carta de adequada submissão!? – repetiu ele. – Eles querem que eu peça o perdão da minha mãe por causa da ingratidão de Robert *com ela* e da violação de honra *comigo*? Não posso me permitir nenhuma submissão... Não fiquei nem vexado e nem arrependido com o que se passou. Eu fiquei muito feliz; mas isso não interessaria. Não sei de nenhuma submissão que seja *de fato* adequada no meu caso.

– Você pode certamente pedir para ser perdoado – disse Elinor –, porque você ofendeu; e creio que *agora* você poderia inclusive se aventurar a professar alguma consternação por ter chegado a formar o noivado que o fez ser alvo da raiva de sua mãe.

Edward concordou que poderia.

– E quando ela o tiver perdoado, talvez um pouco de humildade pode ser conveniente no reconhecimento de um segundo noivado que será quase tão imprudente aos olhos *dela* quanto foi o primeiro.

Edward não teve nada por obstar contra isso, mas ainda resistiu à ideia de uma carta de adequada submissão; e portanto, para que lhe fosse mais fácil, já que ele declarava uma disposição muito maior em fazer desprezíveis concessões por palavra falada do que por papel, ficou resolvido que, em vez de escrever a Fanny, ele partiria para Londres e rogaria pessoalmente os bons ofícios dela em seu favor.

– E se eles *realmente* tiverem interesse – disse Marianne, em seu novo caráter de candura – em promover uma reconciliação, eu haverei de pensar que até mesmo John e Fanny não são inteiramente desprovidos de mérito.

Depois de uma visita do coronel Brandon que durou somente três ou quatro dias, os dois cavalheiros deixaram Barton juntos. Eles seguiriam diretamente para Delaford, de modo que Edward pudesse obter algum conhecimento pessoal de seu futuro lar e ajudar seu protetor e amigo na decisão sobre quais melhorias eram necessárias na casa; e de lá, após permanecer por algumas noites, ele prosseguiria em sua viagem à cidade.

# Capítulo 50

Depois de uma devida resistência por parte da sra. Ferrars, violenta e firme na medida certa para preservá-la do opróbrio no qual ela sempre parecia temerosa de incorrer, o opróbrio de ser muito amável, Edward foi admitido em sua presença, e pronunciado como sendo novamente seu filho.

Sua família vinha se mostrando flutuante ao extremo nos últimos tempos. Por muitos anos de sua vida ela teve dois filhos; mas o crime e a posterior aniquilação de Edward algumas semanas antes lhe tinham roubado um; a similar aniquilação de Robert a deixara por duas semanas sem nenhum; e agora, com a ressuscitação de Edward, ela tinha um outra vez.

Muito embora lhe fosse permitido viver mais uma vez, mesmo assim ele não sentiu que a continuidade de sua existência estava segura enquanto não revelou seu presente noivado; porque a publicação de tal circunstância, ele temia, poderia causar um revés repentino em sua constituição e levá-lo à morte tão rapidamente quanto antes. Com apreensiva cautela, portanto, foi efetuada tal revelação, e Edward foi ouvido com inesperada calma. A princípio a sra. Ferrars tentou razoavelmente dissuadi-lo de se casar com a srta. Dashwood, lançando mão de todos os argumentos em seu poder; lhe disse que na srta. Morton ele teria uma mulher de classe mais alta e maior fortuna, e reforçou tal asserção assinalando que a srta. Morton era filha de um nobre com 30 mil libras, enquanto que a srta. Dashwood era somente filha de um cavalheiro comum com não mais do que *três*; mas quando constatou que, embora perfeitamente admitisse a verdade de sua representação, ele não estava de forma nenhuma inclinado a ser guiado por ela, julgou ser mais sábio, em vista da experiência pretérita, submeter-se; e portanto, depois do mais indelicado retardamento que julgou ser necessário para sua própria dignidade, e que serviu para suprimir qualquer suspeita de boa vontade, a sra. Ferrars emitiu seu decreto de consentimento quanto ao casamento de Edward e Elinor.

O que ela se comprometeria em fazer no sentido de aumentar a renda do casal foi o próximo tópico a ser considerado; e aqui ficou plenamente claro que, embora Edward fosse agora seu único filho, ele não era de forma nenhuma o filho mais velho; pois enquanto Robert foi inevitavelmente dotado de mil libras por ano, sequer uma mínima objeção foi feita contra Edward ser ordenado para garantir 250 no máximo; e tampouco nada foi prometido, presente ou futuramente, além das mesmas 10 mil libras que haviam sido concedidas para Fanny.

Foi tanto quanto era desejado por Edward e Elinor, porém, e mais do que era esperado; e a própria sra. Ferrars, com suas desculpas evasivas, pareceu ser a única pessoa surpresa com o fato de que ela não desse mais.

Com uma renda mais do que suficiente para suas necessidades assim assegurada, eles não tiveram nada por esperar, depois que Edward tomou posse do benefício eclesiástico, senão a disponibilidade da casa, na qual o coronel Brandon, com ansioso desejo de acomodar Elinor, fazia melhorias consideráveis; e após esperar por algum tempo que todas pudessem ser concluídas, após experimentar, como de costume, mil desapontamentos e atrasos devido à inexplicável morosidade dos trabalhadores, Elinor, como de costume, rompeu a prévia resolução positiva de não casar até que tudo estivesse pronto, e a cerimônia foi realizada em Barton Church no começo do outono.

O primeiro mês depois do casamento foi passado em companhia do amigo na mansão, de onde eles podiam supervisionar o progresso do presbitério e dirigir todos os detalhes como bem quisessem no local, podiam escolher papéis, projetar plantações de arbustos e inventar uma entrada em curva para carruagens. As profecias da sra. Jennings, ainda que um tanto misturadas, foram cumpridas em sua maior parte; pois ela foi capaz de visitar Edward e sua esposa no presbitério deles por volta do dia de São Miguel, e pôde encontrar em Elinor e seu marido, como realmente acreditava, um dos casais mais felizes do mundo. Eles não tinham, na verdade, nada por desejar a não ser o casamento do coronel Brandon com Marianne, e pastagens um tanto melhores para suas vacas.

Eles foram visitados, quando primeiro instalaram-se, por quase todos os seus parentes e amigos. A sra. Ferrars veio inspecionar a felicidade que ela quase sentia vergonha de ter autorizado; e inclusive os Dashwood assumiram a despesa de uma viagem desde Sussex para lhes prestar as honras.

– Não vou dizer que fiquei decepcionado, minha cara irmã – disse John, enquanto eles caminhavam juntos, certa manhã, diante dos portões de Delaford House. – *Isso* seria um exagero, porque certamente você foi uma das jovens mais afortunadas deste mundo, afinal de contas. Mas eu confesso que me daria grande prazer poder chamar o coronel Brandon de meu irmão. A propriedade dele aqui, seu lugar, sua casa, tudo está numa condição tão respeitável e tão excelente! E o bosque dele! Nunca vi madeira como essa em nenhum lugar em Dorsetshire, igual a essa que viceja em Delaford Hanger agora! E se bem que, talvez, Marianne possa não parecer exatamente a pessoa capaz de atraí-lo... Mas eu creio que seria de todo aconselhável que agora elas viessem frequentemente ficar com você, porque uma vez que o coronel Brandon parece estar em casa quase sempre, ninguém sabe o que pode acontecer... Porque, quando as pessoas acabam se vendo juntas por bastante tempo, e pouco contam com qualquer outra companhia... E sempre vai estar em seu poder apresentá-la de maneira vantajosa, e assim por diante. Em suma, você pode muito bem lhe dar uma chance... Você entende o que eu quero dizer.

Mas ainda que a sra. Ferrars tenha *de fato* aparecido para vê-los, e os tenha sempre tratado com o fingimento de um afeto decente, eles jamais foram insultados por aquilo que verdadeiramente mereceu seus favores e sua preferência: *isso* consistiu no desatino de Robert e nas artimanhas de sua esposa, e eles o conquistaram antes que muitos meses tivessem passado. A egoísta sagacidade desta última, que a princípio colocara Robert em apuros, foi também para ele o principal instrumento de libertação. Porque a respeitosa humildade de Lucy, suas atenções assíduas e bajulações infindáveis, assim que a menor abertura surgiu para que fossem exercitadas, reconciliaram a sra. Ferrars com essa escolha do filho, e o restabeleceram completamente em seus favores.

O comportamento de Lucy como um todo ao longo do caso e a prosperidade que o coroou podem ser tomados, portanto, como exemplos muitíssimo encorajadores do quanto uma fervorosa e incessante atenção pelo interesse pessoal, por mais que seu progresso possa ser aparentemente obstruído, acaba por auxiliar na obtenção de todas as vantagens da fortuna, com nenhum outro sacrifício exceto de tempo e de consciência. Quando Robert primeiro procurou conhecê-la e lhe fez uma visita particular em Bartlett's Buildings, foi apenas com a meta imputada nele por seu irmão. Ele queria meramente persuadir Lucy a desistir do noivado; e como não poderia se suceder nada senão o carinho de ambos, ele naturalmente imaginou que uma ou duas entrevistas resolveriam a questão. Nesse ponto, entretanto, e nesse apenas, ele errou; pois embora Lucy logo lhe tenha dado esperança de que sua eloquência no devido *tempo* a convenceria, uma outra visita, uma outra conversa, era sempre exigida para produzir essa convicção. Sempre restavam na mente dela, quando eles despediam-se, certas dúvidas que só poderiam ser removidas através de outra meia hora de diálogo com o próprio Robert. Seu comparecimento foi por esse meio garantido, e o resto decorreu com naturalidade. Em vez de falar de Edward, eles começaram gradualmente a falar apenas de Robert, um assunto sobre o qual ele sempre tinha mais a dizer do que sobre qualquer outro, e no qual ela logo traiu um interesse até mesmo igual ao dele; em suma, ficou logo evidente para ambos que ele suplantara completamente seu irmão. Ele ficou orgulhoso de sua conquista, orgulhoso por enganar Edward, e muito orgulhoso por se casar em segredo, sem o consentimento de sua mãe. O que se seguiu imediatamente é conhecido. Eles passaram alguns meses em Dawlish com grande felicidade; pois ela tinha muitos parentes e velhos conhecidos para ignorar – e ele desenhou diversas plantas para magníficos chalés; e de lá retornando à cidade, granjearam o perdão da sra. Ferrars com o simples expediente de pedir por ele, adotado por instigação de Lucy. Num primeiro momento esse perdão, de fato, como era razoável, estendeu-se somente a Robert; e Lucy, que não tinha nenhuma obrigação com a mãe dele, e portanto não poderia ter cometido nenhuma transgressão, permaneceu sem perdão por mais algumas semanas. Mas a perseverança em humildade de conduta e mensagens, em autocondenação pela ofensa de Robert e gratidão pela indelicadeza com a qual era tratada, granjeou-lhe com o tempo as altivas atenções que a dominaram devido a tanta graciosidade, e propiciou logo em seguida, em rápido progresso, o mais elevado estado de afeto e influência. Lucy tornou-se tão necessária na vida da sra. Ferrars quanto Robert ou Fanny; e ao passo que Edward jamais foi cordialmente perdoado por ter no passado pretendido se casar com ela, e Elinor, mesmo sendo superior a ela em fortuna e nascimento, fosse mencionada como intrusa, *ela* foi em todos os aspectos considerada, e sempre abertamente reconhecida, como uma filha favorita. Eles estabeleceram-se na cidade, receberam assistência muito generosa da sra. Ferrars, relacionaram-se nos melhores termos imagináveis com os Dashwood; e deixando de lado as invejas e a má vontade continuamente subsistentes entre Fanny e Lucy, na qual seus maridos naturalmente tomavam parte, bem como as frequentes divergências domésticas entre os próprios Robert e Lucy, nada podia exceder a harmonia em que todos viviam juntos.

Muitas pessoas teriam ficado intrigadas em descobrir o que Edward fizera para perder o direito de filho mais velho; e o que Robert fizera para sucedê-lo no posto as teria intrigado ainda mais. Tratou-se de um arranjo, no entanto, justificado em seus efeitos, se não em sua causa; pois nada jamais transpareceu no estilo de vida de Robert ou em suas conversas para gerar uma suspeita de que ele lamentasse a extensão de sua renda, fosse por deixar muito pouco para seu irmão ou por trazer demais para ele mesmo; e se Edward pode ser julgado em função do pronto cumprimento de seus deveres em todos os sentidos, de um crescente afeto por sua esposa e sua casa e da regular jovialidade de seu espírito, será de se supor que ele era não menos contente com seu destino, não menos livre de qualquer desejo por uma troca.

O casamento de Elinor a separou tão pouco de sua família quanto bem poderia ser concebido – sem tornar inteiramente inútil o chalé em Barton –, porque sua mãe e suas irmãs passavam muito mais do que metade de seu tempo com ela. A sra. Dashwood agia sob motivos tanto de política quanto de prazer na frequência de suas visitas a Delaford, porque seu desejo de unir Marianne e o coronel Brandon era dificilmente menos ardoroso, mas um pouco mais liberal do que aquele que John expressara. Esse era o seu mais querido objetivo agora. Por mais preciosa que lhe fosse a companhia de sua filha, para ela nenhuma vontade era maior do que abrir mão de sua constante fruição em benefício do estimado amigo; e ver Marianne instalada na mansão era igualmente o desejo de Edward e Elinor. Os três sentiam as tristezas do coronel e o que lhes cabia por obrigação, e Marianne, sob consenso geral, deveria ser a recompensa para todas.

Com tal confederação contra ela – com um conhecimento tão íntimo da bondade do coronel – com uma convicção de seu apego apaixonado por ela mesma, o qual por fim, embora já fosse observável para todos os outros havia muito tempo, irrompeu diante dos olhos dela – o que Marianne poderia fazer?

Marianne Dashwood nasceu para ter um destino extraordinário. Nasceu para descobrir a falsidade de suas próprias opiniões, e para contrariar, com sua conduta, suas mais favoritas máximas. Nasceu para superar um afeto formado muito tarde na vida, aos dezessete anos, e para voluntariamente, com nenhum sentimento superior a forte estima e amizade animada, entregar sua mão para outro! E *esse* outro, um homem que sofrera não menos do que ela mesma no desenrolar de um envolvimento anterior, um homem que dois anos antes ela tinha considerado velho demais para se casar, e que ainda se valia da salvaguarda constitucional de um colete de flanela!

Mas foi assim. Em vez de cair em sacrifício por uma paixão irresistível, como na expectativa com a qual ela tinha chegado a se lisonjear, em vez até mesmo de permanecer para sempre com sua mãe e buscar seus únicos prazeres no recolhimento e no estudo, como mais tarde em seu julgamento mais calmo e sóbrio ela determinara que faria, Marianne se viu aos dezenove anos aceitando novas afeições, assumindo novos deveres, situada num novo lar, uma esposa, senhora de uma família e soberana de um vilarejo.

O coronel Brandon agora estava tão feliz quanto todos aqueles que melhor o amavam acreditavam que ele merecia ser; em Marianne ele foi consolado por todas as aflições passadas; o carinho e a companhia da esposa restauraram em sua mente o entusiasmo, e no seu espírito a jovialidade; e que Marianne encontrava sua própria felicidade formando a dele, nisso incidiam igualmente a persuasão e o deleite de cada observador amigo. Marianne nunca seria capaz de amar pela metade; e o seu coração se tornou de todo, com o tempo, tão devotado a seu marido quanto já tinha sido a Willoughby.

Willoughby não pôde ouvir falar do casamento dela sem uma pontada de dor; e sua punição tornou-se logo depois completa no perdão voluntário da sra. Smith, a qual, declarando seu casamento com uma mulher de caráter como a causa de sua clemência, lhe deu razão para crer que, tivesse ele se comportado de forma honrosa com Marianne, poderia de uma só vez ter sido feliz e rico. Que o arrependimento por sua má conduta, acarretando assim uma punição isolada, foi sincero, não há de gerar dúvida; nem que ele muito pensava no coronel Brandon com inveja, e em Marianne com remorso. Mas que Willoughby tenha permanecido para sempre inconsolável, que tenha fugido da sociedade, ou contraído uma melancolia recorrente no temperamento, ou morrido de um coração partido, com nada disso se pode contar – pois ele não fez nenhuma dessas coisas. Ele viveu para ser ativo, e para frequentemente se divertir. Sua esposa não estava sempre de mau humor, nem sua casa era sempre desconfortável; e na sua criação de cavalos e cães, e em desportos de todo tipo, ele encontrou um grau nada desprezível de felicidade doméstica.

Por Marianne, no entanto – apesar de sua incivilidade em sobreviver à perda dela –, ele sempre reteve a decidida consideração que o fazia interessar-se por qualquer novidade que ocorresse a ela, e que a tornou seu modelo secreto de perfeição numa mulher; e várias beldades ascendentes seriam por ele menosprezadas em dias vindouros, por serem incomparáveis com a sra. Brandon.

A sra. Dashwood foi prudente o bastante para permanecer no chalé, sem tentar fixar residência em Delaford; e afortunadamente para Sir John e a sra. Jennings, quando Marianne foi tirada deles, Margaret tinha chegado a uma idade mais do que adequada para dançar, e não muito inelegível para que se esperasse dela ter um namorado.

Entre Barton e Delaford, persistiu a constante comunicação que uma forte afeição familiar naturalmente ditaria; e entre os méritos e a felicidade de Elinor e Marianne, que não seja classificado como menos considerável que, embora fossem irmãs e vivessem quase ao alcance da vista uma da outra, elas puderam viver sem discordâncias entre si, e sem produzir frieza entre seus maridos.

FIM

## Coleção **L&PM** POCKET (ÚLTIMOS LANÇAMENTOS)

1181.**Em busca do tempo perdido (Mangá)** – Proust
1182.**Cai o pano: o último caso de Poirot** – Agatha Christie
1183.**Livro para colorir e relaxar** – Livro 1
1184.**Para colorir sem parar**
1185.**Os elefantes não esquecem** – Agatha Christie
1186.**Teoria da relatividade** – Albert Einstein
1187.**Compêndio de psicanálise** – Freud
1188.**Visões de Gerard** – Jack Kerouac
1189.**Fim de verão** – Mohiro Kitoh
1190.**Procurando diversão** – Mauricio de Sousa
1191.**E não sobrou nenhum e outras peças** – Agatha Christie
1192.**Ansiedade** – Daniel Freeman & Jason Freeman
1193.**Garfield: pausa para o almoço** – Jim Davis
1194.**Contos do dia e da noite** – Guy de Maupassant
1195.**O melhor de Hagar 7** – Dik Browne
1196(29).**Lou Andreas-Salomé** – Dorian Astor
1197(30).**Pasolini** – René de Ceccatty
1198.**O caso do Hotel Bertram** – Agatha Christie
1199.**Crônicas de motel** – Sam Shepard
1200.**Pequena filosofia da paz interior** – Catherine Rambert
1201.**Os sertões** – Euclides da Cunha
1202.**Treze à mesa** – Agatha Christie
1203.**Bíblia** – John Riches
1204.**Anjos** – David Albert Jones
1205.**As tirinhas do Guri de Uruguaiana 1** – Jair Kobe
1206.**Entre aspas (vol.1)** – Fernando Eichenberg
1207.**Escrita** – Andrew Robinson
1208.**O spleen de Paris: pequenos poemas em prosa** – Charles Baudelaire
1209.**Satíricon** – Petrônio
1210.**O avarento** – Molière
1211.**Queimando na água, afogando-se na chama** – Bukowski
1212.**Miscelânea septuagenária: contos e poemas** – Bukowski
1213.**Que filosofar é aprender a morrer e outros ensaios** – Montaigne
1214.**Da amizade e outros ensaios** – Montaigne
1215.**O medo à espreita e outras histórias** – H.P. Lovecraft
1216.**A obra de arte na era de sua reprodutibilidade técnica** – Walter Benjamin
1217.**Sobre a liberdade** – John Stuart Mill
1218.**O segredo de Chimneys** – Agatha Christie
1219.**Morte na rua Hickory** – Agatha Christie
1220.**Ulisses (Mangá)** – James Joyce
1221.**Ateísmo** – Julian Baggini
1222.**Os melhores contos de Katherine Mansfield** – Katherine Mansfied
1223(31).**Martin Luther King** – Alain Foix
1224.**Millôr Definitivo: uma antologia de *A Bíblia do Caos*** – Millôr Fernandes
1225.**O Clube das Terças-Feiras e outras histórias** – Agatha Christie
1226.**Por que sou tão sábio** – Nietzsche
1227.**Sobre a mentira** – Platão
1228.**Sobre a leitura *seguido do* Depoimento de Céleste Albaret** – Proust
1229.**O homem do terno marrom** – Agatha Christie
1230(32).**Jimi Hendrix** – Franck Médioni
1231.**Amor e amizade e outras histórias** – Jane Austen
1232.**Lady Susan, Os Watson e Sanditon** – Jane Austen
1233.**Uma breve história da ciência** – William Bynum
1234.**Macunaíma: o herói sem nenhum caráter** – Mário de Andrade
1235.**A máquina do tempo** – H.G. Wells
1236.**O homem invisível** – H.G. Wells
1237.**Os 36 estratagemas: manual secreto da arte da guerra** – Anônimo
1238.**A mina de ouro e outras histórias** – Agatha Christie
1239.**Pic** – Jack Kerouac
1240.**O habitante da escuridão e outros contos** – H.P. Lovecraft
1241.**O chamado de Cthulhu e outros contos** – H.P. Lovecraft
1242.**O melhor de Meu reino por um cavalo!** – Edição de Ivan Pinheiro Machado
1243.**A guerra dos mundos** – H.G. Wells
1244.**O caso da criada perfeita e outras histórias** – Agatha Christie
1245.**Morte por afogamento e outras histórias** – Agatha Christie
1246.**Assassinato no Comitê Central** – Manuel Vázquez Montalbán
1247.**O papai é pop** – Marcos Piangers
1248.**O papai é pop 2** – Marcos Piangers
1249.**A mamãe é rock** – Ana Cardoso
1250.**Paris boêmia** – Dan Franck
1251.**Paris libertária** – Dan Franck
1252.**Paris ocupada** – Dan Franck
1253.**Uma anedota infame** – Dostoiévski
1254.**O último dia de um condenado** – Victor Hugo
1255.**Nem só de caviar vive o homem** – J.M. Simmel
1256.**Amanhã é outro dia** – J.M. Simmel
1257.**Mulherzinhas** – Louisa May Alcott
1258.**Reforma Protestante** – Peter Marshall
1259.**História econômica global** – Robert C. Allen
1260(33).**Che Guevara** – Alain Foix
1261.**Câncer** – Nicholas James